杜甫陇蜀道诗歌研究

温虎林 ◎ 著

中国社会科学出版社

图书在版编目(CIP)数据

杜甫陇蜀道诗歌研究 / 温虎林著. —北京：中国社会科学出版社，2015.7

ISBN 978-7-5161-6607-9

Ⅰ.①杜… Ⅱ.①温… Ⅲ.①杜诗-诗歌研究 Ⅳ.①I207.22

中国版本图书馆 CIP 数据核字(2015)第 160120 号

出 版 人	赵剑英
责任编辑	任　明
特约编辑	李晓丽
责任校对	张依婧
责任印制	何　艳

出　　版	中国社会科学出版社
社　　址	北京鼓楼西大街甲 158 号
邮　　编	100720
网　　址	http://www.csspw.cn
发 行 部	010-84083685
门 市 部	010-84029450
经　　销	新华书店及其他书店

印刷装订	北京市兴怀印刷厂
版　　次	2015 年 7 月第 1 版
印　　次	2015 年 7 月第 1 次印刷

开　　本	710×1000　1/16
印　　张	20.5
插　　页	2
字　　数	355 千字
定　　价	78.00 元

凡购买中国社会科学出版社图书，如有质量问题请与本社营销中心联系调换
电话：010-84083683
版权所有　侵权必究

序　一

诗仙李白名篇《蜀道难》有言"蜀道之难，难于上青天"，霸气恢宏而料峭险峻的蜀道总是带给今人无限的遐想。以广义言之，蜀道泛指入川的道路，主要包括"秦蜀古道"与"陇蜀古道"。其中，"陇蜀古道"是剑门蜀道向北通至甘肃境内的部分，经文县境为阴平道，经成县则为下辨道，经两当、徽县为故道，经西和、礼县境为祁山道，经康县境为平洛道。自三国以来，历经宋元明清，直至今日，"陇蜀古道"在千年来岁月的涤荡中沉淀出深厚的底蕴。无论是文学、艺术学、还是历史学、考古学、民俗学等，陇蜀一道，承载着既深且广的历史与文化，陇蜀文化的兼容交汇亦是通过陇蜀道来实现的。而陇蜀道最令人瞩目的莫过于那些名垂后世的历史故事。楚汉征战时的暗度陈仓、光武争霸时的得陇望蜀、蜀相北伐时的祁山攻守、姜维继志时的阴平悲歌，等等。陇蜀道，不再是单纯的羁旅之道，它是历史的见证，见证着历史的风云变幻、成败兴亡，见证着英雄的壮怀激烈、慷慨悲歌，见证着人世的忠奸善恶、离合悲欢。行于陇蜀道中，走的是脚下的路，思的是千年的史，怀的是深沉的情，那长长的陇蜀道，是连接过去与未来的纽带，使人在感怀与憧憬中笃定地走好脚下的路。

唐肃宗乾元二年（759）三月，唐军与安史叛军战于邺城（今河南安阳），为安史之军大败，彼时杜甫行于自洛阳返回华州途中，感于离乱而写下千古名篇"三吏""三别"。后杜甫失望于污秽的时事政治，辞去华州司功参军之职，并于该年冬天，于秦州至同谷，再从同谷至成都。于成都城西浣花溪畔，筑成草堂一座，世称"杜甫草堂"。其携一家人共登难于上青天之蜀道，千古只此一人而已！着实令人感佩！东坡之言，所谓"老杜自秦州越成都，所历辄作一诗，数千里山川在人目中，古今诗人殆无可拟者"，诚不虚矣。广德二年（764）春，严武再镇蜀，杜甫重回草堂。此前将近两年漂泊于外，杜甫又被荐为检校工部员外郎，然而不久便辞职。杜甫此番居于成都近五年。唐代宗永泰元年（765）四月，严武去世，杜甫离开成都，几经辗转，于大历元年（766）至于夔州，夔州数年，杜甫创作至于高潮，不到两年，作诗四百余首，名篇辈出，感荡人心。

由上可见，杜甫、杜诗与陇蜀道这一命题，这三者的结合，颇具研究意义。而《杜甫陇蜀道诗歌研究》一书，便主在探讨杜甫自秦州、经同谷而入蜀所作的诗歌的研究。全书分为七章，即陇蜀道人文历史概论、杜甫陇蜀道诗歌考释与解评、杜甫陇蜀道纪行诗研究、杜甫陇蜀道行踪地名研究、杜甫同谷诗研究、杜甫与赞公交游地争鸣综述。书末并附有杜甫留在陇蜀道的传闻逸事一篇。此书以地名考释与诗歌解评为主，因此不同于前人传统的注释注析，其对地名的考释与诗歌的解评颇具匠心，具有较强的可读性。概言之，此书亮点主要有四：

其一，蜀道是和丝绸之路相提并论的政治经济文化通道，两者均以长安为中心，从两个方向书写着盛唐文化的兼容并包与传播发展。蜀道是唐代文人最热门的行旅路线，众多诗人名士往返秦蜀千里栈道并创作有数量十分可观的蜀道诗，唐代著名诗人王勃、骆宾王、卢照邻、沈佺期、岑参、李白、杜甫、元稹、杜牧、李商隐、刘禹锡、韦庄、郑谷、王仁裕等亲历蜀道状景抒情言志，描绘栈道之奇险峥嵘，留有不少为脍炙人口的诗篇，跨越蜀道是唐代文人所追求的人生高峰体验，类似今人的穿越西藏。这些体验是蜀道历史文化遗产的重要组成部分，其中尤以李白《蜀道难》最为著名。

其二，杜甫是吟咏蜀道诗歌数量最多的诗人，也是行旅蜀道最艰难的诗人，更是唯一一个以组诗形式书写"蜀道难"的诗人，杜甫用了两组分别十二首纪行诗忧国忧民、伤己怜妻怜子，杜甫以千里陇蜀道为背景，选取二十四个地名，每处地名各赋一诗，不仅描绘了陇山蜀水的险恶，更有知命之年的人生忧患，也有屈原行吟潇湘的难以割舍，陇蜀纪行诗主题多元，手法高妙，在杜诗中有其独特地位。杜甫采用移步换形的连章组诗形式让"蜀道难"更加真切，更加具体，可以说是杜甫用二十四首纪行诗注释了李白的《蜀道难》。

其三，在今天看来，作为伟大诗人和文化名人的杜甫，"寂寞身后名"，当年行走陇蜀道时失魂落魄，缺衣少食，艰苦卓绝。但后人对杜甫推崇备至，瞻拜者络绎不绝，其中仇池山下的白云草堂、成县的杜公祠、徽县的栗亭草堂成了后人拜谒杜甫的圣地，以至于从唐代至今留下了大量咏杜评杜诗，极大地丰富了杜诗学。尤其成县杜公祠，自宋人晁说之作有《濯凤轩记》《发兴阁记》《成州同谷县杜工部祠堂记》三篇记文，记述了当年修建濯凤轩、发兴阁与同谷草堂事宜。晁说之的三篇记文，为流传下来的记述修建同谷草堂的最早文字资料，详细记叙了同谷杜甫草堂始建经过。从此以后，历代几经修复，杜公祠其遗址始终保持原址。从此文人学士、达官贵人咏杜评杜成为了文化传统，作为文化名人的影响力从未中断，此书搜集整理了这部分诗文。

其四，同谷（今成县）有愧于杜甫，同谷在杜甫笔下成了"绝境"，《同谷七歌》一诗，杜甫用艺术化的笔调抒发了当年在同谷的遭遇，正是在同谷的"岁拾橡栗随狙公""手脚冻皴皮肉死"的生活体验，《同谷七歌》的有我之境才仿佛屈原的泽畔行吟，"魂招不来归故乡"。后人在国家动荡之时用《同谷七歌》抒发国破家亡、亲人离散之痛，宋末元初、明末清初均有大量仿《同谷七歌》体，此书在杜诗研究上首次将历代仿《同谷七歌》诗搜集整理在一起，放在杜甫同谷诗中研究，增强了杜甫同谷诗的影响力。

温虎林同志于2010—2011年，至浙江大学访学一年，以是成为我的访问学者，其人为学严谨，切磋琢磨，勤勉精进，对汉魏六朝隋唐文学的研究多有自己的心得、体会与感悟。今见其书《杜甫陇蜀道诗歌研究》即将付梓，很是为其高兴。其邀请我为之作序，我亦深感欣喜，故十分乐意而为之。是为序。

林家骊
2015 年 5 月 15 日

序 二

年前，温虎林君以其《杜甫陇蜀道诗歌研究》书稿见示，并嘱作序。因时近年底和期末，教学、冗务均感繁重，无暇细读稿本。延宕至寒假开始，才有从容时光阅读整部书稿，一窥堂奥。忽然想起孔夫子有言："君子于其所不知，盖阙如也。"(《论语·子路》)我虽对"陇蜀道""同谷诗"有所关注，也属浅尝辄止，探讨非深，影响非著，实无资历信口开河，给温君著作妄加评骘。读稿酣时，正在天水家乡的雪夜，乡村的宁静远超城市的喧嚣，窗纸外窸窣的雪声伴着灯光，把一行行书稿文字"引"入眼帘，浸入脑海……待读完整个文本，我蓦然退去畏葸，想就此写点文字，表达我的所思所感。因为我发现这是一本目前探讨杜甫同谷诗鲜有的著作，不仅研究重点无有旁骛，而且把诗作研究和陇蜀道的探讨结合起来，做到了洞开新见，读来确实令人深受启发。既如此，我不妨就以同道读者的身份，不揣浅陋，欣然从命，谈点感受，以作引玉。

我与虎林君认识已有三十年之久。1986年我赴礼县师范执教时，他在该校上中师二年级，算起来还有师生之谊，因未给他直接任课，故而早期交往不多。后来他留校，进修后开始教书，我们在一个教研组，交流自然就多起来。2009年，他时任中文系古代文学教研室主任，主持申报甘肃省教育厅科研项目时把我列为重要成员。待到项目获批，我们讨论的研杜话题似乎就更多且深入起来。这部书，主体就是该科研项目的终结性成果。他对知识的孜孜以求和宏富积累，使得我钦佩有加。至今他淡泊名利、特立独行、矢志为学、卓然有成，我以为也是其来有自，绝非偶然。

杜甫至今被人们公认为诗歌史上的"集大成者"故而被尊为"诗圣"，其最重要的意义不在于承前，而在于启后。孟子说："圣人，百世之师也。"(《孟子·尽心》下) 作为诗国的集大成者，杜甫既对前代的一切诗歌遗产予以总结，又为后世诗歌开辟了广阔的道路，比较而言，后者显然意义更为重大。杜诗"浑涵汪茫，千汇万状"（《新唐书·杜甫传》），不仅五代和宋人的视野如此看杜诗似乎不能顾其涯涘，而且早在中唐时元稹就微观地比较过李杜，他说："余观其（指李白）壮浪纵恣，摆去拘束，模写物象，及乐府歌诗，诚亦差肩于子美矣。"（元稹《唐检校工部员外郎杜君墓系铭并序》见《元氏长庆集》卷五六）唐人赞美杜诗和效法杜诗差不多是在同期。韩愈时事、政见之诗作，被指为"严重苍浑，直逼杜陵"（《唐宋诗醇》卷三一），虽然他仅仅偶一为之，但给晚唐诗人如李商隐已经有所示范。用七律表现政治内容正是李商隐学杜最有成效之处，清人施补华对此评论说："义山七律，得于少陵者深。"（《岘佣说诗》）可谓切中肯綮。宋人推崇杜甫，实始自"江西诗派"尊祖之前。苏轼二十五岁作《荆州十首》（嘉祐五年1060），清纪昀置评说："此东坡摹杜之作，纯是《秦州杂诗》。"（纪批《苏文忠公诗集》卷二）也被公认为卓见。其后，宋人效法杜甫陇右诗，已经如繁星满天，不胜枚举了。北宋王洙、王琪所编本《杜工部集》（简称二王本），开杜集各种版本之源。自此以降，效杜、注杜、研杜蔚为大观，遂成一代显学，至今各种关于杜诗的研究文章、著作已然汗牛充栋，不可胜数。

然而，研杜虽如千流百汇，但其中一泓清泉亦有详察的必要。如对于杜诗的分类和分期，宋人繁复叠加甚多，降至清代已难以理出权威清晰的脉络。清人解决这一问题时，采用了编年方法，避开了杜诗分类和分期的繁杂叠乱。从时间维度上看，这样整理、编定杜诗是清楚了，但对杜诗分体、分类、分阶段、分地域研究，还没能绕过去。自近代以来至今，对杜诗的分类和分期研究，已取得瞩目成就。杜诗分体研究五律最多，但最大贡献却不在五律而是七律研究，成果显赫者自不待详举，单就杜诗分类研究如边塞诗、咏物诗、山水诗、纪行诗、咏马诗、题画诗、亲情诗、自传诗、教子诗、妇女诗、乡愁诗、登高诗、写梦诗、农事诗、花鸟诗、苦热诗、戏题诗等已产生大量文章，成绩可观。而杜诗的分阶段研究，以郑振铎《插图本中国文学史》（1957）为代表的三分期法，游国恩《中国文学史》（1963）为代表的四分期法，陆侃如、冯沅君《中国诗史》（1931）为代表的五分期法等，已经奠定了厚实的基础。近二三十年出现的七分期法、八分期法，在杜诗分阶段研究方面更是走向深入和精细化。八分期法的主要倡导者裴斐指出："分期是根据杜诗发展呈现出的阶段性，并不考虑时间长短和作品数量。"（裴斐《杜诗八期论》见《文学遗产》1992年

4期）可见，近时的杜诗分阶段研究，已经和分地域研究出现了交集。但问题是，现在所见宏观的杜诗分地域研究著作和论文还不多见，更遑论形成壮观研究规模。

微观的杜诗分地域研究，如夔州诗、蜀中诗（别作巴蜀诗、成都诗等）、长安诗（别作京城诗）、陇右诗（秦州诗、同谷诗）等今所见文章不少，或许还是和杜甫在这些地域生活和创作的特点有关，也不能排除时间长短和作品数量等因素。山东大学《杜甫全集》校注组《访古学诗万里行》（1982）、莫砺锋《杜甫评传》（1993）、宋开玉《杜诗释地》（2004）等著作，也在诗人行踪交游及诗作方面瞩目较多，颇有见地。21世纪以来的杜诗分地域研究，除了属于杜诗地理研究范畴的考辨论文外，还有一些"现地研究"的成果不容忽视，台湾高雄中国古典诗学会简锦松著《杜甫夔州诗现地研究》（2000）、山东考察组对杜诗进行"现地考察"编入《杜甫全集校注》（2014），都经"现地"探寻诗人当年的足迹，访今追昔，考证诗人当年的行踪以及记录现今游迹的情况，备尽辛劳，时获胜义。仅我所知，自1999年起，简锦松教授除了对杜诗夔州现地研究之外还如法拟定了对白帝城、梓州、秦州、同谷等地的考察计划，近知他2015年始已完成《杜甫同谷诗现地研究》初稿，即将发表，或将有更多杜甫同谷诗研究的新见。

从区域文化视角来看，杜甫一生所履行的踪迹主要分布在八个文化区域，即鄱阳、吴越、齐赵、河洛、关中、陇右、巴蜀、荆湘（参见邓景年《杜诗地理》，2011），但诗作的存留并不以此序对应，按现存杜诗1455首规模看（据谢思炜《杜甫集校注》，2013），夔州诗最多437首，后面依次为成都诗269首、长安诗157首、梓州103首、秦州诗87首、潭州50首、阆州39首，余者较为分散。从中，可以看出秦州诗在整个杜诗中的数量对比关系。祁和晖指出："以笔者所见，七分期，八分期虽在处理陷贼与为官上有烦琐之嫌，但将'避难秦州'单独作分析，却也值得考虑。"（《杜甫生平分期述评及我见（上）》见《杜甫研究学刊》2005年第4期）可见，秦州诗在杜诗分期分类上是占有独到地位的，学界研究亦广，至今成果迭出，不胜枚举。但是，杜甫秦州诗还不能等同于杜甫陇右诗。目前，学界一般把杜甫由陇入蜀的纪行诗也归入其陇右诗。这样一来，陇右诗不仅包含秦州这个"点"（具体为秦州城、崇宁寺、南郭寺、麦积山石窟、东柯谷、西枝村、西谷、太平寺、赤谷等活动地点），还包括秦州——同谷这个"地段"（具体为两当县、赤谷、铁堂峡、盐井、寒峡、法镜寺、青羊峡、龙门镇、石龛、积草岭、泥功山等活动地点），即诗人前往同谷经过的一个个地方，构成了一道"线"，再后又是同谷这个"点"（包括飞龙峡口草堂、凤凰台、万丈潭等活动地点），又有同谷——成都这个"地段"（包括木皮岭、白沙渡、剑门、鹿头山等活动地点）。由此观之，杜诗地域研究的陇右诗，显然涵盖了比秦州诗更大的范围、更多的内容，所以杜甫陇右诗研究从古至今各种成果已连篇累牍，蔚为大观。当然，学界也有人把秦州诗等同于陇右诗，个中原因多样，分析起来还有些复杂，在此似无必要赘述。要之，杜甫陇右诗、同谷诗作为地域研究概念已广为接受，也无多疑义。

但我们需要考量的是，杜甫陇右诗从《发秦州》到《成都府》的地域研究相对于秦州诗来说，应该如何称谓呢？有人称为秦蜀纪行诗，如刘曙初《杜甫秦蜀和湖南纪行诗比较论》（见《安徽大学学报》哲学社会科学版 2010 年第 1 期）认为秦蜀纪行诗于审美客体表现了奇伟幽奥的景象，于审美主体包含了一定的自信和乐观，于心物关系则是表现自然与人的强烈地对立以及对人形成的压迫和威胁，于艺术传达则是景先情后、由景生情并且写景时以实写为主、虚写为辅。这样论述很有见地，但称"秦蜀诗"显然是含义把握非准，因此他不是太自信地解释说："由于这些诗歌是记录从秦州往成都的行踪，因此可统称为'秦蜀纪行诗'。"显然是有勉强的意味，与众所周知的"秦蜀"之历史地理称谓相去甚远。还有人称这段地域的杜诗为秦陇纪行诗，如沙先一《杜甫秦陇纪行诗的格式塔美学剖析》（见《徐州师范大学学报》1999 年第 2 期）认为险恶、雄峻奇诡的秦陇山水与诗人悲愤躁动心境的相互引发与相互激活形成了其悲怆、浑厚、险奥的风格，却是把秦山陇水概括为"秦陇"，纯粹对通用的"秦陇"概念是不明就里，而陈小芒《论杜甫秦陇诗的生命意识》（见《西南民族大学学报》（人文社科版）2005 年第 6 期）一文，把秦陇诗等同寓陇诗，说这百多首诗形成了一幅特色鲜明的异域行旅图，竟未解释何由要称"秦陇诗"，虽似毫厘之失，实竟相去已远。

我以为，从《发秦州》到《成都府》的地域研究称杜诗为"同谷诗"最可恰当。我有文讨论过这个问题（《杜甫"同谷诗"与同谷唐宋评杜诗碑——杜甫同谷诗研究系列之一》，见《许昌学院学报》2011 年第 1 期），后来又在"杜甫与地域文化学术研讨会"上与同行学者交流过，得到一致认同（李霞锋、彭燕执笔《杜甫与地域文化学术研讨会暨四川省杜甫学会第十七届年会、天水杜甫研究会第八届年会综述》，见《杜甫研究学刊》2014年第4期）。需要补充的是，北宋张耒最早提出"同谷诗"之称，他说："读书有义未通而辄改字者，最学者大病也。老杜同谷诗有'黄精无苗山雪盛'，后人所改也。其旧乃黄独也。"（张耒《明道杂志》商务印书馆1959年版）虽然张耒此指"同谷诗"实为《同谷七歌》，但两宋交替之时，将杜甫由陇入蜀24首纪行诗称为同谷诗已较为普遍。胡仔《苕溪渔隐丛话》卷十一引北宋阙名编《少陵诗总目》说："两纪行诗二十四首，皆以经行为先后，无复差舛。昔韩子苍尝论此同谷诗笔力变化，当于太史公诸赞方驾，学者宜常讽诵之。"可见，在江西诗派南宋初的中坚成员韩驹（字子苍）看来，不仅同谷诗和司马迁《史记》中的论赞可以相提并论，而且时多吟诵，已成风尚。据查，宋代及明清各类诗话著作称谓同谷诗之说甚众，限于篇幅在此无由——列举，可以作为另行研究的空间和选题，展开深入探讨。

鲜为人知的是，杜甫同谷诗在清代乾隆早期还被曹锡黼编撰为《四色石·同谷歌》杂剧，被郑振铎收入《清人杂剧初集》。该剧模仿徐渭《四声猿》，正名为《寓同谷老杜兴歌》，写杜甫因疏救房琯见放，西入秦州，寓居同谷，赋《七歌》事。在国外杜诗研究界，同谷诗研究也早就受到重视。美国学者艾德娜·沃丝丽·安德伍德（Edna Worthly Underwood）等专门译著《杜甫诗乾元中寓居同谷县作歌七首》（波特兰—缅因—希尔出版社1928年版）是第一部主题研究同谷诗的欧美著作。日本学者黑川羊一《杜甫研究》（日本创文社1977年版）就有研究杜甫同谷诗的专节，和田利男著《杜甫：生平及文学》（日本标志社1981年版）也有"向同谷"专节，集中讨论同谷诗的有关问题。因此杜甫同谷诗的研究，已经扩及古今中外，只是目前学界尚欠深入罢了。从地域对等的角度看，从《发秦州》到《成都府》涉及的杜诗地域，似可称为"成州诗"，因为从《盐井》到《飞仙阁》之间关涉的地域，都在成州境内。《元和郡县志》载："盐井在成州长道县东三十里，水与岸齐，盐极甘美。"但实际上杜甫由陇入蜀时的成州，治所在上禄县（今西和县洛峪乡），不在他的行经路线上。《御批资治通鉴纲目》云："更始二年，《一统志》云：雒谷未详处所，唯巩昌府成县西八十里有雒谷水，雒，一作'骆'，唐太和初（827）诏于骆谷筑城，废上禄县，治于此。"（二十五卷下，见四库本）杜甫是直接从长道县境直接沿陇蜀道进入接壤的同谷县境的，所以杜诗只字未提"成州"，学界也未有杜甫成州诗之说。因而，从杜甫存诗和历史事实的角度看，称同谷诗为最恰切。

近年，学界出现了杜甫陇蜀纪行诗或陇蜀诗的说法。从该研究的地域范围看，基本和陇右诗差不多，但重点在从《发秦州》到《成都府》的杜诗地域，即同谷诗的范围里。影响较大的有高天佑《杜甫陇蜀纪行诗注析》（甘肃民族出版社2002年版），还有见诸于学术期刊的一些论文，虎林君这部《杜甫陇蜀道诗歌研究》书稿，也属此列。实际上，在这些著述里，陇蜀诗和同谷诗的概念是并用的，不仅论著者这样识见，一些评述大家也认可，并有进一步的阐发。如霍松林先生说高天佑在天水师从"李济阻等先生研究杜甫的陇右诗，特别是秦州诗；到了成县，则进一步研究杜甫的陇蜀诗，特别是同谷诗。"（见《杜甫陇蜀纪行诗注析》序一）此见甚妙，表明陇右诗的重点在秦州诗，而陇蜀诗的重点却是在同谷诗。

之所以我不吝笔墨论及杜诗地域研究，试图厘清陇右诗（秦州诗）、陇蜀诗（同谷诗）的关系，是因为这是我们认识虎林君这部著作所必要的。

《杜甫陇蜀道诗歌研究》开首第一章即探讨陇蜀道人文历史的一些问题，意在为展开杜甫陇蜀诗的注释和讨论做铺垫并提供探讨背景。实际上，是否有陇蜀道之说，至少蜀道研究界认识是模糊的。2013年我和天水、陇南的同道应邀参加汉中召开的"中国蜀道学术研讨会"，我们提交大会并交流讨论的一组关于陇蜀道的论文，成为"会议的一个热点"，"陇蜀古道是否应纳入蜀道范围"，"还存在认识上的差异"。（冯岁平、何健《中国蜀道学术研讨会综述》，见《中国蜀道学术研讨会论文集》陕西出版传媒集团、三秦出版社2014年版）客观上，对陇蜀道的研究因此次会议引起了学界的重视。2014年台湾中山大学主办的"海洋——地理探索与主体性国际学术研讨会"就致函我以论文《关于陇蜀古道的文献和文学考察》与会，经审查确定为大会主题发言，虽我因故未能成行台海，但文章归入该会专书，即将出版发行。所以虎林君关于陇蜀道人文历史的研究，实在还属于学界研究的热点上，他的论述视野开阔，时间线索明晰，文献运用和观点提炼均有过人之处，值得琢磨。

本著用三章的篇幅注评杜甫陇蜀诗（同谷诗），在注重汇集历代名家成说的同时，也陈述己见。这部分不仅工作量大，而且出新也不易。自宋代以来，各种杜诗注本层出不穷，至今可见约有 200 余种，除去各种不够完整的批点、摘抄、选评本外，注释全面、影响较大的注本至少也有二三十种。目前仍在阅读和参考的，主要是宋代的各种集注本和清人注本。虎林君此著考释、注评杜甫同谷诗，去粗取精，如沙海沥金，非细致和深思则不可得。书稿随后又用一章内容对诸问题进行研究，涉及其中的时间交代、地名现地、诗篇与目次、家庭及诗人身体状况等。该著还分两章讨论了杜甫陇蜀纪行诗的多重主题和艺术成就，分专章探讨《同谷七歌》的体制内容与审美价值，探讨《凤凰台》与《万丈潭》的创作旨意，研究了杜甫陇蜀行踪。专章分析了杜甫同谷诗和同谷草堂的关系，颇多新见。为增加对杜甫陇蜀诗研究的厚度和存续资料起见，该著还辑评了成县咏杜诗作与仿《同谷七歌》诗，综述了杜甫与赞公交游地的学术争鸣，收录了杜甫在同谷的传闻逸事和杜甫秦州诗。

比较而言，本书围绕杜甫同谷诗所作的立体化且极有深度的探讨是本书的最大创新点。因而使它成为探讨杜甫同谷诗鲜有的著作，再把同谷诗研究和对陇蜀道的探讨结合起来，在目前至少是填补了一个空白。在我写此序篇期间，恰有台湾中山大学简锦松教授发来长文《杜甫同谷诗现地研究》（约 5 万余字），就一些问题征询于我，因两著研究范围大致相近，故并而赏读：温君之著，广征博引，研探陇蜀杜诗，也旁搜其余；简君之作，着意精深，考察老杜同谷诗，兼现地勘测。他们的真知灼见、睿智精思，虽各有千秋，但都落在了杜甫"同谷诗"的研究重点上。两位学者的不同学术风范和研究思路，如时雨沾溉，对我颇多教益，正所谓"三人行，必有我师"，诚如是。

虎林君长期在陇南从事中文教学与文史研究工作，熟谙陇南的历史地理，加之研杜日久，翻检众多著述，浸渍涵濡，成就了这部《杜甫陇蜀道诗歌研究》。该著凝结着他长期的专业思考和研究，是结合地域特点而又独具个性的一部值得称道的研杜专书，对杜甫同谷诗研究关涉陇南地域的空白，开拓了视野。在这部著作即将付梓问世之际，因书已见，谨预为之贺。

蒲向明

2015 年 1 月于陇南成县寓楼

目 录

绪言 ………………………………………………………………（1）

第一章 陇蜀道人文历史概论 ……………………………………（8）
 一 李翕与下辨道 ………………………………………………（11）
 二 虞诩与青泥河道 ……………………………………………（13）
 三 诸葛亮与祁山道 ……………………………………………（16）
 四 姜维与阴平道 ………………………………………………（18）
 五 仇池政权与陇蜀道 …………………………………………（21）
 六 李白与青泥岭道 ……………………………………………（23）
 七 历史上的蜀道今何在 ………………………………………（24）

第二章 杜甫陇蜀道诗歌考释与解评 ……………………………（25）
 第一节 杜甫秦州至同谷诗歌地名考释与解评 ………………（25）
 第二节 《同谷七歌》与《万丈潭》诗歌解评 ………………（58）
 第三节 同谷至成都诗歌地名考释与解评 ……………………（69）

第三章 杜甫陇蜀道纪行诗研究 …………………………………（90）
 第一节 杜甫陇蜀道纪行诗诸问题研究 ………………………（90）
  一 纪行诗中的时间交代 ……………………………………（91）
  二 纪行诗中的地名现地 ……………………………………（91）
  三 纪行诗篇目与次序 ………………………………………（94）
  四 杜甫从秦州入蜀时所走陇右段是否称蜀道 ……………（96）
  五 关于杜甫蜀道上的家庭、生活及身体状况 ……………（98）
 第二节 杜甫陇蜀纪行诗的多重主题 …………………………（99）

一　特定时空下的蜀道之难 …………………………………… (99)
　　二　山昏水恶的蜀道及其寓意 ………………………………… (101)
　　三　举家跋涉之艰辛与杜甫个人的身世之悲 ………………… (103)
　　四　不忘国难的高尚情怀 ……………………………………… (106)
　第三节　杜甫陇蜀纪行诗的艺术成就 ……………………………… (108)
　　一　移步换形的连章组诗 ……………………………………… (108)
　　二　赋体笔法的充分体现 ……………………………………… (110)
　　三　情景互生的二元结构 ……………………………………… (112)
　　四　以地名为题、以时间为序时空构架模式 ………………… (114)
　　五　着力抒写"我"的感受 …………………………………… (115)
　第四节　杜甫客居陇右隐逸思想探究 ……………………………… (118)
　　一　归隐之路 …………………………………………………… (118)
　　二　秦州田园诗 ………………………………………………… (121)
　　三　遣兴抒怀诗 ………………………………………………… (123)
　　四　赠答留别诗 ………………………………………………… (125)
　第五节　杜甫秦州至同谷寺院行踪以及诗歌云鸟意象 …………… (126)
　　一　杜甫陇右寺院行踪及其寺院诗 …………………………… (127)
　　二　杜甫陇右诗歌中的云鸟诸意象 …………………………… (135)
　　三　结论 ………………………………………………………… (140)

第四章　杜甫陇蜀道行踪地名研究 ……………………………… (141)
　第一节　杜甫《发秦州》之"南州"考释 ………………………… (141)
　第二节　杜甫与仇池山 ……………………………………………… (148)
　第三节　杜甫与栗亭 ………………………………………………… (161)
　第四节　杜甫《两当县吴十侍御江上宅》写作地辨析 …………… (175)

第五章　杜甫同谷诗研究 …………………………………………… (180)
　第一节　杜甫同谷诗与同谷草堂 …………………………………… (180)
　　一　同谷概念的历史文献考察 ………………………………… (180)
　　二　杜甫同谷诗概论 …………………………………………… (183)
　　三　同谷草堂的历次修缮 ……………………………………… (187)
　第二节　《同谷七歌》体制内容与审美艺术初探 ………………… (193)

  一　《同谷七歌》体制渊源 …………………………………………（193）
  二　《同谷七歌》的抒情内容评析 …………………………………（194）
  三　《同谷七歌》的艺术特色 ………………………………………（199）
  四　《同谷七歌》的影响 ……………………………………………（202）
 第三节　《凤凰台》与《万丈潭》的创作旨意 ………………………（203）
 第四节　成县历代咏杜诗辑 ……………………………………………（211）
 第五节　仿《同谷七歌》释评 …………………………………………（231）

第六章　杜甫与赞公交游地争鸣综述 ……………………………………（273）

第七章　杜甫留在陇蜀道的传闻逸事 ……………………………………（283）

参考文献 …………………………………………………………………（305）

后记 ………………………………………………………………………（310）

绪　言

陇南师范高等专科学校中文系副教授温虎林主持申报的2009年度甘肃省教育厅科研项目《杜甫蜀道行踪及诗歌创作研究》(项目组成员：蒲向明教授、魏琳教授、潘江艳副教授、关薇讲师)，经甘肃省教育厅2009年7月27日《关于下达2009年度甘肃省教育厅第二批科研项目计划的通知》(甘教技〔2009〕34号)文件批准立项，列为2009年度甘肃省教育厅第二批科研项目计划(项目批号0928B—04)。根据甘肃省教育厅《甘肃省高等学校研究生导师科研项目计划管理办法》的要求，该项目于2009年7月启动研究工作，至2012年4月完成了研究报告(终结性报告)，在项目实施过程中创造了阶段性成果，产生了较好的社会影响。在此基础上开发出专业选修课《杜甫陇蜀道诗歌讲读》，已连续开设四届，听课学生达200余人。

研究杜甫陇蜀道行踪及其诗歌创作缘起：20世纪90年代就曾游览过成县杜公祠，当时仅仅是作为一个景点看看而已，谁知2001年随学校举家搬迁到成县，有机会多次徘徊于杜甫当年生活过的凤凰村、仰望过的凤凰台、伤感过的万丈潭，在自家居室经常眺望凤凰台、飞龙峡，于是杜甫情结日渐浓厚，研究杜甫就成了自然而然的事了；杜甫是中国最伟大的诗人之一，公元759年由秦州流寓同谷(今成县)，在同谷生活不到一个月时间，写下了《乾元中寓居同谷县作歌七首》《凤凰台》《万丈潭》《泥功山》《发同谷县》等诗，同谷于是出现在了中国文学史上，并且是伟大诗人杜甫最为艰辛的一段经历，而正是生活上的艰辛才铸就了《乾元中寓居同谷县作歌七首》《凤凰台》《万丈潭》等不朽诗篇。陇南师专位于成县，研究杜甫同谷诗有区位优势，于是再扩展到陇蜀纪行诗，前瞻秦州诗，后顾蜀中诗，这样就产生了《杜甫陇蜀道诗歌研究》。陇蜀道诗歌主要包括杜甫自秦入蜀二十四首纪行诗、《乾元中寓居同谷县作歌七首》和

《万丈潭》，以及与陇蜀相关的《两当县吴十侍御江上宅》《送韦十六评事充同谷防御判官》等诗，其中二十四首纪行诗以二十四个地名为题，真正体现了"杜陵诗卷是图经"（宋人林亦之）。关于"杜甫陇蜀道诗歌"的概念，学术界尚未有人提出，《杜甫陇蜀纪行诗注析》（高天佑）的概念不够严密，书中《乾元中寓居同谷县作歌七首》和《万丈潭》等非纪行诗，《杜甫自秦入蜀诗歌评析》（黄奕珍）内容概括全面，但未能突出"蜀道难"，而《杜甫陇蜀道诗歌研究》试图突显蜀道难的背景，杜甫之本意也是力求超越历代《蜀道难》的传统概念，以联章组诗形式多角度全方位展示"蜀道难"，这正是杜甫的创造与创新，实践证明杜甫超越了前人。一首诗不足体现"蜀道难"，杜甫笔下的"蜀道难"不仅有自然生态层面蜀道难行的含义，更有年近知命的人生忧患与国家动荡的政治经济生态等深广内容，这是前无古人，后无来者的。所以，杜甫"蜀道难"的隐喻性特征非常明显，并且不仅仅是"人生隐喻"（黄奕珍《杜甫自秦入蜀纪行诗中的"人生"隐喻》），而且更有"政治经济隐喻"，这组诗同杜甫其他诗一样，有鲜明的时代特征，同样体现着"诗史"本色。因此，杜甫陇蜀道诗歌历来受到读杜者的重视，是杜诗中诗评、诗话最多的，甚至后世形成了仿《同谷七歌》体，这在杜诗中是绝无仅有的。

2010—2011学年，项目负责人温虎林副教授赴浙江大学访学一年，师从林家骊教授学习秦汉魏晋南北朝文学，期间兼听了研究唐代文学的专家胡可先教授、沈松勤教授的有关课程。并收集了杜诗研究的相关资料，开展了相关研究，撰写《杜甫蜀道行踪及其诗歌创作研究》的研究报告，于2012年7月项目结项。该成果是在《杜甫蜀道行踪及其诗歌创作研究》研究报告的基础上修订而成，对杜诗研究中诸多热点问题予以回应。尤其陇蜀道后杜甫时代的遗迹、题咏、传说等进行了整理，对杜甫陇蜀纪行诗作了整体性研究，对以《同谷七歌》《万丈潭》为代表的同谷诗予以重点关注，对长期困扰杜诗研究的仇池山、两当县、栗亭等地名通过实地考证，并结合已有的研究成果，提出了客观中肯的判断，对近年杜诗研究中的热点杜甫与赞公交游地问题，进行了综述性研究，提出了公允的学术观点。本研究的关注点主要是乾元二年（759）冬天，杜甫从秦州至同谷，再从同谷至成都的行踪考证与诗歌解评，鉴于已有多种注析杜甫陇蜀道诗歌专著，本研究以地名考释与诗歌解评为主，不复前人旧迹。对杜甫秦州期间的思想状况、交游行踪、诗歌特色诸问题进行了研究，诗评均取自历代杜诗研究大家的观点，以增强诗评的学术性。另一个重点便是同谷咏杜诗的研究，杜甫当年在同谷生活不足一月，但后世的咏杜诗数量不少，本研究辑录、整理了这部分诗文，并为作者加了简介，较为完整的提供了杜甫与杜诗研究的新材料。对后人不同阶段的仿《同谷七歌》体诗辑录在一起，注释简评，附加了作者小传。

杜甫陇蜀道行踪与诗歌的专题研究，目前只有台湾大学中文系黄奕珍教授于2005年台湾里仁书局出版的《杜甫自秦入蜀诗歌析评》。收录了作者研究杜甫陇蜀道行踪与诗歌的四篇文章，分别是《杜甫自秦入蜀纪行诗中的"人生"隐喻》《论杜甫自秦入蜀纪行诗的成就与其文学史地位》《论〈凤凰台〉与〈万丈潭〉"凤"、"龙"之象征意义》《以"重复"辞格诠析杜甫〈乾元中寓居同谷县作歌七首〉的意义结构兼论其为"创体"之原因》。每篇文章都有新见，条分缕析，引用详尽，既能够宏观驾驭材料，又有微观探析，是对杜甫陇蜀道诗歌里程碑式的研究。《杜甫自秦入蜀诗歌析评》也是2010年本人在浙江大学访学期间收集到的该领域研究的最新成果，在我的研究过程中多次引用，特向黄奕珍先生表示谢忱。

本项目开展过程中，项目组成员多次赴天水、礼县、西和、成县、徽县以及四川有关杜甫入蜀行踪的地方进行了现地考察与研究，结合地志文献记载，考证并确定了杜甫自秦州（今天水）经赤谷、铁堂峡、盐井、寒峡、法镜寺、青阳峡、龙门镇、石龛、积草岭、泥功山到达同谷凤凰台的确切位置，考证并确定了杜甫从同谷（今成县）经栗亭、木皮岭、白沙渡、水会渡、飞仙阁、五盘、龙门阁、石柜阁、桔柏渡、剑门、鹿头山到达成都府的确切位置，由此确定了杜甫自秦入蜀的二十四首纪行诗具体地点以及行踪的具体路线。对有争议的龙门镇、石龛、积草岭、泥功山、两当县等均坚持了文献与现地相结合的客观考证，没有因地域色彩而加入个人情感成分，也没有人云亦云而是坚持了自己的观点。

杜甫作为中国最有影响力的诗人之一，1255年前自秦州、经同谷而入蜀，让陇蜀大地上的山山水水永留文学典籍，这无疑提升了陇蜀山水的人文蕴涵，杜甫所走陇蜀道遗踪成为后世缅怀凭吊诗圣之处，漫漫蜀道也由此成为承载杜甫诗歌的文化之道。在大力弘扬传统文化的今天，该项目研究具有一定现实意义。不论是对杜诗的深入研究方面，还是对地方文化资源的挖掘方面，都能起到一定的促进作用。蜀道不是一条简单的交通要道，它是区域文化的纽带，是自然人文共生的标本，是无数跨越蜀道者不畏艰险、不断开拓进取的精神象征。然而，无论是文化内涵还是文物遗产，需要大量的研究和保护工作。

《杜甫陇蜀道诗歌研究》内容概述

第一章　陇蜀道人文历史概论。对唐之前陇蜀道发生的故事以及各时期陇蜀道流通情况进行了梳理。汉代及其之前见于典籍的陇蜀道主要为：下辨道、青泥河道、祁山道、阴平道、嘉陵道，唐代则主要记载了故道与青泥岭道，不同时期的各条蜀道上都有或开通或经过的故事，杜甫则是顺着祁山道（礼县、西和）、下辨道（西和、成县）、青泥岭道（徽县）入川的，并经过青泥河道（成县），同谷居处即在青泥河旁，其诗中"朝行青泥上，暮在青泥中"之"青泥"即指青泥河。

第二章　杜甫陇蜀道诗歌考释与解评。对二十四首体现的行踪地名的纪行诗进行了考释，指出传统注释中的错误，对后人研究中与事实不符之处进行了辨析。如《石龛》写作地问题，靠地志与文献难以确定，经项目组人员实地考察，今成县沙坝观音崖就是该诗的写作地，解决了有学者提出的《石龛》排序不当的问题。对《泥功山》一诗，有学者提出此"泥功山"即青泥岭，经过现地考察与辨析，《泥功山》所写"朝行青泥上，暮在青泥中"中的"青泥"是指青泥河，而非青泥岭，青泥河在成县境内，而青泥岭在徽县境内，故泥功山并非青泥岭。从同谷至成都的诗歌有《发同谷县》《木皮岭》《白沙渡》《水会渡》《飞仙阁》《五盘》《龙门阁》《石柜阁》《桔柏渡》《剑门》《鹿头山》《成都府》，本组诗是写陇蜀道最为艰难的部分，是处于蜀道核心位置，路途险恶，如临深渊，如履薄冰。读其诗，不难感受到"蜀道之难，难于上青天"的境遇。除此而外，还对杜甫自秦入蜀的秦州至同谷至成都二十四首陇蜀道纪行诗进行了解评，其诗评一般都采用历代名家观点。《同谷七歌》与《万丈潭》是杜甫特意写给同谷的诗歌，在杜诗中分量很重，《同谷七歌》作为创体，艺术成就巨大，真实记录了759年寒冬杜甫在同谷的遭遇，历来称"奇地奇文"，后世评价甚高、甚多。《万丈潭》则是杜甫用诗的意境展现当年在同谷的困境，与《同谷七歌》主题一致，杜甫在同谷如同走入了人生的万丈深潭，万丈潭也是后人凭吊杜甫的胜景。

第三章　杜甫陇蜀道纪行诗研究。

第一节是杜甫蜀道纪行诗诸问题研究。其中包括纪行诗体现出的时间线索、地名线索，纪行诗的篇目次序与数量，"蜀道"概念的界定，历史上西和、徽县境"蜀门"的称谓，以及杜甫家庭与个人身体状况，等等。杜甫在乾元二年冬天这个特定的时间，携一家人艰难跨越了难于上青天的蜀道，千古只此一人。正如苏东坡所言："老杜自秦州越成都，所历辄作一诗，数千里山川在人目中，古今诗人殆无可拟者。"

第二节为杜甫陇蜀道纪行诗的多重主题。在特定时空下的陇蜀道跋涉，山昏水恶的蜀道背景上已届知命之年的杜甫冷静思考了自己的人生道路，并且举家跋涉，更有国家动荡的社会背景，故杜甫脚下的蜀道难是前无古人后无来者的，其主题呈现出多元化倾向，真正体现出杜诗"诗史"特色。

第三节是杜甫陇蜀纪行诗的艺术成就。本组诗全采用五言古体，不据形式，尽情挥洒，串联成章，对"蜀道难"做出了绝佳的阐释。杜甫之前，已有多首"蜀道难"，尤其李白笔下的"蜀道难"更是千古绝唱，但杜甫毫不示弱，他不仅采用联章组诗的形式，而且用赋体笔法，情景互生的二元结构，以时间和空间线索为架构，全方位、多角度书写"蜀道难"，杜诗中虽未出现"蜀道难"三字，但处处时时体现着"蜀道难"。蜀道纪行诗分为两组，各十二首，脉络清楚，地点明确，有"图经"性质，在体现纪行诗特质的同时，每首诗各有侧重，各有特点，提升了纪行诗的写作高度，在思想与艺术方面均有创造，这种以移步换形联章组诗纪行的方式也首创于杜甫，由二十四个点清晰地勾勒出杜甫所走过的难于上青天的蜀道，个中艰辛，自在二十四首纪行诗中。

第四节是杜甫客居陇右隐逸思想探究。研究杜甫客居秦州期间诗风的转变，重点探究杜甫秦州慕陶情结以及田园诗的创作。乾元二年秋天，杜甫在秦州寓居三月，作诗多达九十七首，以吟咏田园、遣兴抒怀、赠答留别三组诗为主，从中可以看出杜甫此时的隐逸之乐和山水田园之趣。

第五节是杜甫秦州至同谷寺院行踪以及诗歌云鸟意象。宏观上的寺院行踪和微观上的云鸟意象构成杜甫陇右诗的显著特色，在陇右诗中有明显的亦佛亦道思想，分析了其产生的原因；在此期间杜甫与赞公和尚、阮昉隐者交往密切，杜甫在此期间登临了诸多寺院，均透露出杜甫此时思想在发生着由儒而佛道的变化，故秦州诗在杜诗中有其独特之处，陇右是其诗运转关之地。

第四章　杜甫陇蜀道行踪地名研究

第一节是杜甫《发秦州》之"南州"考释。"南州"是杜甫发秦州的预期目的地，"汉源"、"栗亭"、"清池"明确了杜甫将要到达之处。

第二节是杜甫与仇池山。仇池山是杜甫理想中的卜居之地，苏轼是杜甫的仰慕者，有多首诗和仇池，辑录了部分后人吟咏仇池的诗篇。

第三节是杜甫与栗亭。栗亭是杜甫发秦州时理想中的去处，可到栗亭也未久留，只是匆匆路过，但栗亭后来建有杜公祠，今虽已圮，存有清代石碑数块，为杜甫入蜀行踪依据，辑录了后人修建杜工祠的碑文与吟咏诗歌。

第四节是杜甫《两当县吴十侍御江上宅》写作地辨析。杜甫陇蜀道跋涉途中是否去过两当县吴郁宅，学界争议较大，经研究认为杜甫没有去过两当。《两当县吴十侍御江上宅》属怀人之作，一则诗本身编在怀人一组，没有编在纪行之列；二则诗中所写景物亦为虚拟，非真实描写。

第五章 杜甫同谷诗研究

第一节是杜甫同谷诗与同谷草堂。同谷诗主要是杜甫在同谷创作的诗歌，以《同谷七歌》为代表，杜甫用《同谷七歌》特别的诗歌体式再现了他在同谷所受的困苦与艰辛，可以说前无古人，后无来者，该诗不仅杜诗中占有重要地位，而且在中国诗史上也是仅见的。从历代杜诗评论和仿作来看，《同谷七歌》是后人关注度最高的诗歌之一，应当列入杜诗的代表作之一。

第二节是《同谷七歌》体制内容与审美艺术初探。杜甫在同谷创作的《凤凰台》与《万丈潭》两诗，其地相近，其旨一脉，是将《同谷七歌》中表达的感性情绪意象化，故所体现的依然是饥饿中的凤雏与蛰居中的潜龙，这两首诗的境界都有伸展的空间，凤雏将来会"自天衔瑞图，飞下十二楼。图以奉至尊，凤以垂鸿猷。再光中兴业，一洗苍生忧。"对于万丈潭蛰居的潜龙，杜甫也希望"何当炎天过，快意风云会"呢？都寄寓着杜甫对未来的美好理想。

第三节是《凤凰台》与《万丈潭》的创作旨意。同谷杜甫虽然寓居时间短，但有多首诗明确是在同谷所写，《积草岭》自注"同谷界"，《万丈潭》原注"同谷县作"，未来同谷前写有《送韦十六评事充同谷防御判官》，为同谷也是为自己特意创制《乾元中寓居同谷县作歌七首》《发同谷县》等，同谷诗虽然在杜诗学史上数量不多，但分量不轻，尤其《乾元中寓居同谷县作歌七首》，后世竞相效仿，成为一体。本研究是从诗学意义上对杜甫"同谷诗"的界定、对同谷诗范围的界定以及历代修缮杜公祠的梳理，并附有晁说之有关创建杜公祠、发兴阁、濯凤轩的三篇记文。

第四节是成县历代咏杜诗辑。辑录了唐代至民国的60余首咏杜评杜诗，考释了作者小传，为研究杜诗学提供了较大空间，同谷杜工祠成了历代文人墨客凭吊杜甫的圣地。其中主要是历代地方为官者，其中不乏杜甫的粉丝康熙初知成县的吴山涛，因建"七歌堂"而被诬罢官，封建官吏的文化与文人情结令后人感佩。同谷在后杜甫时代成了咏杜评杜圣地，以致杜甫与杜诗学的影响一直延续至今，真正达到了"寂寞身后名"，杜甫生前寂寞，而在同谷更加寂寞，可其后世凭吊者络绎不绝，咏杜评杜者的队伍蔚为壮观。

第五节是历代仿《同谷七歌》诗释评。由于《同谷七歌》体制的独特性，后世形成了仿《同谷七歌》体，辑录了历代十五首仿作，附作者小传并作了注释与简评。这些仿作主要集中在宋元、明清易代之际，《同谷七歌》体成了乱世中的士人抒发天下至情至性的最佳载体，既崇仰进亦忧、退亦忧的杜甫，又能抒发国家离乱与个人忧愤之情，我们不能不说《同谷七歌》创体的影响之大。

第六章是杜甫与赞公交游地争鸣综述。陇右学者对杜甫与赞公交游地持不同观点，有学者提出赞公居住在同谷，杜甫与赞公的聚会也在同谷，杜甫给赞公所写五首诗属同谷诗范畴；另有学者认为传统的杜诗编排已是经典，其合理性、权威性不容置疑，本章综述主要学者的论述，并做了简要剖析。

第七章是杜甫留在陇蜀的传闻逸事。这些逸闻故事亦可佐证杜甫行踪，凡有逸闻故事的地方就是杜甫当年经过或生活过的地方。

第一章

陇蜀道人文历史概论

蜀道广义上讲泛指进出四川的道路，主要有"秦蜀古道"和"陇蜀古道"。"秦蜀古道"是指南起成都，过广汉、德阳、梓潼，越大小剑山，经广元而出川，在陕西褒城附近向左拐，之后沿褒河过石门，穿越秦岭，出斜谷，直通八百里秦川，全长1000余千米。"陇蜀古道"则是剑门蜀道向北通向甘肃境内部分，其中经文县境为阴平道，经成县则为下辨道，经两当、徽县为故道，经西和、礼县境为祁山道，经康县境为平洛道。前二者由于三国文化积淀深厚而名气较大，后者主要为宋、元、明、清时期甘陕、甘川茶马古道。

古蜀道

蜀道狭义上特指川陕之间的道路，又称"秦蜀古道"，是指由关中通往汉中的褒斜道、子午道、故道、傥骆道（堂光道）以及由汉中通往四川的金牛道、米仓道等。剑门古蜀道是以剑阁古城为中心，北至广元市朝天区朝天镇朝天峡，南至绵阳市梓潼县演武镇，全程二百余千米，是对广泛分布在陕甘交界区域的一系列道路的统称。"剑门"，系指剑门关，行政区划上属四川省广元市剑阁县管辖，历史上属剑州管辖，在四川东北方向剑门蜀道，为第六批全国重点文物保护单位，是一处典型的文化线路类型遗产，剑门蜀道文化线路遗存空间分布相对集中，内容丰富多样，对它的研究与保护对于我国文化线路类型的遗产具有较高的借鉴作用。从蜀道文化分类来看，蜀道涉及古代刻石、书法、诗歌、游记、佛道造像、名人踪迹、神话传说等，内涵十分丰富，既有可视性的人文景观，又有可读性的文学作品，是灿烂悠久中国文化史长河中一条独具特色的支流。从考古文化审视，这条线路从新石器时代以来就是巴蜀与汉中、岷江上游与汉水上游的文化互相影响、交会和融汇的区域。广元中子铺遗址，受汉水上游6000—7000年前李家村新石器时代文化影响，很可能是川北山丘区域新石器文化的起源处。汉水上游以龙岗寺为代表的李家村文化、仰韶文化，西汉水的大地湾文化、马家窑文化，同岷江上游的马家窑类型营盘山、姜维城，均同为受彩陶文化影响区域。历史上陇蜀文化的兼容交汇就是通过陇蜀道来实现的。从民族学角度来看，今天四川境内的氐人、羌人，均是从甘青一带迁移过去的，陇蜀文化渊源久远。到青铜时代，汉中城固的宝山文化、宝鸡的虢国墓地文化同巴蜀三星堆文化、十二桥文化又互相交汇。汉中出土的椭圆形人面具和牛头状铺首，与三星堆铜器有相似之处。所以，自古以来，汉中就是"与巴蜀同俗"（《汉书·地理志》）的区域，同属于巴蜀文化区。巴蜀文化区和巴蜀同风同俗区的形成和发展，这条蜀道起了决定性的作用。陇南地区毗邻陕西汉中与四川广元，陇南地区属长江水系，文化交融度高，商贸人员交往频繁，历史上曾同属一个政权管辖过，陇蜀道的形成有深厚的地理与历史因素。

蜀道人文历史悠久，可以追溯到神话传说中的蚕丛与鱼凫时代，左思《蜀都赋》刘渊林注引扬雄《蜀王本纪》："蜀王之先，名蚕丛、柏灌、鱼凫、浦泽、开明……从开明到蚕丛，积三万四千岁。"《华阳国志·蜀志》："秦惠王知蜀王好色，许嫁五女于蜀。蜀遣五丁迎之。还到梓潼，见大蛇入穴中。一人揽其尾掣之，不禁，至五人相助，大呼拽蛇，山崩时压杀五人及秦五女并部从，而山分为五岭。"（《李白诗选》）神话故事亦体现蜀道之险恶，开山者的悲壮。考古文献方面：《文物》1987年第10期所载《广汉三星堆遗址一号祭祀坑发掘简报》中明确指出："至迟在二里头文化（夏末商初）时期，蜀族就与中原有文化交往，商、西周时期，交往更为密切。"《文博》1988年第4期张亚初《论商王朝与古蜀国的关系》："从二里头文化到殷墟时期，蜀叟国所见夏商的青铜礼器，有的直接得自中原（馈赠或掠取），有的是依样画葫芦的仿中原制品，基本上是采取'拿来主义'。西周时期情况就起了变化。从彭县所出青铜器看，蜀叟国在制造青铜器方面已经更多地发挥出自己的创造才能。"可见夏商时期蜀叟民族与华夏民族有密切交往，蜀道自然在其交往过程中承载着经济文化的交流作用。

秦汉、三国都是中国古代著名的历史时期，蜀道地带分布的有关人文历史遗迹有秦使张仪、司马错伐灭巴蜀的金牛道，《史记·秦本纪》及《六国表》：厉公二年，蜀人来赂。惠公十三年，伐蜀，取南郑。惠文王元年，蜀人来朝。蔡泽说范雎曰："今君相秦，栈道千里，通于蜀汉。"秦与楚之交通，盖至斯而大辟。①

楚汉初项羽封刘邦为汉王的南郑城（今汉中城），曹参的进军是从汉中攻下辨、故道、雍、邰、好畤、咸阳、废丘，说明汉军的进军路线，是由沔县向西北，至甘肃成县，折向东北，经徽县、两当县、陕西凤县、越秦岭、入散关，进攻宝鸡和凤翔，再由凤翔攻武功，又沿武亭河北上，追败章平军于乾县东，然后，围章邯于兴平。②暗度陈仓的进军路线经过成县，由沔县至成县，可沿青泥河谷进入，也可经康县窑坪、云台大山岔（古散关）、中坝、唐房坝、关沟门向北进入成县境翻越鸡峰山到达下辨。"得陇望蜀"的故事也发生在陇蜀道天水、陇南段，东汉刘秀将岑彭、吴汉从盘踞陇右的隗嚣手中夺得天水与西城，刘秀敕书岑彭曰："两城若下，便可将兵南击蜀虏。人苦不知足，既平陇，复望蜀。每发一兵，头须为白。"③其西城即今西和长道一带，当时蜀地被公孙述占据。又"十一年，来歙与盖延、马成进攻公孙述将王元、环安于河池、下辨，陷之，乘胜遂进"④。其后汉将吴汉从武都（今成县）发兵，平定成都蜀郡守将史歆的叛乱，"吴汉入武都，乃发广汉、巴、蜀三郡围成都，百余日城破，诛歆等"⑤。诸葛亮六出祁山并在木门道射杀张郃，姜维大战铁笼山。至于成都，更是三国历史遗迹集大成之地，既是三国蜀汉之都城，又是蜀道南端终点，其三国历史文化地位早已蜚声海外。陇蜀古道是连接西南与西北的交通大通道，即今 212、213、316 国道走向，依然承担着连接西南与西北的功用。尤其在三国时期，蜀魏争夺的核心便是陇蜀古道的咽喉今甘肃陇东南地区，在诸葛亮、姜维看来，陇东南地区更便于向中原进发，战略位置十分重要。

---

① 吕思勉：《先秦史》，上海古籍出版社 2005 年版，第 230 页。
② 王开：《宝鸡古道路志》，陕西人民出版社 1988 年版。
③ 范晔：《后汉书》，中华书局 2007 年版，第 197 页。
④ 同上书，第 174 页。
⑤ 同上书，第 204 页。

一 李翕与下辨道

汉代与武都太守李翕有关的陇蜀道碑刻文化遗存有《西狭颂》《郙阁颂》《武都太守李翕天井道碑》等碑刻，记载了汉代陇蜀道开通情况。《西狭颂》与《武都太守李翕天井道碑》在今甘肃成县，《郙阁颂》在今陕西略阳，汉代今略阳属武都郡，位于下辨道的上述三碑均记汉武都太守李翕开通陇蜀道事迹。《西狭颂》：

> 汉武都太守汉阳阿阳李君讳翕，字伯都。天资明敏，敦《诗》悦《礼》，膺禄美厚，继世郎吏，幼而宿卫，弱冠典城。有阿郑之化，是以三剖符守。致黄龙、嘉禾、木连、甘露之瑞。动顺经古，先之以博爱，陈之以德义，示之以好恶。不肃而成，不严而治，朝中惟静，威仪抑抑。督邮部职，不出府门，政约令行，强不暴寡，知不诈愚，属县趋教，无对会之事，徼外来庭，面缚二千余人。年谷屡登，仓庾惟亿，百姓有蓄。粟麦五钱。郡中西狭中道，危难阻峻，缘崖俾阁，两山壁立，隆崇造云。下有不测之溪，阨笮促迫，财（才）容车骑。进不能济，息不得驻。数有颠覆陨隧之害。过者创楚，惴惴其栗。君践其险，若涉渊冰，叹曰：诗所谓如集于木，如临于谷，斯其殆哉。困其事则为设备，今不图之，为患无已，敕衡官有秩李瑾，掾仇审，因常骙道徒，钻烧破析，刻臽磪嵬，减高就埤。平夷正曲，柙致土石，坚固广大，可以夜涉，四方无雍，行人欢悀，民歌德惠，穆如清风，乃刊斯石曰：赫赫明后，柔嘉惟则，克长克君，牧守三国，三国清平，咏歌懿德，瑞降丰稔，民以货殖，威恩并隆，远人宾服，钻山浚渎，路以安直，继禹之迹，亦世赖福。
>
> 建宁四年六月十三日壬寅造时府。
>
> 丞右扶风陈仓吕国字文宝。门下掾下辨李虔字子行。故从事议曹掾下辨李旻字仲齐。故从事主簿下辨李遂字子华。故从事主簿上禄石祥字元祺。五官掾上禄张亢字惠叔。故从事功曹下辨姜纳字元嗣。故从事尉曹史武都王尼字孔光。衡官有秩下辨李瑾字玮甫。从史位下辨仇靖字汉德书文。下辨道长广汉什邡任诗字幼起。下辨丞安定朝那皇甫彦字子才。

又《武都太守李翕天井道碑》：

盖除患蠲难为惠，鲜能行之。斯道狭阻，有坂危峻。天井临深之厄，冬云则冻，渝夏雨滑汱，顿踬伤害。民苦拘驾，推排之役，勤劳无已。过者战战，以为大戚。太守汉阳阿阳李君履之，若辟风雨。西部道桥掾李（阙）。馔烧西坂，天井山止（阙），入丈四尺，坚无陷溃，安无倾覆，四方赖之，民悦无疆。君德惠也，刊勒纪述，以示万载。建宁五年四月廿五日已酉讫成。"（《隶续》十一）

《郙阁颂》，是东汉灵帝刘宏建宁五年（公元172年）刻的一方摩崖石刻。当时，是为纪念汉武都太守李翕重修郙阁栈道而书刻的，故全称《汉武都太守李翕析里桥郙阁颂》。

《郙阁颂》：

惟斯析里，处汉之右，溪源漂疾，横柱于道。涉秋霖潦，盆溢滔涌，涛波滂沛，激扬绝道，汉水逆让，稽滞商旅。路当二州，经用□沮，沮县士民，或给州府，休谒往还，恒失日咎，行理咨嗟，郡县所苦。斯溪既然，郙阁尤甚，缘崖凿石，处隐定柱，临深长渊，三百余丈，接木相连，号为万柱。过者慄慄，载乘为下，常车迎布，岁数千两，遭遇颓纳，人物俱堕，沉没洪渊，酷烈为祸，自古迄今，莫不创楚！于是太守汉阳阿阳李君讳，翕字伯都，以建宁三年二月辛已到官，思维惠利，有以绥济。闻此为难，其日久矣！嘉念高帝之开石门，元功不朽，乃俾衡官掾下辨仇审，改解危殆，即便求隐，析里大桥，于今乃造，校致攻坚，结构工巧，虽昔鲁班，莫亦凝象、又配散关之嶔漯，从朝阳之平参，减西浚（之）高阁，就安宁之石道。禹导江河，以靖四海，经纪厥续，艾康万里。臣蔡□□勒石示后，乃作颂曰：上帝绥□，降兹惠君，克明俊德，允武允文、躬俭尚约，化流若神、爱氓如子，遐迩平均。精通皓穹，三纳符银。所历垂勋，香风有邻。仍致瑞应，丰稔年登。居民安乐，行人夷欣。慕君靡已，乃咏新诗：析里之阁兮坤兑之间，高山崔巍兮水流荡荡，地既崄确兮与寇为邻，西陇鼎峙兮东以析分，或失绪业兮至于困贫，危危累卵兮圣朝闵怜，分符析壤兮□命是君，扶危救倾兮全育孑遗，勋劳日稷兮惟惠勤勤，拯溺亨屯号疮痍始起，间阎充庶兮百姓欢欣，佥曰太平兮文翁复存。

建宁五年二月十八日癸卯时衡官琢下辨仇审字孔信

从史位下辨仇靖字汉德为此颂时石南□□□威明

《西狭颂》《武都太守李翕天井道碑》《郙阁颂》等碑刻位置从空间展现出东汉陇蜀道成县至略阳的大致行进路线，《西狭颂》、《武都太守李翕天井道碑》则是从天水、礼县、西和等地通过下辨（今成县）的路线，再从成县凉水峡经大坪、谭河进入康县，再由康县至略阳境，亦可沿青泥河道直达略阳，再达汉中，亦可向西南至成都。成县与略阳间的康县，李翕曾下令修整散关道路，说明汉代成县通略阳经康县散关（即宋吴璘驻军的七防关，今名大山岔，位于康县东北部，距康县城32.5千米）。有此三点，下辨道的路线图便清晰了，成县—康县—略阳，是陇右汉代入汉中、下四川的便捷通道。

二 虞诩与青泥河道

青泥河北河源在礼县九龙山虎逃垭，一直沿青泥河南下至略阳境，亦为陇右入川的道路。东汉时故道嘉陵江上游一带也是古木密布，武都太守虞诩疏导嘉陵江水道时"自沮至下辨数十里，皆烧石剪木，开漕船道"。[①]虞诩，字升卿，武平人，东汉元初二年（115）任武都太守，他带领人民开通青泥河从沮县（今陕西略阳）至下辨（今成县）的道路，历史上的蜀道地带曾分布丰富的森林资源和重要野生动物资源，嘉陵江水色碧青，水质良好，含沙量少，流量大且长期通航。而近代以来蜀道地带森林锐减，主要森林类野生物种相继减少、消失，河水浑浊，航道阻塞，总的态势趋向恶化，其原因主要是由近代以来人类对蜀道地带过度的经济开发又忽略生态保护所致。[②] 东汉中叶，虞诩为武都太守。当时武都郡的治所在下辨（今甘肃成县西），其管辖范围则包括今甘肃东南部和陕西西南部的嘉陵江上游各县。武都郡本系羌氏等少数民族聚居地区，社会秩序很不安

---

① 范晔：《后汉书》，中华书局2007年8月版，第549页。

② 马强：《蜀道地带生态环境的历史变迁》，《成都大学学报》（社会科学版）1999年第1期。

定，而该郡所需布帛和饭食多靠汉中和川北等地区来供应。为了避免陆运的劳费，虞诩就亲自率领"吏士，案行川谷"、烧石剪木，开通"由沮至下辨"，"也就是从现在的陕西略阳县到甘肃成县间嘉陵江上游的航道，遭运布谷，岁省僦费40余万贯。再加上同时实行的安定社会秩序，贩贷贫民，兴修水利，奖励生产，招抚流亡等措施，二三年间，武都郡的民户由一万三千激增至四万，盐米丰贱，十倍于前"。① 唐代元和年间，兴州刺史兼东川和山南节度使严砺，仿效虞诩之法，将青泥河交通进行了修建。《新唐书·地理志》："严砺自长举县西疏嘉陵江二百里，焚巨石，沃醯以灌之，通漕以馈成州戍卒，即虞之遗法也。"明清两代，此路不断修复，保证成县通往略阳道路的畅通。明代白水县镇守使佐田祷于隆庆元年（1567）动员社会各界集资募捐，历时十三年修复了该路。清代成县知县黄泳、周鼎新均修复过青泥河道路。黄泳《成县新志》："县东南飞龙峡水经白水汇嘉陵，陆通略阳达汉沔，为汉唐川秦粮运故道，其地之险峻，有鬼见愁三，又叫侧耳岩、蛇倒退等名，自镡家河新路开后故道崩塌阻绝多年，土人以便捷数请修复，泳勘验捐俸以倡鸠工，焚石减木坎窈作栈补残平险几数十里，而遥故道复而往来通焉。"② 黄泳《修理黑峪河道路记》记述了对青泥河道路的整理：

  治北三十里黑峪河，上通秦陇，下达县城，为山水隩区。其经黄堵关一带，层岩峭壁，耸翠临霄，木阴翳而蔽日，石突怒而人立，狐兔茸伏，蛇龙菹藏。旧有小径，于密林深菁、嵯峨乱石中，仅堪托足。然穿幽谷，展巇崖，攀鸟道，临深渊，丰草遮路，交枝迷途，跋涉负担者，恒惴惴焉，有颠蹶陨坠之虞。且也，路既僻山用荒，于是虎肆其虐，往往群聚白昼咥人，为地方害，戊午秋，余在兹土，即闻其地崎岖过云栈，道路以塞，行人多由他途避险至县。慨然思乎治之，恐工费浩繁，独力之难成也。适居人士某某与余同志，首为倡助，并请余言募诸商民，遂乃鸠工集众，烧石剪木，芟刈崇隆，疏凿险隘。残缺者补之，断绝者栈之，以辟以除，既廓既夷。向之暗者朗，险者平，蛇龙遁、狐兔逸、虎迹远，其有负嵎者，则募强弓毒矢

---

① 李之勤、李进：《嘉陵江上游古代航运的发展特点》，《西北大学学报》1990年第2期。
② 黄泳：《成县新志》，台北成文出版社1970年版，第200页。

毙之。害之既去，道以大辟，由是而通车马便负戴，熙熙攘攘，不独往来贸迁者舍危殆而就安坦，即上下居民亦得时以物产木植顺流而通有无于县中。夫黑峪一陕区，一旦变而为乐壤焉，不可谓非道路之修治致之也，工既竣，居人士争执羔酒以除道驱虎献功邑宰。余曰："是众庶之勤劳与乐输者之义举也，夫何力之有！"第天下事，待人以成，亦赖人以守。孟子曰："山径之蹊间，用之则成路，不用则茅塞。"吾虑夫居人士之复茅塞之也，因为原其巅末，并捐资者之姓名勒诸石，以劝后人之能继云。

据史籍记载，自虞诩首创青泥河水陆交通后，唐代贞元年间（785—795）御史大夫兼山南西道节度使严砺、明隆庆元年（1567）白水县镇守使佐田祷、清乾隆初成县知县黄泳、乾隆五十七年（1792）知县汪鸣、嘉庆十二年（1807）成县知县方联聚等有识之士，都曾步先贤后尘，对青泥道相继进行了修建。自飞龙峡峡口以下，在手把崖、玉绳泉、西崖、二道峡、老龙背、三角崖、蛇倒退、阎王砭等险要地段，先后开凿架设了栈道，并有摩崖、碑刻记述其事。清嘉庆十二年（1807）《重修飞龙峡栈道碑记》云："同谷飞龙峡，为由县达略阳、汉沔要衢。云栈挂壁，危径如线，方之蚕丛鱼凫，何多让焉。嗣后，挂壁者渐落，如栈者渐隐，即仅求云栈危径，亦渐不可得求。当不叹开创之难，而继事之尤非易事也。乾隆壬子，邑侯汪公于峡口栈道捐奉，为诸绅士率，葺而新之，迄今刻石颂德弗衰。而由二栈以至三栈，犹未之及也。嘉庆丙寅，首事诸同人毅然举事，合邑诸士民慨然乐输，乃鸠工庀材，凿巉岩，斩荆棘，凡十月始成。计程考工，则起至长峰（丰）河，迤逦而上，至峡口而厥功竣焉。计形势舍三栈弗修者，材木难也。易其道于卫人山，与山人都者，径虽迂而固且久也。于二栈则辟而广之，因旧迹也。于一栈则补之，有所藉而成功甚易，且使汪公手泽庶历远常新也。昔险阻，今康庄，诚乐事哉。夫以必由道之人而修所必由之道，岂足言功？然往往嗟行路之艰，卒掉臂不顾者，几若人？不必为由道之人而道，为不必由之道也，可不谓过乎！弗修者过，则修者功矣。且非独于此而已，彼挂壁云栈如线危径，非必天造地设者也，必有人以开之，有人开之，乃无人继之，是终必天造地设而后可也。夫天造地设之幸既不可邀，而继事之人又不可多见，今幸而举事有人，人有成功而弗志之以垂久远，是上既无以昭古人开创之难，而自今以往，后之人虽有同志如今日者亦无由观。感兴起则不惟无功而反有过，夫居功不可也，居过可乎哉？然则斯举也，何可以弗志也，于是取而勒诸石。"碑文对青泥栈道飞龙峡至长丰河段的开凿历史及乾隆、嘉庆年间两次重修的情况作了简要记述，是研究青泥栈道唯一存世的金石资料。

三　诸葛亮与祁山道

三国时期则是陇蜀道的繁荣时期，诸葛亮与曹魏主要争夺地就在陇蜀道的天水陇南一带。自汉至清，陇蜀古道一直为兵家必争。自北至南绵延百十千米，城堡相望，烽台相连：东汉末，这里有白石、历城二戍，抚夷将军姜叙屯兵历城（今西峪坪）以御马超；三国时，姜维在陇右请置围守7处，以左车骑将军张翼为建威（今西和）督；南北朝时，沿建安水（今漾水河）置塞峡、历城、金盘、建安、错水等五处军、戍，又沿洛谷水（今洛峪河）置洛谷、虎馗、神蛇、仇池四戍，沿龙门水（今石峡河）置武威、龙门二戍。

1. 建兴六年（228）春，诸葛亮事先扬声走斜谷道取郿，让赵云邓艾设疑兵吸引曹真重兵，自己率大军攻祁山（甘肃西和县西北）。陇右的南安、天水和安定三郡反魏附蜀。张郃出拒，大破马谡于街亭。诸葛亮拔西县千余家返回汉中。这是第一次出祁山。（《三国志·诸葛亮传》）

2. 建兴七年（229）春，诸葛亮遣陈式攻武都（甘肃省成县周边）、阴平（甘肃省文县周边）二郡。雍州刺史郭淮引兵救之，亮自出至建威（甘肃省西和县西），郭淮退。遂得二郡。

3. 建兴八年（230），诸葛亮使魏延、吴懿西入羌中，大破魏后将军费曜（瑶）、雍州刺史郭淮于阳溪（南安郡内，当在甘肃省武山西南一带）。

4. 建兴九年二月，诸葛亮率大军攻祁山，始以木牛运。时曹真病重，司马懿都督关中诸将出拒。诸葛亮割麦于上邽（甘肃省天水市秦州区）。司马懿追亮至卤城（礼县盐官镇），掘营自守，有"畏蜀如畏虎"之讥。五月，司马懿与诸葛亮交兵，魏延等将斩获敌甲首三千级，玄铠五千领，角弩三千一百张。六月，李严因运粮不济呼亮还。张郃追亮退兵至木门，中箭身亡。此为二出祁山。

这四次用兵，有两次出祁山，一次至建威（今西和），一次至阳溪（南安郡内，当在甘肃省武山西南一带）。人们通常按照清人俞樾《小浮梅闲话》中的说法，称诸葛亮五次北伐。其中四次与陇蜀道有关。"六出祁山"，得蜀取陇，使蜀陇连成一片，扩大地盘，建立蜀陇战略基地，进可攻，退可守，有较大的军事回旋余地。这一战略思想，在《隆中对》中早有设计，同时刘备集团很早就把凉州列入猎取版图之中。诸葛亮迂回曲线运兵陇上，以复伏羲之氏族东徙都陈，黄帝氏族亦东徙，周武王伐纣兴周之道，秦人入关遂灭六国，偷袭挺进中原。因而建兴六年（228）首出祁山，天水、南安、安定三郡叛魏应亮，魏将姜维降蜀，使曹魏"朝野恐惶"，魏明帝曹叡亲驾长安坐镇指挥，命曹真率关右诸军防守，命张郃督步骑五万翻陇山西拒诸葛亮。由此看诸葛亮声东击西，出奇制胜的军事举策显然有其战略意义。然则蜀师何以不越秦岭，定要绕道陇右呢？秦岭谷道艰险当是其中的原因。可是仅仅因为行军困难就改变重大的军事、政治策略，是不大可能的，这点史念海先生在《论诸葛亮的攻守策略》一文中已有辨正。史先生认为，蜀出师陇右，主要是因为陇右地区是十分丰富的兵、粮基地，也是战马的重要产地，占据陇右能获得蜀汉所急需的兵员及军国物资。王夫之《读通鉴论》卷 10 云："秦陇者，非长安之要地，乃西蜀之门户也。天水、南安、安定，地险而民强，诚收之以为外蔽，则武都、阴平在怀抱之中，魏不能越剑阁以收蜀之北，复不能绕阶、文以挽蜀之西，则蜀可以巩固自存，而待时以进，公（诸葛亮）之定算在此矣。公没蜀衰。魏果由阴平以袭汉。夫知公之定算，名为攻而实为守也。"

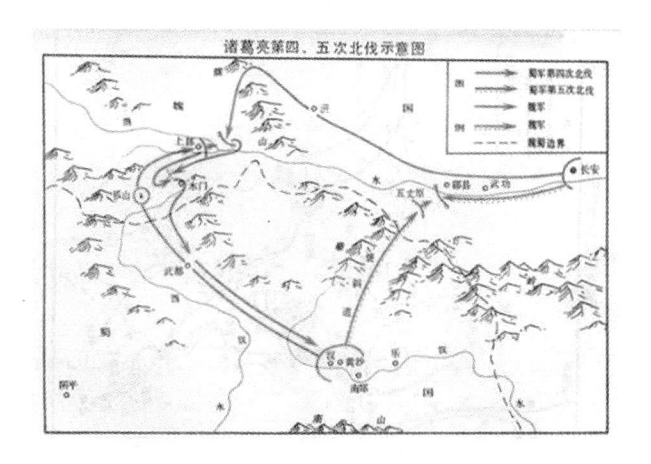

诸葛亮第四、五次北伐示意图

四 姜维与阴平道

冀县（今甘谷）人姜维继承了诸葛亮经营陇右的战略思想，姜维进一步凸显"西和诸戎"战略，十一次北伐，作战与经营主要放在接近西戎的阴平道，范围涉及松潘、文县、舟曲、岷县、临洮、陇西一线，即白龙江水道与洮河水道流域；仅一次出祁山，两次出石营（西和境），从战略上看，阴平道拉大与汉中防御间的距离，终因两端无暇顾及失利。姜维被诸葛亮任命为仓曹掾，同时加封奉义将军、当阳亭侯，当时姜维年仅二十七岁。诸葛亮非常赏识姜维的才干，他写信告诉自己丞相府的留府长史张裔和参军蒋琬说："姜伯约忠勤时事，思虑精密，我观察了一下他的才能，李邵、马良都比不上他，这个人真是凉州的上选人才。"又说："姜维不但在军事上很有见解，而且为人勇敢大胆，计划通明义理，深解兵法。更为可贵的是这个人心存汉室，我打算让他一边操练中虎步兵五六千人，一边将我平生所学的军事知识传授给他，然后就带他进宫觐见皇上，请皇上予以重用。"可见诸葛亮真的是把姜维当成传人来对待的。姜维更是一生都在报答诸葛亮的知遇之恩，十一次北伐，死而后已。战略上亦谨宗诸葛亮"西和诸戎"策略，努力经营凉州。姜维也"自以练西方风俗，兼负其才武，欲诱诸羌、胡以为羽翼，谓自陇以西可断而有也"。（《三国志·姜维传》）下录姜维在凉州的军事行动：

242年，姜维率部队回蜀，驻扎在涪县（今四川省绵阳市），次年冬十月姜维因功升为镇西大将军，领凉州刺史。

247年，姜维升为卫将军，与大将军费祎共管尚书事。于是姜维出兵陇右（陇山以西），与魏国前将军郭淮、讨蜀护军夏侯霸战于洮水（黄河支流，流经陇西郡临洮、狄道）之西，根据《华阳国志》校注，此役姜维得胜，《三国志》则未交代胜负。于是姜维主力进攻南方夏侯霸屯军的为翅（今地不详），而北方的郭淮料到了姜维的行动，先放下叛乱的胡人，大军向南直取姜维，姜维退走。

248年，郭淮进军讨羌，在西海（即青海）击败叛乱的凉州胡王治无戴。秋季，姜维出石营（位于南安郡南部，今西和石堡），从强川（今地不详）接应治无戴举部上下来降，并将他们安置在蜀国境内。姜维留阴平太守廖化于成重山（今地不详）筑城据险而守，西连羌胡。而郭淮以主力攻击廖化，又让夏侯霸等追姜维于沓中（今甘肃省舟曲县西北），姜维只好放弃进兵，回头救援廖化。

249年正月，魏国大将军曹爽被司马懿诛杀，右将军夏侯霸唯恐被牵连，投奔蜀汉。姜维假节，出兵西平，再次北伐。姜维先依曲山（位于陇西郡南部）筑起两座城寨，让牙门将军句安、李歆分兵把守，自己联络羌胡首领质任等进逼魏国西部，一边向狄道（今甘肃省临洮县）进军，一边围攻南安。此时代郭淮为雍州刺史的陈泰率领讨蜀护军徐质、南安太守邓艾等进兵围困曲山，断绝运粮通道和城外的水源。句安等挑战不应，城中将士困窘交加。姜维闻讯，回军牛头山（即曲山所在山区）解围，陈泰坚守不出，同时秘密派人联络讨伐羌人的郭淮策应。于是郭淮率领部队开赴洮水，拦截姜维的退路。姜维发现魏军计划，紧急撤退，曲山城寨牙门将军句安、李歆，终于粮尽降魏。姜维初战不胜而退，打乱了计划，而在郭淮军中的邓艾认为姜维必定再来，于是屯兵白水（今白龙江，嘉陵江支流，流经沓中）北岸。三日后，姜维派廖化在南岸结营，牵制邓艾。姜维想从下游渡河，突击洮城（应是临洮，今甘肃省岷县），而邓艾也算到了这一步，不顾廖化而径赴洮城，使姜维无功而返。

253年正月，大将军费祎被魏国降将郭循于汉寿（今四川省剑阁县东）刺杀身亡。少了费祎的阻挠，卫将军姜维开始了一系列大规模北伐行动。四月，姜维率数万人出石营，经董亭（位于南安郡南部），打算围攻南安，而雍州刺史陈泰解围进驻洛门（南安与天水之间，今甘肃省武山县东）相拒，姜维粮尽退兵。

254年，姜维加督中外军事，统领全国军队。年初，魏国狄道长李简秘密献书请降，于是姜维进围襄武，和魏讨蜀护军徐质交锋，斩杀徐质，击败魏军，但是蜀汉荡寇将军张嶷也在该役中战死。姜维乘胜追击，不少州县闻风而降，于是姜维就将其中河关（今青海省循化县东）、狄道、临洮三县（三县皆属雍州陇西郡）的居民迁入西蜀的绵竹（今四川省绵竹市东南）、繁县（今四川省成都市北）。

255年夏，姜维率车骑将军夏侯霸及征西大将军张翼再次出征陇西，八月到达枹罕（今甘肃省和政县西），进逼狄道。雍州刺史王经进屯狄道，要和东面的征西将军陈泰会合夹击姜维。王经初战失利，渡洮水退往西面，再次被姜维截住痛击，王经大败，魏军死者数万，不得已率万余残兵退保狄道城，姜维不顾张翼"见好就收"的劝阻，率部队围城。魏征西将军陈泰得知后，不等部队集结完毕就连夜赶往狄道东南高山上，派很多人举烽火、鸣鼓角。狄道城中将士见到救兵来了，士气大振。姜维没料到陈泰军来得那么快，不得已马上率部队攻击山上的陈泰军，却被陈泰击退。九月，姜维见围攻不利，又怕被陈泰截断退路，于是主动退往钟提（今甘肃省临洮县南）驻扎。

256年正月，姜维升为大将军。七月，祁山麦熟，姜维率休整后的部队出祁山，发现魏安西将军邓艾已提前布防，便回师经董亭进攻南安。邓艾占据武城山（位于南安郡南部）的险要进行抵御，姜维无法攻克，于是和镇西大将军胡济兵分两路，想直接攻击雍凉重镇上邽。但是胡济应到未到，姜维自己率领部分军队，连夜渡过渭水，向东直接沿山道进逼上邽，却在段谷（位于上邽以南）遭遇邓艾狙击，部队被完全击溃，大量士兵阵亡。蜀国上下对姜维这次北伐的失败有很多怨言，而原先已平定的部分陇西郡县也骚动不安，于是姜维引咎自行降职为后将军（一说卫将军），行大将军事。

262年十月，姜维兵出洮阳（今甘肃省临潭县），却在侯和（今甘肃省卓尼县北）被邓艾击败。姜维作为一名降将客居蜀汉，但十几年来虽然有胜有负，但是近年的连续作战失利却使得他的威信受到很大挫伤。

从兰州到成都就有一条便捷的通道，这条道路最重要的部分，可以说是由三国末期蜀国名将姜维和魏国名将邓艾共同开辟的。可悲的是，这一道路的开辟，直接导致了蜀汉刘氏政权的覆灭，而姜维本人也战死疆场，成后世笑柄；相应地，同一道路却成就了邓艾"另辟蹊径、荡平蜀国、统一华夏"的千古英名。自兰州→陇西→宕昌→武都→剑阁→江油→成都，局部虽有曲折，但总体没有大的迂回，近于直线，与经由宝鸡再入川相比，缩短了西北、西南两大重镇的距离。然而，这绝非一条康庄大道，尤其武都→江油，千山万壑，林密草茂，猛兽恣肆，盗贼横行。但是，这却是一条名副其实的"陇蜀道"：以兰州为中心的"陇"（陇山以西，陇右，今甘肃省大部）与以成都为中心的"蜀"（今四川省）的人员物资往来，几乎全部是通过它来实现的。阴平古道为古代陇蜀道上由北向西的捷径。阴平古道以地居岷山之东摩天岭之阴（北麓）而得名。在阴平东南有桥跨白龙江上，即所谓阴平桥头。由阴平（在今甘肃文县）而南，越摩天岭经四川青川县的青溪镇，经龙安到江油关（今平武县南坝镇）再至绵阳，可出成都之北，直下川西平原。阴平古道极为险峻，平时唯樵猎可通。阴平古道以地形偏僻险恶、易被忽视而更隐蔽，由此进袭成都往往能收出奇制胜之效。蜀汉建兴七年（229），诸葛亮北伐，平定阴平、武都，谓"全蜀之防，当在阴平"，因而置戍；后因"流马"小船发明，白龙江水运频繁，因而开发成为川、陇之间的一条通道。公元263年，邓艾率军经此道灭蜀。曹魏景元四年，钟会、邓艾伐蜀时，屯田沓中（今甘肃舟曲县境内）的姜维闻讯提醒后主亟遣兵守护阴平桥头，后主却未在意。姜维迅速回军扼守剑阁，扼钟会大军于剑门之外。邓艾向司马昭请示从阴平道进兵："今贼摧折，宜遂乘之，从阴平由邪径、经汉德阳亭，趣（趋）涪，出剑阁西百里，去成都三百余里。奇兵冲其腹心，剑阁之守必还赴涪，则（钟）会可方轨而进；剑阁之军不还，则应涪之兵寡矣。军志有之曰：攻其无备，出其不意。今掩其空虚，破之必矣。"（《三国志》卷二十八《邓艾传》）司马昭依从。邓艾遂自阴平行无人之地七百里，出剑阁姜维军后，先至江油，击破涪城、绵竹，进逼成都。刘禅震惊，自缚出降。自邓艾以后，阴平遂成为取蜀之捷径，据蜀者亦多注重对阴平道的防御。五代时，石敬瑭攻两川，西川帅孟知祥一面遣军争剑阁，一面派军趋龙州（今龙安），扼守要害，以备阴平故道；石敬瑭果然遣军欲从阴平道进兵，因西川兵有备，败还。明朝初年傅友德伐蜀，扬言出金牛道，而潜引大军循邓艾阴平故道而趋成都。

五　仇池政权与陇蜀道

"魏晋南北朝时代，氐人杨氏在此山区中，据形胜之地，拥有颇为庞大之武力，故能成为一顽强之地方势力，雄视一方，而北接关陇，南连巴蜀，道路艰险，且远距南北两朝之国都，故得首鼠两端，获取政治经济之权益达二百数十年之久。"（严耕望《唐代交通图考》）氐王杨难当据仇池，占据陇蜀道咽喉地带。使子顺为镇东将军，秦州刺史，守上邽，后改雍州刺史守下辨；第二子虎为镇南将军，益州刺史，守阴平。仇池政权存在了三百余年，鼎盛时期占据今甘肃天水、陇南、四川广元、陕西汉中等地。自然会形成以仇池为中心，辐射四周的交通路线，仇池通往天水、汉中、广元的通道，而此通道正是陇蜀道的核心地带。

仇池山三面环水，"绝壁峭崿，孤险云高，望之形若覆唾壶。高二十余里，羊肠盘道三十六回，《开山图》谓之仇夷，所谓积石嵯峨、嶔岑隐阿者也"（《水经注．漾水》）；它"……界于仓、洛二谷之间，有首有尾，其形如龟，丹岩四面，壁立万仞，天然楼橹，二十四隘路，若羊肠三十六盘，周围九千十四步，高七里有奇。东西二门，泉九十九，地百顷。农夫野老，耕耘其间。云舒雾惨，常震山腰，朝晖夕阴，气象万千。当其上，群谷环翠，流泉交灌，集而成池，广荫数亩，……虽无琼台珠阁，流水桃花，其雄峻之状，壮丽之观，即四明、天台、青城、崆峒亦未过此"（南宋《仇池记碑》）；"其地良沃，有土可以煮盐。杨氏故累世据焉。"（《元和郡县志》上禄县条）

仇池山是中华始祖伏羲的出生地，《路史》说："伏羲生于仇夷（即仇池），长于成纪"；与黄帝相争被砍去脑袋后以乳为目、以脐为口、一手执盾、一手挥斧、狂呼踊跃战斗到死的战神刑天是仇池白马氏族祖先部落奇股国雕题民的首领，他死后头颅被葬于常羊山，常羊山即仇池山。仇池山是氏族创立的仇池国的中心区域和战时根据地，自东汉至南北朝，氏族杨氏所建仇池国立国358年，比十六国任何一国立国时间都长，疆域最广时达九万六千平方千米。

春秋战国时开始以氏作为族称，如《山海经·大荒西经》载："有互人之国，炎帝之孙，名曰灵，灵生互人，是能上下于天。"据郝懿行《山海经笺疏》注："互人国即《海内南经》氏人国。氏、互一字盖以形近而讹，以俗'氏'正作'互'字也。"说明春秋战国时已有"氏人"存在。但在先秦史籍中往往氏羌连用或并称。如《诗经·商颂·殷武》云："昔有成汤，自彼氐羌，莫敢不来享，莫敢不来王"；《逸周书·王会篇》曰："氐羌以鸾鸟"；《竹书纪年》提及：成汤十九年"氐羌来宾"，武丁三十四年"王师克鬼方，氐羌来宾"等。由于羌先见于记载，氐羌又往往连用或混用，如白马氏，又称白马羌等。再据《大荒西经》，氏与羌均被认为是炎帝之后裔，炎帝为姜姓，氏人酋帅与羌人同，亦多姜姓。因而认为氏羌同源，氏出于羌。范晔在《后汉书·西羌传赞》明云："金行气刚，播生西羌。氐豪分种，遂用殷强"。

汉代在氏族聚居区设有武都郡、陇西郡、阴平郡等，并置十三氏道。此制始于秦。《汉书·百官公卿表》上提及：县"有蛮夷曰道"。《后汉书·百官志》亦云："凡县主蛮夷曰道。"据《汉书·地理志》及《水经注·漾水》等记载，汉代在氏族聚居区设置的道、县有河池县、武都道、氐道、故道、平乐道、沮道、嘉陵道、循成道、下辨道、甸氐道、阴平道、刚氐道、湔氐道、略阳道等。其中刚氐道、甸氐道属广汉郡，湔氐道属蜀郡。上述十三道俱在陇以南，汉中以西，洮岷以东及冉駹东北，与

《史记》《汉书》有关记载相吻合，其间必然有道路网络相通，尤其氐人根据地仇池通往汉中的道路与通往秦州的道路，分别连接南朝与北朝政治中心，也是两个政权攻伐的通道。

六 李白与青泥岭道

唐宋时期是中国文化之繁盛期，也是蜀道交通繁荣期。众多诗人名士往返秦蜀千里栈道并创作有数量十分可观的蜀道诗，唐宋著名诗人沈佺期、王勃、骆宾王、卢照邻、岑参、李白、杜甫、元稹、杜牧、李商隐、刘禹锡、韦庄、郑谷、张咏、苏轼、苏辙、文同、陆游、范成大、辛弃疾、吴泳、员兴宗、汪元量等或亲历蜀道状景抒情言志，或送别友人远赴蜀、汉，他们极尽想象以描绘栈道之奇险峥嵘，其中有不少脍炙人口的唐宋名篇，如初唐诗人沈佺期之《夜宿七盘岭》、盛唐诗人李白著名的《蜀道难》、北宋苏轼与文同（宋神宗时任汉中洋州太守）唱和的《洋州三十咏》、南宋爱国诗人陆游的《南郑行》和《剑门道中遇微雨》、辛弃疾《木兰花慢·席上送张仲固帅兴元》等。这些为蜀道增色添辉的著名诗篇，是蜀道历史文化遗产的重要组成部分。大抵蜀道之难，自青泥岭称首。

> 噫吁嚱！危乎高哉！蜀道之难，难于上青天。蚕丛及鱼凫，开国何茫然！尔来四万八千岁，不与秦塞通人烟。西当太白有鸟道，可以横绝峨眉巅。地崩山摧壮士死，然后天梯石栈相钩连。上有六龙回日之高标，下有冲波逆折之回川。黄鹤之飞尚不得过，猿猱欲度愁攀援。青泥何盘盘！百步九折萦岩峦。扪参历井仰胁息，以手抚膺坐长叹。
>
> 问君西游何时还，畏途巉岩不可攀。但见悲鸟号古木，雄飞雌从绕林间。又闻子规啼夜月，愁空山。蜀道之难，难于上青天！使人听此凋朱颜。连峰去天不盈尺，枯松倒挂倚绝壁。飞湍瀑流争喧豗，砯崖转石万壑雷。其险也如此，嗟尔远道之人胡为乎来哉？
>
> 剑阁峥嵘而崔嵬，一夫当关，万夫莫开。所守或匪亲，化为狼与豺。朝避猛虎，夕避长蛇。磨牙吮血，杀人如麻。锦城虽云乐，不如早还家。蜀道之难，难于上青天，侧身西望长咨嗟。

《蜀道难》勾勒出自长安入蜀的地理方位，"秦塞"指今陕西西安，"太白鸟道"即今太白县境内的太白峰，"青泥何盘盘"即今甘肃徽县境内的青泥岭，"剑阁峥嵘"即今四川剑阁县的剑门关，峨眉与锦城则是今四川峨眉山与成都。由此具体地名让西安与成都连成一线，空间感由此产生。陇蜀道与秦蜀道在进入四川境内是重合的，李白一生走没走过秦蜀道？值得再探究。他的父亲在李白五岁时从西域到四川江油，必然经过陇蜀道上的青泥岭，况且江油就在蜀道上。所以，李白笔下的蜀道难不全是浪漫主义的，也可能有记忆中的青泥何盘盘。

七　历史上的蜀道今何在

　　今天川陕之间的公路和铁路，无一不在原蜀道的基础上修建的。民国时修建的川陕公路，取线于北魏永平二年（509）改道之后的褒斜道和先秦时的金牛道，亦即元代之后的连云栈。1949年后修建的宝成铁路，其北段取线于古嘉陵道，南段取线于古金牛道。由西安到四川万源的西万公路，北段取线于子午道，南段取线于西乡经镇巴到万源之道，此道汉时称间道，唐时称荔枝道，后并为骡道。由陕西周至到洋县的周洋公路，大部取线于古傥骆道。由陕西眉县到汉中褒谷口的褒斜公路，1993年建成通车，乃取线于古褒斜道。由陕西南郑县到四川南江线的二南公路，基本上取线于古米仓道。杜甫所走秦州经西和、成县至略阳（祁山道、下辨道、青泥岭道）的大致路线，基本与今天天高速（甘肃段）重合。古阴平道大致和今甘川公路以及兰渝铁路（甘肃段）走向一致。这种古今的重合，岂是偶然？它反映了古今道路建设的共同规律。立足于今，借鉴于古，正是古道研究的现实效应。

第二章

杜甫陇蜀道诗歌考释与解评

第一节 杜甫秦州至同谷诗歌地名考释与解评

发秦州

（原注：乾元二年自秦州赴同谷县纪行。）

考释：秦州，州名。即今甘肃天水市。本周孝王时秦邑，秦以后发展起来，秦始皇时改为陇西郡。汉武帝元鼎三年（前114）设天水郡，治平襄（今甘肃通渭县西北），汉明帝永平十七年（74）改为汉阳郡，移治冀县（今甘肃甘谷县东南），三国魏黄初时分陇右为秦州，后省入雍州。《元和郡县图志》卷三九《陇右道》上《秦州》："魏分陇右为秦州，因秦邑以为名，后人省入雍州。晋复改汉阳为天水郡，武帝泰始中又立秦川郡，与州同理。隋开皇三年罢郡，所领县并属州。大业三年罢州，为天水郡。隋末陷于盗贼，武德二年讨平薛举，改置秦州，仍立总管府，天宝元年改为天水郡，乾元元年复为秦州。宝应二年陷于西蕃。"《新唐书》卷四十《地理志》："秦州天水郡，中都督府。本治上邽，开元二十二年以地震徙治成纪之敬亲川，天宝元年还治上邽，大中三年复徙治成纪。"考杜甫诗作，杜甫在秦州的行踪为太平寺、西枝、东柯谷、麦积山寺、城北寺、南郭寺、驿亭、赤谷西崦等地，居住时间为乾元二年（759）七月白露前后至十月初约三个月，留有九十七首诗，是诗人诗歌创作的一个小高潮，平均每天一首诗，且不乏三十韵、五十韵的五古长调。《发秦州》中南州之地望，学界多有争议，笔者考为"南秦州"的简称，《甘肃通志·卷三·建制沿革》："魏太平真君四年，置仇池镇治洛谷，七年，置南秦州。唐武德元年，复以汉阳郡为成州，仍治上禄，即杨难当所筑之建安城也。"南秦州是成州之前成州辖区的称谓，且使用时间较长，其辖区大致相当于今天的西和县、成县、徽县、两当县等地，位置亦在秦州之南。汉源即上禄县，唐至德元年（756）改上禄县为汉源县，今西和县城有汉源镇，为汉源县故地。栗亭在同谷县（今甘肃成县）东25千米，今属徽县栗川乡。《清一统志·甘肃统部·阶州直隶州二》："栗亭故城，在成县东。《寰宇记》'后魏正始中，置广业郡，领白石、栗亭二县'。县在成州东五十里。"杜甫从同谷县出发至成都的第一落脚处便是栗亭，"首路栗亭西，尚想凤凰村"（《木皮岭》）。清池应是"唐莲塘"，在今成县城，亦称裴公湖，"唐天授年间（691），司府丞裴守贞为成州刺史"，开此湖，故称裴公湖，今为成县八景之一。

我衰更懒拙，生事不自谋。无食问乐土，无衣思南州。
汉源十月交，天气如凉秋。草木未黄落，况闻山水幽。
栗亭名更嘉，下有良田畴。充肠多薯蓣，崖蜜亦易求。
密竹复冬笋，清池可方舟。虽伤旅寓远，庶遂平生游。
此邦俯俯冲，实恐人事稠。应接非本性，登临未销忧。
溪谷无异石，塞田始微收。岂复慰老夫？惘然难久留。
日色隐孤戍，乌啼满城头。中宵驱车去，饮马寒塘流。
磊落星月高，苍茫云雾浮。大哉乾坤内，吾道长悠悠！

解评：诗首四句叙启行大意。其次十二句言同谷当居，叙写了风景之暖与风景之美。再次八句言秦州当去，人事稠杂，则非风景之忧，塞田微收，则无物产之饶矣。最后八句临发情景，日暮孤征，戴星侵雾，不胜中途寥落之感。《发秦州》一诗，是情、景与叙事议论结合得颇为紧密的一个例证。诗中叙述了离开秦州去同谷的原因："我衰更懒拙，生事不自谋。无食问乐土，无衣思南州"，描绘了同谷物产的丰厚和风景的幽美："栗亭名更嘉，下有良田畴。充肠多薯蓣，崖蜜亦易求。密竹复冬笋，清池可方舟"，还说到秦州的人事稠杂，塞田薄收，难以久留。描绘了临行的景色："日色隐孤戍，乌啼满城头。中宵驱车去，饮马寒塘流。磊流星月高，苍茫云雾浮。大哉乾坤内，吾道长悠悠"。在一个凄凉的夜晚，落日的余晖在暮色中渐渐隐去，城头上传来，声声乌啼，诗人驱赶着马车，在寒塘中饮马，一个人披星戴月，迎风侵雾，走向崎岖的长路。这里既是写景，也是抒情；既有叙事，也有议论。王嗣奭《杜臆》："此诗难于作结。'大哉乾坤内，吾道长悠悠'，亦近亦远，收得恰好，与'飘荡云天阔'同意。"胡夏客曰："行役著此结语，何等气象。"崔德符曰："诗题两纪行：发秦州至凤凰台，发同谷县至成都府。二十四首皆以纪行为先后，无复差舛。"韩子苍曰："子美《秦州纪行》诸诗，笔力变化，当于太史公诸赞方驾，学者宜常讽诵之。"陆时雍曰："老杜《发秦州》诸诗，首首可诵。凡好高好奇，便与物情相远，人到历练既深，事理物情入手，知向高奇者一无所用。"浦起龙曰："自秦州抵同谷，又自同谷抵成都，前后纪行诗各十二首，此其首篇也。须看二十四首，蹊径各各不同的是发端，玩此诗纯从未发前落笔，明所以去此就彼之故。却用逆局，使文格不平直。起四句，提发秦州之由，实则提赴同谷之由也。故先逗出'乐土'、'南州'。接下十二句，竟写同谷。此所谓逆入势也。既使读者晓然知向往之处，又以悬拟作描写，为能运实与虚。朱云：'汉源'等句，言同谷风土之暖，利于无衣。'栗亭'等句，言同谷物产之嘉，利于无食。愚按：'伤远''遂游'作一束。此下八句，倒找秦州之宜去。末八句，写启行景色，又写临行胸襟。是皆所谓逆捲势也。"

赤谷

考释：赤谷，《钱注》《详注》《镜铨》引《一统志》，说在秦州西南七里，《钱注》又引《通志》说在秦州西二十里。《杜诗言志》解释《赤谷西崦人家》时说，"此弃华州司功，将往秦州，道经于此而作也。"把赤谷解为赴秦州途中某地。赤谷究竟在哪里？《读史方舆纪要》《秦州新志》云，在秦州西南七里，有赤谷川。《纪要》又载："宋嘉定十一年，利州统制王逸复大散关及皂角堡，进攻秦州，至赤谷口。"（按，皂角堡即今天水市西南三十里皂角镇，和赤谷相连）据此可知，赤谷即今甘肃省天水市西南七里南沟河谷一带，俗名暖和湾。当地民间的传说，老君在此炼丹，炼了七七四十九天，仙丹没有炼成，倒把附近的山谷沟坡烧红了，赤谷之名由此而来，原先谷中修有"老君庙"。

  天寒霜雪繁，游子有所之。
  岂但岁月暮？重来未有期。
  晨发赤谷亭，险艰方自兹。
  乱石无改辙，我车已载脂。

山深苦多风，落日童稚饥。
悄然村墟迥，烟火何由追？
贫病转零落，故乡不可思。
常恐死道路，永为高人嗤。

解评：前四句接上篇而来。"岂但"二句，无限衷曲，情随事迁之悲、饥来驱我之苦俱见。中间八句，叙发赤谷以后情状，不黏赤谷说。"险艰方自兹"一语，直将各首通盘提起。末四句，是初到道中结法。"不可思"三字，读之泪落。越思肠越断，故若作戒词者。（浦起龙《读杜心解》）唐汝询云："此诗叹羁旅之无极也。言冒霜雪而行岂能无感？然余所怀又非止岁暮，正恐此地无还期耳。何则？山路既险而荒索无人，贫病相继而故乡永隔，安知不死道路为高人所笑乎？此乃我所常念者也。"（《唐诗解》，明唐汝询著，今人王振刚点校，河北大学出版社2010年1月版，以下所引唐汝询评出处同此）王嗣奭《杜臆》："故乡之乱未息，故不可思，言永无归期也。公弃官而去，意欲寻一隐居，如庞德公之鹿门以终其身，而竟不可得，恐死道路，为高人所嗤。'高人'正指庞公辈也。"李子德云："古调铿然，有空山清磬之音。"浦起龙云："此才是发足之始，故景少情多，而赤谷风景，自可想见。"梅鼎祚曰："首四语，凄婉具足。其历叙穷途处，过于恸哭，结语虽直，亦是实情。"

铁堂峡

考释：铁堂峡，《读史方舆纪要》说在秦州东南七十里，《详注》引邵注亦依此说。《杜臆》《钱注》《镜铨》认为在天水县东五里。《中国古今地名大辞典》说在天水市西七十里的铁炉坡。冯至先生编，浦江清、吴天五注的《杜甫诗选》注为"秦州东南七十里"。最近出版的《杜甫诗选》说在"今天水县东五里。"这些说法到底哪个对？按《秦州新志》，峡在秦州西南七十里，《成县县志》记载，在天水废县东五里。这里的关键是对"天水县""天水废县"两个历史地名的理解问题。据《读史方舆纪要》记载，秦州西南七十里有天水城，唐初置天水县，旋废，宋复置，后分置南北二天水县。南天水县即废天水县，明称天水里。这个废天水县，也就是《杜臆》《镜铨》《钱注》所说的"天水县"，该地在现在甘肃天水县西南七十里的天水镇，俗名小天水。因此，《秦州新志》和《成县县志》的说法是统一的，都是对的。由于现在大多数人不知道过去的废天水县，所以笼统地说"天水县东五里"，便认为是后来的天水县东五里，邓魁英、聂石樵选注《杜甫诗选》（上海古籍出版社1983年11月第1版）的错误判断就是这样产生的。铁堂峡的具体所在，就是今天水市西南七十里（从天水镇来说就是东北五里许）的猫眼儿峡内的张家峡、赵家磨之间，这儿在古代是秦州往同谷、蜀地的大道。铁堂峡，位于甘肃省天水市秦州区平南镇与天水镇交界处，东北起自平南镇赵窑村口，西南至天水镇石滩子村西的青龙观下，源自西秦岭山脉齐寿山（古名嶓冢山）的西汉水从峡中穿流而过，是一条长十余里，峡崖壁立，色黑似铁，空谷一线，壁立千仞的奇幽峡谷。这里蕴藏着丰富的西汉水文化、三国古战场文化、陇右杜甫文化和天水古道文化等，在漫漫的历史长河中，它犹如一幅波澜壮阔的历史画卷，一幅纵横古今的壮美史册，真实地展现在世人面前，记录和见证着自身历史的过去、现在和未来，折射出古秦州博大精深的内涵和经久不衰的魅力。铁堂峡，当地又称猫眼峡、张家峡。它不仅是西汉水上游的流经之地，也是上邽通往祁山的战略要道，由陇入川的驿道和军事关隘，历来为兵家必争之地。同时，铁堂峡在三国时期为天水关的重要关隘，峡东北百余里乃上邽，其西出口即历城，十里即西县，三十里即囟城，不到五十里即祁山。而这些城池关隘相互接连，一城和一城之间的距离，也不过十几二十里，铁堂峡的战略地位由此可见一斑。据《方舆览胜》记载："铁堂山，在天水县（今天水镇）东五里，峡有石笋，青翠长者至丈余，小者可以为砺。"南宋郑樵撰《通志》载："峡（铁堂峡）有铁堂庄，四山环抱，有孤冢。[邵注]在秦州东南七十里。"《直隶秦州新志》载："铁堂峡（礼县）东一百里，汉姜维故里。""铁堂庄即杜（甫）诗《铁堂峡》，相传为后汉姜维故宅，四山环抱中一孤冢，传为维祖茔。"《天水县志》卷一《地理志》载："平襄侯姜维墓在（天水）县城南七十里天水镇北山，大冢巍然，相传冬不积雪。"《元一统志》载："姜维铁堂庄在天水县峡内，四山环抱中，有孤冢，相传为维之祖茔。入峡数十步，右岩有'石门上品'等大字及'延祐三年二月初三日'等小字。"由于岁月的侵蚀及附近村民盲目采石，文字现已荡然无存。

    山风吹游子，缥缈乘险绝。
    峡形藏堂隍，壁色立精铁。

径摩穹苍蟠,石与厚地裂。
修纤无垠竹,嵌空太始雪。
威迟哀壑底,徒旅惨不悦。
水寒长冰横,我马骨正折。
生涯抵弧矢,盗贼殊未灭。
飘蓬逾三年,回首肝肺热。

峡形藏堂隍

壁色立精铁

解评:前四句叙铁堂峡形势。山如堂隍,石之色黑,如积铁然,峡藏于中间。其次四句仰视所见,其山峭削幽秀。再次四句俯视所见,状其深峻阴寒。末尾四句抒忧乱之情,当此流离奔走,未有息机,故回想行踪而烦热也。亦可解为前八句状峡形,后八句述行旅。王嗣奭《杜臆》:"公怀卜居之想,故'堂隍'、'精铁'以下六句,皆其地之胜,既去而肝肺为之热也。"仇兆鳌注曰:"入蜀诸章,用仄韵居多,盖逢险峭之境,写愁苦之词,自不能为平缓之调也。"如"壁色立精铁"一语多为仄声,可谓声情并茂矣。黄白山云:"诸诗写蜀道之艰难,与行役之辛苦,每章结句,各有出场,无一相同处。"

铁堂庄
徐銮,元朝人
乱山深处一茅庐,原是姜公旧隐居。
惟有铁堂空峡在,六韬留与子孙无。

盐井

考释:盐井,《镜铨》引《唐书·食货志》:"唐有盐井六百四十,成州巂州并各一。"又引《元和郡县志》:"盐井在成州长道县(今甘肃礼县)东三十里,水与岸齐,盐极甘美。食之破气。盐官故城,在县东三十里,在嶓冢西四十里,相承营煮,味与海盐同。"《仇注》所引相同。据实地考察,以上所引无误。盐井在今甘肃礼县盐官镇,距前一站天水县铁堂峡三十余里。礼县的盐官镇,历史上称为卤城,现在是礼县的东大门和第一重镇。据《礼县史话》等资料记载,位于盐官镇南门外骡马市场附近的盐井,发祥于周代秦人占据时期。战国时期,国家在这里设置官吏,专门管理盐业生产。井盐生产从其发祥至新中国成立初期,一直都是当地人民重要的手工业和主要经济来源。据《礼县志》记载,20世纪50年代,盐官镇的盐民300余户,年产盐80多万斤,"盛况空前,煮盐的青烟弥漫着整个平川"。杜甫一行穿出铁堂峡,朝西南方向一路走到盐井,特意参观了盐工的劳动场面,写下了《盐井》一诗。又据《西和县志》载:盐井,在县北九十里,即今盐官城。县志并引邑中清代学人苏履吉《盐井》诗:"南望盐川五里途,煮来双井水成珠。朝朝集上薪如桂,六十余家买尽无。"对照杜甫《盐井》诗中所描写"汲井岁榾榾,出车日连连"的劳动场面,见出当时煮盐业规模不小,今实地考察仅有一口出盐。

盐井祠

当地人对盐神庙供奉有加,当地人告诉我们,礼县的盐神庙一进三院,供奉着"盐婆婆",而在甘肃漳县盐川镇也有一处盐井,供奉的盐神是"盐爷爷"。据说每隔几年漳县的盐井就不产盐了,当地人戏称这是"盐爷爷"与"盐婆婆"约会去了,他走的时候把盐也带走了。

盐井

晒盐

制盐工具

盐井祠现存发祥于周秦的盐井一口,口方三尺八寸,井深三丈一尺,至今盐水仍不断向外涌现。

　　卤中草木白,青者官盐烟。
　　官作既有程,煮盐烟在川。
　　汲井岁搰搰,出车日连连。

自公斗三百，转致斛六千。
君子慎止足，小人苦喧阗。
我何良叹嗟，物理固自然。

解评：诗首四句记煮盐之事。中四句记初则汲井以煎，既则车载而出，公私取利。末四句"君子"讥"自公"，"小人"指"转致"，物情争利，不足嗟叹，亦慨时之语。亦可解前八后四式，由煮盐而贩盐，言厚利所在，民必争趋，无足怪也。按：乾元初，第五琦为盐铁使，尽榷天下盐，斗加时价百钱，诗正其时作。王嗣奭云："盐获倍利，此亦官作之程，利亦不少矣，'君子止足'，不为之少，'小人喧阗'，不为之多，此物理之自然，人亦何苦不为君子而甘为小人，此吾所以兴嗟也。盖天下之乱皆起于争，争皆起于无止足。公之叹，触类于盐井之外也。"杨伦云："此叹公私趋利者众也，讽语含蓄。"浦起龙云："忽作述事诗，眼色一换。上八下四截。起二，'卤'场景逼真。以下由'煮'而贩，用蝉联叙。七八，特志时价。'止足'，隐讽在公，明引下文。'小人'，兼煮者贩者。为世乱民困作劳求活而悯之，非讥其逐利也。"

附记：据当地史书记载，盐官镇自古盛产井盐，历史非常悠久，唐代时期，井盐生产规模比以往更加扩大。盐官镇的盐井其实是冒水泉，水满自流，因而很早就被古人发现。当地民间传说，在隋唐时期盐井一度枯竭，唐将尉迟敬德行军至此，见到一只白兔跳跃在马前，便拉弓射猎，白兔中箭后带箭钻入盐泉，随后泉水涌出，于是井盐又重新旺盛起来。盐官镇是礼县、西和通往天水方向的东大门，古代处在连接陕甘川的交通道上，战略地位十分重要。而今，徐合公路穿境而过，更加凸显其重要的交通地位。历史上这里水草丰茂，盛产井盐适合畜牧业发展，便利的交通使"盐官骡马市场"在西北五省盛名一时。盐官镇（古时卤城）是三国时期蜀魏交战的主战场之一，也是蜀魏争夺的一个重镇，历代以来这个重镇流传着很多美妙的传说和故事。三国时期诸葛亮卤城运麦的故事妇幼皆知。据《礼县史话》记载：相传诸葛亮攻取了曹魏军事要塞祁山之后，曹魏大军退居卤城。当时正值小麦黄熟，蜀军长期征战粮草不济，诸葛亮一面加紧修筑营寨，一面密谋筹划抢收小麦。曹魏大都督司马懿派大将张郃镇守塞道，进逼祁山，钳制蜀军，自己亲率诸军将士抢收小麦，以图困死蜀军。就在魏军收完小麦就要运走的节骨眼上，诸葛亮导演了一出虚虚实实真真假假的夺粮迷魂阵。在四辆四轮车上，都坐着簪冠鹤氅、羽扇纶巾的诸葛亮，都有二十四个皂衣赤足、披发仗剑、手执七星皂方的卫士推车，都有千名军士护车，五百名军士擂鼓。他们分前后左右，从四路向魏军杀来。司马懿真假难辨，乱了方寸，军心因此大乱。慌忙间弃了卤城逃往上邽。张郃出寨营救，诸葛亮又派姜维伏兵塞道，在张郃后军点起硫黄杂草，断了后路。张郃冲出重围，也匆忙逃往上邽。诸葛亮遂派兵将魏军小麦尽数运往祁山寨中。

据《礼县志》记载，早在先秦时期，地处西垂西犬丘，今礼县及周边地区的秦祖先在与周的交流中，吸收了先进的生产经验，陶器、青铜器的制作工艺有了较大发展，具备了熬制加工井盐的能力。春秋初年，先秦崛起，先进的制作工艺及铁器传入西垂使井盐加工技术更加成熟。战国时期至秦建国初年，社会生产力迅速发展，秦国国力日益强盛，最终一统天下，为当时先进手工业工艺的传播及秦与巴蜀煮盐技术的交流提供了现实条件。战国后期至秦，国家对井盐的重视和开发，使井盐生产工艺进一步发展完善。秦、汉以后，历经唐、宋两代，直至新中国成立初，当地居民乃至周边诸县一直在食用盐官镇的井盐。据史料记载，清光绪年间，盐民达250余户，产销200多万斤，征银2000多两。至今，当地老人们还能回忆起街头叫卖盐水的情景。盐官镇井盐在历史长河中时刻都有着自身重要价值的体现。首先是重要的考古价值，盐官镇流域地处西汉水上游，是秦人的发祥地。秦人之所以迅速崛起，与盐有十分密切的关系，盐井工艺集中体现了先秦时代广大劳动人民的智慧。汉代恒宽在他的著名经济学政论文《盐铁论》中，就指出"盐铁专营"。盐井推动了盐官镇商业重镇和"盐官骡马市场"的形成，在历史上产生重要的经济价值。据史料记载，久负盛名的"盐官骡马市场"与盐的生产有密切关系，盐官镇骡马市场相传兴于唐代，大约与当地兴旺的井盐运输和其地处西部发达的牧业区与东南部发达的农业区交错位置有关。至明、清时期骡马市场规模进一步扩大，更趋繁荣，现在已发展成为西北最大的家畜集散中心。20世纪90年代，在盐官镇一年一度的骡马交易会期间，上市牲畜数以万计，成交额在200万元以上。1993年全年的牲畜交易总额达到10万头（匹），前来参与牲畜交易的不仅有西北各省区的客户，山东、山西、河南等省客户也频繁光顾。

按：清末叶昌炽领甘肃学政时曾沿杜甫所走盐井至龙门镇路线走了一

程，并赋诗多首，感慨良多。

叶昌炽（1849—1917）江苏苏州人。字鞠裳，号缘督，自题缘督庐主人。肄业于苏州正谊书院，入郡志局从冯桂芬编纂《苏州郡志》，一生主要以辑古佚书、校理群籍、搜集碑版、抄书作文为业。清光绪二十八年（1902）奉命领甘肃学政。西行访碑，以补正其所著《语石》一书。次年十一月得敦煌县令汪宗翰寄赠《索公（勋）纪德碑》《杨公碑》《李太宾造像碑》《李氏再修功德记碑》《大中五年洪辩碑》拓本及敦煌藏经洞出土《水陆道场图》绢画与唐人写《大般涅槃经》四卷。叶氏在《日记》中对这些敦煌写本、绢画作了考订、记录、研究，成为第一位研究藏经洞出土文书的学者。1904年至酒泉，从汪宗翰及王宗海处，得绢本《水月观音像》《地藏菩萨像》及写本《大般若经》等，均有考订。又将有关见闻写入《语石》及后来撰写的《邠州石室录》中。叶昌炽是最早接触敦煌文物的学者。有人称其敦煌学研究第一人。叶氏凭借其渊博学识判明这些文物是唐代古物，应予妥善处理，建议运往省城保管。但藩台衙门不愿出运费，只命令王道士将藏经洞重新封闭起来。难能可贵的是，叶氏在《语石》和其《日记》中，对其耳闻目睹有关藏经洞文物、文献最初的散佚情况，作了简明扼要的记述，引起国内有识之士的关注。四年后归居故里，以教学、校勘、编刻古籍为业，辗转于苏沪两地。光绪三十二年卸任后，仍在《日记》中不时记录有关敦煌写本的消息，尤其对自己当年视学仅至酒泉，而未能西出嘉峪关，尽取藏经洞宝藏，愧疚不已。主要著作有《缘督庐日记》43册、《语石》、《藏书纪事诗》7卷、《邠州石室录》3卷、《寒山寺志》3卷等。

附录1

盐官镇（叶昌炽）
汉书地理志，三十六盐关。河池下辨道，未闻列转般。
颇疑隋以后，下逮唐贞观。凿井与煮碱，盐利始肇端。
屹然为巨镇，南渡当临安。尚有同谷记，可征乾道刊。
阅世近千禩，此井尚未眢。瀹然四泉眼，有如在浚寒。
甃石制已古，栅木为巨栏。沸鬻涌地出，霜雪生飞湍。
朝汲复莫汲，鹿卢在井幹。据云水升斗，易钱可如千。
青铜日千百，朝夕营豆箪。俯仰既一饱，国课还可完。

天地自然利，不溢亦不乾。戎盐味如饴，色比青琅玕。
是为析支产，姜桂同登盘。又如花马池，南界近贺兰。
蒙古游牧地，利亦归可汗。我从张掖郡，西行过山丹。
驻马问前驿，已到盐池滩。皎然望一白，长风吹素澜。
凡兹皆陇产，财力初未殚。苟用盐荚富，谨正良非难。
郇瑕起猗顿，渠展资齐桓。海王与祈望，政令贵不奸。
计臣司出纳，幸毋惭素餐。文学大夫议，聊用补桓宽。

附录2：杨典《重修盐官镇盐井碑记》

天不爱道，地不爱宝，亶乎其然。宝藏之兴，固有金玉锡铁铜矿；而济世犹见盐之为物，生民不可一日而乏者。西和治东，古迹汉诸葛祠，祁山堡东盐官镇，古有盐井。我大明编卒工，阮三十家，日支水五百斗，月收盐三百六十五斤有余。不惟有益于一方之生民，抑凡济遐方之用动。不意嘉靖十二年十月初九日戊辰，其井响声如雷，至次日，西南隅塌一角，水涸五日，义官何论并灶户呈其事，知县魏尚质同诸父老设香案虔祷，其水复出，大巡王公绅少，方伯刘公存学，即命秦州同知郎中于光宇督工，散官左宗宽，老人赵奋鼎建如旧，访父老曰，究其井之源头，虽有石碑，因年久碑文脱落大半，命洗涤垢玷。谨寻摸其一二，谓井之源流肇自后周，有异僧志恭，翼水于地，后为卤城池。至唐贞观间，尉迟敬德田猎于此，流矢中兔，其兔带矢之地，遂掘而成井。唐杜甫有诗，具述其所由来。故至宋淳熙元年，开封刘规，掌其出纳国税，越雨冬，暴风起于西北隅，井随地而大坏。规思然，莫知所以，呈于有司，调长道、天水、大潭三县夫役，仍委知长道县事兼兵马都监宋压重建井。功完，水仍涸。公设香案再拜，而井水涌出，诚意感格之述，其井遂成，世世以至于今。其盐，西南通徽、成、阶、文、礼县、汉中，东通秦陇，凡舟车所至，人力所通，靡远弗济，又为国助边储有所赖，通商货利无不盐，余旁搜博访，遍考史册，秦之陇西，汉之天水，宋之汉阳，皆此地也。肇启于此，迄今千载余矣。诸父老慨然兴怀，见旧碑脱落颓坏，恐世后盐井源流久而失传。佥立诸佥为记，予乃镌磨旧碑之迹，搦管一述之云，仍备录事实于碑，后之人永世相传，庶知其所由来矣。则后之视

今，非犹今之视昔也哉！因勒石，以志不朽。乡进士知西和县事杨典撰文。嘉靖丁未正月吉旦，立石

附录3：盐泉赋
王文权，礼县人，清末例授儒学生员

　　有泉焉，渊源靡暨，济漾不穷，迹垂千古，惠流于今，巨源发于汉北，盛名播于陇南，沟浍之盈，不足比其清雅。川泽之会，悉足同其浪润，虽非江海之流派，润下作咸，纵无胶鬲之来举，所运为盐，缅怀遗迹，自古有年，汉称卤城，实此之源。历唐与宋，几经出没之象，迄元至明，不少溃冲之迹；及乎大清定鼎，是以凿筑得详，集七邑之狐腋，成一邑之巨观，金鸡飞藏，不必究其原尾；玉兔奔驰，不必穷其颠末。则见源泉混混，不舍昼夜，往来纷纷，共获乐利，汲者汲，荷者荷，赓歌与晶亭之上；浸者浸，润者润，谈笑于汉水之旁，一派巨流，涌出无限琼浆；几杯清净，结成百般甘露。是泉也，调和千百里，供养亿万家，渭渭玲珑映月，点点珠矶似玉。非贪泉之横流，非盗泉之暴露，非野泉之冲突，涓埃无补，非下泉之漫流，浓润洋溢，故其势之汪洋也。如廉泉之汹涌，其机之活泼也。如沃泉之澎湃，其清且美也。似甘露之滔滔，其馨且醇也。似酿泉之漫漫。□□□□□．虽不能舆洗墨池，写成诗赋，竟依然炼烹丹灶，是若银沙。原为之临泉而赋曰：
　　名流千载似此泉，胶鬲何时先着鞭。
　　不有渔翁来道破，百虑千愁终难宣。

寒峡

　　考释：寒峡，旧注无考。《宋书·氐胡传》云：西安参军鲁尚期，追杨难当出塞峡。《详注》《镜铨》等引此句时，称为"出寒峡"。据《读史方舆纪要》："屏风峡，在西和北四十里。"依此方位和距离，自盐井（即今甘肃礼县东盐官镇）经长道向南，通往西和的第一个山峡应为屏风峡。《纪要》又云："鹫峡，在仇池北，亦谓之塞峡。"屏风峡亦在仇池之北。按诗人赴同谷纪行诗顺序，《寒峡》在《盐井》和《法镜寺》两诗

中间，如此顺序和杜甫赴同谷路线一致，从实地来看，经长道沿漾水河谷往西和第一个峡口则为屏风峡，也就是鹭峡—塞峡，今又名祁家峡、大晚家峡。又从《纪要》记载看，鹭峡即塞峡，恐不确。杜甫纪行诗题曰《寒峡》，不知何故，抑或系笔误，也可能是传抄刊印之误。《中国古今地名大辞典》称"寒峡在西和县东"，于方位不符，也和杜甫离开盐井经法镜寺赴同谷的路线不符。仇注所引《宋书·氐胡传》载："元嘉十九年，裴方明讨仇池杨难当，北奔。参军鲁尚期追难当出塞峡。"据此可知，塞峡当在仇池山北部。《清一统志》引《水经注》云："建安水东北经塞峡，在山侧有石穴，人言潜通下辨。"又《清一统志》载："建安水在西和县南，自阶州成县流入，合西汉水。""寒峡在西和县东。"又据乾隆三十五年邱大英撰《西和县志》载，"仇池山在县西南一百四十里。"而建安水即今西和河。据此可定寒峡在仇池山北，西和县东，建安水上，即今屏风峡。

行迈日悄悄，山谷势多端。
云门转绝岸，积阻霾天寒。
寒峡不可度，我实衣裳单。
况当仲冬交，沂沿增波澜。
野人寻烟语，行子傍水餐。
此生免荷殳，未敢辞路难。

解评：首四句记峡中势险而气寒，云门乍转，却逢绝岸，积阻之处，又霾天寒。中四句记仲冬单衣，冲寒度峡，旅人之困如此。末四句记峡外无村落，苦寒更甚，最后二句自解，翻转前首"死道路"、"肝肺热"等句意。唐汝询评曰："此叙山行之苦也。言于崎岖险道之中而寒气方盛，峡水至不可渡者，正以旅客衣单故耳。又况波澜沸腾，逆流而济，彼野人尚寻问烟火，而我则傍水而餐，穷苦尤甚。然乱离之世征役不休，我得免此荷殳足矣。安敢辞此路难乎？刘注，所谓怨伤忠厚，得诗人之正者是也。"王嗣奭云："'积阻天寒'加一'霾'字，似不可解，而凄惨宛然在目，公诗往往有之，此如画家颊上加毛，增其神采也。'生免荷殳'，不辞路难，此苦语，非止足语；又见当时荷殳之苦也。"《仇注》引陈继儒曰："此与《铁堂》《青阳》二篇，幽奥古远，多象外异想，悲风泣雨，入蜀人不堪多读。"《仇注》引黄生曰："积阻之气，至于霾天，著此一句，寒峡方显。末二。即'生常免租税，名不隶征伐'意，亦无聊中故作此语耳。"

法镜寺

考释：法镜寺各注杜集均曰无考。《西和县志》载："法镜寺在县北三十里石堡城西山上，杜工部有诗。"石堡城西山今俗称五台山，存残破石碑两块，一题"重修法禁寺碑记"，一题"重修法进寺碑记"，建碑年代，均在明末清初。山下有石堡，崖壁有石窟三十座，留有造像（内有石浮雕像）十余尊，造型古朴浑厚，塑凿方法粗糙古拙，大约为北朝初建造。根据石碑字样看，此处即为法镜寺（两碑文中各有一字不同，但读音相符）。该处正合当年杜甫赴同谷纪行诗"发秦州—赤谷—铁堂峡—盐井、寒峡—法镜寺"之顺序，下面又有青阳峡，实地路线和纪行诗顺序也是相符的。仇兆鳌引黄鹤说："意尚在秦州。"既含糊其辞，又属揣度。法镜寺是否在秦州，诗中首句已明曰："身危适他州。"根据《西和县志》记载，西和县即唐长道县。又据《元和郡县志》记载，长道县隶唐成州。因此地处西和县北三十里石堡镇西山上的法镜寺，毫无疑问也在成州，即"身危适他州"之"他州"境内。从篇章次第上看法镜寺属成州也是合情理的。诗人前面经过的盐井，据《元和郡县志》载，在长道县，隶成州。杜甫行程所向，是背秦州而南，怎么能让地处盐井之南的法镜寺跑到秦州去呢？石堡镇距县城北三十里，西山仍称西山，唯法镜寺仅存残破的塑像与雕刻。

  身危适他州，勉强终劳苦。
  神伤山行深，愁破崖寺古。
  婵娟碧藓净，萧摵寒箨聚。
  回回山根水，冉冉松上雨。
  泄云蒙清晨，初日翳复吐。
  朱甍半光炯，户牖粲可数。
  拄策忘前期，出萝已亭午。
  冥冥子规叫，微径不敢取。

法镜寺石窟遗迹

解评：诗首四句叙路经法镜寺，行路伤神之际，见崖寺苍古，愁怀顿破。其次两句申破愁之意，婵娟，谓薛色明润。萧摵，谓箨叶飘零，此摹冬景。再次六句写寺前佳胜，山绕回泉，松含宿雨。云泄乍蒙，似晴而雨，日翳仍吐，似雨而晴，此摩晓景。末尾四句有留恋不尽之意，晨朝登眺，至午始出藤萝，及闻子规声惨，不敢取径搜奇，遂去寺而前迈矣。王嗣奭曰："公于极穷苦中，一见胜地，不顾程期，能于境遇外，别具一副胸襟，冥搜而构奇。"钟伯敬云："老杜入蜀诗，非独山川阴霁，云日朝昏，写的刻骨，即细草败叶，破屋危垣，皆具性情，千载之下，宛如身历。"浦起龙云："读诸诗如看横卷。险者、夷者、奥者、旷者，更变迭换。此乃其夷且旷之处也。起四，从行役跌落崖寺，以苦剔乐也。中八，写寺间卉物晴旭之趣，忽欲意开。结四，就过境作余韵，留取不尽。"

自长道镇沿漾水至石包城（叶昌炽）
雪后无登坡，坡高若盂仰。雪后无涉水，水深搏过颡。
两山必有川，川上尺寸壤。奔湍下匹练，势若万马放。
崖石当其冲，巨灵劈仙掌。正如滟滪堆，如牛复如象。
万派赴朝宗，顷刻异消长。滂沱况兼旬，汪洋骤盈丈。
樵径细入云，一发接苍莽。纵有一苇杭，临崖叹河广。
左有当门矶，悬崖不可上。渡河从右旋，途穷亦迷惘。
左之与右之，跬步即易响。马首瞻屡移，蚕丛未开朗。
盘旋一水间，有如鹿庐纺。揭浅亦厉深，拔来更赴往。

筑土为浮梁，两木架车辋。后退不挂跟，前行若扼吭。
两圯已离椿，一拳宛在盎。俨如不系舟，中流失双桨。
又如凌云台，绳空坐题牓。乱石缀四隅，难容展五两。
矗望徒回皇，飞行若跳汤。习流共擎裳，击汰聊借杖。
沉浮凫雁翔，高下鹡鸰抢。担闻鸿洞声，闭目息冥想。
悬度共屯缠，诞登犹惝恍。即非困蒺藜，不啻越草莽。
谁言蜀道难，坦途沿荡荡。畏哉此简书，驱我两筱荡。

石堡

"石包城"（叶昌炽，题下自注：包字疑为'苞'）
上禄三十里，有城曰石苞。颇疑晋仲容，治兵驻此郊。
西皮起持节，誉擅无双姣。筑垒谨斥候，虑无屯前茅。
至今齸蜡蕭，如奏凯旋铙。岘道羊叔子，怀古同胶胶。
酋畲痛金谷，汤沐非石窌。绝顶有栋宇，高处悬橧巢。
精蓝筑已古，剥落丹青涍。白云自来往，不见僧打包。
在昔魏齐代，正筮元黄爻。君臣共佞佛，不惜金钱抛。
佛龛盛伊阙，风雨古二崤。其次宋临安，灵鹫与虎跑。
凿石为巨像，宫殿开豁庨。莲台千百亿，涌现层岩坳。
观音大势至，璎珞垂绀臀。清信佛弟子，里俗逮斗筲。
磨崖纪岁月，笔力蟠螭蛟。至令欧赵辈，辑录相訾謷。
此山像亦古，颇愿订石交。毡椎倘有字，口诵还手抄。
岂知岁漫澷，没字碑同嘲。过者莫护惜，牧童尝火敲。
几如偃师像，解散类革胶。屠门过大嚼，毕竟非充庖。
山河大地幻，起灭成影泡。摩挲三太息，且归酌用匏。

青阳峡

考释：青阳峡，旧注无考。从实地来看，西和县东南五十里处有称"青羊峡"者，以山崖间有外形酷似青羊的石洞而得名，俗曰："从青羊峡里过，不知道（实际上是不注意就看不到，发现不了的意思）青羊在哪里卧。"据《西和县志》："青阳峡，县东南五十里。"杜甫写为"青阳"，恐系听其音而误写。今仍名"青羊"。该峡较长，为西和县向南通往成县的大道，峡内现有"天水青羊峡铅锌矿厂"。《清一统志》曰："青阳峡隘在西和县南，与阶州成县接界。"《西和县志》载："青阳峡，县南五十里，山上有石穴。"又："青阳寺，县南五十里，今垠，铁钟一尚存。"可见，青羊峡距县北三十里的法镜寺共八十里。青羊峡之称沿袭至今，是西和到成县的必经之地。山峡陡峭，唯一出峡之路。

    塞外苦厌山，南行道弥恶。
    冈峦相经亘，云水气参错。
    林回峡角来，天窄壁面削。
    溪西五里石，奋怒向我落。
    仰看日车侧，俯恐坤轴弱。
    魑魅啸有风，霜霰浩漠漠。
    昨忆逾陇坂，高秋视吴岳。
    东笑莲华卑，北知崆峒薄。
    超然侔壮观，始谓殷寥廓。
    突兀犹趁人，及兹叹冥寞。

  解评：诗首四句从峡行叙起，总写道路弥恶，山叠水迷。其次八句写峡景及我的感受，峡角，从旁横射出，壁面，当前劈峙者。奋怒，崩石危险也。碍日车，石势耸欹。陷地轴，石形重大。魑魅啸，石傍阴惨。霜霰多，石上凝寒也。属正面描写，四句实写，四句虚写。后八句用陪衬法借众山形其突兀。今到青羊，其突兀之状犹若逐人而来，始叹冥寞之境不可穷尽也。江盈科《雪涛诗评》曰："少陵秦州以后诗，突兀雄肆，迥异昔作。非有意换格，蜀中山水，自是挺特奇崛，独能象景传神，使人读之，山川历落，居然在眼。所谓春蚕结茧，随物肖形，乃为真诗人，真手笔也。"王嗣奭云："'林回峡角来'，'石''怒向我落'，一经公笔，顽石俱活。'魑魅啸有风'，险语怕人。陇坂地高，故早见吴岳。走数日而既隐复见，若来追我然，故云'趁人。'"浦起龙云："起四，就题前迤逦而来。中八，入正面，斗然而起。四实写，四虚摹。石壁插天，欹危倒瞰如画。后八，用陪衬法。但旧解多混。诗盖特提'吴岳'一山衬耳。言当日'踰陇'观岳，觉他山皆小，已谓超然独出，至今犹似突兀趁人。及睹兹峡，乃始叹为直凌天表，非'吴岳'之可喻也。兜题只一句。"

附和诗：

青阳峡用少陵韵
(何廷楠，广东连平人，乾隆七年壬戌科进士，1756年西和知县)
探幽爱奇险，冥搜良不恶。高峡束惊湍，横空势参错。
精铁铸成壁，神工鬼斧削。崩云忽倒垂，危石从天落。
石随云动摇，云撼石根弱。石林云气蒸，雨花散冥寞。
忆昔花首台，倚仗望罗岳。萝径万松深，飞泉相喷薄。
泉声犹在耳，松风满寥廓。十年鞅掌史，兹游恍如昨。

青羊峡
叶昌炽（1849—1917）江苏苏州人。
山高不见日，驱马风萧萧。空翠荡岩窦，寒气生穴寥。
前峰望咫尺，一发横山腰。穿云度迤逦，不觉行愈遥。
石色自太古，郁郁青琼瑶。茑附无寸土，峻极空嶕峣。
流泉下匹练，滉漾悬鲛绡。潺湲去不返，清籁如竽箫。
倘许结庐住，小筑栖鹔鹩。观瀑且挂笏，酌涧聊挂瓢。
箕颍愿斯足，一洗尘缨嚣。惜哉林壑美，不闻田园饶。
冬霜杀桃李，四野无青苗。乡井弃如屣，毁室伤漂摇。
胜游且勿喜，恻怛陈风谣。

过青羊峡
(杨继先字善卿，西和人，清庠生)
青阳与青羊，向作一字错。今从此峡过，行人指约略。
一块青色石，如羊卧崖角。细审形色合，有首亦有膊。
忆昔黄初平，闻有叱石著。叱石人已去，人去石不落。
尤忆杜少陵，过此亦有作。彼曾经吴岳，及兹叹冥寞。
冥寞不冥寞，万古此林壑。一经名人题，云水转不薄。
古人乐林泉，流连久住脚。我亦乐其乐，胸襟渐寥廓。

过青羊峡

（张志诚　字石庵 1906—1948）

青阳峡名古，青羊俗附托。我行峡里过，所见亦隐约。
在读少陵诗，深叹山林恶。即今视冈峦，犹见形不弱。
太华与崆峒，名山久钦若。何时得壮观，一览尽寥廓。
呼吸帝座通，吾亦当有作。

过青羊峡步少陵韵

（张志诚　字石庵 1906—1948）

我生不逢辰，命途多蹇恶。行年近四十，犹然铸大错。
赋性不谐俗，举足趾每削。以故群儿愚，相率讥伍落。
呜呼少陵翁，志气殊不弱。自许稷契俦，终身如居漠。
即如青羊峡，青冥连吴岳。不经高人题，谁复置薄厚。
知音渺难过，旷野感寥廓。附会不易得，能无悲寂寞。

龙门镇

考释：龙门镇，旧注皆谬。1945年后新注亦多以讹传讹，龙门镇注为"在甘肃成县东"，今亦有证在西和县坦途关的，亦有证为西和县石峡的，据遗迹和地理位置分析，当为今成县纸坊镇府城，文献记载亦可证之。《元丰九域志·秦凤路》："同谷有二乡，府城、西安二镇。"《元一统志》："龙门镇，杜甫诗有'石门云雷隘，古镇峰峦集'之句，在同谷县。后改为府城镇。"《清一统志》："同谷县有府城、西安二镇。"肖涤非《杜甫诗选注》认为在巩昌县，误。乾隆六年黄泳修撰的《成县新志》载："龙门镇，县西七十里。杜工部诗'石门云雷隘，古镇峰峦集'，即此。后改府城镇。"清光绪四年（1878）当地秀才李茂秀曾撰联锲于楹柱上："龙喷玉泉甘露洒遍三千界，门设金地祥云普护十八村。寺壮雄观名地不遗邱令志，院依故址胜迹犹忆杜公题。"藏有龙门寺院四字，从以上记载可以肯定，杜甫笔下的龙门镇就是成县西（而不是东）七十里的府城镇，现在是成县纸坊镇府城村所在地。当地长者尚知龙门镇旧名，并说光绪年间还有石牌坊残迹。府城今虽为村，但有东、西、北三条街，四周环山，确为"峰峦集"之地形。龙门寺位于县西七十里府城。据《读史方舆纪要》载：东晋符秦时期，这里即置龙门戍，龙门镇因此得名。元魏（指北魏孝文帝太和年间。北魏皇帝姓拓跋，至第七代孝文帝承明元年，将拓跋改姓为元，孝文帝名拓跋宏，遂称元宏）时又于其地始建龙门寺，为陇右名刹。据传寺内的古罗汉塑像为唐代雕塑大师杨惠之所塑，唐乾元二年（759），诗圣杜甫由秦州赴同谷时曾途经此地，写下了忧国伤时的《龙门镇》一诗。大宋开宝二年（969）重修龙门寺时，在寺门门屏上曾制一匾额，榜书"龙门寺"三字，相传为寇准巡按成州时所书。书体系行书，书法娟秀刚健，潇洒婉柔，是书法艺术中不可多得的珍品。该地为防御吐蕃的战略要地，距此最近的吐蕃入境路线当是武都方向而来，故在此防守。今天水至十堰高速与成武高速正在此交会，说明古今交通路线相一致。

石门

细泉兼轻冰，沮洳栈道湿。
不辞辛苦行，迫此短景急。
石门云雪隘，古镇峰峦集。
旌竿暮惨澹，风水白刃涩。
胡马屯成皋，防虞此何及！
嗟尔远戍人，山寒夜中泣！

解评：首四句记往龙门之路，言行迟而日促。迫属行程，急属日影。

中四句叙龙门之景，雪隘峰集、旌竿惨澹、风水刃涩。后四句叹戍卒之苦，石门峰峦，有险可凭，亦何必屯兵戍守乎？此地乃交通要冲，东通成县、徽县、两当、凤县，直达宝鸡、凤翔，即"同谷为咽喉"，西通礼县，北通西和、天水，南通康县、武都、略阳、汉中，故屯兵龙门镇不是没有理由。黄淳耀曰："时东京为思明所据，秦成间密迩关辅，故龙门有兵镇守。然旌竿惨澹，白刃钝涩，既无以壮我军容，况此地又与成皋远不相及，则亦徒劳吾民而已。"事实证明此评不公允，此地主要在防吐蕃，其后762年吐蕃果占领秦州、成州等地。明胡缵宗《府城里公馆记》："陇西属邑礼、成、和之间，程非一日，每于礼邑府城镇暂止之，乃或俯邮舍，或就民舍。""盖坊东七十里为成，西百有十里为西和，南百有十里为平洛，乃著为规。"可见府城镇的地理位置的重要，今天成武高速也以府城为连接点，说明府城地形通达之利，追之，唐代亦然。

府城新貌

相关材料：
府城里公馆记
胡缵宗（1480—1560），字孝思，一字世甫，号可泉，一号鸟鼠山人。明巩昌府秦州秦安县人。武宗正德三年（1508）进士。曾任翰林院检讨、潼川知州，入为南京户部湖广清吏司员外郎，迁郎中，出安庆府知府，苏州知府，又任山东、浙江、山西等地布政使司左参政，河南布政使，最后升山东巡抚右副都御史，调河南巡抚都御史。著有《鸟鼠山人集》等传于世。

惟柱下御史巡按于诸郡县，诸郡县乃见御史行台；参政或参议分守宪佥分巡于诸郡县，诸郡县乃建布政按察分司，盖行台、分司皆备以驻节。间有郡县程不能一日至者，于其中道必建行馆，亦备以弭节。然驻节则侍御观风，参知敷政，宪佥提刑；弭节则侍御采访，参知、宪佥咨询，而台与司不徒建也。陇西属邑礼、成、和之间，程非一日，每于礼邑府城镇暂止之，乃或俯邮舍，或就民舍。邮舍陋，民舍亵，上何以莅，下何以承，弗便有年矣。嘉靖甲辰，参知高君白之侍御朱君，乃下礼邑度其处，云礼之纸坊可。乃属礼邑高君光，于其坊建侍御行台一。乙巳之初，高尹发所请赎金若干镒，鸠工及丁，伐木及石，贸房中隙地分建之。中建行台，其堂伟如：其退省堂，洞如；其内外作有序，翼如；其重门，凛如。左建布政分司，其堂、其退省堂、其内外左右序、其门严肃咸相若。起工于若年首夏，讫工于今岁暮春。不数月诸行馆成，而参知君因属李节推惠酌，诸使节自成临若坊者，供仍属成；自西和临若坊者，供仍属礼；自平洛临若坊者，供仍属若驿。盖坊东七十里为成，西百有一十里为西和，南百有十里为平洛，乃著为规。高尹落成之，乃具以复于参知高君、宪佥贾君，咸曰："可弭节哉！"转以复于侍御张君，亦曰："可埋轮哉！"盖自是，诸侍御君止于其台，若少暇也，岂不思所以持纲执宪者，务求光明正大而监察之，下吏不归于正，民不归于厚哉！岂徒观美已哉！诸参知君止于其处，抑岂不思所以屏翰者而旬宣之，非公莫秉也；诸宪佥君止于其处，抑岂不思所以贞肃者而廉访之，非明莫察也。吏不服其平哉？高子谦尹礼，以礼教，以德化。循良之政不一，而建是台之完美，其一也。以予于嘉州有一日之雅，属予记，予嘉其作之之省，建之之速，原其始末记之。俾勒刻石，以告夫嗣是宰礼者，俾勿斁！（见《成县志》《礼县志》，二志文字稍有不同，以《成县志》为据）

石龛

考释：石龛，旧注亦无考。《方舆胜览》只说"石龛在成州（今甘肃成县）近境。"据《西和县志》："石龛，在县南八十里，八峰排列，松柏苍翠，山腰有石窟一带，杜工部有石龛诗。"认为石龛即"双石寺石龛，位于西和县南部石峡乡坦途村河西山麓。"《西和县志》载有两处"石龛",另一为八峰崖石龛。《杜诗释地》只列举以上诸说,未能定论。杜甫赴同谷纪行诗中,《石龛》排在《龙门镇》后,从实地和经行路线来看,杜甫石龛诗所写石龛应在今成县沙坝乡观音崖圣泉寺,"故今日之圣泉寺,即杜甫诗中的《石龛》"(赵国正、张炯之《杜甫同谷诗编》第20页)。该寺今坏,但该寺周边景点与诗句所写吻合,当地石龛西面有"白虎山"、东面有"熊窝来"、前面有"猴儿崖"及后面的"鬼门关"等景点,与杜甫所写"熊罴咆我东,虎豹号我西。我后鬼长啸,我前狖又啼"相吻合,该诗写"伐竹者谁子?悲歌上云梯。为官采美箭,五岁供梁齐。苦云直竿尽,无以充提携。奈何渔阳骑,飒飒惊蒸黎!"而今这一带依然有木竹、金竹、紫竹以及适宜做箭杆的石竹,故从现地考查研究,《石龛》所写即今成县沙坝乡观音崖圣泉寺而不是西和县境的八峰崖石龛,也不是双石寺石龛。其址仅见清邑人汪琭《观音崖》诗一首:"一龛半天开,鸟道通往来。谈笑碧霞间,千岩声应响。"

石龛今貌

熊罴咆我东,虎豹号我西。
我后鬼长啸,我前狖又啼。
天寒昏无日,山远道路迷。
驱车石龛下,仲冬见虹霓。
伐竹者谁子?悲歌上云梯。

位于成县沙坝观音崖圣泉寺的石龛

为官采美箭,五岁供梁齐。
苦云直竿尽,无以充提携。
奈何渔阳骑,飒飒惊蒸黎!

解评:诗前八句叹行路之艰,是伤己。俯视物类,仰观天气,备写凄惨阴冷之象。后八句叹征求之苦,是悯人。山采箭竿,几于罄竹无余,民力之殚可知。明唐汝询评曰:"此因山行所见而寓慨世之感也。言山路险僻,即吾身前后左右每见鬼啸兽啼。况此乡气候多异,以仲冬而见虹霓甚可怪也。因见伐竹之人悲歌慷慨,自言采箭以供梁齐者五岁矣。今竹之直竿已尽,而渔阳之寇猖獗不休,何哉?吁,竹竿有尽,民力独无尽乎?唐祚亦几岌岌矣!"杨慎曰:"起得奇壮突兀,末段深为时虑。"陆时雍曰:"此诗气局最宽,语致最简。"申涵光云:"起势奇崛,若安放在中间,亦常语耳。"浦起龙云:"上下各八句,石龛本面无写,前但写龛边呼啸阴霾之象,知其地渐近同谷矣。《同谷七歌》曰:'白狐跳梁黄狐立'、'天寒日暮山谷里'。与此正相类也。后又因龛边所值之人事,触手生出文情。"王嗣奭云:"起来数语,全是写其道途危苦颠沛之怀,非赋石龛也。即伐竹者亦悲歌当泣。采美箭而云'直竿尽',见用兵之久也。'五岁'纪其时。"

讨论:李济阻等主编的1985年版《杜甫陇右诗注析》注释:石龛:犹石室,在石壁上凿成的洞阁,这里是杜甫经过的地方。旧注无考。《方舆胜览》："石龛在成州近境。"《西和县志》："峰腰石龛在县南八十里石峡公社西山上,又名八峰石龛。据此《石龛》诗应在《龙门镇》之前。"2014年修订再版后注释:《西和县志》:"峰腰石龛在县南八十里,杜工部有石龛诗,遗址在今西和县南八十里石峡镇西山上,又名八峰崖。"刘雁翔《杜甫秦州诗别解》题解杜甫《石龛》:"石龛:即八峰崖石窟,在今甘肃省西和县城东南32千米处,位于石峡镇西侧山岭之中,与仇池山相望。"就是该书所引民国《西和县志》,也没有提到八峰崖(八佛崖)与杜甫或杜诗《石龛》有关。何廷楠1756年任西和令,其所作《出峡至石关游八佛崖》没有提八峰崖(八佛崖)与杜甫或杜诗《石龛》有关,可以说明清代以前《石龛》与八峰崖无关,今人把它与杜甫《石龛》联系在一起。于是就出现了所谓的《石龛》与《龙门镇》次序错乱的问题,有关学者将《龙门镇》一诗作地定在了西和境内坦途关,似无据。

附录:何廷楠《出峡至石关游八佛崖》
青天落苍崖,峡尽水潆复。低闻流水香,云深花满谷。
路断石桥通,沿溪趋平陆。返景照村墟,炊烟起茅屋。
遥登八佛崖,群峰争拥簇。苔磴云萝上,萝壁松阴覆。
寒翠扑面来,青冥转眩目。微茫穿鸟道,一线蚁缘木。
只穿入霄汉,神骨凄以肃。俯视秦山代,青青万点伏。
西高带履徐,邱垤之林麓。小憩传丹阁,金经满尘簏。
嗟哉羽化人,千秋竟不复。昆圃驾元鹤,云间游白鹿。
芝田已荒凉,何如种穜稑。此间陶潜解,归去南村速。

积草岭

(原注:同谷界)

考释:积草岭,诗题下原注"同谷界"。旧注无考,地方志亦无明确记载。《徽县县志》云:"旧志《秦州志》作东北三十里。……《通志》:在天水同谷之间。"《中国古今地名大辞典》:"积草山,在徽县北四十里,与成县接界。"按杜甫自秦州赴同谷路线,是由东北向西南,再向南到龙门镇(今甘肃成县西七十里之府城集)的。诗题下既曰"同谷界",再从《积草岭》诗内容看,杜甫还未到达同谷,诗云"卜居尚百里",是猜测、估计的距离。这样，该岭似应在同谷西境或西北境，根本不可能在越过同谷县的东北部、即徽县北四十里与成县接界处。因此、旧《秦州志》和《中国古今地名大辞典》之解释都是错误的。《通志》提到的大致范围是对的。积草岭的大体方位应予肯定，应在龙门镇、石龛与泥功山之间，即成县西北部。赵国正《杜甫陇右诗中的积草岭考》所述位置亦在龙门镇、石龛与泥功山之间，其论可信。宋开玉《杜诗释地》："推测，当在甘肃成县、徽县和陕西略阳县之间。"该推测的依据是结合文献与"路异鸣水县"，但与实际不符。《积草岭》写作现地在今起于龙门镇北草坝村，止于南天门侧灵官峡，全长十千米的殿山梁一带。这一带总名叫药山，因盛产药材得名。山的中部存有古刹药王庙。有五湾六坎十二泉，古今都是天然牧场。梁的顶部，有十二峰罗列，依次是：红崖、娃娃峰、黄龙洞咀、棒棒崖、玉皇顶、南天门、小神崖、挂坡咀、花石岩、洞湾崖、灵官顶、风吹岭。在这些山峰中，还都有五颜六色的岩面，各种形象的崖形，与《积草岭诗》"连峰积长阴，白日递隐见。飕飕林响交，惨惨石状变"之景物相似。此地距同谷县城九十五里，与诗中"卜居尚百里"相符，因此："积草岭"即今殿山梁。

> 连峰积长阴，白日递隐见。
> 飕飕林响交，惨惨石状变。
> 山分积草岭，路异鸣水县。
> 旅泊吾道穷，衰年岁时倦。
> 卜居尚百里，休驾投诸彦。
> 邑有佳主人，情如已会面。
> 来书语绝妙，远客惊深眷。
> 食蕨不愿余，茅茨眼中见。

解评：诗前八句记积草岭之景，兼叙跋涉之艰。山叠多阴，故日光隐见。飕飕惨惨，皆形容积阴也。蔡梦弼曰："从此岭分路，东则同谷，西则鸣水。"此评不确，鸣水县唐属兴州，今略阳境，更不在此岭之西，此为杜甫常用的借用地名，非实指。如《秦州杂诗》："水落鱼龙夜，山空鸟鼠秋。"作为地名的"鱼龙"和"鸟鼠"都不在秦州，借用地名以摹秋景秋夜。后八句是对来同谷的预想，流露喜悦之情，对同谷生活作了"食蕨不愿"的心理预期。施鸿保:"佳主人狡情薄分一流,慕公之名而寄书,假为妙语,以尽世情。度公以后,其人或避匿不见,故同谷诗无一篇及之。"又曰:"暂停岭间,候宰复书。惟旅店难久居,故欲投一好事家,'诸彦'乃无定之词。犹言不知有几好事家也,'邑有佳主人'云云者,将使其人(好事家)知是邑宰邀来之客,冀得加意款待也。此乃途穷不得已之词,注似不得诗意。"(按仇注以为"诸彦",投宿之家;"主人",同邑之宰。蕨薇,山中之食。茅茨,山中之居。)张绽云:"公欲居西枝者,以赞公有盛论之作;欲居同谷者,以主人有深眷之书也。"曹慕樊:"《积草岭》诗中'邑有佳主人'几句话,语气就带有不相信和微讽的味道。好像说,这个人倒有趣,还没有见面,就这样热情哪!'绝妙'和'惊深眷'几字很可玩味。这个人很可能就是《七歌》中提到的'山中儒生'。此外他在同谷没有熟人(《发同谷县》:'交情无旧深')。'佳主人'也不是什么'同谷之宰'。做官的人对于名人,照例要应酬一番的。他用不着'避匿不见'。要打发'远客'走路的方法是够多的。'诸彦'是词藻,跟'数子'的意思一样。为了投宿,何至抬出县大老爷来吓唬他们呢?仇注的毛病,只在武断'佳主人'必是邑宰,此外还说得过去。"

泥功山("功"《唐书》作"公")

考释:泥功山,浦起龙注泥功山曰:"唐书有泥公山,在同谷西境。今为考从前来路,多从东北来。旧注引泥公证泥功,恐非。此云泥功即是青泥岭之别名也。"接着便引《元和郡县志》关于青泥岭的记载说:"青泥岭在长举县西北五十三里,上多云雨,行者屡逢泥淖。"与钱注仇注所释略同,后来杨伦的《杜诗镜铨》也沿用此说。这样,杜少陵笔下"朝行青泥上,暮在青泥中"的泥功山就成了李太白诗中"青泥何盘盘,百步九折萦岩峦"(《蜀道难》)的青泥岭了。青泥岭在由长安入蜀的蜀道上,也在由陇入蜀的蜀道上。在李白笔下,他的行程顺序先是太白山,其次青泥岭,再是剑门关。再者,根据杜诗的篇目次第,此诗前面是《积草岭》,《积草岭》题目下有杜甫自己的注脚:"同谷界。"说明他在同谷地界写了《积草岭》之后,又写了这首《泥功山》,紧接着下一首就是位于同谷东南七里地的名胜《凤凰台》。杜甫绝无在同谷县界写完《积草岭》,到蜀道的青泥岭上写《泥功山》,然后折回写同谷的《凤凰台》之理。所以,杜甫笔下的泥功山绝非李白诗中的青泥岭。另外,《元和郡县志·兴州长举县》》："青泥岭在县西北五十三里接溪山东，即今通路也。悬崖万仞，山多云雨，行者屡逢泥淖。故号为青泥岭。"《元和郡县志·成州》："隋大北三年改成州为汉阳郡。武德元年复为成州，本属陇古道。贞元五年节度使严震奏割属山南道。今于同谷西界泥公山上权置行成州。"这就清楚说明青泥岭是当时的蜀道，位于兴州长举县。嘉庆十四年张伯魁修撰的《徽县志》载："青泥岭，县东南二十五里。其南最高峰为巾子山岭支山也，唐时入蜀要路。"而泥功（"功"《唐书》亦作"公"）山贞元五年后是成州行政机构的临时所在地，位于同谷西界，而唐时的同谷就是现在的成县。这两个地方非但不属于一个县，而且分属两州，怎么能说是同一个地方呢？同谷县西界的泥功山除了《元和郡县志》有载而外，其后的舆地志《太平寰宇记》《方舆胜览》《清一统志》皆有载。记载得最详细的还要算《成县新志》，《志》云："泥功山，县西北三十里，上有古刹，峰峦突兀，高搔青霄。周围数十里林木丰蔚、鸟兽繁多，采猎者无虚日。氏人杨灵珍据此归款于齐。唐贞元五年权置行成州。咸通中，成州刺史赵鸿诗云'立石泥翁状，天然诡怪形。未尝私祸福，终不费丹青。'"又云："泥功寺，县西北泥功山上寺，废址存。"泥功山状如牛心，山高险峻，上山三十里，下山三十里。后世改名牛心山，即今成县西北部二郎乡的牛心山。既然泥功山确有其地，为什么历来注杜的人却偏要把它注释为青泥岭呢？前人因"朝行青泥上，暮在青泥中"的"青泥"二字上巧合了青泥岭这一唐时的地名。李白的《蜀道难》是脍炙人口名作，诗中的青泥岭当然也为人们所熟知，所以就张冠李戴，混为一谈了。那么杜诗中"青泥"二字究竟作何理解呢？笔者认为，其中的"青"字只是一个形容词，是用来说明泥的颜色的，就是青色即黑色的意思，而不是李白诗中作专用名词，指青泥岭之意。可以《泥功山》一诗中描写为证，诗中："白马为铁骊，小儿成老翁"（《尔雅》："马纯黑曰骊。"）的变化均由艰苦跋涉，黑泥污染所致。今成县境青泥河底确有青泥，属早年沉积所致，其原因大概和铅锌矿有关，也可能与腐朽的植物有关。而细读《泥功山》诗，亦写道路泥泞，非写山岭泥泞，况杜甫至青泥岭已是腊月天，一年中最寒冷的季节，青泥岭上不会有泥泞了。而泥功山一带，正在青泥河支流域内，地势较为平坦，道路泥泞的可能性较大，故《泥功山》所写确在今成县西北四十里的二郎乡牛心山一带，非徽县境的青泥岭。青泥河与青泥岭名虽相近，但地域上没有关联，青泥河在成县境，青泥岭在徽县境，此因造成对泥功山的注解之误。泥功山寺位于县西北五十里的泥功山上。南宋著名史学家郑樵在绍兴三十一年（1161）纂成的《通志》载："泥功山在县西，上有旧城基，县境名山也。唐贞元初权置行成州于此山，今址有泥功庙，其神像天成，古怪殊甚。"据今存古碑记载：泥功山"崔巍卓立之势诚有奇而无有偶，周围数百里之遥神应故妙，巩、秦、阶、西礼之属，人皆钦仰，山顶有唐贞元间所建寺院三十二处。"（清赵增寅撰：《重修泥功山云梯岩全寺全观略序》）传说西魏大统年间，文帝文皇后乙弗氏，因帝宠悼后，逊居别宫，出家为尼。乙弗氏徙居秦州麦积山石窟时，曾慕名来到泥功山，并赐金银在山顶再建佛阁，重兴寺宇。因乙弗氏临幸的缘故，泥功山又有了泥姑山的雅称。自此，泥功山佛事不断，香火鼎盛，僧尼最多时五百余人。

朝行青泥上，暮在青泥中。
泥泞非一时，版筑劳人功。
不畏道途永，乃将汨没同？
白马为铁骊，小儿成老翁。
哀猿透却坠，死鹿力所穷。
寄语北来人，后来莫匆匆。

解评：诗前四句记泥功山，泥泞之处，功须版筑，此泥功所由名也。后八句叙中途沦没之患，汨没同，同归濡溺也，起下四句。白马小儿，为泥所污。哀猿死鹿，为泥所陷。末以穷途之困，预戒行人。王嗣奭云："古云：成州有八景楼，泥公山与凤凰台居其二。公诗只言其泞，不言其胜，何也？"浦起龙云："前四，直起。'版筑'句不脱功字，时或有命工填筑之事，因纪其实也。后八，都从泥泞上生发。'不畏''乃将'，借景以泄其愤。而细玩作意，却因将次息足，特地志慨，以束全局。结联，劝世语，恰是到头语也。"

凤凰台

（原注：山峻，人不至高顶。）

考释：《太平寰宇记》卷150《成州》："同谷县凤凰山注：《水经》云：广业郡南凤凰溪中有二石，双高，其形若阙，汉世有凤凰栖其上，故谓之凤凰台，其山盖因此得名。"《方舆胜览》卷70《同庆府》："凤凰山，在州东南十里，下为凤村，溪中有二石如阙，山腰有瀑布名迸玑泉。天宝间哥舒翰有留题刻半岩间，相传汉世有凤凰栖其上，号凤凰台。杜甫诗：'亭亭凤凰台，北对西康州。西伯今寂寞，凤声亦悠悠。'"乾隆本《成县新志》："凤凰山，在县南七里。秦始皇西略，登鸡山，宫娥有善玉箫者，吹箫引凤。至汉又有凤凰栖其上。旁有台，名凤凰台。下溪中二石相对若阙。"凤凰台在同谷（今甘肃成县）东南凤凰山上，原注："山峻，人不能至高顶。"山脚凤凰村（今考应为李武村杜崖）为杜甫所住之地，凤凰山附有凤凰山寺，即唐代大云寺（今睡佛寺）。该寺山崖上有"凤凰山寺"石刻，故凤凰山、凤凰台、凤凰山寺、凤凰村是相距不远的。依杜甫自秦至同谷多经寺庙，故刚到成县的落脚处应在大云寺附近，应在大云寺不远的凤凰村。

凤凰台形似凤凰

杜工祠望凤凰台

亭亭凤凰台①，北对西康州②。
西伯今寂寞③，凤声亦悠悠④。
山峻路绝踪，石林气高浮。
安得万丈梯，为君上上头？
恐有无母雏，饥寒日啾啾。
我能剖心血，饮啄慰孤愁。
心以当竹实，炯然无外求。
血以当醴泉，岂徒比清流⑤？
所重王者瑞，敢辞微命休。
坐看彩翮长，举意八极周。
自天衔瑞图⑥，飞下十二楼⑦。
图以奉至尊，凤以垂鸿猷⑧。
再光中兴业，一洗苍生忧。
深衷正为此，群盗何淹留。

注释：

①凤凰台：同谷县东南七里有凤凰山，其形似凤凰故名，台在其上，一说汉代有凤凰在上面栖息，所以名凤凰台。

②西康州：唐初在同谷县设西康州，贞观中废，改为同谷县。

③西伯：周文王姬昌，在商纣王时封西伯。

④凤声：传说周文王时有凤凰鸣于岐山。

⑤"心以当"四句：据说凤凰非竹实不食，非醴泉不饮。竹子很难开花，更难结实。醴泉是甘美如酒的泉水。古人认为，逢太平盛世，便有醴泉从地下涌出。

⑥"自天"句：古代传说黄帝游玄扈洛水之上，凤凰衔图置于黄帝前，帝再拜受图。

⑦十二楼：《汉书·郊祀志》载方士之言，说黄帝时建五城十二楼，以候仙人。《十洲记》说，昆仑山上以金子建天墉城，上有金台五所，玉楼十二所。

⑧凤以垂鸿猷：刘敬叔《异苑》说，晋隆安中，凤凰集刘穆之庭，韦叡谓曰："子必协赞鸿猷。"鸿猷，即大谋略，大功业。

解评：诗首八句咏凤凰台，伤凤去台空也。中八句托凤雏以寓意，此乃杜甫仁德与慈悲情怀的写照,因此地非预期的那样,但杜甫并未对人有不谩言辞,用自己的思想境界暗比他人。其后申明急于求雏之意,欲借以致太平也,依然是显现自己的境界,即便无衣无食,然心系苍生。王嗣奭云:"公因凤凰台之名,无中生有,虽凤雏无之,而所抒写者实心血也。'心以当竹实,炯然无外求',炯然者心也。'所重王者瑞,敢辞微命休'。二语真堪化碧。"《十八家诗抄》引张廉卿云:"孤怀伟抱,忽尔喷溢,成此奇境。"细品诗境,写作动因与诗人在当地的所遇有关。浦起龙曰:"是诗想入非非。要只是凤台本地风光,亦只是杜老平生血性。不惜此身颠沛,但期国运中兴。剜心沥血,兴会淋漓,为十二诗意外之结局也。起八,立案。'西伯'二句,为一篇命脉。兹台非岐山鸣处,公特因台名想到'凤声',因'凤声'想到'西伯'。先将注想太平之意,于此逗出。'山峻'四句,从人不至顶落想。以下奇情横溢,都彼此蹴起。中十二,欲养成凤质,为黼黻'鸿猷'之具。乃后段张本。后八,作尽兴酣畅语。归结到'再光中兴',而深衷披露,始无遗憾矣。结又冷隽,使群盗闻之,当废然消沮。要之,中后两段,悉是空中楼阁,只用'恐有'二字领起,而'恐有'二字,却从'安得''上上头'引出,其根则从'凤声'悠悠生出也。"张上若云:"此公欲舍命荐贤以致太平,因过凤凰台而有感也。殆即指房琯、张镐辈。"仇兆鳌云:"解杜者,诗中本无寓言,而必欲附会时事,失于穿凿;诗中本有寓意,而必欲抹杀微词,谓之矫枉。泽州陈冢宰谓皆好胜之过,良是。此章托讽显然,盖借景以寓意,于卢注独有取焉。"

第二节 《同谷七歌》与《万丈潭》诗歌解评

  乾元中寓居同谷县作歌七首
  有客有客字子美,
  白头乱发垂过耳。
  岁拾橡栗随狙公,
  天寒日暮山谷里。
  中原无书归不得,
  手脚冻皴皮肉死。
  呜呼一歌兮歌已哀,

悲风为我从天来。

解评：乾元二年（759）年十月，杜甫离开秦州，经今礼县盐官镇、西和县境转赴同谷（今成县）境，在那里生活了不足一月时间，生活的艰辛达到惨绝人寰的地步，无限感慨用《同谷七歌》倾诉之。第一首为本组诗的总领。起句点出"客"字，客居异乡，可见出漂泊之哀。一家人饥寒交迫，病倒在床，靠拾橡栗、挖土芋来充饥，是说生计艰辛，与第二首呼应。"中原无书"和第三、第四首写弟妹的内容相呼应。诗人自叹垂老，寄迹荒山，唯以橡栗为生，不胜悲苦，读来给人以强烈的震撼。明唐汝询评："此羁旅而伤贫困也。言我久客而形容枯槁，又采橡栗为食，当天寒日暮而居山谷之中，盖因中原扰乱，消息无闻，而未可归。是以因此饥寒，手足冻裂也。于是哀歌而悲风乍起，若有感于吾之情也。"仇兆鳌曰："此章从自叙说起。垂老之年，寒山寄迹，无食无衣，几于身不自保，所以感而发叹也。悲风天来，若助旅人之愁矣。首二领意，中四叙事，末二感慨悲歌。七首同格。"曹慕樊云："第一句像《离骚》出主名。第二句自画像。三、四句极写穷困。妙在第三句用境幽峭寒苦，意象灵活，但是虚写，当把它看作想象、渲染，比起王维'行随拾栗猿'来，觉王倒平实而杜却超妙。又妙在第四句用三叠用法，'天寒、日暮、山谷里'。一、给予上句以现实内容，否则，恐怕人要以为是'雅人深致'吧？二、它却是一个补句，作用跟副词一样。照中国用语习惯，是该先出时地句，再出行动句的。现在却来一个偏正颠倒，很有点向现代人的用法。杜公喜欢用逆笔，既免顺接平板，又取夭矫之势。这是一例。不可直接'手脚冻皴皮肉死'吗？当然可以。却横插一句'中原无书归不得'。此老运笔总是不喜欢直和板的，而意在笔笔不平。但不可误会，以为诗人在苦心编织。不，他心中没有后人所谓的'诗法'，他每首诗都是一气呵成的。只是熟则生巧，能随意指挥意象。看似苦心经营，实则妙手偶得。'中原无书'这一句，不但充实加深'客'字的内容，并且立刻把离乱之感召唤到纸上。一切支离漂泊、贫苦颠沛，尽是由于离乱，尽是它啊！"

长镵长镵白木柄，
我生托子以为命。
黄独无苗山雪盛，

雪中凤凰台

短衣数挽不掩胫。
此时与子空归来，
男呻女吟四壁静。
呜呼二歌兮歌始放，
闾里为我色惆怅。

解评：写家小因饥饿而卧病，面对呻吟的小儿女却空着双手归来，连糊口的土芋都挖不到，诗人的悲苦可想而知，难怪连邻居也为之动容呢，以"呻吟"和"静"反衬，更觉山居死寂，心境凄凉。明唐汝询评："上章言拾橡栗，此言取黄独也。长镵所以启土，故呼而高之曰：我方托命于子，斫黄独以疗饥。然雪中寻苗，则无所得矣。且短衣不能御寒，虽数挽之不能掩足，于是负长镵而归，则男呻女吟，萧然四壁。是以歌声益放，而闾里之人闻之，皆有愁色也。"仇兆鳌曰："上章自叹冻馁，此并痛及妻孥也。命托长镵，一语惨绝。橡栗已空，又掘黄独，直是资生无计。雪满山，故无苗可寻。风吹衣，故挽以掩膝。男呻女吟，饥寒并迫也。前曰悲风，天助之哀。此曰闾里，则人为之悯矣。前后章，以有客对弟妹，叙骨肉之情也。中间独将长镵配言，盖托此为命，不啻一家至亲。"曹慕樊云："无食至于食野菜，又至于找野菜而不可得！岂特无食，又兼无衣。自己和老婆倒也罢了，家中更有不会忍饥寒的儿女！四壁空空，呻吟不绝。人生到此，天地无情，看他层层逼入，写生活极凄惨，而写来似很冷静。尤妙在落笔。起不写荒山风雪，不写儿女啼饥号寒。直从倚以掘野菜的农具入手，第五句忽写'此时与子空归来'，两个'子'字，何等亲切，亦何等伤心啊。然而出以好似客观的叙写，又是何等豪宕奇崛！"

> 有弟有弟在远方，
> 三人各瘦何人强？
> 生别展转不相见，
> 胡尘暗天道路长。
> 东飞鸳鹅后鹙鸧，
> 安得送我置汝傍？
> 呜呼三歌兮歌三发，
> 汝归何处收兄骨？

解评："有弟有弟在远方"四句——三人：杜甫有四个弟弟，名颖、观、丰、占，因此时杜占跟在他身边，其余三人远在河南、山东，因而这里是说远方的三个弟弟都很瘦，没有一个强壮的。分别后流离辗转不能相见，战乱的烟尘遮暗了天空，漫漫长路何其遥远。明唐汝询评："此章忆诸弟也。言有弟而具在远方，至于衰老而不得相见者，以胡虏乱华，道路阻也。安得随飞鸟而置汝侧乎？于是，既作歌以伤离别，复念客死他乡，汝从何地而收我骨也。"曹慕樊云："第一句'在远方'三字下得冷。第二句在远者皆瘦，那么，在一地的兄弟二人又不瘦吗？'何人强'三字下得重。三四句是'一篇之警策'，七歌每首必有警语。往往逼紧一个大题目去，这就是国家离乱这件大事，但往往又不着浓墨。直到第五、六首才正写（也是譬喻性的）国事时局。韩愈诗：'将军欲以巧胜人，盘马弯弓惜不发。'这真是弄巧或者矜持吗？不。这是文学巨匠的观照的定力。最后四句各用两句写一边，结二句是上二句的理由。就是说，来迟了恐怕我已经死于道路了。直写不嫌其率，情深不致语浅。"

> 有妹有妹在钟离，
> 良人早殁诸孤痴。
> 长淮浪高蛟龙怒，
> 十年不见来何时？

> 扁舟欲往箭满眼,
> 杳杳南国多旌旗。
> 呜呼四歌兮歌四奏,
> 林猿为我啼清昼。

解评：诗人忆及寡居的弱妹，心情更为哀伤。写战事频繁用了"箭满眼"，形象而又令人心惊。猿声长啸，空谷传响，令人想起渔者的歌："巴东三峡巫峡长，猿鸣三声泪沾裳。"明唐汝询评："此思妹也。言妹嫁于钟离，夫亡而子不肖，无所依托。我向为淮水所隔，不得见者十年矣。今欲泛舟以访之，又为兵戈所阻，是以奏此哀歌，而野兽为之悲恸耳。盖猿本夜啼，今昼而悲鸣，则几于有情矣。"曹慕樊云："七歌中这一首最为凄厉。读第一联即可坠泪。第二句已伏不能来，三句横插而入，加一倍写不能来的原因。四句与五句上下互补，三句与六句互补。如云物变化不测，却不觉其用力。结句好像不是客子听猿声落泪，倒是林猿听歌凄断似的。反衬有力。"

> 四山多风溪水急,
> 寒雨飒飒枯树湿。
> 黄蒿古城云不开,
> 白狐跳梁黄狐立。
> 我生何为在穷谷?
> 中夜起坐万感集。
> 呜呼五歌兮歌正长,
> 魂招不来归故乡。

解评：浦起龙曰："五歌，悲流寓也。申'天寒山谷'。旧注泛言咏同谷，非也。七诗总是贴身写。上四，确是谷里孤城，惨凄怕人。结语，恰好切合流寓。古曰招魂，今曰'魂招不来'，翻用更深。"浦说旨意，杜甫根本没有在同谷城居住，故其感慨良多。明唐汝询评："此叹穷谷之萧索也。言深山之中，风多水急，云雨晦瞑，妖媚之兽跳梁人立。彼险僻之地非人所居，我独奈何而在此？是以终宵不寐，万感交集。然故乡未可归，惟觉魂去而不返耳。"仇兆鳌曰："此歌忽然变调，写得山昏水恶，雨骤风狂，荒城昼冥，野狐群啸，顿觉空谷孤危，而万感交迫，招魂不来，魂惊魄散也。收骨于死后，招魂于生前，见存亡总不能自必矣。"施鸿保云："'魂招不来归故乡'，注引朱说：古人招魂之礼，不独施于已故者，公诗云：'剪纸招我魂''老魂招不得''南方实有未招魂'，与此诗所云，皆招生时之魂也，本王逸楚辞说。今按楚辞招魂，王逸解作屈原自招；后人如林云铭等，皆谓原投江后，宋玉所作，以招其魂也，说虽无据，然绝无生而招魂之礼。公诸诗亦是设词，朱说以为事实，且云古有是礼，恐非。"曹慕樊云："此首及其下首都是正面写同谷县。此首写同谷城地势，下首写龙湫。龙湫即万丈潭，在同谷县东南七里。按一般写法，诗当先出'我生何为在穷谷'，然后接着写穷谷情况。今却突写穷谷四句，然后出'我生何为在穷谷'二句。这叫'逆入'，又叫倒笔。笔力精悍，'歌正长'，承上句。长夜无眠，故歌亦长。末句诸家解说分歧，杨解比较好。但说'魂招不来归故乡'，在本首无根据。平空添一'同'字，似亦不甚妥当。今解，此句再接'中夜起坐'。无眠则无梦，有梦还可望梦中归乡。今我魂似招之不来（指失眠），何由飞去故乡呢？反《招魂》'魂兮归来，返故居些'意。《梦李白》：'魂来枫林青，魂反关塞黑。'可证魂梦相关。古代人相信魂在梦中可自由行动。"

> 南有龙兮在山湫，
> 古木巃嵸枝相樛。
> 木叶黄落龙正蛰，
> 蝮蛇东来水上游。
> 我行怪此安敢出，
> 拔剑欲斩且复休。
> 呜呼六歌兮歌思迟，
> 溪壑为我回春姿。

解评：明唐汝询评："此章讥朝政也，按：乾元二年史思明反，时宦者鱼朝恩等用事，天子拱手禁中，故以龙处山湫、古木掩覆为比。言南面之尊，而为奸邪所蔽也。龙既潜蛰，蝮蛇得志，以比史思明乘间而取河北也。吾虽欲靖此难，而素无其权，然犹缓歌以待天子之感悟。倘闻此言而赫然发愤，如龙之起蛰，使溪壑顿还春色，则天下幸甚矣。"此章意不好解，尤"蝮蛇东来水上游"与"溪壑为我回春姿"句，农历十一月正值隆冬，怎会有蝮蛇，怎会有春姿，而杜甫所写甚是生动，仿佛实有其事。曹慕樊云："上首造境凄厉，这一首却是幽峭。在四、五两首低调之后，忽变激越高亢。前几首用韵都是平仄互转。惟独这首用平转平。有春阳渐回的韵味。诗意两句一转。前二写，中四叙。结联作乐观语。于七歌中是变调。这又体现了在变幻中见整齐，整齐中涵变化的技巧。此首向来有争论。王道俊《杜诗博议》说它没有寓意，诸家说有寓意。我赞成后说。龙蛇入冬便都蛰伏，为什么龙蛰而蛇出游呢？如无寓意就讲不通。而寓言以形象所射为主，就不太受限制了。有寓意，那么，龙指什么？蛇指什么？宋人说龙指玄宗，蛇指安禄山。我看，要说成龙指肃宗，蛇指李辅国，亦无不可。总之是各代表正面和反面势力。不必说得太死。第五句'我行怪此安敢出'，难解。山东大学《杜诗选注》，行字音杭，解作道路。今解，行，如字读。是说引导帝车前行。秦州《寄岳州贾司马巴州严使君》长律：'此时沾奉引'。仇注引《汉书·郊祀志》韦昭注：'奉引，前导引车。'《离骚》：'来吾导乎先路'。拾遗是近臣，忧在'皇舆败绩'，所以'怪此'也。此字指蝮蛇。'拔剑欲斩'，拾遗有言责。'且复休'已为外臣，不得复问朝政。这样看来，是指至德二载以后的事。但官虽可弃，君国难忘。壮思复作，歌声迟迟，好像忽然充满希望，溪壑似亦为我回春。朱东润《杜甫叙论》以为十月小阳春，故可以说'回春姿'，是说实写。非是。"

> 男儿生不成名身已老，
> 三年饥走荒山道。
> 长安卿相多少年，
> 富贵应须致身早。
> 山中儒生旧相识，
> 但话宿昔伤怀抱。
> 呜呼七歌兮悄终曲，
> 仰视皇天白日速。

解评：第七首是组诗中最精彩的篇章。起句"男儿生不成名身已老"是浓缩《离骚》"老冉冉其将至兮，恐修名之不立"意，抒发身世感慨。

三四句诗人追叙长安城里曾度过的进取无门的惨淡十年，看多了那些达官贵人的子弟凭借父兄余荫、取得卿相的竟以少年为多的现实，于是诗人发出激愤之语："富贵应须致身早"暗含着对腐败政治的讥讽。五六句又回到现实，和友人谈起往事，心生伤感。诗人在结尾处默默地收起笔，停止了吟唱，然而仰视苍天，只见白日飞驰，一种迟暮之感蓦然涌上心头。曹慕樊云："首九字句，上六下三。跌宕作势。第三句似从天落下，却是下句的补足，作为下句的佐证。笔取逆势。觉飘忽夭矫。三四是反语。杜诗反语，多且妙。如这两句，孤立地看，是健羡富贵、趋炎附势人语。而不成问题，乃是愤懑的牢骚语，是愤世嫉俗语，是怀才不遇语。又是骂人语。所谓'豪宕奇崛'，即从这种处所体会到。五句换笔。六句主义。夙宿怀抱，即所谓'窃比稷与契'与'致君尧舜上'。末句同于《离骚》的'惟草木之零落兮，恐美人之迟暮'。第一首说'白头乱发垂过耳'，本首说'生不成名身已老'。既已迟暮了，何况骨肉流离，国势危殆。少年怀抱，尽化愁恨。在走投无路之中，只好呼天而已。第一首说，'悲风为我从天来'，本首说'仰视皇天白日速'！所谓'人穷则返本。劳苦倦极，未尝不呼天也'。（《史记·屈原贾生列传》）故七歌以穷老呼天始，亦以穷老呼天终。荒山祁寒，自歌自语。除呼天外，不向人间乞怜。这就是杜公之所以为杜公，亦是杜诗之所以为杜诗。"

这组诗是杜诗中的名篇，其情淋漓顿挫，一唱三叹，为后代众多评家所称道。诗人之所以离秦州携家赴同谷，是因受同谷"佳主人"的邀请。但到同谷后为何困居穷谷落到如此悲惨境地，我们不得而知。

申涵光云："《同谷七歌》，顿挫淋漓，有一唱三叹之致，从《胡笳十八拍》及《四愁诗》来，是集中得意之作。"

朱子云："杜陵此歌七章，豪宕奇崛，兼取《九歌》《四愁》《胡笳十八拍》诸调而变化出之，遂成创体。"

王嗣奭云："《七歌》创作，原不仿《离骚》，而哀实过之。读《离骚》未必坠泪，而读此不能终篇，则以节短而声促也。七首脉理相同，音节俱协，要摘选不得。"

黄益云："李鹰《师友记闻》谓太白《远别离》《蜀道难》，与子美《寓居同谷七歌》皆风骚极致，不在屈宋之下。愚谓一歌结句'北风为我从天来'，七歌云'仰视皇天白日速'，其声慨然，其气浩然，殆又非宋玉、太白辈所及。"

宋王炎《双溪文集》卷七《七歌》序："杜工部有同谷七歌，其辞高古难及，而音节悲壮，可拟也。用其体作七歌，观者不取其辞，取其意可也。"

胡应麟曰："杜《七歌》亦仿张衡《四愁》，然《七歌》奇崛雄深，《四愁》和平婉丽，汉唐短歌，各为绝唱，所谓异曲同工。"

陆时雍曰："《同谷七歌》，稍近骚雅意，第出语粗放，其粗放处，正是自得也。"

方虚谷云："七歌结构具有深意，其言为我者四，悲风自天，天怜之也。邻里惆怅，人怜之也。林猿昼啼，物怜之也。溪壑回姿，地怜之也。至皇天白日速，天不我怜，人物又何间焉？前后互应，用意殊惨。"

刘须溪云："一歌呼子美，二歌呼长镵。奇绝横绝。"吴星叟云："七歌血腥注射，声息都非，不可以句择，不可以章裂。"有人认为它"呜咽悲恻，如同哀弦。"有人则认为它"与太白《远别离》《蜀道难》皆风骚极致，不在屈宋之下。"

仇兆鳌：蔡琰《胡笳十八拍》结语曰"笳一会兮琴一拍，心愤怨兮无人知"，曰"两拍张弦兮弦欲绝，志摧心折兮自悲嗟"，曰"伤今感昔兮三拍成，衔悲畜恨兮何时平"，曰"寻思涉历兮多艰阻，四拍成兮益凄楚"，曰"攒眉向月兮抚雅琴，五拍泠泠兮意弥深"，曰"追思往日兮行李难，六拍悲来兮欲罢弹"，曰"草尽水竭兮羊马皆徙，七拍流恨兮恶居於此"。七歌结语，皆本笳曲。

刘凤诰："有客有客字子美"，以寓居同谷自称有客，用《白马诗》。二章呼长镵已奇，下云托子以为命，与子空归来，乃至于呼镵为子，更奇。然亦本籊兮籊兮风其吹女之意。末七用呜呼，自一歌至七歌，仿张衡《四愁诗》一思曰至四思曰之例，其句调则蔡女"笳一会兮琴一拍"之遗也。

浦起龙：七诗章法本极整密，旧解每于第六首若赘疣，然今按第一首系总摄诸章，白头肉死，乃作客伤老本旨，故应在末章。其曰拾橡栗，则二章之家计也。天寒山谷，则五章之流寓也。中原无书，则三章四章之弟妹也。归不得则六章之值乱也。以下各章一一承说，条理井然，独结逗一哀字，悲字，以下诸歌不复言悲哀，而声声悲哀矣。每章结句亦多贴足。

杨伦：朱子谓此歌七章，豪宕奇崛，兼取《九歌》《四愁》《十八拍》诸调而变化出之，遂成创体。

万丈潭（原注：同谷县作）

考释：万丈潭，《方舆胜览》卷70《成州》："万丈潭，在同谷县东南七里。"宋晁说之《嵩山文集》卷16《发兴阁记》："唐成州治上禄县，同谷尤僻左，杜子美来自三川，谓可托死焉。未几吐蕃之祸尤炽，子美不得有其居而舍去。予始因子美之故而祠之，距祠堂而南还十步，有万丈潭、敕利泽庙，惜也陋甚，白日必待烛入，乃能有见；且碍眉触帽，使人俯不得仰。"乾隆本《成县新志》卷一《山川》："万丈潭，在凤凰山下，飞龙峡中，距县东南七里，相传有龙自东南飞出，洪涛苍石，其深莫测。杜甫祠在其口，有诗云：'龙依积水蟠，窟压万丈内。'即此。"万丈潭，在同谷县东南七里，在凤凰山脚，传说有龙自潭中飞出。此诗写万丈潭的神异之象，表面是一首山水诗，其实寄寓着诗人在困境中的无限感慨，诗人在同谷的生活如同掉进万丈潭，窘困至极。诗作于乾元二年（759）冬，题下原注："同谷县作。"

冬日万丈潭

青溪含冥寞，神物有显晦。龙依积水蟠，窟压万丈内。
踽步凌垠堮，侧身下烟霭。前临洪涛宽，却立苍石大。
山危一径尽，岸绝两壁对。削成根虚无，倒影垂澹瀩。
黑知湾澴底，清见光炯碎。孤云到来深，飞鸟不在外。
高萝成帷幄，寒木垒旌旆。远川曲通流，嵌窦潜泄濑。

石秀才

造幽无人境,发兴自我辈。告归遗恨多,将老斯游最。
闭藏修鳞蛰,出入巨石碍。何当暑天过,快意风云会。

解评:起首四句渲染气氛,使人感受到龙峡深潭的高深莫测。接下来具体记述所见所感,诗人从潭底的潜龙出发,涂抹和渲染出清冥寂寞的境界,神异的传说更增加了这种神秘感;接下来具体地刻画了此地的神异景色;最后又回到潭底的潜龙,遐想其将会腾空而飞,画龙点睛的道出了自己虽然身陷困境、仍盼望着有朝一日还能得遇明主、际会风云的主旨。深深的万丈潭寓示了诗人之高志与深心,为诗人将叙述和抒情、现实和想象、山川神异传说和社会政治感叹巧妙地加以结合,写景与说理浑然一体而又层次分明,达到了运转自如、出神入化的境界。蒋弱六云:"字句章法,一一神奇,发秦州后诗,此首尤见搏虎全力。"杨德周曰:"山水间诗,最忌庸腐。杜公此诗及青阳峡、飞仙阁、龙门阁诸篇,幽灵危险,直令气浮者沉,心浅者深。刻画之内,光怪迸发。初学更宜于此锻炼揣摩,庶能自拔泥滓。"周珽曰:"通篇摩写山水,极其幽隐奇怪,令人不觉兴逸心怡。"昆山王履曰:"文章纵不宜规规传神写照,亦岂宜泛然驾虚立空。驾虚立空以夸其多,虽多亦奚以为?少陵则不然,其自秦入蜀诗二十余篇,皆揽实事实景以入乎华藻之中,是故高出人表,而不失乎文章之所以然。"

第三节　同谷至成都诗歌地名考释与解评

发同谷县

(原注:乾元二年十二月一日,自陇右赴成都纪行。)

考释:同谷县,唐县名,即今甘肃成县。《元和郡县志》卷二二《山南道·成州》:"同谷县,本汉下辨道地,属武都郡。故氐白马王国。后魏宣武帝于此置广业郡并白石县,恭帝改白石为同谷县。隋开皇三年罢郡,以县属康州,大业初属凤州,贞观元年属成州。"《新唐书》卷四十《地理志·成州》:"同谷,中下。武德元年以县置西康州,贞观元年州废,来属,咸通十三年复置。"《太平寰宇记》卷一五〇《成州》:"同谷县,旧三乡,今三乡。本汉下辨道地,属武都郡。后魏定仇池,正始中于此置广业郡,领白石、栗亭二县。恭帝后元元年,改为同谷县。"《元丰九域志》卷三《成州》:"同谷。二乡。府城、西安二镇。有仇池山、凤凰山、凤凰潭、下辨水。"《全唐诗》卷六〇七赵鸿有《杜甫同谷茅茨》诗,咸通十四年作。诗云:"工部栖迟后,邻家大半无。青羌迷道路,白社寄杯盂。大雅何人继,全生此地孤。孤云飞鸟什,空勒旧山寓。"

贤有不黔突,圣有不暖席。
况我饥愚人,焉能尚安宅?
始来兹山中,休驾喜地僻。
奈何迫物累,一岁四行役!
忡忡去绝境,杳杳更远适。
停骖龙潭云,回首虎崖石。
临岐别数子,握手泪再滴。
交情无旧深,穷老多惨戚。
平生懒拙意,偶值栖遁迹。
去住与愿违,仰惭林间翮。

解评：此诗前四句不仅为第一首之纲要且为纪行十二首之总纲。旧注诸书皆未着重论及。而在秦陇之间无所可为，远去成都，依倚故人，或者能有所施展。所以这首诗的发端即以圣贤自励，意谓孔墨尚且席不暇暖、突不得黔，四处播迁，期行其志，像我这样计拙生困而以圣贤之志为志的人又何畏一次的远道逦征呢？如果仅是为了生活问题而远适蜀门，那就绝不会有此诗开头数句的深切著明之辞。《仇注》云："以古人自解"，其实不仅自解，直是自励、自誓之辞，关系甚大。读杜公秦州前后的许多诗篇，更可知此诗的用意。前纪行诗关怀国难与民虞者，比比皆是：如"胡马屯成皋，防虞此何及。嗟尔远戍人，山寒夜中泣"（《龙门镇》），"奈何渔阳骑，飒飒惊蒸黎"（《石龛》），"白马为铁骊，小儿成老翁"（《泥功山》）等。其《凤凰台》结句"再光中兴业，一洗苍生忧"更恰好是《发同谷县》起句的注脚。杜甫说他"深衷正为此"，诗人蜀道之行也正是为了此物此志啊！"一岁四行役"的"四行役"，旧注自明。此诗末句"仰惭林间翮"，旧以陶潜"迟迟出林翮"为注。现代也有人以为即渊明"望云惭高鸟，临水愧游鱼"之意。按杜诗此句与陶句形似而实异，陶意在"心念山泽居"，重在不能遂其隐；杜意在不如林间翮心到翮随，重在不得行其志。重点不同，心迹各异。观"偶值栖遁迹"之"偶"，杜公之意固不在于遁世。至"去住与愿违"一语，又重在无论去与住皆未能达其极契之志也。王嗣奭云："一岁四行役"，据注，则谏省出华州，已在昨岁，止三行耳。观秦州诗，公尝暂住东柯，故云"四役"。"龙潭"，即万丈潭。"虎崖石"，按《志》有虎穴在成县之西，岂《寄赞上人》所云"徘徊虎穴上"者耶？"交情无旧深"，见新知亦可乐；新知难别，穷老难堪，故云"泪再滴"。"懒拙"者，意也，"栖遁"者，迹也。意本平生，迹缘偶值，懒拙欲住，栖遁须去；去住具非本愿，不能如鸟之去住自由也。邵子湘云："发同谷县后十二首，较《秦州诗》更尔刻画精诣，奇绝千古。"浦起龙云："此为后十二首之开端。亦如《发秦州》诗，都叙未发将发时情事。但彼则偷起所赴之区，逆探其景。此则只就别去之地，曲道其情。起四，又是第二次登程起法。中十二，所谓将发之情也。结四，又是暂止即行结法。"施鸿保云："发同谷云：'临岐别数子，握手泪再滴。交情无旧深，穷老多惨戚。'注：同谷之人，不忍别公。今按此云数子，当即积草岭诗所云诸彦。果不忍别公，即交情非旧，亦已与旧同深，何以公在其处，拾橡栗、掘黄精，男呻女吟，穷乏已盛；所谓佳主人者，既不知何去，即此数子亦漠不一顾，则其交情可见矣。故凡公至处，往还诸人，诗皆及之，惟在同谷，竟无一人得挂名集中也。此时临岐相送，亦第世故周还，交情二句，是言交情不必论旧深，但顾念穷老，心自惨戚，不觉握手泪滴耳。"

木皮岭

考释：木皮岭，旧注皆引《方舆胜览》："木皮岭在同谷郡东二十里。"此说与实际不符，《一统志》云："木皮岭在巩昌府徽州西十里。"此说方位接近事实。《钱注》云："黄巢之乱，王铎置关于此，以遮秦陇，路极险阻。"以后证前，亦足见道路之艰险。浦起龙："旧据《方舆胜览》以白沙、水会俱属剑州，误也。当即成州渡嘉陵江处。"木皮岭俗称"木莲花掌"，因山多木兰，其皮为中药厚朴，古名木皮岭，其地在今徽县西南三十里处，今属大河乡庙山村。《徽县志》："木皮岭在河池西。"又"西南三十里，一名柳树崖，脉与龙洞山（即兑山）联属，石径层沓。人马登陟崖坎艰于行。"木皮岭在徽县西南三十里的栗川乡与大河乡交界处，东南与青泥岭相接，龙洞山、地坝山、柳树崖与其互为依托，构成徽县西南一道天然屏障。《徽县志》："地坝山，西南六十里，突兀高耸，云烟重叠，为邑之西南屏障。唐杜甫诗：'西崖特秀发，焕若灵芝繁。润聚金碧气，清无沙土痕'是也。其山多蕙，又名兰山。"知西崖即今地坝山。

> 首路栗亭西，尚想凤凰村。季冬携童稚，辛苦赴蜀门。
> 南登木皮岭，艰险不易论。汗流被我体，祁寒为之暄。
> 远岫争辅佐，千岩自崩奔。始知五岳外，别有他山尊。
> 仰干塞大明，俯入裂厚坤。再闻虎豹斗，屡蹋风水昏。
> 高有废阁道，摧折如断辕。下有冬青林，石上走长根。
> 西崖特秀发，焕若灵芝繁。润聚金碧气，清无沙土痕。
> 忆观昆仑图，目击玄圃存。对此欲何适？默伤垂老魂。

解评：此为杜甫行程之始，诗中着意刻画山川形势，层次分明，描绘入微，突现其艰险之状。先以"不易论"概言之，继从俯仰之间来观察，极言天之高，地之厚，不言山高谷深而自见。再以虎豹之斗为渲染，写出惊恐万状。更掌握山水间的特殊景物已废的古代阁道和经冬不衰的冬青林。"石上走长根"，备见大山石上盘根错节的形象，"摧折如断辕"，足见年代久远，遗迹犹存。这里的废阁道，《钱注》引《水经注》以诸葛亮与兄诸葛瑾书所云："其阁梁一头入山腹，一头立柱于水中。"又云："顷大水暴出，赤崖以南，桥阁悉坏。"即是杜甫诗中所言。按诸葛亮与兄瑾书还说："前赵子龙退军，烧坏赤壁以北阁道。"杜诗当即指此。此诗既写山川艰险之观，也兼及山川"清润"的一面，这就把木皮岭的特点更为周到地写出，完全可作图经看，可补《水经注》等书之所写不及，但又是一幅有声之画。至于汗流被体，祁寒为温，以视《自京赴奉先咏怀五百字》中的"霜严衣带断，指直不得结"，都是写真实，异曲而同工。结语"对此欲何适，默伤垂老魂"，蕴含许多情意，也开启了下面的篇章，结构上有重要作用。浦起龙云："起四，才是启行之始。点出赴蜀门，亦犹《发秦州》之预提同谷也。中十六，具就木皮写。四泛提其险，四正状其高；八又逐层渲染。总见度此之难也。结入妙，又转出好景，使人留恋。才动足，便思住矣。是作者有意留'西崖'在后作翻身势，是谓波澜老成。"

附后世和诗：

程公许，字季与，南宋眉州眉山人，嘉定进士。历官著作郎、起居郎，后迁中书舍人，进礼部侍郎，官终刑部尚书。今存《沧州尘缶编》。

木皮口纪事：为故沔戎帅何进赋也
驱车木皮口，地接嘉陵市。山种郁盘纡，草木惨憔悴。
昔在岁辛卯，大将何憨子。行营与贼遇，力战遂死此。
道逢田舍翁，款曲问所以。卫目亲见闻，朴忠今无比。
沉鸷老不衰，甘苦同战士。以此得士心，急难不相弃。
闻制力主和，岂虞敌情诡。币筐方交驰，羽书俄狎至。
初冬二十五，垒人我内地。或渡河而也，或截路以伺。
俄然干腹来，陡若自天坠。诸军抽摘余，精锐能有几。
千兵仅乌合，转斗殊未已。可忍负将军，同生亦同死。
落日尘土昏，鼓寒声不起。至今堆阜间，白骨犹纷委。
语罢声悽哽，相顾同洒泪。念昔佐戎轩，世屯未云弭。
主公极仁明，惨恻念此事。露章求恤典，爵子严庙祀。

意将劝忠臣，为国当尽瘁。儒守陈西和，武将田与李。
后先被褒录，名姓编国史。敌知吾有人，心宁不畏忌。
自古重徂征，司命在主帅。季咤或非人，险阻那可恃。
呜呼数君子，一死甘若荠。推原其本心，死奚益于世。
事大缪不然，舍生而取义。乃知丈人吉，易自有深旨。
往辙忍复云，方来那得讳。长谣激凄风，呜咽嘉陵水。

（木皮口，在徽县西南木皮岭下，属大河乡庙山村辖，当地有在宋代建有杜甫纪念祠堂的传说，可惜毁于宋金战火之中，程公许曾留有《游凤凰山寺》《再游凤凰山寺》，可知程亦敬仰杜公）

张伯魁，字春溪，浙江海盐人，清仁宗嘉庆七年（1802）至嘉庆十四年（1809）为徽县知事。

木皮岭
木皮高插天，栗亭即首路。孤城去悠悠，饮泣乡园树。
攀援手不牢，飞下尻已磋。牵藤上危梯，横衫阻仄过。
云生双足下，风疾三关影。惊闻虎豹声，险绝逾秦岭。
莫伤行路难，但觉催人老。何处访故交，相逢在积草。

木皮岭吊杜少陵
铁镍缘虚壁，空中身自轻。浑忘垂老力，犹作少时情。
履险非知命，临危或近名。深怜千载下，岂敢负平生。

白沙渡

考释：白沙渡，钱、仇两家注皆据《方舆胜览》以白沙、水会二渡俱属剑州。《读杜心解》及《杜诗镜铨》则以为剑州在剑门南，此去剑门尚远，当即成州渡嘉陵江处，后二说符合实情，按浦、杨之说为是，但白沙渡不在成州渡嘉陵江处。《中国古今地名大辞典》："白沙渡在四川剑阁北四十里，接昭化县界，即清水江津济处。两岸有白沙如雪，杜甫有白沙渡诗。"剑阁在剑门南。在唐属剑南道北部，成州属陇右道东部，白沙、水会尚在成州境内。从纪行诗次第看，二诗远在《剑门》之前，可证。

杜甫从栗亭入蜀必经木皮岭、青泥岭、下虞关取八渡沟、入略阳之九股树、金池院走向四川方向，这是与历史上有名的故道、金牛道相连的入蜀古道。"畏途随长江，渡口下绝岸。""长江"仇注为嘉陵江，误，白沙渡尚在嘉陵江支流洛河域境。渡口指白沙渡，白沙渡在洛水与浊水的交汇处。古时此处设渡，俗称"官桥坝"，遗迹尚存。故杜甫所写白沙渡即今徽县南境的官桥坝。

> 畏途随长江，渡口下绝岸。
> 差池上舟楫，窈窕入云汉。
> 天寒荒野外，日暮中流半。
> 我马向北嘶，山猿饮相唤。
> 水清石礧礧，沙白滩漫漫。
> 迥然洗愁辛，多病一疏散。
> 高壁抵欹斜，洪涛越凌乱。
> 临风独回首，揽辔复三叹。

解评：此诗着重写水行情景，格韵高绝。晚清张廉卿曾说："就途中所见随手生出波绉，兴象最佳，须玩其风神萧飒闲淡之妙。"这固然不错。但如《白沙渡》《水会渡》这些诗则少经人道。白沙诗亦风神萧飒，韵美而旨深，不仅以辞采见长。此诗初读，俨如读到谢康乐的作品，一种"窥情风景之上，钻貌草木之中"（《文心·物色》）的意趣爽人心目，再则全诗几乎皆以偶句出现，一种排组整齐之美也如读谢诗的许多篇章。谢诗如《七里濑》写旅途秋晨情景，幅短韵长，辞新气逸，与杜甫白沙诗颇有类似之处。这也使人感到杜甫善学古人，写山水便能吸取六朝山水诗的精华。但以白沙诸篇而论，流转自然，并没有谢灵运诗篇往往存在着的板滞之失。意境也更深美。这又是杜甫在山水诗方面也大有发展的地方。现代有人说谢灵运的"对待山水，也是以统治者的姿态出现的，他认为山水是供他赏玩的。""他笔下所写的山水，如'江山共开旷，云日相照媚'，就和写生画家画面上的风景素描一样，画里看不到作者的存在，作者和山水间有着一定的距离"。这是说到了谢诗的要害处。经历不同，遭遇各异，思想、抱负也大有差别，此所以终成其为老杜之诗。杜甫此诗纯是一幅由陆转江、深冬江行的长卷画图。首云"畏途随长江"，不免踟蹰，继而"杳窕入云汉"，暂得舒畅。"云汉"一词很精当，既切地理（《仇注》已云，长江乃嘉陵江，即西汉水，故比之云汉。）又逗神思（《诗》"倬彼云汉"，云汉乃天河）。天寒荒野，寂然无人，日暮中流，为时已晏。而"我马向北嘶，山猿饮相唤"是写"声"的上乘，也是写心的妙品，物声、心声已达不可分辨之境。这里使人想到《北江诗话》："'静者心多妙'（杜诗）。体物之工，亦性静者能之。"究其根源，更在于情深之故。《姜斋诗话》说："含情而能达，会景而生心，体物而得神，则自有灵通之句，参化工之妙"。杜公这些诗句是最好的例证。昔人曾以"胡马依北风"来释"我马向北嘶"，这也是得其神理的。"水清"二句，是冬水渐枯之景。"愁辛"二语，直抒胸臆，本欲疏散洗愁，而其结语乃只能临风回首，揽辔三叹。盖景可移情，但终究是情支配着景，诗可遣愁，而愁不免仍见于诗，有不知其然而然者。当然这也是因人而异的。再则杜甫此诗的末句，与《离骚》结尾"仆夫悲余马怀兮，蜷局顾而不行"又何其类似？虽然屈、杜的时代背景和己身遭遇都各有不同，但一则眷怀故国，欲他往而不可；一则心存魏阙，将远适而兴叹，这同样是极其自然、极为崇高也极端感人的！仇兆鳌注曰："起四，渡口登舟。中八，舟中之景。结四，舍舟登陆。"浦起龙按曰："此写江景极可悦。而首言'畏途'，末言'三叹'，中以'洗愁辛'三字、挑起两头，饶有别趣。'天寒荒野'六句入画。"

泊白沙渡
真山民，宋人，真名不详，括苍人，宋末进士，宋亡后窜迹隐沦，有《山民集》。
日暮片帆落，渡头生暝烟。
与鸥分渚泊，邀月共船眠。
灯影渔舟外，湍声客枕边。
离怀正无奈，况复听啼鹃。

水会（一作回）渡

考释：水会渡，《浦注》引《一统志》，"嘉陵江过略阳，会东谷等水，恐即此处"。《镜铨》亦采此说。东谷水即青泥河，杜甫在同谷所居凤凰村就在青泥河旁，凤凰台亦在青泥河畔，万丈潭更是在青泥河中，而杜甫并没顺青泥河而行，青泥河与嘉陵江的交汇处，亦不在入蜀古道上。杜甫渡过白沙渡下兰皋戍（小河关），进黑沟照壁崖，登青泥古道，过松萝庵（今太和庵），折铁山栈道下虞关。虞关是杜甫从栗亭出发去成都的必渡要津，《徽县新志·要道》云："自虞关西渡嘉陵江，沿江六里进小百渡沟而至略阳金池院路，山溪险绝，负贩者尚由此行。"小百渡沟即八渡沟，今虞关到三官殿之峡谷。

  山行有常程，中夜尚未安。
  微月没已久，崖倾路何难！
  大江动我前，汹若溟渤宽。
  篙师暗理楫，歌笑轻波澜。
  霜浓木石滑，风急手足寒。
  入舟已千忧，陟巘仍万盘。
  回眺积水外，始知众星干。
  远游令人瘦，衰疾惭加餐。

  解评：诗写拂晓行船情事。写得很精彩的是：一、"回眺积水外，始知众星干"。前人如朱鹤龄已言其妙，朱云："言水势构涌，星汉之行，若出其里，非登岸而回眺水外，几不知天水之为二也。"一个"干"字用得新鲜、精切，有了这两句诗，也更见前面的"汹若溟渤宽"句确从实感中来，并非泛泛夸大之语。二、"篙师暗理楫，歌笑轻波澜"，既逼真地写出了拂晓行船，天未大明，一时水声、笑声并作的真实景象，又对勇敢、熟练的篙师发出了由衷的赞美。仇注："上八，从山行说向水渡。下八，从渡水说到登岸。"浦起龙曰："前篇写薄暮，此篇写向晓。前写江行之趣，此写江势之险。前用正笔写，此多旁笔写。如'篙师'二句，从反面显出风势。'回眺'二句，过后剔出水势是也。"

  飞仙阁

  考释：飞仙阁之地理位置，注家引《水经注》《华阳国志》《方舆胜览》诸书为说。今《重修广元县志稿》所载："飞仙岭二里许有阁巍然，三面绝壁，俯临关门，有飞起之势，所谓飞仙阁也。"但从杜诗顺序推断,飞仙阁在今汉中略阳东南飞仙岭,不在广元境。朱注:"飞仙阁,在今汉中府略阳县东南四十里,或云即三国时马鸣阁,魏武所谓'汉中之咽喉'。《华阳国志》:'诸葛亮相蜀,凿石驾空为梁阁道。'《水经注》:'大剑戍,至小剑三十里,连山绝险,飞阁相通,谓之阁道。'"《方舆胜览》:"飞泉岭,在兴州东三十里,相传徐佐卿化鹤跧泊之地,故名飞仙。上有阁道百余间,即入蜀路。《通志》:栈道在褒斜谷中。飞仙阁,即今武曲关,北栈阁五十三间,总名连云栈。"《全唐文》载欧阳詹《栈道铭》云:"维北则秦,维南则蜀。地缺其间,坤维不续。斗起断岸,屹为两区。秦人路绝,蜀火烟孤。"正是飞仙阁一带的栈道,飞仙阁在今汉中略阳东南飞仙岭,以朱注为是。

  土门山行窄,微径缘秋毫。
  栈云阑干峻,梯石结构牢。
  万壑欹疏林,积阴带奔涛。
  寒日外澹泊,长风中怒号。
  歇鞍在地底,始觉所历高。
  往来杂坐卧,人马同疲劳。
  浮生有定分,饥饱岂可逃。
  叹息谓妻子,我何随汝曹?

  解评:杜诗《飞仙阁》首数句,着墨不多,却写出了阁道的建造之难和形势之险。"栈云谓高栈连云,梯石谓垒石为梯"(《仇注》),均见用字之精审。其下数语写从栈阁中行进情况,日照之所不及,风怒而不能止,并以万壑疏林、积阴奔涛缀其间。昔人谓"非身历者不能形容"(朱鹤龄语),良是。后数句写险后思险之情,末以叹息作结,自在情理之中。后面四首续写栈道,而《飞仙阁》开其端。清王士禛《飞仙阁》诗:"仰眺飞仙阁,鸟道危一线。弯环历三朝,向背穷九面。"又蜀人李调元《飞仙阁》诗:"上有连云愁,下有沉潭黑。"也都是亲身经历之所得。《杜诗详注》评:"蜀道山水奇绝,若作寻常登临览胜语,亦犹人耳。少陵搜奇抉奥,峭刻生新,各首自辟境界,后来天台方正学入蜀,对景搁笔,自叹无子美之才,何况他人乎?"

五盘

考释：五盘，旧注引《一统志》：五盘又名七盘岭，在保宁府广元县北一百七十里。《重修广元县志》云：七盘关，在"县北一百五十里，五盘岭上，杜甫咏'五盘虽云险，山色佳有余'是也。"七盘关又称棋盘关，位于川陕交界咽喉处（陕西宁强黄坝驿乡与四川广元转斗乡的分界线）的七盘岭上，号称西秦第一关。是四川连接秦岭以北的东北、华北、中原以及西北的唯一道路枢纽。自古以来，七盘关都是四川北部与陕西交界的一处重要关隘，它与白水关、葭萌关、剑门关一起，被称为川北四大名关。五盘即今汉中宁强西南的七盘关。

　　五盘虽云险，山色佳有余。
　　仰凌栈道细，俯映江木疏。
　　地僻无网罟，水清反多鱼。
　　好鸟不妄飞，野人半巢居。
　　喜见淳朴俗，坦然心神舒。
　　东郊尚格斗，巨猾何时除？
　　故乡有弟妹，流落随丘墟。
　　成都万事好，岂若归吾庐？

解评：此诗写淳朴风俗如画。经行险道，不忘观赏佳景，鱼鸟亦有可乐者，可见杜老心怀的坦荡。但潜存胸椎深处的家国之忧，于精神稍舒之时，便又冒出，不可遏止，终发"成都万事好，岂若归吾庐"之叹。盖归乡之念与望治之情本是一回事，时清方可言归。岑参有《早上五盘岭》诗："平旦驱驷马，旷然出五盘。江回两崖斗，日隐群峰攒。苍翠烟景曙，森沉云树寒。松疏露孤驿，花密藏回滩。栈道溪雨滑，畬田原草干。此行为知己，不觉蜀道难。"明唐汝询评曰："此览蜀中之胜而起乡土之思也。言此道虽险而山水甚佳，鱼鸟咸得其所，民俗淳朴有太古风。是以豁我胸襟矣。然我岂慕此而来耶？正以胡寇未除，弟妹星散，故国为丘墟耳。纵令我事事称心，又曷若返吾之故庐哉？"

　　附咏五盘（七盘岭）诗：

沈佺期　夜宿七盘岭
独游千里外，高卧七盘西。
山月临窗近，天河入户低。
芳草平仲绿，清夜子规啼。
浮客空留听，褒城闻曙鸡。

王旌　七盘坡
行尽一盘又一盘，七盘都尽到平巅。
樵携秦岭新刍过，客为长安名利还。
半积半消沙路雪，乍阴乍晴晚峰天。
盘桓回首生离思，高处临风一怅然。

吕履恒　梁州
蜀道天难上，梁州路已遥。
岷嶓蟠北戒，江汉导南条。
落日七盘岭，晴天万里桥。
独留怀古意，歌哭未能销。

金玉麟　七盘关
回首开明霸业空，卧龙跃马各英雄。
界分秦蜀鸿沟截，险扼河关鸟道通。
滩有潜蛟晴作雨，山多伏虎昼生风。
小心历尽崎岖路，到此茫茫恨莫穷。

张问陶　入七盘关
关前笑语聚乡人，慰问依依若比邻。
万里乍归尘面瘦，七盘轻上马蹄驯。
鸟怜杜宇皆思蜀，山爱峨眉不向秦。
修竹吾庐如在眼，那堪客路尚经旬。

左牧　登姜维城
大剑山高接太清，峭岩攀到上头平。

当年后生已亡国，此地姜维尚守城。
南认五盘千仞合，北开古驿夕阳明。
坏墙几历沧桑变，惆怅春风草又生。

龙门阁

考释：龙门阁，旧注据《元和郡县志》《寰宇志》，龙门山在利州绵谷县东北八十二里。一名葱岭山。有石穴高数十丈，其状如门，俗呼龙门云云。《重修广元县志稿》谓广元："县北八十二里，实百一十三里。即龙洞背。府志谓在千佛崖洞，似误。考《方舆胜览》云'其地阁道虽险，然在山腰、只有微径。独此关石壁陡立，虚凿石窦而架木其上，较他处更险'，则非千佛崖侧也。"又清王士祯《蜀道释程记》："上龙洞背两山夹峡，一山如狞龙奋脊，横跨两山之间，下有洞似重城，门可通九轨，水流其中，下视烟雾蓊郁，不测寻丈，自是盘折而上，骑龙背行，四望诸山，如剑芒牙戟。"据此益可知龙门之险峻，其在四川广元北百一十三里龙洞背。

清江下龙门，绝壁无尺土。
长风驾高浪，浩浩自太古。
危途中萦盘，仰望垂线缕。
滑石欹谁凿，浮梁袅相拄。
目眩陨杂花，头风吹过雨。
百年不敢料，一坠那复取。
饱闻经瞿塘，足见度大庾。
终身历艰险，恐惧从此数。

解评：《蜀道释程记》所谓"两水夹峡"，《方舆胜览》所云"石壁陡立"，即杜甫此诗之首联"清江下龙门，绝壁无尺土"也。王士祯所云"门可通九轨，水流其中"；"乱水趋嘉陵，波涛势交汇"，即杜甫此诗之"长风驾白浪，浩浩自太古"也。他皆类此。独杜甫此诗之"目眩陨杂花，头风吹过雨"为未经人道之言。此等诗尤"非身历者不能形容"。而遣词之妙，状物之工，又早在苏轼"光摇银海眩生花"之前了。赵次公云："目之昏眩，如见杂花之陨；头或生风，如过雨之吹，皆言其地险绝而然也。"由险思险，预思他日，所以篇末四句正如利箭在弦，不得不发，诗人高立龙门阁上的一支箭直射到将来或当历险的瞿塘、大庾之隘。诗心超越了时间、空间的界限，即"神思"之为用。杜诗常有此种笔力，攒万里于眼前，缩百年于一瞬，这真是伟大诗人的观世"法眼"。而"终生历艰险"亦在所不辞，这也足瞻诗人知难而进的勇毅精神。岑参《赴犍为经龙阁道》诗所指即此龙门阁。较杜甫此诗稍早。岑诗有"侧径转青壁，危梁透沧波。汗流出鸟道，胆碎窥龙涡。骤雨暗溪口，归云网松萝。屡闻羌儿笛，厌听巴童歌。江路险复永，梦魂愁更多。圣朝幸典郡，不敢嫌岷峨。"等句，所写之险也重在水，亦甚精警。王士祯尚有《龙门阁》诗云："乱水趋嘉陵，波涛势交汇。万壑争一门，雷霆走其内。……咫尺剑门关，益州此绝塞。"足见龙门之险还在于水。浦起龙云："飞仙之险在山，龙门之险尤在下临急水。"可见杜甫《龙门阁》诗早已掌握住这种山水特点而又重点地雕镂呈现。

石柜阁

考释：石柜阁，石柜的得名，杜诗各家注均未提到。据《重修广元县志搞》，石柜关在"县北十里，千佛崖南首。石壁峭削，秦汉架为栈。唐韦抗乃凿石成道，立阁如柜，因以为关。"据《新唐书》韦抗传，石柜阁的建成当在开元之初，杜甫于数十年后经此，即今四川广元北十里石柜阁。

　　　　季冬日已长，山晚半天赤。
　　　　蜀道多早花，江间饶奇石。
　　　　石柜曾波上，临虚荡高壁。
　　　　清晖回群鸥，暝色带远客。
　　　　羁栖负幽意，感叹向绝迹。
　　　　信甘屏儒婴，不独冻馁迫。
　　　　优游谢康乐，放浪陶彭泽。
　　　　吾衰未自由，谢尔性所适。

解评：此诗前半写景，后半书怀。游赏之余，感慨系之。写景仍然是句句生新，扣住了季节和地区的特征，不可移易。感慨就比前数诗更为深沉。谢灵运，公以优游目之，陶渊明，公以放浪称之。对谢、陶都显示出羡慕的意思。谢灵运的优游，还是形迹上的自由，谢诗"既笑沮溺苦，又哂子云阁。执戟亦已疲，耕稼岂云乐"。旨在不劳心力，潇洒自然，可为佐证。陶渊明的放浪，是不欲心为形役，希望纵浪大化，不喜不惧，任性乐天，是一种精神上的大自由（当然陶潜也有他的另外一面），更为高级的一种自由。但是二者虽然都为杜公所羡，却又不欲为。而以"吾衰未自由"为解。"终愧巢与由，未能易其节"（《自京赴奉先咏怀五百字》），"飘蓬逾三年，回首肝肺热"（《铁堂峡》），杜公固已屡屡言之。这也就是杜甫自知不同于陶彭泽也更不同于谢康乐之所在。道不同，不相为谋，所以终究只能说"谢尔性所适"罢了。此诗是因山川而思谢陶，借古人而明已志。

桔柏渡

考释：桔柏渡已渐近剑门，亦作吉柏。《方舆胜览》：在利州昭化县。《旧唐书》：玄宗幸蜀，次利州益昌县，渡吉柏江，有双鱼夹舟而跃，议者以为龙。此即杜诗《桔柏渡》所写的津渡，在今四川广元市昭化镇东一千米白龙江入嘉陵江处。

> 青冥寒江渡，驾竹为长桥。
> 竿湿烟漠漠，江永风萧萧。
> 连筏动袅娜，征衣飒飘摇。
> 急流鸨鹢散，绝岸鼋鼍骄。
> 西辕自兹异，东逝不可要。
> 高通荆门路，阔会沧海潮。
> 孤光隐顾盼，游子怅寂寥。
> 无以洗心胸，前登但山椒。

解评：杜诗描写长长的竹索桥，能再现其姿态，使读之者觉索桥宛然在目。诗句不仅以竿湿筏动清晰地触动读者的视觉。而且使人恍如听到寒风萧萧之声，寒江滚滚之声，行人征衣飘飘之声，长长连筏闪动之声，还有桥下波中鸨鹢、鼋鼍飞游之声一时并作，构成了索桥渡口美妙而特异的音乐。此诗下半部分,赵次公以为"言我西往于蜀,自此分异,而水则东逝而通津门、会沧海,为不可要挽也"。连日缘江而行,至此与江告别,江不可挽,人也不可留,即将陆路长驱,直叩剑门而望成都,离家愈远,心事愈烦,不免惆怅,但心胸无可洗,烦忧无可解,也唯有寂寥长往,登向山椒而已。纪行诗至此告一段落,后面又是一种新的境界和一页新篇章。

剑门

考释:剑门,《旧唐书》:"剑州剑门县界大剑山,即梁山也,其北三十里。"《一统志》:"大剑山,在保宁府剑州北二十五里,蜀所恃为外户。其山峭壁中断,两崖相嵌,如门之辟,如剑之植,故又名剑门山。"张载《剑阁铭》:"惟蜀之门,作固作镇,是曰剑阁,壁立千仞。"剑门蜀道,位于今四川剑阁县北二十五千米的剑门山。关城所在之处,山若利剑,相峙如门,故名。是蜀道要隘关口,雄伟险峻,有"一夫当关,万夫莫开"之势。"剑门天下险"为蜀中四景之一。

> 惟天有设险,剑门天下壮。
> 连山抱西南,石角皆北向。
> 两崖崇墉倚,刻画城郭状。
> 一夫怒临关,百万未可傍。
> 珠玉走中原,岷峨气凄怆。
> 三皇五帝前,鸡犬各相放。
> 后王尚柔远,职贡道已丧。
> 至今英雄人,高视见霸王。
> 并吞与割据,极力不相让。
> 吾将罪真宰,意欲铲叠嶂。
> 恐此复偶然,临风默惆怅。

解评:杜甫行踪至于剑门,这是西蜀门户之地,故又以"蜀门"视名。山川变易,心情也为之一振。入蜀纪行诗前数首主要描写大自然景色,蜀道艰难,这首《剑门》转而为以议论为主,一抒安邦之见。《杜诗镜铨》说:"以议论为韵言,至少陵而极,少陵至此等诗而极,笔力雄肆，直欲驾《剑阁铭》而上之。"这是很有见地的话。到剑门以前所经之地，历来诗文皆少，独杜甫以组诗写之，为山川增色。但剑门一地，则历代诗文至多，多半是以写景为主，加上一些身世之感，也有鉴古思今，借此发出一些议论的作品。好诗自然也不少。但纵观剑门形势，从政治上立说者，多半是因依晋人张载《剑阁铭》的观点，以"在德不在险"为其中心思想，含警戒的意思。也有别具识见者究属少数。这是一方面。另一方面对杜甫《剑门》诗的理解，自来注家和评论者又大体有两种不同的理会。一是把《剑门》看作与《剑阁铭》同一思想，意在警诫负固割据的人，告以险不可恃；一是认为《剑门》思想与《剑阁铭》不同，旨在劝诫朝廷要以安抚边邑为重，而使险不足虑。《读杜心解》说："孟阳之铭，是一篇喻蜀文，有德不在险意，故其词曰'凭阻作昏，鲜不败绩'。为反侧子告也。子美之诗，是一篇筹边议，有怀远以德意，故其词曰'后王尚柔远，职贡道已丧'。为当宁者告也。"今按浦氏之说实当，但语焉不详，尚未能扣紧诗句阐明杜公的旨意。《剑门》的篇幅虽然不长，但还是："一篇之中，三致意焉"！"珠玉走中原，岷峨气凄怆"《仇注》谓曾见旧人手卷，此二句上有"川岳储精英，天府兴宝藏"两句。此诗的"职贡道已丧"一语，《镜铨》解释甚洽，即"职贡修而淳朴道丧"，欲回复三皇五帝前已不可得（此即儒家之怀念先王），但能稍纾民困、力葆淳朴也不致分崩离析。杜以为"并吞与割据，极力不相让"的局面皆由剥民而生，给公孙述辈以可乘之机，并非天险所造成。至于"吾将罪真宰，意欲铲叠嶂"，浅言之，是指剑门之险，有时可以资乱；"一夫怒临关，百万未可傍"，有利于割据势力。深言之，则所欲铲者还在于朝廷与黎民之间的"叠嶂"，即残民之稗政是也。末语恐蜀乱偶然复有，诗人已有这种预感和隐忧了。朱鹤龄说："蜀为财赋所出，自明皇临幸，供亿不赀，民力尽矣，民力尽而盗寇乘之，晋李特流人之祸，可为明鉴。此妙诗故有岷峨凄怆与英雄割据之虑也。公岂徒诗人哉？"胡夏客云："《剑门》诗因《剑阁铭》而成，但铭词出以庄严，此诗尤加雄肆。用古而能胜于古人，方称作家。"浦起龙云："《剑门》与《鹿头》篇，皆别立议论之文。从来注家于篇首八句反看了，遂令本段语意不明，并通篇气脉不贯。兹特正之。首尾各八句，俱以地险易动立论。中间八句，乃深论后王柔远之失宜。则恃险者在彼，而结怨者仍在我矣。两头，主中宾。中腹，宾中主也。'抱西南'，见曲为彼护。'角北向'，见显与我敌。为篇末'欲铲叠嶂'之根。旧以为面内之义，何耶？'怒临关'、'未可傍'，见扼之虞。为篇末'英雄'、'高视'之根。"

附诗：剑阁铭

张载，字孟阳，湖北人，父张收在蜀郡任太守，张载于晋太康二年（281）到蜀中看望父亲，途经剑门，因感慨剑门雄险，而蜀人常恃险作乱，而作《剑阁铭》。

该诗四字成韵，共184字，它开创了第一个以诗文的形式赞剑门之险，第一个记剑门之史，第一个叙剑门之事。

岩岩梁山，积石峨峨。远属荆衡，近缀岷嶓。南通邛僰，北达褒斜。狭过彭碣，高逾嵩华。惟蜀之门，作固作镇。是曰剑阁，壁立千仞。穷地之险，极路之峻。世浊则逆，道清斯顺。闭由往汉，开自有晋。秦得百二，并吞诸侯。齐得十二，田生献筹。矧兹狭隘，土之外区。一人荷戟，万夫趑趄。形胜之地，匪亲勿居。昔在武侯，中流而喜。山河之固，见屈吴起。兴实在德，险亦难恃。洞庭孟门，二国不祀。自古迄今，天命匪易。凭阻作昏，鲜不败绩。公孙既灭，刘氏衔璧。覆车之轨，无或重迹。勒铭山阿，敢告梁益。

幸蜀西至剑门
唐玄宗

剑阁横云峻，銮舆出狩回。
翠屏千仞合，丹嶂五丁开。
灌木萦旗转，仙云拂马来。
乘时方在德，嗟尔勒铭才。

剑门道中遇微雨
陆游

衣上征尘杂酒痕，远游无处不消魂。
此身合是诗人未？细雨骑驴入剑门。

潇潇风雨剑门秋，伯约祠堂亘古留。
生尚设谋诛邓艾，死当为厉杀谯周。

中原有士都归魂，左袒无人复为刘。
斗胆尽储亡国恨，九泉应诉武乡侯。

剑门诗

度正（1166—1235），字周卿，合州巴川县（今重庆市铜梁县）人。少从朱熹学，淳熙元年进士。历官国子监丞，屡迁礼部侍郎致仕。

罗列峰峦万仞尊，横纵畦畛自村村。
诸侯有道人安业，何用崎岖闭剑门。

明正德丁丑冬，剑州知州李壁《过剑溪桥》诗一首：

看山晓渡剑溪桥，踏雾冲云马蹄遥。
见说金牛经历处，欲将兴废问渔樵。

鹿头山

考释：鹿头山，《唐书》：汉州德阳县有鹿头关，关在鹿头山上，南距成都百五十里，高崇文擒刘辟于此。《四川省志》：鹿头山在德阳县北三十里。据《太平寰宇记》，鹿头山自绵州罗江县迤逦入德阳，昔有张鹿头居此造兵，因以为名。唐高崇文破刘辟于此，后人因建鹿头关。又《德阳县志》卷六："唐高崇文破刘辟于此，盖即汉之绵竹关也。"又县志卷十一："鹿头关即汉之绵竹关，唐之鹿头关。关凭绵江为险，地势雄峻，自汉迄唐，屡为战场。"

鹿头何亭亭？是日慰饥渴。
连山西南断，俯见千里豁。
游子出京华，剑门不可越。
及兹险阻尽，始喜原野阔。
殊方昔三分，霸气曾间发。
天下今一家，云端失双阙。
悠然想扬马，继起名硿兀。

有文令人伤，何处埋尔骨！
纡馀脂膏地，惨澹豪侠窟。
仗钺非老臣，宣风岂专达？
冀公柱石姿，论道邦国活。
斯人亦何幸，公镇逾岁月。

解评：杜甫这一首《鹿头关》，首句点题，"是日慰饥渴"者，意谓山行至此，俯见平陆，目的地的成都已在望中，行役多日，可得安息，也足慰饥渴之苦了。写得何等真切！故下面以"连山"二句点明足以慰饥渴之由，点明鹿头特色，"连山西南断，俯见千里豁"。其下四句，重言以申明之，前此之艰苦一扫而空，今日欢愉之情可见。中间八句为忆古之辞，浦起龙以为乃"凭古以庆今……伤往以悼己"。按凭古者，指先主霸业炳然，天下三分，今为一统；伤往者，谓扬马文章，今无所用而只令人伤，将到成都，便兴怀于蜀都之古人，语语落实，所思者大。赵次公云："以二人文章之祖，故思之耳。"亦是。篇末八句首言蜀郡之霸业、文章及物产、人才，脂膏言物产的富饶，豪侠言人才的英俊。王洙曰："自秦入蜀，川岭重复，极为险阻，及下鹿头关，东望成都，沃野千里，葱郁之气，乃若烟霞蔼然。"李长祥曰："自秦州至此，山川之奇险已尽，诗之奇险亦尽，乃发为和平之音，使读者至此，别一世界。情移于境，不可强也。"施鸿保："鹿头山云：'斯人亦何幸，公镇逾岁月'。注：旧唐书，乾元二年六月，裴冕拜成都尹、充剑南西川节度使；据诗，公镇句，则冕拜成都尹，当在是年六月之前，恐旧书有误。今按诗意，是望其久镇，踰岁月，犹云多历年，故云'斯人亦何幸'，盖属将来说；注自误谓从前，反疑旧说有误，非也。"

成都府

考释：成都府，《汉书·地理志》：蜀郡有成都县，唐为成都府。《乐史·寰宇记》载："成都县，汉旧县，以周太王从梁山止岐山，一年成邑，三年成都，因名之。"《旧唐书》：成都府，在京师西南二千三百七十九里，去东都三千二百一十六里。成都府，《元和郡县志》："剑南道成都府：天宝元年（742），改蜀郡大都督府。十五年（756），玄宗幸蜀，改成都府。"今四川省成都市。据杜甫《发同谷县》诗题下原注和此诗中

'季冬'等字眼，知此诗系乾元二年（759）十二月底刚到成都时所作。

> 翳翳桑榆日，照我征衣裳。
> 我行山川异，忽在天一方。
> 但逢新人民，未卜见故乡。
> 大江东流去，游子日月长。
> 曾城填华屋，季冬树木苍。
> 喧然名都会，吹箫间笙簧。
> 信美无与适，侧身望川梁。
> 鸟雀夜各归，中原杳茫茫。
> 初月出不高，众星尚争光。
> 自古有羁旅，我何苦哀伤！

解评：此为后纪行诗十二首的末章，诗的结尾处真可说是"篇终接混茫"。十二首诗浩浩瀚瀚，曲折往复，终于音响既绝而情韵不匮。含不尽之意，见初始之心。末联是旅途生活二十天的结束语，也包含着面对新的生活的无限情思。"我何苦哀伤"是自宽之词更是自励之语，愤悱之意显然。准此而言，则前面的"初月出不高，众星尚争光"很可能有一种寓意，不会是写月终夜景的一般诗语。即使是写眼前天空景色，也多半蕴含着藉表对朝廷、对国家十分关心之意。因此很想振奋有为而不欲苦伤羁旅。从文理说来是如此，从时世看来也大致相合。当时肃宗初立，左右尚多小人，世乱未平而地方势力渐已钳制不了。《读杜心解》说："不知不借喻，则结联如何缀属？"其上有"鸟雀各有归，中原杳茫茫"（自然也含有望乡思乡之情），其下有"自古有羁旅，我何苦哀伤"，则"初月"二语也可意会了。此诗写初到成都所见的情景，素描几笔，确实画出了一千二百年前成都这一个"名都会"的繁华景象。房屋、树木、音乐、气候、无不如实写出而又臻于化境。"喧然"有应接不暇之势，"信美"则由衷赞叹之情。既多愉悦，复杂哀愁。十二首诗以《发同谷县》起，以《成都府》结，绘出了陇蜀山川的长长画卷，使我们今天读起来还觉得好像随着诗人也亲身经历到一样，甚至比我们今天坐着火车许多次走在宝成铁路上的所见所感还更清晰与亲切，这不能不深致景仰和感谢我们的伟大诗人！杨德周云："此诗寄意含情，悲壮激烈，政复有俯仰六合之想。"

"纪行诸篇，幽灵危险，直令气浮者沉，心浅者深。刻画之中，元气浑论；窈冥之内，光怪迸发。"李子德云："万里之行役，山川之夷险，岁月之暄凉，交游之违合，靡不曲尽，真诗史也。"蒋弱六云："少陵入蜀诗，与柳子厚诸记，剔险搜奇，幽深峭刻，自是千古天生位置配合，成此奇地奇文，令读者应接不暇。"李长祥："少陵诗，得蜀山水吐气；蜀山水，得少陵诗吐气。"周珽云："少陵入蜀诸篇，绝脂粉以坚其骨，贱丰神以实其髓，破绳格以活其肢，首首摘幽撷奥，出鬼入神，诗运之变，至此极盛矣。"施鸿保云："今按诗上云：'鸟雀夜各归，中原杳茫茫'，此二句，即承中原说，初月众星，正借言中原事，以为喻肃宗安史等，正是；下云：'自古有羁旅，我何苦哀伤'，亦即承此二句，言我之哀伤，不为羁旅也。"

第三章

杜甫陇蜀道纪行诗研究

第一节　杜甫陇蜀道纪行诗诸问题研究

乾元二年（759），对杜甫来说是极不平常的一年，他离开了关中、离开了故乡、也离开了官场，这年十月他又从秦州出发，经汉源、同谷、栗亭、过白水道、绵谷、剑门，腊月底到达成都。所走蜀道为由陇入蜀的官道①，从此开始了他晚年"飘零西南天地间"的生活。

《发秦州》是杜甫陇蜀道纪行诗的第一篇，也可作第一组诗的序诗。继《发秦州》而后有《赤谷》《铁堂峡》《盐井》《寒峡》《法镜寺》《青阳峡》《龙门镇》《石龛》《积草岭》《泥功山》《凤凰台》诸诗，是为第一组。杜甫之赴同谷，自言"邑有佳主人，来书语绝妙"（《积草岭》），是说同谷佳主人以书相告，当地物产富饶，谋生极易，但到同谷后，同谷宰既无助于他，而谋生又极难。其《乾元中寓居同谷县作歌七首》云："岁拾橡栗随狙公，天寒日暮山谷里""长镵长镵白木柄，我生托子以为命。黄独无苗山雪盛，短衣数挽不掩胫。此时与子空归来，男呻女吟四壁静"。可见他当时已陷于无以为生的困境，故又离同谷而他适。首先写下《发同谷县》一诗，继有《木皮岭》《白沙渡》《水会渡》《飞仙阁》《五盘》《龙门阁》《石柜阁》《桔柏渡》《剑门》《鹿头山》《成都府》诸诗，连在同谷写的《同谷七歌》《万丈潭》，共十四篇，是为第二组，《发同谷县》也可作这组诗的序诗。两组诗全以陇蜀道地名为题，纪行之意甚明，故称陇蜀道纪行诗。

---

① 吴淑玲：《唐代驿传与唐诗发展之关系》，《文学遗产》2008年第6期。

一 纪行诗中的时间交代

杜甫蜀道纪行诗和汉代纪行赋、陶渊明、谢灵运等人的纪行诗一样，准确而详尽地记述了蜀道行踪的时间与地点。秦州诗杜甫就非常重视节候物令的表述，"春苗九月交，颜色同日老。"（《遣兴三首》其三）"焉知南邻客，九月犹絺绤。"（《遣兴五首》其一）"白露黄粱熟，分张素有期。"（《佐还山后寄三首》其二）"四时无失序，八月自知归。"（《归燕》）"十月清霜重，飘零何处归。"（《萤火》）从"汉源十月交，天气凉如秋"（《发秦州》）可知，杜甫九月底从秦州出发，预想十月之交就会到汉源（今西和汉源镇），诗句"况当仲冬交，泝沿增波澜"（《寒峡》），"驱车石龛下，仲冬见虹霓"（《石龛》），说明杜甫十月一个月的时间未能到达同谷（今成县城），而秦州至同谷不足300里，杜甫一家走了一月有余。李济祖教授认为有两种可能："一是途中因故延误，一是《发秦州》里那几句话只是说同谷一带十月初天气如何，并不是有意交代动身的时间"[①]，诗句"水寒长冰横，我马骨正折"（《铁堂峡》）所写"马骨折"可能是延时的原因。《发同谷县》原注云："乾元二年十二月一日，自陇右赴成都纪行"，综合可知，杜甫在同谷的时间不足一月，该注明确了杜甫发同谷县日期为是年腊月初一。季冬是杜甫从同谷至成都行进的一月，"季冬携童稚，辛苦赴蜀门"（《木皮岭》），"季冬日以长，山晚半天赤"（《石柜阁》），"曾城填华屋，季冬树木苍"（《成都府》），同谷抵成都不足一月，从"初月出不高，众星尚争光"（《成都府》）推断抵达成都在腊月二十四、五。

二 纪行诗中的地名现地

二十六首纪行诗全以地名为题，从秦州至成都，井然有序，历历可考。正如宋人林亦之所说："杜陵诗卷是图经"。杜甫之所以这样详尽地计时记地，是基于对蜀道艰险和对自己身体状况的担忧，"百年不敢料，一坠那复取"（《龙门阁》），"常恐死道路，永为高人嗤"（《赤谷》）。"贫病转零落，故乡不可思"（《赤谷》），"旅泊吾道穷，衰年岁时倦"

[①] 李济祖：《综论杜甫在陇右的生活与诗作》，《天水师范学院学报》2008年第6期。

(《积草岭》），"迥然洗愁辛，多病一疏散"（《白沙渡》），"远游令人瘦，衰疾惭加餐"（《水会渡》），所以在《同谷七歌》中发出"汝归何处收兄骨"的感慨。"蜀道难，难于上青天"，走蜀道杜甫在思想做了充分准备，他选用了自己最擅长的不受句数限制的五古体，并写成组诗形式和陇山蜀水对话，消解自己无尽凄苦孤独，更关注时局的变化，在蜀道中升华自己博大的人格。

二十四首纪行诗写作现地及行进路线：

《发秦州》：秦州，今天水市秦州区。

《赤谷》：赤谷，今甘肃省天水市西南七里南沟河谷一带，俗名暖和湾。

《铁堂峡》：铁堂峡，今天水市西南七十里（从天水镇来说就是东北五里许）的猫眼儿峡内的张家峡、赵家磨之间。

《盐井》：盐井，今甘肃礼县东六十里的盐官镇。

《寒峡》：寒峡，今西和县长道镇沿漾水河谷往西和第一个峡口则为屏风峡，也就是塞峡，今又名祁家峡、大晚家峡，即杜甫所写寒峡。《西和县志》："塞峡道，是陇蜀古道的主要组成部分，也是本县北来南往唯一驮运干道，早在唐代就已是能通车马的'轨级贾道'。它西起西宁、兰州，经武山洛门、四门、礼县固城、永坪，折转长道。由天水西行均从塞峡道南入，至县城逆水行，越横岭，经石峡，至包家窑入成县、康县境，到陕西略阳东行入汉中，南下到成都。"[1]

《法镜寺》：法镜寺，在西和县北三十里石堡城西山上，石堡城西山今俗称五台山。

《青阳峡》：青阳峡，今名青羊峡，西和县东南五十里处有称"青羊峡"者，以山崖间有外形酷似青羊的石洞而得名。

《龙门镇》：龙门镇，今成县西七十里的纸坊镇府城村。

《石龛》：石龛，今成县西北的沙坝乡观音崖圣泉寺。

《积草岭》：积草岭，起于今成县纸坊镇北草坝村，止于南天门侧灵官峡，全长十千米的殿山梁一带。

《泥功山》：泥功山，今成县西北部二郎乡的牛心山。

---

[1] 《西和县志》，陕西人民出版社1997年6月版，第369、839页。

《凤凰台》：凤凰台，今成县东南七里有凤凰山，其形似凤凰故名，台在其上，一说汉代有凤凰在上面栖息，所以名凤凰台。

上述地名除铁堂峡、寒峡、青阳峡外，其余为秦州、赤谷、盐井、法镜寺、龙门镇、石龛、积草岭、泥功山、凤凰台，即三峡一州一谷一井一寺一镇一龛一岭一山一台。由此可见，杜甫对写诗地名亦是有选择性的，尽量不重复，以突显所历之艰。

《发同谷县》：同谷县，唐代县名，即今甘肃成县。

《木皮岭》：木皮岭，在徽县西南三十里的栗川乡与大河乡交界处，俗称"木莲花掌"。

《白沙渡》：白沙渡，即今徽县南四十洛河（古名白水）中游的官桥坝渡口。此渡在木皮岭东十五里，古置小河关于此，是同谷至青泥驿必经的渡口。由于洛河流经途中均系石英地质，水清澈，沙粒呈黄白色而以白沙为主，故曰白沙渡。

《水会渡》：水会渡即虞关渡，在徽县南七十里虞关西渡嘉陵江处，泉街水、八渡水于此汇入嘉陵江。虞关位于嘉陵江边，背倚铁山、青泥岭，南面双龙崖八渡沟、山关而达九股树。地势险绝，总握水陆要津，为历代兵家必争之地，史称蜀门。

《飞仙阁》：飞仙阁，在今汉中略阳东南四十里的飞仙岭。

《五盘》：五盘，在今汉中宁强西南七十里的七盘关。

《龙门阁》：龙门阁，在四川广元东北一百一十三里的龙洞背。

《石柜阁》：石柜阁，今四川广元北二十五里的石柜阁。

《桔柏渡》：桔柏渡，在今四川广元昭化东二里白龙江入嘉陵江处。

《剑门》：剑门，今四川剑阁县北五十里的剑门山。

《鹿头山》：鹿头山，在德阳县北三十里。

《成都府》：成都府，今四川成都市。

上述地名可概括为"三渡""三阁"一县一岭一盘一门一山一府。渡与阁是此段经历重点，突出水渡之艰。从州（秦州）经县（同谷县）到达府（成都府），二十四个地名，二十四首诗，杜甫的足迹深深地刻在这条蜀道上，杜甫也成为全景式展示难于上青天的蜀道的唯一一人。

其中《龙门镇》《石龛》《积草岭》《泥功山》四诗写作地，地志中存在争议。《西和县志》称:《龙门镇》《石龛》在西和县境,《成县志》称:《龙门镇》《石龛》《积草岭》《泥功山》四诗均在今成县境,《徽县志》称:《积草岭》在徽县境。《泥功山》亦有考证为青泥岭的,以青泥二字定泥功山在青泥岭不可信,因为青泥河流域主要在成县,泥功山在青泥河流域,诗中所写泥泞之路,并非泥功山之山路。结合文献与杜甫行踪现地考释,《龙门镇》《石龛》《积草岭》《泥功山》四诗均写于今成县境内。

以上地名自然串成杜甫由陇入蜀的蜀道,因此,杜甫是用双脚丈量了蜀道全程,亲身感受了蜀道难,杜甫的这二十四首蜀道纪行诗,某种意义上也是对李白《蜀道难》的诠释,李白用了艺术夸张手法,而杜甫是实景描绘,对蜀道用了二十四首纪行诗作了全景式勾勒,身临其境,摘幽撷奥,艺术地再现了蜀道之奇险。

三 纪行诗篇目与次序

两组纪行诗第一首题后皆有杜甫自注文。《发秦州》原注:"乾元二年自秦州赴同谷县纪行十二首"①。《发同谷县》原注:"乾元二年十二月一日自陇右赴剑南纪行"。两组诗自题纪行,故两组诗是杜甫为着力描绘蜀道而创作的纪行诗。

纪行诗源自诗经行役诗,汉赋中也有纪行赋,南北朝诗人也有纪行诗,如陶渊明、谢灵运都写过单篇纪行诗。而杜甫这二十四首纪行诗的特色在于运用组诗的形式,并且以地名为题,运用五言古体,诗歌保持了整体风格的一致。以组诗形式纪行杜甫是文学史上第一人,在杜诗中也仅此两组二十四首诗。

学术界认为杜甫蜀道纪行诗为二十四首(仇注引崔德符:诗题两纪行,发秦州至凤凰台,发同谷县至成都,二十四首皆以纪行为先后,无复差舛。),分别以《发秦州》和《发同谷县》领起,各十二首,以寓一月之行胜似一年,蜀道难喻示其中。其篇目顺序分别为:

---

① 陈尚君:《杜诗早期流传考》,《唐代文学丛考》,中国社会科学出版社1997年版,第329、327页;黄奕珍:《杜甫自秦入蜀诗歌析评》,里仁书局2005年第3版,第42页。

A 组	B 组
1. 发秦州	1. 发同谷县
2. 赤谷	2. 木皮岭
3. 铁堂峡	3. 白沙渡
4. 盐井	4. 水会渡
5. 寒峡	5. 飞仙阁
6. 法镜寺	6. 五盘
7. 青阳峡	7. 龙门阁
8. 龙门镇	8. 石柜阁
9. 石龛	9. 桔柏渡
10. 积草岭	10. 剑门
11. 泥功山	11. 鹿头山
12. 凤凰台	12. 成都府

前一组是由秦州出发至同谷所写共十二首，后一组是由同谷出发至成都所写共十二首。依《宋本杜工部集》明确为十二首。在同谷杜甫作有《同谷七歌》，体裁上属七言歌行，与纪行诗全是五古相异，却是纪行诗以地形风物与人生论述相结合的写作手法，但《同谷七歌》重点在诗人内心情感的抒发。所以，《同谷七歌》只可当作解读纪行诗的重要参考，而不能列入纪行诗之内。《万丈潭》一诗，《杜诗详注》《杜诗镜铨》皆列于《同谷七歌》后，《读杜心解》亦列于《凤凰台》后，依次在《发同谷县》之前共有十三首五古体诗，故清人张潜力主纪行诗前后二十五首。[1] 但《宋本杜工部集》《景印宋本新刊校定集注杜诗》《九家集注杜诗》的系统，则是将《万丈潭》别列于《两当县吴十侍御江上宅》及《发秦州》之前。[2] 这样排列保持了纪行诗的整体性，宋人崔德符则以为"诗题两纪行，发秦州至凤凰台，发同谷县至成都。二十四首皆以纪行为先后，无复差舛。"故《万丈潭》不列于纪行诗类。《两当县吴十侍御江上宅》一诗的排序，宋本乃至今本，均列于《发秦州前》，说明该诗作于

---

[1] 黄奕珍：《杜甫自秦入蜀诗歌析评》，里仁书局2005年第3版，第42、82页。

[2] 同上。

秦州时期，《杜甫自秦州入蜀行踪补证》等文所谓的杜甫亲至两当说难以成立，不论在秦州还是入蜀途中，杜甫根本没有时间和精力远赴两当看一空宅。

"杜甫自秦州至同谷，自同谷至成都，以纪行为主线刻画奇山异水，创作了包括二十四首五言短篇的两大组诗，传神写照，奇险伟丽，前无古人。"① "公元七五九年（唐肃宗乾元二年）十月，杜甫自秦州赴同谷，写了一组山水纪行诗，有《发秦州》《赤谷》《铁堂峡》《盐井》《寒峡》《法镜寺》《青阳峡》《龙门镇》《石龛》《积草岭》《泥公山》《凤凰台》，共十二首。同年十二月，杜甫又从同谷抵成都，写了另一组山水纪行诗，有《发同谷县》《木皮岭》《白沙渡》《水会渡》《飞仙阁》《五盘》《龙门阁》《石柜阁》《桔柏渡》《剑门》《鹿头山》《成都府》。前后山水纪行诗共二十四首，构成了完整的组诗。"② 杜甫蜀道纪行诗的篇数基本明晰，但还是有质疑声。

今人孙启祥考证《泥功山》诗所写即青泥岭，"如此，即使按24首纪行诗编次，秦州纪行诗应为11首，同谷纪行诗13首。"③ 文章在肯定二十四首总篇数的同时，并提出《万丈潭》和《两当县吴十侍御江上宅》亦应归纪行诗范畴，这样杜甫蜀道纪行诗将达二十六篇。孙先生之所以将《泥功山》置于同谷纪行诗中，是受《泥功山》所写"朝行青泥上，暮在青泥中"的影响，其不知泥功山在青泥河流域，泥功山至凤凰村约五十里路程，为一天行期，流经成县的东河即为青泥河，故诗中所写为青泥河流域泥泞难行之状，并非青泥岭泥泞之状，而青泥岭根本不在青泥河流域。

关于杜甫蜀道纪行诗的排序问题，几乎所传杜诗集没有将此二十四首纪行诗位置错乱，均保持了杜诗的实际顺序。④

四　杜甫从秦州入蜀时所走陇右段是否称蜀道

狭义的蜀道是成都出剑门至七盘关一带。"由蜀地通向四方的一切道

---

① 霍松林：《论杜甫赠别诗》，《文学遗产》2006年第4期。
② 李秀芝：《吉林大学社会科学学报》1982年第4期。
③ 孙启祥：《泥功山属秦州纪行诗吗?》，《杜甫研究学刊》2006年第4期。
④ 陈尚君：《杜诗早期流传考》，《唐代文学丛考》，中国社会科学出版社1997年版，第329、327页；黄奕珍：《杜甫自秦入蜀诗歌析评》，里仁书局2005年第3版，第42页。

路，统称蜀道，而其要者，当为四川至陕西关中的道路。"①《史记·河渠书》称："抵蜀，从故道，故道回远多坂；今穿褒斜，少坂，近四百里。"所称的故道和褒斜道是汉中与关中之间的道路，可知在汉武帝时已被视为蜀道。"在汉中之北，自西而东有故道、褒斜道、倪骆道、子午道可通关中。在汉中之南，西有金牛道，向为川陕正道；东有今汉中西乡经镇巴去四川的道路，汉时称间道，唐时称荔枝道，中部有米仓道，系汉末张鲁南奔之道，即今由汉中南郑县经米仓山去四川的道路。以上共七条道，皆为见之于史的大道；此外，还有多条小道，姑从略。"上述七条均由陕入川的蜀道，而陇右入川亦有蜀道，从武都、文县入川的阴平道，由于有姜维、邓艾等人的事迹，此道在文学作品中名气较大。

　　据文献记载，从秦州出发，经盐官、西和、成县至栗亭、木皮岭、青泥岭至剑门入蜀路线，属唐朝自秦州入蜀的官道，地志亦称为蜀道，李白《蜀道难》所描写的"青泥何盘盘"，青泥岭正在此段，亦因诸葛亮六出祁山而称为祁山道。《西和县志》载：1985年11月于石峡乡坦途关双石寺北崖发现的唐代《新路颂摩崖》云："路泛垫，隘吞湮。郡南阳冲，蜀门之陂，控仇池之险要，自开凿十年方无阻。国之要津……"②该摩崖刻于唐开元年间（713—741），由此可知唐人已经把今西和段看作"蜀门"，759年杜甫从入蜀国道经过，故从秦州经西和、成县、徽县至剑门入蜀所走即传统意义上的蜀道。《成县志》："成县地当著名古道路——蜀道北段，西接陇中，南邻汉勉，为进秦川，入巴蜀之枢要。"③徽县境内的虞关位于嘉陵江边，背倚铁山、青泥岭，南面双龙崖八渡沟、山关而达九股树。地势险绝，总握水陆要津，为历代兵家必争之地，史称蜀门。④武元衡、韦应物、刘长卿、陆游等人都经过这里，留下诸多蜀道诗。柳宗元《兴州江运记》："自长举北至于青泥山，又西抵成州，过栗亭川，踰宝井堡，崖谷峻隘，十里百折，负重而上，若蹈利刃。盛秋水潦，穷冬雨雪，深泥积水，相辅为害。颠踣腾藉，血流栈道，糗粮刍藁，填谷委山，牛马群畜，相藉物故。运夫毕力，守卒延颈，嗷嗷之声，其可哀也，若是者绵

---

① 郭荣章：《蜀道之谜新探》，《文博》1992年第2期。
② 《西和县志》，陕西人民出版社1997年6月版，第369、839页。
③ 《成县志》，西北大学出版社1994年4月版，第123页。
④ 吕兴才：《杜甫与徽县》，甘肃人民出版社1994年3月版，第72页。

三百里而余。"① 柳宗元对该段蜀道唐代的状况作了真实描写，蜀道之难见于笔端。杜甫两组纪行诗从秦州写起，显然把秦州至同谷作为蜀道看待，且此段以山为主要描写对象。诗旨亦为申述蜀道之难，"常恐死道路，永为高人嗤。"悲伤意绪浓烈，走完蜀道成了一种支撑信念。"熊罴咆我东，虎豹号我西。我后鬼长啸，我前狨又啼。"茫茫蜀道上的杜甫似乎四面楚歌，身陷绝境，真有"大道如青天，我独不得出"之感。因此，杜甫由衷地发出"寄语北来人，后来莫匆匆。"故陇右段亦为艰难的蜀道，杜甫特意用十二首诗纪之，足见杜甫对于蜀道难在思想上的重视。故杜甫蜀道行踪及其纪行诗有其独特的审美与艺术价值，所以该研究称其杜甫蜀道行踪及诗歌创作研究，是将秦州至成都的行踪作为一个整体研究，以消解蜀道难的意义。

五　关于杜甫蜀道上的家庭、生活及身体状况

杜甫携家眷来秦州以及自秦州入蜀，其家庭成员除杜甫外，还有妻子、两个儿子宗文与宗武，一个女儿杜蓉，五弟杜占，子女的年龄为6—8岁，必然加重了路途跋涉的艰辛。蜀道上常常在半夜出发，或是赶路至半夜仍不得安歇。"中宵驱车去，饮马寒塘流。磊落星月高，苍茫云雾浮。"(《发秦州》)"山行有长程，中夜尚未安。"(《水会渡》)蜀道上天气寒冷、衣物单薄，忍受冰雪霜霰的折磨。"水寒长冰横，我马骨正折。"(《铁堂峡》)"魑魅啸有风，霜霰浩漠漠。"(《青阳峡》)孩子们的表现，"山深苦多风，落日童稚饥。"(《赤谷》)"野人寻烟语，行子傍水餐。"(《寒峡》)由此可见，一路备尝艰辛，没有半点心情领略山光水色。尤其在同谷的一段生活，更是无衣无食，苦不堪言，"有客有客字子美，白头乱发垂过耳。岁拾橡栗随狙公，天寒日暮山谷里。中原无书归不得，手脚冻皴皮肉死。"难以想象杜甫一家人当时的生活状况。杜甫在蜀道诗中多次写"饥"，"三年饥走荒山道"。(《同谷七歌》七)"况我饥愚人"。(《发同谷县》)"饥饱岂可逃"。(《飞仙阁》)"是日慰饥渴"。(《鹿头山》)由此可见杜甫一路上是饿着肚子的，生计成了第一难题。杜甫本人的身体状况也不是很好，一直担心自己能否走完蜀道。"贫病转零落，故乡不可思。常恐死道路，永为高人

---

① 梁小明：《徽县志》，陕西人民出版社2003年9月版，第1067页。

噫。"(《赤谷》)"身危适他州，勉强终劳苦。神伤山行深，愁破崖寺古。"(《法镜寺》)"旅泊吾道穷，衰年岁时倦。"(《积草岭》)"呜呼三歌兮歌三发，汝归何处收兄骨？"甚至担心死后弟弟难以找到自己，凄凉至极。杜甫《白沙渡》中慨叹："迥然洗愁辛，多病一疏散。"《水会渡》中慨叹："远游令人瘦，衰疾惭加餐。"

第二节 杜甫陇蜀纪行诗的多重主题

乾元二年冬，杜甫跋涉了秦州至成都的千余里蜀道，创造性地写下了两组分别十二首蜀道纪行诗。全景式、多方位刻画了漫漫蜀道，并将冬季寒冷、饥饿衣单、体弱多病、拖儿带女以及自我困境和国家困境与蜀道之难交织在一起，突破了"蜀道难"题材的传统写法，二十四首纪行诗根据杜甫主观心境的变化，给灵山秀水渲染上不同的情感。该组纪行诗在表现蜀道山水主题的同时，寄寓了自我人生主题和国家危困主题，从而使该组纪行诗也不失诗史本色。

杜甫所走为秦陇入蜀官道，并且在这条蜀道上，杜甫之前曾有张载随父入蜀而作的《剑阁铭》，南朝诗人刘孝威写过的《蜀道难》，阴铿写过的《蜀道难》，唐代初期张文琮写过的《蜀道难》，李白的《蜀道难》，唐玄宗的《幸蜀西至剑门》等，虽都是刻画由陇入蜀的蜀道的，但均为单篇，对蜀道的描写停留在概念和想象层面，而杜甫的二十四首蜀道纪行诗虽未题《蜀道难》，但对蜀道之难作了详尽注解，杜甫"将蜀道的奇山奇水，一一付之于诗。使数千里山川，了然一卷之中；使那神秘的土地，充满感情的色彩；使现实世界的险状，成为理想国中的佳境。"[1] 杜甫打破了旧有的对蜀道的描写模式，采用全景式、多层次，多点串线的联章模式全面刻画了蜀道及其蜀道之难。

一 特定时空下的蜀道之难

这两组的第一首诗题后有杜甫注文：《发秦州》原注云："乾元二年自秦州赴同谷县纪行十二首。"《发同谷县》原注云："乾元二年十二月一

---

[1] 黄珅：《杜甫心影录》，中华书局2004年第1版，第107页。

日自陇右赴剑南纪行。"所以这些诗称之为纪行诗，是诗人的本意。① 每组诗各十二首，也不是偶然，而是诗人有意为之，谓一月之行程胜似一年，蜀道之难寓含其中，该注更明确了杜甫自秦州至同谷的纪行年份与日期。杜甫脚下的蜀道难不但是亲自走过的，而且是在饥寒交迫的冬季，其艰难程度可想而知。二十四首纪行诗详尽交代了纪行的特定时间（寒冬）与特定路线（蜀道）。从"汉源十月交，天气凉如秋"（《发秦州》）可知，杜甫九月底从秦州出发，预想十月之交就会到汉源（今西和汉源镇），诗句"况当仲冬交，泝沿增波澜"（《寒峡》），"驱车石龛下，仲冬见虹霓"（《石龛》），两处"仲冬"说明杜甫十月一个月的时间未能到达同谷（今成县城），而秦州至同谷不足 300 里，杜甫一家走了一月有余。李济祖教授认为有两种可能："一是途中因故延误，一是《发秦州》里那几句话只是说同谷一带十月初天气如何，并不是有意交代动身的时间"②，诗句"水寒长冰横，我马骨正折"（《铁堂峡》）所写"马骨折"可能是延时的原因，除此而外，笔者考证杜甫从秦州至同谷，沿途逗留了诸多寺庙，也是延时的原因。综上可知，杜甫在同谷的时间不足一月，该注明确了杜甫发同谷县日期是当年腊月初一，季冬是杜甫从同谷至成都行进的一月，"季冬携童稚，辛苦赴蜀门"（《木皮岭》），"季冬日以长，山晚半天赤"（《石柜阁》），"曾城填华屋，季冬树木苍"（《成都府》），杜甫从同谷抵成都不足一月，从"初月出不高，众星尚争光"（《成都府》）推断抵达成都在腊月二十四、五。在具体的行进过程中着意写了夜行，"中宵驱车去，饮马寒塘流。磊落星月高，苍茫云雾浮。"（《发秦州》）"山行有常程，中夜尚未安。微月没已久，崖倾路何难。"（《水会渡》）杜甫多次用"仲冬"、"季冬"、"中夜"、"初月"、"微月"等表寒冬与夜晚以及时令的时间词，彰显蜀道行进之艰难，不仅是寒冷的冬季，而且还会在半夜里跋涉，蜀道之难可想而知。

　　杜甫在秦州度过了乾元二年（759）的秋天，同年十月杜甫从秦州出发，经赤谷、铁堂峡、盐井、寒峡、法镜寺、青阳峡、龙门镇、石龛、积草岭、泥功山至同谷凤凰台，诗中所述："况当仲冬交，泝沿增波澜"（《寒峡》），"驱车石龛下，仲冬见虹霓"（《石龛》），表明杜甫从秦州至

---

① 黄奕珍：《杜甫自秦入蜀诗歌析评》，里仁书局 2005 年第 3 版，第 1、42 页。
② 李济祖：《综论杜甫在陇右的生活与诗作》，《天水师范学院学报》2008 年第 6 期。

同谷走了一月有余。在同谷艰难度过不足一月时间，由于全家人的生计没能解决，于是又于腊月初一从同谷出发，经木皮岭、白沙渡、水会渡、飞仙阁、五盘、龙门阁、石柜阁、桔柏渡、剑门、鹿头山，腊月底到达成都府。空间上杜甫采用了一地一诗的联章结构，用一个个实实在在的地名展现出蜀道的距离空间，秦州—同谷—成都上千里路程，每一地都是一次艰难历程，二十四首五言古体，均为纪行，相同的风格，两组诗构成了一个整体，让蜀道景象移步换形，历历可见。用二十四首诗来述所经，全面展现蜀道，不能不说是杜甫的一大创造，并且每一首诗都体现出浓郁的地方特色，呈现出强大的对比张力。杜甫的入蜀纪行诗是诗歌史上第一组以如此形式呈现且以纪行为主的诗作。

二　山昏水恶的蜀道及其寓意

鉴于本组纪行诗对蜀道山水的着力描绘，学术界多将杜甫的蜀道纪行诗作为山水诗来解读。如柯素莉《试论杜甫入蜀山水诗的双重超越》、蒲惠明《论杜甫的秦州山水诗》、也有将山水诗和纪行诗合为一谈，如张秀芝《略谈杜甫自秦州入蜀山水纪行诗的艺术特色》、陈桥生《艰难岁月锻诗魂——论杜甫陇右山水纪行诗》、马晓光《论杜甫入蜀诗对山水诗的贡献》等。这组诗固然描写了蜀道山水，但仅以山水诗来解读这组诗歌，只是停留在表象和局部，有违杜甫的本意，也未涉足诗歌核心内容，其实这组诗不仅仅用蜀道山水景物突显蜀道难，更为重要的是表现了我在蜀道的感受，跋涉之艰即有客观原因，更有主观原因，蜀道之艰与个人生计之艰以及国家时局之危三线交织在一起，山水景物仅是纪行载体，仅是造成蜀道难的客观因素之一，重要的是与客观蜀道难并存的杜甫的人生之艰以及国家困局，因此，杜甫所描写的蜀道难有一定的象征性，是借蜀道难抒发人生和社会感慨。

杜甫二十四首蜀道纪行诗，以狮子搏兔之全力描绘了蜀道的景色。蜀道山川雄奇，李白《蜀道难》便是咏蜀道的杰作，但李白没有到过此地，《蜀道难》属遥想之作，"上有六龙回日之高标，下有冲波逆折之回川。黄鹤之飞尚不得过，猿猱欲度愁攀援。青泥何盘盘，百步九折萦岩峦。扪参历井仰胁息，以手抚膺坐长叹。"他写蜀道山之高、谷之深、猿猱愁恐，另有飞湍惊瀑、险状莫名、只能升起戒惧战栗之感，但始终无法在真实的世界、具体的地图中标明。而杜甫是将蜀道一步步跋山涉水走过来的，是真感受，此时的杜甫政治失意、生活困顿、加之国家动乱。所以，杜甫笔下的蜀道写得"山昏水恶"，给人以"阴森恐怖"的感觉。笔端流露出的是陡峭的悬崖，将坠的山石，令人目眩的深谷，于耳际的是咆哮的熊虎，呼啸的寒风，使人震魂摄魄，恐惧万分，使人感到可怕乃至厌恶。写山例如《青阳峡》："塞外苦厌山。南行道弥恶。冈峦相经亘，云水气参错。林回峡角来，天窄壁面削。溪西五里石，奋怒向我落。仰看日车侧，俯恐坤轴弱。魑魅啸有风，霜霰浩漠漠。昨忆逾陇坂，高秋视吴岳。东笑莲花卑，北知崆峒薄。超然侔壮观，已谓殷寥廓。突兀犹趁人，及兹叹冥漠。"这是诗人路过青阳峡时所写，前四句总写峡行，用"苦厌山"与"道弥恶"写青阳峡的险峻，流露出伤感情怀。以下两句从山叠难行和水迷难渡突出"道弥恶"。接着用八句，正面对青阳峡进行描写，斜侧的岩石和如削的崖壁相向而来，遮挡而使天窄一线，崖上的崩石摇摇欲坠，像要"怒向我落"，悬崖陡峭，使日车为之倾侧，石形重大，担心地轴难以承受。最后八句借众山以陪衬其突兀，莲花峰、崆峒山都因卑下而为其所笑，突兀的山峰像是逐人而来，使人不得不感叹冥寞之境的不可穷尽，若不是身历其境，不可能有如此的真切感受。在这些诗中，高山、峡谷、峭壁、绝岸、乱石、霜雪、急湍、寒风、阴霾、星月等意象，往往笼罩着一层阴郁凄凉的色彩，有一种沉重悲怆的气氛。之所以会有如此境界，"其原因主要是此时杜甫的处境极其艰难困顿，因而情绪也非常压抑低落。尽管客观景物对主观情绪有着明显的影响，但主观情绪对于如何观照客观景物，也会产生不可忽视的作用"[1]，从而达到了一种"物""我"两难、情景交融的境地，在对蜀道山川的描写中，打并入身世之感、生事之艰、时局之困，将蜀道的山昏水恶和漂泊行役的悲痛熔为一炉，成为杜甫蜀道纪行诗的独特个性特征。

　　杜甫在蜀道上不断追问"道"与"路"，这是二十四首纪行诗的基本命题。直接描写"道"、"路"、"道路"或"道途"的诗有十五首之多，分别是"大哉乾坤内，吾道长悠悠！"（《发秦州》）"常恐死道路，永为高人嗤。"（《赤谷》）"此生免荷殳，未敢辞路难。"（《寒峡》）"塞外苦厌山，南行道弥恶。"（《青阳峡》）"细泉兼轻冰，沮洳栈道湿。"（《龙门镇》）"天寒昏无日，山远道路迷。"（《石龛》）"山分积草岭，路异鸣水

---

[1] 周立英：《幽撷奥出鬼入神——论杜甫自秦入蜀纪行诗》，《学术交流》2008年第2期。

县。"(《积草岭》)"不畏道途永，乃将祖没同？"(《泥功山》)"山峻路绝踪，石林气高浮。"(《凤凰台》)"首路栗亭西，尚想凤凰村。"(《木皮岭》)"微月没已久，崖倾路何难！"(《水会渡》)"仰凌栈道细，俯映江木疏。"(《五盘》)"蜀道多早花，江间饶奇石"(《石柜阁》)"高通荆门路，阔会沧海潮。"(《桔柏渡》)"后王尚柔远，职贡道已丧。"(《剑门》) 其他九首则变换为"乘""旅""程""适""去""随""行""径""历""及兹""羁旅"等动词性词语表达在蜀道上的行进。杜甫此时的"道""路"情结，是承接在秦州的人生思考，"万方声一概，吾道竟何之。"(《秦州杂诗》之四)"世人共卤莽，吾道属艰辛。"(《空囊》)"吾道卜终焉，陇外翻投迹。"(《寄岳州贾司马六丈巴州严八使君两阁老五十韵》) 三处"道"均有明显的人生喻意，即指人生之道。"事实上，此组诗作的特点之一为即将旅程的细腻刻画与人生境遇的省查思索互相绾合，借由二者的纠结牵连唱和出繁复幽微的行路歌吟。"[①] 因此，杜甫笔下的蜀道难寄寓着强烈的生命意识，求生的本能在这里得以张扬，而对自然景物的领略几乎读不出有什么愉快心情，故杜甫本人的身世之感和命运之忧是这二十首蜀道纪行诗的核心内容，不仅仅是"少陵入蜀纪行诸作，雄奇崛壮，盖其辛苦中得之益工耳。"[②] 更重要的是四十八年人生历程至此更加困惑，道路艰辛，前途迷茫，诗人"何时一茅屋，送老白云边"的人生理想遥遥无期，故杜甫蜀道纪行诗有浓烈的主观色彩。

三 举家跋涉之艰辛与杜甫个人的身世之悲

杜甫是带一家人来到秦州，又带一家人从同谷去成都的。其家庭成员有妻子杨婉、8岁的长子宗文、7岁的长女杜蓉、6岁的次子宗武[③]、弟弟杜占，一家六口辗转从秦州经同谷再至成都，途中描写妻儿的诗有"山深苦多风，落日童稚饥。"(《赤谷》)"野人寻烟语，行子傍水餐。"(《寒峡》)"白马为铁骊，小儿成老翁。"(《泥功山》)"叹息谓妻子，我何随汝曹？"(《飞仙阁》) 穿越蜀道，杜甫是举家跋涉的唯一一人，举家跋涉注定跋涉的艰难，更何况还有三个幼子。

[①] 黄奕珍：《杜甫自秦入蜀诗歌析评》，里仁书局2005年第3版，第1、42页。
[②] 仇兆鳌：《杜诗详注》，中华书局1979年第10版，第711、727页。
[③] 孙微、王新芳：《杜诗学研究论稿》，齐鲁书社2008年第6版，第253页。

从秦州至同谷诗歌中发现，有一辆载行李的马车。"中宵驱车去，饮马寒塘流。"（《发秦州》）"乱石无改辙，我车已载脂。"（《赤谷》）"驱车石龛下，仲冬见虹霓。"（《石龛》）"卜居尚百里，休驾投诸彦。"（《积草岭》）同谷至成都的十二首诗没有写车，今走木皮岭路线，海拔1800米，道路狭窄，山势陡峭，根本难以走车，杜甫一家当年亦是弃车南行的。而随行的马一直同行，"中宵驱车去，饮马寒塘流。"（《发秦州》）"水寒长冰横，我马骨正折。"（《铁堂峡》）"白马为铁骊，小儿成老翁。"（《泥功山》）"我马向北嘶，山猿饮相唤。"（《白沙渡》）"歇鞍在地底，始觉所历高。往来杂坐卧，人马同疲劳。"（《飞仙阁》）无一人、物、事不是在数说蜀道之难，饥饿、寒冷、路途遥远与难行，真是长路漫漫，蜀道难行。

杜甫二十四首蜀道纪行诗基本上是先景后情的二元结构模式，自然景物的描写以我的感受为主，以我的视角审视蜀道之景，抒写我的感受，基本上每一首有"我"，达到他人所未道之"我"境。如：

我衰更懒拙，生事不自谋——《发秦州》
乱石无改辙，我车已载脂——《赤谷》
水寒长冰横，我马骨正折——《铁堂峡》
我何良嗟叹，物理固自然——《盐井》、
寒峡不可度，我实衣裳单——《寒峡》
溪西五里石，奋怒向我落——《青阳峡》
熊罴咆我东，虎豹号我西，我后鬼长啸，我前狨又啼——《石龛》
我能剖心血，饮啄慰孤愁——《凤凰台》
况我饥愚人，焉能尚安宅——《发同谷县》
汗流被我体，祁寒为之喧——《木皮岭》
我马向北嘶，山猿饮相唤——《白沙渡》
大江动我前，汹若溟渤宽——《水会渡》
叹息谓妻子，我何随汝曹——《飞仙阁》
翳翳桑榆日，照我征衣裳。我行山川异，忽在天一方……自古有羁旅，我何苦哀伤——《成都府》

除19处"我"还有5处"吾"："大哉乾坤内，吾道长悠悠。"（《发秦州》）"成都万事好，岂若归吾庐？"（《五盘》）"吾衰未自由，谢尔性所式。"（《石柜阁》）"吾将罪真宰，意欲铲叠嶂。"（《剑门》）"旅泊吾道穷，衰年岁时倦。"（《积草岭》）和5处"游子"："天寒霜雪繁，游子有所之。"（《赤谷》）"山风吹游子，飘渺乘险绝。"（《铁堂峡》）"孤光隐顾盼，游子怅寂寥。"（《桔柏渡》）"游子出京华，剑门不可越。"（《鹿头山》）"大江东流去，游子日月长。"（《成都府》）这样密集的抒情主体反复再现在杜诗中是仅见的，在以往的文学作品中，只有《离骚》抒情主体反复呈现"朕""吾""我""予""余"等，运用多达76次，真正体现了"路漫漫其修远兮，吾将上下而求索"的艺术境界，杜甫蜀道纪行诗亦反复使用"我""吾""游子"，既有屈原"吾将上下而求索"的艺术境界，也是纪行诗纪行的需要。杜甫在忧国忧民，忠君爱国方面与屈原有其一致性；杜甫在蜀道征途上表现出强烈的主体意识，孤独感不言而喻，而这种强烈的主体意识既是因客体——蜀道山川的奇险给予的，当然也有对个人命运思考以及国家前途的忧患意识等因素影响的结果。

　　杜甫在这段时期的二十四首纪行诗，由于"满目悲生事，因人作远游"，从内容上来看，社会时事已经逐渐由原先的慷慨激昂、直截了当，转化为含蓄地用自然景物为掩饰的咏景纪行诗，感情的委婉曲折的表现形式，这直接与杜甫在政治上遭受的打击息息相关。这同时也是杜诗风格的一个异变点，由于政治上遭受的打击，他已经不再对社会时事积极参与，而是采取一种消极的对抗—逃避的态度，感情趋于平淡化，隐藏了很多他的激愤与热忱。离开同谷的心情与离开秦州的心情是何等的相似："我衰更懒拙，生事不自谋。"（《发秦州》）杜甫一直在弃官之后想寻觅一个"安宅"，可惜同谷也非"乐土"，残酷的现实迫使他也离开同谷。身世之悲的喟叹，注定要掺杂议论和感慨入诗。杜甫的感同身受，推己及人的品质，通过貌似"遁世""归隐"的纪行诗，实则蕴含了杜甫的民胞物与与忠君爱国的思想情感。山川之险阻，所历景物奇观无不入诗，再加之每首诗末都贯以自身的咏叹，身世之凄苦与山川之奇险相辅相成，融入老杜的诗句中，于是这段时期他的诗就呈现出"怪伟特绝"的特点。周斑曰："少陵入蜀诸篇，绝脂粉以坚其骨，贱丰神以实其髓，破绳格以活其肢，首首擒幽撷奥，出鬼入神，诗运之变，至此极盛矣。"[①] 杜诗中尽显一种

[①] 仇兆鳌：《杜诗详注》，中华书局1979年第10版，第711、727页。

奇崛之美，语言重拙生新，奇矫突兀。值得注意的是，杜甫二十四首纪行诗，几乎没有一首单纯的"桃花源式"的。他用他忧国忧民、民胞物与的现实主义情怀来替代传统山水诗人逃遁现实，沉溺山水的思想感情，使山水诗中和现实主义，呈现出异样雄奇的光彩。沉郁顿挫的感时忧世之情寄寓在艰险雄奇的陇山蜀水中，形成杜甫入蜀纪行诗歌的特点。

四 不忘国难的高尚情怀

一人之诗能够成为一代之史，是由于杜甫不仅表达了自身的悲哀，更重要的是他始终没有忘怀国家命运，一部分诗中体现了"善写时事"和"实录"的特点。[①] 杜甫所写的二十四首蜀道纪行诗，期中有七首表达了对国家时局的关注。《剑门》一诗中，杜甫尽显忧国忧民的本色，为民请愿，敢于怪罪于天，疾恶如仇，他担心历史上的割据局面，会复现于今日乃至将来，破坏大唐的一统局面，于是呼吁"铲叠嶂"，而此举的意图又在于告诫朝廷，如果这样的割据势力一旦出现，会利用剑门的天险，以及蜀地人民被逼贫为贼的可能性，来到达反朝廷的目的。于是杜甫的忠君思想完全展现出来。不久以后，蜀中的段子璋、徐知道、崔旰、杨子琳等果据险为乱，杜甫诗中的谶纬再次不幸被言中，杜甫疾呼虽若此，然而毕竟是无能为力、无力解脱，不得不惆怅满怀。对此抒怀，其实深刻地蕴含着民胞物与的精神。从描写险绝的山景中，抒发一己恢廓的心胸。"五盘虽云险，山色佳有余。"一程郁郁寡欢的入蜀路上，杜甫露出了难得一见的笑容。这里淳朴的民风，也让老杜"坦然心神舒"。"地僻无网罟，水清反多鱼，好鸟不妄飞，野人半巢居。"这是何等闲适的生活图景！然而也是此般的逸景刺激了老杜精神里最为脆弱的那条神经，他突兀的联想，牵动了他尘封多时的思乡之情。史思明叛军肆虐中原，九月之际，洛阳继天宝十四年（755）被安禄山攻陷后，再次沦落敌手，中原人民生活遭受了巨大的苦难。杜甫一方面出于爱国心，牵挂国事，期盼早日铲除叛臣，一方面出于思乡情、骨肉情，牵挂着流落在中原的弟妹。此时他更加思念他们，于是发出了"故乡有弟妹，流落随丘墟"。结束久陷羁旅的征途，痛定思痛的片刻宁静，不是麻痹，反而刺激了杜甫的根性。成都人民的闲适安宁，蜀鸟巴雀夜入巢居，这都给杜甫的游子心造成了强大的情感张力。

---

① 王端明点校：《李刚全集》，岳麓书社 2004 年版，第 1320 页。

杜甫赋予鸟雀以自己的色彩，更为强烈地突出了自身的凄凉与悲情。这样的悲哀情绪一直紧紧地攫住杜甫，从头至尾，让他一直无法从这样的"哀伤"中解脱出来，即使在吹笙鼓簧的成都，仍无法片刻停止他的思乡、忠君、报国的念头。早在旅途中，他就为定居蜀中十年作了最贴切的预言："成都万事好，岂若归吾庐"在一路的纪行诗中，隐逸在"遁世"思想中的儒家思想与传统道德观念与其深层的情感定势，尽在"成都万事好，岂若归吾庐"中展现得淋漓尽致，古诗云："客行虽云乐，不如早旋归。"李白亦有云："锦城虽云乐，不如早还家。"对于一个寓居客地的游子，特别是像杜甫这样忧国忧民、一身忠胆却报国无门的人来说，"一卧沧江惊岁晚，几回青琐点朝班。"才真正剖析了杜甫的心迹。杜甫钟情"回首"，他感情丰沛、对往事充满眷念，从对旧雨新知的追惜，从而引出对自身的喟叹，这在杜甫的纪行诗中表现得比较充分和突出，这也正是为杜甫命运多舛的一生埋下了悲情、忧世的色彩，"北望"或许也是他的政治思想的自然流露的痕迹。杜甫是怀念故土的。那里不仅有他的先灵、他的兄弟、他熟悉的一草一木，更有他忠心耿耿效忠的天子朝廷。他于是频频回顾，欲留还休，即便是他的坐骑，亦和他一样的指心向北。凭高咏古更是老杜擅长的绝技，在石柜阁，谢陶二公的优游放浪，鹿头山上忽忆蜀中的扬马双雄，对比老杜的身世，让人为之扼腕。杜诗的奇，虽然表现得"突兀宏肆"、"峭刻生新"，但是是基于真实的生活与自身的感悟的，并没有半点的浮夸与造作，或许"酌奇而不失其真，玩华而不坠其实"[①] 是一个比较贴切的注脚。诗人决不只局限于一己之感伤，他把个人身世的喟叹与人民的流离、国家的兴衰紧密结合起来，并把对国家和人民命运的关切摆在了个人命运之上。他身在成都，心系中原。正是从这些爱民爱物思想而产生的人和物的对比，进而流露出对自然界的向往之情。"生涯抵弧矢，盗贼殊未灭。飘蓬逾三年，回首肝肺热。"（《铁堂峡》）揭示安史之乱是造成杜甫飘蓬三年的直接原因。"旌竿暮惨澹，风水白刃涩。胡马屯成皋，防虞此何及！嗟尔远戍人，山寒夜中泣！"（《龙门镇》）对统治者的用兵表现出不满，实际的情况是此地驻军虽对胡马关系不大，但还是可以防吐蕃的。"伐竹者谁子？悲歌上云梯。为官采美箭，五岁供梁齐。苦云直竿尽，无以充提携。奈何渔阳骑，飒飒惊蒸黎。"（《石龛》）

[①] 刘勰：《文心雕龙·辨骚》，中国书店1988年版，第914页。

描写战争影响之广以及给老百姓带来的苦难。"再光中兴业，一洗苍生忧。深衷正为此，群盗何淹留。"(《凤凰台》)表达出对国家未来的希望以及对战乱的不满。"东郊尚格斗，巨猾何时除。故乡有弟妹，流落随丘墟。成都万事好，岂若归吾庐？"(《五盘》)战争造成弟妹不能相见，自己辗转异乡。"冀公柱石姿，论道邦国话。斯人亦何幸，公镇逾岁月"(《鹿头山》)等都倾注着对时局的关注，这让杜甫蜀道纪行诗有了更为深广的意境。国家困境是杜甫个人困境之因，也是迫使杜甫走上蜀道的间接原因。杜甫将个人命运与国家命运紧密联系在一起，并置于艰险蜀道的背景之下，充分扩张诗歌境界，使人对蜀道难有真切感受的同时，理解杜甫的人生困境与遭受安史之乱的国家困局。

综上所述，杜甫乾元二年冬创作的二十四首蜀道纪行诗，全景式刻画了蜀道之难。蜀道难不仅是客观上的道路艰难，本组纪行诗对主观上造成蜀道难的诸多原因寄寓其中，冬季寒冷、饥饿衣单、体弱多病、拖儿带女以及自我困境和国家困境与蜀道之难交织在一起，将纪行诗中的人物事件放在国家动乱的大背景之下，诗旨更加深刻，保持了诗史本色。

第三节　杜甫陇蜀纪行诗的艺术成就

乾元二年（759），对杜甫来说是极不平常的一年，这年十月他又从秦州出发，经汉源、同谷、栗亭、过白水道、绵谷、剑门，腊月底到达成都，所走蜀道为由陇入蜀的官道①，杜甫刻意用二十四首纪行诗全力描绘蜀道，艺术的将蜀道之难与自身的人生困境与国家面临的动乱融为一体，撷奥探幽，摄人魂魄。

一　移步换形的连章组诗

蜀道山川，自古闻名遐迩。从张载的《剑阁铭》到李白的《蜀道难》，无数骚人墨客咏叹过它的险阻雄壮。但是这些作品往往未能展示它的全貌，因为它的确不是一首诗或一篇文的篇幅所能包含的。只有当杜甫找到了连章纪行诗这种方式，极大地扩展了诗的容量之后，才有可能对蜀

---

① 吴淑玲：《唐代驿传与唐诗发展之关系》，《文学遗产》2008年第6期。

道山水的全貌作出富有典型性的描绘。①

　　杜甫蜀道纪行诗《发秦州》是第一篇，也可作第一组诗的序诗。继《发秦州》而有《赤谷》《铁堂峡》《盐井》《寒峡》《法镜寺》《青阳峡》《龙门镇》《石龛》《积草岭》《泥功山》《凤凰台》诸诗，是为第一组。杜甫之赴同谷，自言"邑有佳主人，来书语绝妙"（《积草岭》），是说佳主人以书相告，当地物产富饶，谋生极易，但到同谷后，佳主人既无助于他，而谋生又极难。其《乾元中寓居同谷县作歌七首》云："岁拾橡栗随狙公，天寒日暮山谷里"和"长镵长镵白木柄，我生托子以为命。黄独无苗山雪盛，短衣数挽不掩胫。此时与子空归来，男呻女吟四壁静"。可见他当时已陷于无以为生的困境，故又离同谷而他适。首先写下《发同谷县》一诗，继有《木皮岭》《白沙渡》《水会渡》《飞仙阁》《五盘》《龙门阁》《石柜阁》《桔柏渡》《剑门》《鹿头山》《成都府》诸诗为第二组，《发同谷县》也可作这组诗的序诗。两组诗全以蜀道地名为题，纪行之意甚明，故可称蜀道纪行诗。

　　二十四首纪行诗全以地名为题，从秦州至成都，井然有序，历历可考。正如宋人所说："杜陵诗卷是图经"。杜甫之所以这样详尽的纪时纪地，一方面是基于对蜀道艰险和对自己身体状况的担忧，"百年不敢料，一坠那复取。"（《龙门阁》）"常恐死道路，永为高人嗤。"（《赤谷》）"贫病转零落，故乡不可思。"（《赤谷》），"旅泊吾道穷，衰年岁时倦，"（《积草岭》）"迥然洗愁辛，多病一疏散。"（《白沙渡》）"远游令人瘦，衰疾惭加餐。"（《水会渡》），所以在《同谷七歌》中发出"汝归何处收兄骨"的感慨。另一方面是为了充分抒情的需要，"蜀道难，难于上青天"，杜甫在思想上做好了走蜀道的充分准备，他选用了自己最擅长的不受句数限制的五古体，并写成组诗形式和陇山蜀水对话，对蜀道之难力求全方位、多视点展现，以消解自己无尽凄苦孤独的困境和时局的变化。而每首诗又个性色彩鲜明，自有其独特性。正如葛晓音所说："自秦州到同谷以及从同谷到成都的两组纪行诗，计二十多首，按照旅途的顺序，以随物肖形、变化多端的表现艺术描绘千奇百怪的山水景物，如铁堂峡的森严深峻，青阳峡的突兀奇险，白沙渡的冥漠萧飒，飞仙阁的阴沉森峭，龙门阁的开阔浩漫，石柜阁的绚丽爽目，法镜寺的古朴幽美，万丈潭的深幽虚

---

① 程千帆、莫砺锋：《读杜甫纪行诗札记》，《社会科学战线》1987年第2期。

明，木皮岭的秀碧清润等，莫不景象传神，历历在目，又寄托着诗人随时触发的人生感慨，是对谢灵运山水诗的重大发展。"①

二 赋体笔法的充分体现

《楚辞·远游》是述行赋之滥觞，班彪《北征赋》、班昭《东征赋》、刘歆《遂初赋》、蔡邕《述行赋》嗣其响，至于建安，作品尤多，如王粲《初征赋》、阮瑀《纪征赋》、徐幹《序征赋》、潘岳《西征赋》等。述行题材是由赋兴起的，述行赋促进了山水赋的出现，而山水赋则对山水诗的产生有深远的影响，述行赋在以诗体为盛的唐代则发展为纪行诗。

杜甫一生是极其不安定的，裘马清狂的早年生活之外，只有旅食京华十年、寓居成都五年、暂住夔州两年相对稳定些，其他大部分时间均是在流离失所之中度过。尤其是唐肃宗乾元二年（759），一年之间，连续四次迁徙，辗转流离，备尝行役之苦。他在《发同谷县》诗中写道："奈何迫物累，一岁四行役！"仇兆鳌引赵次公曰："是年春，公自东都回华，秋自华客秦，冬自秦赴同谷，又自同谷赴成都，故曰四行役。"② 从秦州到同谷及从同谷到成都两段路程，杜甫分别留下了《发秦州》与《发同谷县》两组纪行诗，"以狮子搏兔之全力描绘陇蜀山川，而且打并入身世之感、生事之艰，成为古代纪行诗中的空前绝后之作。"③ 另外，杜集的压卷之作《自京赴奉先县咏怀五百字》《北征》也是以纪行为主。杜诗的述行题材与山水描写已经融为一体，寻其渊源，当归于赋。《发秦州》与《发同谷县》等组诗形式，气势磅礴，一气呵成，其风格亦类于赋。

在体裁上，以长短而论，律诗、绝句等短篇可用赋法，但不肖赋体，长篇便于铺排尽言，纵横捭阖，所以杜甫的古诗尤其是长篇古诗受赋体影响最深，其次是长篇排律。项安世《项氏家说》："文士才力尽用于诗，如李杜之歌行，元白之唱和，序事丛蔚，写物雄丽，小者十余韵，大者百余韵，皆用赋体作诗。"④ 歌行导源于汉乐府，多为七言。项安世指出杜甫歌行用赋体作诗，杜诗中的五古又何尝不是如此？

杜甫蜀道纪行诗和汉代纪行赋、陶渊明、谢灵运等人的纪行诗一样，

---

① 葛晓音：《杜甫诗选评》，上海古籍出版社2002年版，第89页。
② 仇兆鳌：《杜诗详注》，中华书局1979年版，第705页。
③ 程千帆、莫砺锋：《读杜甫纪行诗札记》，《社会科学战线》1987年第2期。
④ 王京州：《杜甫以赋为诗表现论》，《贵州文史丛刊》2007年第3期。

准确而详尽地记述了蜀道行踪的时间与地点。从"汉源十月交,天气凉如秋"(《发秦州》)可知,杜甫九月底从秦州出发,预想十月之交就会到汉源(今西和汉源镇),诗句"况当仲冬交,沜沿增波澜。"(《寒峡》)"驱车石龛下,仲冬见虹霓。"(《石龛》)说明杜甫十月一个月的时间未能到达同谷(今成县城),而秦州至同谷不足300里,杜甫一家走了一月有余。《发同谷县》原注云:"乾元二年十二月一日,自陇右赴成都纪行",综合可知,杜甫在同谷的时间不足一月。"季冬携童稚,辛苦赴蜀门。"(《木皮岭》)"季冬日以长,山晚半天赤。"(《石柜阁》)"曾城填华屋,季冬树木苍。"(《成都府》)同谷抵成都不足一月,从"初月出不高,众星尚争光"(《成都府》)推断抵达成都在腊月二十四、五,这也就从时间上排除了杜甫在同谷抵成都的途中去过两当县的可能性,故不能将《两当县吴十侍御江上宅》归入杜甫自秦入蜀纪行诗。

在具体写景上也运用赋体文章的铺排与渲染,力求把景色与感受表达充分。写于同谷的《万丈潭》:

青溪含冥寞,神物有显晦。龙依积水蟠,窟压万丈内。跼步凌垠堮,侧身下烟霭。前临洪涛宽,却立苍石大。山色一径尽,岸绝两壁对。削成根虚无,倒影垂澹滟。黑知湾澴底,清见光炯碎。孤云到来深,飞鸟不在外。高萝成帷幄,寒木垒旌旆。远川曲通流,嵌窦潜泄濑。造幽无人境,发兴自我辈。告归遗恨多,将老斯游最。闭藏修鳞蛰,出入巨石碍。何当暑天过,快意风云会。

此诗写万丈潭既大且深,四周绝壁,草木繁荣,这一切组成了一个与外界完全隔绝的封闭环境,连云彩和飞鸟都被锁在这个环境之内,更不用说深藏潭底的龙了,展现万丈潭雄奇、险怪、幽僻、阴森的独特之景,主要着力于环境的刻画和气氛的渲染,诗人在同谷就像掉进了万丈潭,生活上依然无衣无食,"告归遗恨多,将老斯游最。"同谷之行仅仅是满足了平生的游旅而已。

为了适应特殊心境下的秦塞与蜀道风光的描写,杜甫一反故常,采用了一系列独特的表现方式。首先是字法和句法,在读这一组纪行诗时,产生的第一印象便是满篇生词僻字,给人以生涩佶屈之感。例如《铁堂峡》中:"峡形藏堂隍,壁色立精铁。径摩穹苍蟠,石与厚地裂。修纤无垠竹，嵌空太始雪。威迟哀壑底，徒旅惨不悦。"其中"堂隍"，《汉书·胡广传》有："列坐堂皇上。"注："室无四壁曰皇。""嵌空"，沈佺期有诗句："宛然复嵌空。""太始"，《列子》释曰："太始者，形之始也。""威迟"，《韩诗》："周道威夷。薛君曰：威夷，险也，又作威迟。"八句诗中起码有四个生僻的词。其余如《法镜寺》中"婵娟碧藓净，萧摋寒箨聚"的"萧摋"，《同谷七歌》其六中"南有龙兮在山湫，古木巃嵸枝相樛"的"巃嵸"、"樛"，《万丈潭》中"削成根虚无，倒影垂澹瀩"的"澹瀩"。《白沙渡》中"高壁抵欹崟，洪涛越零乱"的"欹崟"等等，都极其生涩。组诗中，杜甫还用了大量悲凉，乃至绝望等感情色彩极浓的词语，如"惨"前后出现过六次，"哀"五次，"苦"五次，"死"三次，以及"痛"、"悲"、"伤"等等。诗句上则首先是大量运用了表情达意不主故常的险句。例如《水会渡》："回眺积水外，始知众星干。"《杜诗镜铨》批曰："险句"①，王嗣奭则解释句意说："及陟巘而回眺积水极于有星之处，始知其干，若无众星，竟不知水之所际矣。申言冥渤宽者如是，追思令人股栗。"②《龙门阁》中"魑魅啸有风"一句，他批道："语险怕人。"③ 类似险句，组诗中比比皆是。与此相关，诗人还采用了奇异联想加幻觉等方法，"溪西五里石，奋怒向我落。仰看日车侧，俯恐坤轴弱。"（《青阳峡》）这种手法强化了对山川险恶的描写，诗人心惊肉跳情绪的表达。尤其是《乾元中寓居同谷县作歌七首》，形式上主要借鉴《离骚》《胡笳十八拍》《四愁诗》的写法，独创新体，节短声促，把穷老呼天之意抒写得淋漓尽致。

三 情景互生的二元结构

杜甫二十四首蜀道纪行诗全是五言古体，并且用情景互生的二元结构。"情景互生是指那种不全用景语亦不全用情语，而是情语景语夹杂并组成一种浑融整体的诗歌创作。"④ 秦州至同谷十二首诗的情景结构：《发秦州》前四句写发秦州之由，中十二句写同谷之景，再八句叙离秦州之原因，末尾八句转而写景。《赤谷》前四句以情为主，中间八句写景为

---

① 杨伦（笺注）：《杜诗镜铨》，上海古籍出版社1998年版，第304页。
② 王嗣奭：《杜臆》，上海古籍出版社1983年版，第115、110页。
③ 同上。
④ 郭外岑：《重读中国文学》，学苑出版社2008年版，第497页。

主,末尾四句写情。《铁堂峡》前八句写景状形,后八句抒写羁旅。《盐井》前八句写景,后四句抒情。《寒峡》前八句写景,后四句抒情。《法镜寺》前四句纪行为主,中八句写景,末尾四句纪行。《青阳峡》前四句纪行,中八句正面写景,后八句用陪衬法写景。《龙门镇》前四句纪行,中四句写景,后四句抒情感慨。《石龛》前八句纪行写景,后八句抒情感慨。《积草岭》前八句写景,后八句抒情。《泥功山》前四句纪行,中六句写景,末二句感慨。《凤凰台》前八句写景,中十二句抒情,末八句承中间意抒情。各诗均为情景互生的二元结构,且情与景的分量基本平衡。

学术界也将杜甫的蜀道纪行诗用山水诗解读,如:柯素莉《试论杜甫入蜀山水诗的双重超越》、蒲惠明《论杜甫的秦州山水诗》、马晓光《论杜甫入蜀诗对山水诗的贡献》,也有将山水诗和纪行诗合为一谈,如张秀芝《略谈杜甫自秦州入蜀山水纪行诗的艺术特色》、陈桥生《艰难岁月锻诗魂—论杜甫陇右山水纪行诗》等。其原因就是杜甫蜀道纪行诗大力描写了蜀道山水景物,主要是继承谢灵运随物赋形、极貌写物的特色。① 谢灵运山水诗其结构为开篇叙述纪行缘起,中间景物描写,结尾感慨抒情或议论。杜甫二十四首纪行诗总体上是以《发秦州》《发同谷县》叙缘起,离开秦州的原因为:"无食问乐土,无衣思南州"和"此帮俯要冲,实恐人事稠。应接非本性,登临未销忧。"中间为景物,但又有突破,每一首不但有景而且有情。《成都府》结尾,用"自古有羁旅,我何苦哀伤"(《成都府》)呼应"大哉乾坤内,吾道常悠悠"(《发秦州》),二十四首纪行诗构成了蜀道景物整体画卷,"皆以真实的山水景物为对象,逼真而细致地描摹其形貌。"② 且二十四首纪行诗皆关乎"我","即是说,诗人写景并非一种纯客观的被动反映,而是带着一种先在的情感为素地,然后才进行观察、撷取和描写,此即于特别之境遇中用特别之眼观之。"③

杜甫的诗格,是他中和情绪、思想、感触,通过自身崇高的人格和博大的胸襟的过滤和沉淀,再借助艺术的形象及手法,最后通过自己炉火纯青的锤词炼句的技巧而表现出来。这种倾注了其自身的悲凉而真挚的情感

---

① 黄奕珍:《杜甫自秦入蜀诗歌析评》,台湾里仁书局2005年版,第62、63页。
② 同上。
③ 郭外岑:《重读中国文学》,学苑出版社2008年版,第497页。

正是由于达到了水乳交融的境界而显得含而不露。杜甫在审美情趣上倾向于壮美，构思深刻、用力沉厚，这些都是由其雄豪的性格、伟大的抱负、高尚的人品、阔大的胸怀这些内在因素决定。此间诗风，仍没有背离杜诗的"沉郁"的总特色，这是杜诗的精髓，是其人格的外化。这段时期的诗格虽明显处于一种变化的状态，风格是"迥异昔作"。杜甫是唐诗的集大成者，他具有敢于摆脱俗套、另辟蹊径的创新精神，大胆地突破传统诗歌，特别是纪行或者山水田园诗的创作窠臼，从而显示出独特的艺术风格来。他将山水之奇与行路之艰、世事之难、身世之悲的多重复义的喟叹交织在一起，而最终的归结点都落在了自身的身世的咏叹上，成就了杜甫入蜀纪行诗歌的艺术价值。

四 以地名为题、以时间为序时空构架模式

这两小组的第一首诗题后有杜甫注文：《发秦州》原注云："乾元二年自秦州赴同谷县纪行十二首。"《发同谷县》原注云："乾元二年十二月一日自陇右赴剑南纪行。"所以这些诗称为纪行诗，是诗人的本意。[1] 每组诗各十二首，也不是偶然，而是诗人有意为之，谓一月之行程胜似一年，蜀道之难寓含其中，该注更明确了杜甫自秦州至同谷的纪行年与日期。杜甫脚下的蜀道难不但是亲自走过的，而且是在饥寒交迫的冬季，其艰难程度可想而知。二十四首纪行诗详尽交代了纪行的特定时间（寒冬）与特定路线（蜀道）。从"汉源十月交，天气凉如秋"（《发秦州》）可知，杜甫九月底从秦州出发，预想十月之交就会到汉源（今西和汉源镇），诗句"况当仲冬交，沂沿增波澜"（《寒峡》），"驱车石龛下，仲冬见虹霓"（《石龛》），两处"仲冬"说明杜甫十月一个月的时间未能到达同谷（今成县城），而秦州至同谷不足 300 里，杜甫一家走了一月有余。综上可知，杜甫在同谷的时间不足一月，该注明确了杜甫发同谷县日期是当年腊月初一，季冬是杜甫从同谷至成都行进的一月，"季冬携童稚，辛苦赴蜀门"（《木皮岭》），"季冬日以长，山晚半天赤"（《石柜阁》），"曾城填华屋，季冬树木苍"（《成都府》），杜甫从同谷抵成都不足一月，从"初月出不高，众星尚争光"（《成都府》）推断抵达成都在腊月二十四、五。在具体的行进过程中着意写了夜行，"中宵驱车去，饮马寒塘

---

[1] 黄奕珍：《杜甫自秦入蜀诗歌析评》，里仁书局 2005 年第 3 版，第 1、42 页。

流。磊落星月高,苍茫云雾浮。"(《发秦州》)"山行有常程,中夜尚未安。微月没已久,崖倾路何难。"(《水会渡》)杜甫多次用"仲冬"、"季冬"、"中夜"、"初月"、"微月"等表寒冬与夜晚以及时令的时间词,彰显蜀道行进之艰难,不仅是寒冷的冬季,而且还会在半夜里跋涉,蜀道之难可想而知。

杜甫在秦州度过了乾元二年(759)的秋天,同年十月杜甫从秦州出发,经赤谷、铁堂峡、盐井、寒峡、法镜寺、青阳峡、龙门镇、石龛、积草岭、泥功山至同谷凤凰台,诗中所述:"况当仲冬交,泝沿增波澜"(《寒峡》),"驱车石龛下,仲冬见虹霓"(《石龛》),表明杜甫从秦州至同谷走了一月有余。在同谷艰难度过不足一月时间,由于全家人的生计没能解决,于是又于腊月初一从同谷出发,经木皮岭、白沙渡、水会渡、飞仙阁、五盘、龙门阁、石柜阁、桔柏渡、剑门、鹿头山,腊月底到达成都府。空间上杜甫采用了一地一诗的联章结构,用一个个实实在在的地名展现出蜀道的距离空间,秦州—同谷—成都上千里路程,每一地都是一次艰难历程,二十四首五言古体,均为纪行,相同的风格,两组诗构成了一个整体,让蜀道景象移步换形,历历可见。用二十四首诗来述所经,全面展现蜀道,不能不说是杜甫的一大创造,并且每一首诗都体现出浓郁的地方特色,呈现出强大的对比张力。杜甫的入蜀纪行诗是诗歌史上第一组以如此形式呈现且以纪行为主的诗作。

五 着力抒写"我"的感受

宋代李刚《重校正杜子美集序》称杜诗:"天宝太平全盛之时,迄于至德、大历干戈乱离之际,子美之诗,凡千四百三十余篇,其忠义节气,羁旅艰难,一见于此"。[①] 杜甫蜀道纪行诗详陈蜀道山川之奇险,详陈蜀道行踪与我的感受,并在身处绝境和自身多艰的情况下,仍然关注着时局与民生,将个人经历与社会历史紧密相连,深深地表达了诗人感人忧世之情怀,真乃史诗。这组除了描写蜀道山水景物,更为重要的是表现了我在蜀道的感受,26首诗中其中直接写"我"达28处之多,这在杜甫一生诗歌创作中是仅见的,纪行诗同时也体现了杜甫一贯的史诗品格。宋人胡宗

---

① 周立英:《摘幽撷奥出鬼入神——论杜甫自秦入蜀纪行诗》,《学术交流》2008年第2期。

愈认为,"先生以诗鸣于唐,凡出处、动息劳佚、悲欢忧乐、忠愤感激、好贤恶恶,一见于诗,读之可以知其世,"① 杜诗之为"诗史",在于能详陈诗人个体人生经历和情志,读者可以了解诗人所生活的时代,杜甫的蜀道纪行诗更为突出地体现了这一点。

　　杜甫蜀道纪行诗,自然景物的描写以我的感受为主,更多的是记述诗人的人生行事和情感经历,直接写我的感受。如:"我衰更懒拙,生事不自谋。"(《发秦州》)"我车已载脂。"(《赤谷》)"我马骨正折。"(《铁堂峡》)"我何良嗟叹。"(《盐井》)"我实衣裳单。"(《寒峡》)"礓西五里石,奋怒向我落。"(《青阳峡》)"熊罴咆我东,虎豹号我西,我后鬼长啸,我前狨又啼。"(《石龛》)"我能剖心血,饮啄慰孤愁。"(《凤凰台》)"悲风为我从天来。""我生托子以为命……邻里为我色惆怅。""前飞驾鹅后鹜鸧,安得送我置汝旁。""林猿为我啼清昼。""我生何为在穷谷?中夜起坐万感集。""我行怪此安敢出?把剑欲斩且复休。"(《同谷七歌》)"造幽无人境,发兴自我辈。"(《万丈潭》)、"况我饥愚人,焉能尚安宅。"(《发同谷县》)"汗流被我体,祁寒为之喧。"(《木皮岭》)"我马向北嘶,山猿饮相唤。"(《白沙渡》)"大江动我前,汹若溟渤宽。"(《水会渡》)"叹息谓妻子,我何随汝曹。"(《飞仙阁》)"翳翳桑榆日,照我征衣裳。我行山川异,忽在天一方……自古有羁旅,我何苦哀伤。"(《成都府》),除"我"还有5处"吾"和5处"游子",这样密集的直接描述"我"在诗史上是少见的,只有《离骚》有这种突出主体的抒情方式,用第一人称"朕"、"吾"、"余"、"予"、"我"多达77处。杜甫如此频繁地使用"我",足以说明杜甫在蜀道征途上抒发强烈的主体意识,而这种强烈的主体意识是因客体——蜀道山川的奇险给予的,当然还有个人命运的窘困以及国家前途的忧患意识等因素。

　　蜀道纪行诗,杜甫以狮子搏兔之全力描绘了蜀道的景色。蜀道山川雄奇,历代文人多有唱咏,如李白《蜀道难》便是咏蜀道的杰作,但《蜀道难》属遥想之作,而杜甫是将蜀道一步步跋山涉水走过来的,是真感受,此时的杜甫政治失意、生活困顿。所以,杜甫笔下的蜀道写得"山昏水恶",给人以"阴森恐怖"的感觉。笔端流露出的是陡峭的悬崖,将坠的山石,令人目眩的深谷;萦于耳际的是咆哮的熊虎,呼啸的寒风,使

---

① 刘宁:《杜甫五古的艺术格局与"杜诗"的艺术品质》,《文学遗产》2009年第3期。

人震魂摄魄，恐惧万分，使人感到可怕乃至厌恶，正如冯至《杜甫传》所称："其中没有空幻的高和奇，只有实际的惊和险。"例如《青阳峡》："塞外苦厌山，南行道弥恶。冈峦相经亘，云水气参错。林回硖角来，天窄壁面削。礴西五里石，奋怒向我落。仰看日车侧，俯恐坤轴弱。鬼魅啸有风，霜霰浩漠漠。昨忆逾陇坂，高秋视吴岳。东笑莲花悲，北知崆峒薄。超然侔壮观，已谓殷寥廓。突兀犹趁人，及兹叹冥漠。"这是诗人路过青阳峡时所写，前四句总写峡行，用"苦厌山"与"道弥恶"写青阳峡的险峻，流露出伤感情怀。以下两句从山叠难行和水迷难渡突出"道弥恶"。接着用八句，正面对青阳峡进行描写，斜侧的岩石和如削的崖壁相向而来，遮挡而使天窄一线，崖上的崩石摇摇欲坠，像要"怒向我落"，悬崖陡峭，使日车为之倾侧，石形重大，担心地轴难以承受。最后八句借众山以陪衬其突兀，莲花峰、崆峒山都因卑下而为其所笑，突兀的山峰像是逐人而来，使人不得不感叹冥漠之境的不可穷尽。再如《水会渡》："山行有常程，中夜尚未安。微月没已久，崖倾路何难！大江动我前，汹若溟渤宽。篙师暗理楫，歌笑轻波澜。霜浓木石滑，风急手足寒。入舟已千忧，陟巘仍万盘。回眺积水外，始知众星干。远游令人瘦，衰疾惭加餐。"这首诗所写的景象依然山昏水恶，恐怖怕人。半夜行走已够可怕，更何况在漆黑的半夜，行进在江涛汹涌的悬崖峭壁上，尽管篙师唱着阵阵歌声，但浓霜与寒风都让人难受，船上的人更是惊恐万分，走完了水路还要走万盘的山路，抬头望去，几双扎着凄凉的眼睛，如此惊心动魄的远游，怎能不让人消瘦，更何况疾病缠身饭也吃不下去。在这些诗中，高山、峡谷、峭壁、绝岸、乱石、霜雪、急湍、寒风、阴霾、星月等意象，往往笼罩着一层阴郁凄凉的色彩，有一种沉重悲怆的气氛。之所以会有如此境界，"其原因主要是此时杜甫的处境极其艰难困顿，因而情绪也非常压抑低落。尽管客观景物对主观情绪有着明显的影响，但主观情绪对于如何观照客观景物，也会产生不可忽视的作用"。[1] 从而达到了一种"物""我"两难、情景交融的境地，在对蜀道山川的描写中，打并入身世之感、生事之艰，将蜀道的山昏水恶和漂泊行役的悲痛熔为一炉，成为杜甫蜀道纪行诗的独特个性特征。

---

[1] 周立英：《摘幽撷奥出鬼入神——论杜甫自秦入蜀纪行诗》，《学术交流》2008年第2期。

一人之诗能够成为一代之史，是由于杜甫不仅表达了自身的悲哀，更重要的是他始终没有忘怀国家命运，一部分诗中体现了"善写时事"和"实录"的特点①，其蜀道纪行诗同样深深关注着国家现实。"生涯抵弧矢，盗贼殊未灭。"（《铁堂峡》）"胡马屯成皋，防虞此何及。"（《龙门镇》）"伐竹者谁子？悲歌上云梯。为官采美箭，五岁供梁齐。苦云直竿尽，无以充提携。奈何渔阳骑，飒飒惊蒸黎。"（《石龛》）"再光中兴业，一洗苍生忧。深衷正为此，群盗何淹留。"（《凤凰台》）"东郊尚格斗，巨猾何时除。"（《五盘》）"并吞与割据，极力不相让。"（《剑门》）"冀公柱石姿，论道邦国话。"（《鹿头山》）。这些诗中倾注着对时局的关注，从而让杜甫蜀道纪行诗有了更为深广的意境。

第四节　杜甫客居陇右隐逸思想探究

纵观杜甫一生创作的一千四百余首诗歌，具有很强的地域性特征，而乾元二年（759）的秦州之行，杜甫不论在思想上还是诗歌风格上都发生了很大变化，这就是像《三吏》《三别》《北征》这样思想性和战斗性都很强的作品，不论其数量还是分量都有所减轻，相反关注个人命运乃至隐逸思想的作品增多了。正如林继中先生所说："杜甫秦州以后虽然仍坚信儒术，但的确将理想调低了，和当时的现实更贴近了。"② 事实上杜甫对儒家思想的降温是从秦州之行开始的，从此，杜甫有了淡淡的栖息归隐的佛道思想，体现在诗歌中那就描写田园风光和与佛道人物交游的作品增多了，因此，秦州不仅仅是杜甫后半生漂泊西南的始发地，也是杜甫诗运转关的界碑。

一　归隐之路

乾元二年（759），对杜甫来说是极不平常的一年，他将自己的一年概括为"一岁四行役"（《发同谷县》）。在"四行役"的过程中客居秦州，对他人生理想和人生命运产生了巨大影响，客秦是他后半生流落飘零生活的开始。从此他离开了关中、离开了故乡、更为重要的是离开了官

----

① 王端明点校：《李刚全集》，岳麓书社2004年版，第1320页。
② 林继中：《陇右诗是杜诗枢纽》，《古典文学知识》2010年第2期。

场，放弃了"自先君恕预以降，奉儒守官，未坠素业矣"（《进雕赋表》）的家道传统，也淡化了"致君尧舜上，再使风俗淳"（《奉赠韦左臣丈二十二韵》）的素志理想。乾元二年初秋，快届知天命之年的杜甫想找一块清静之地，秦州无疑是杜甫理想中的去处。关于杜甫客秦的原因，学术界有多种说法，但这些说法都有阙疑之处：

1. 以《旧唐书》所述"关畿乱离，谷食踊贵"① 为代表的饥饿说。据《新唐书·食货志》载，作为华州司功参军一级的官员，享有年禄米五十石；月俸钱一千三百文、杂用二百五十文、食料三百文。有如此俸禄的八品官养活不了一家人令人难以置信，"'谷食踊贵'尽管现实，但还不至于使他这个有官职的人断绝口粮。"②

2. 以投奔"杜佐""赞公""佳主人"或"韦十六"等人的投奔亲友说。在秦州，杜甫的确得到过侄子杜佐以及老友赞公的帮助，但他秦州客居了三个月，在同谷客居不足一月，这足以说明杜甫客秦的目的并非投奔亲友。

3. 天水师范学院李宇林教授提出的杜甫"向西纳凉说"③。此说显然不能成立，杜甫是立秋后才动身向西客秦的，有《立秋后题》诗为证，立秋之后炎热天气即将退去，杜甫怎么连这样的气候常识都不懂呢？因此，向西纳凉说不合常理。

4. 直指成都的壮游说，认为客秦仅仅是在去往成都途中的休整。如果目的地是成都，杜甫会选走路程较近的秦蜀通道褒斜道或子午道，而不至于舍近求远，迂回陇右再走非常难行的陇蜀道。"无食问乐土，无衣思南州。……虽伤旅寓远，庶遂平生游。此邦俯要冲，实恐人事稠。"（《发秦州》）杜甫显然是由于"无衣无食"与"人事稠"的原因离开秦州的，因此，壮游说也不能令人信服，至于杜甫秦州之后的远游则更是一步步逼出来的，非杜甫的本愿。

其实杜甫的客秦是官场失意后选择的一条归隐之路，进不得经世济用，苦闷和激愤使杜甫经常萌生退而归隐的念头。在落第后，杜甫即表示

---

① 《旧唐书》，上海古籍出版社1986年12月版，第607页。
② 韩成武、韩帼英：《解说"罢官亦由人"之"罢官"——对杜甫离开华州原因的讨论》，《杜甫研究学刊》2006年第2期。
③ 李宇林：《"因人作远游"之所"因"之"人"臆测》，《天水师范学院学报》2004年第4期。

自己"今欲东入海,即将西去秦",要去过"白鸥没浩荡,万里谁能驯"(《奉赠韦左丞丈二十二韵》)的退隐生活去了。757年5月16日,杜甫受到肃宗的召见,被任命为左拾遗。《述怀》诗记述其受命时的情景:"麻鞋见天子,衣袖露两肘。朝廷悯生还,亲故伤老丑。涕泪授拾遗,流离主恩厚。"① 对来之不易的左拾遗之职,杜甫还是很在意的,满以为从此可以为国出力了,可是事与愿违,朝政现实竟然是意想不到的残酷。杜甫上任没几天,就遇上肃宗借故罢免宰相房琯,杜甫的进谏触怒了肃宗,肃宗下诏将杜甫交付刑部、御史台、大理寺三司会审,要杀杜甫。幸亏宰相张镐、御史大夫韦陟相救才免于一死。"到闰八月一日,肃宗便下了一纸墨制,将杜甫放往鄜州省家,其实是对杜甫的放逐。"② 758年6月任命为华州司功参军。对参军一职,天宝十四年(755),因"不作河西尉"改任右卫率府参军,对此职他写了《官定后戏赠》表达了对此职的"愤懑与无奈"③。因此华州司功参军一职对杜甫来说也没多大兴趣,在壮志难酬之时,杜甫想到了弃官归隐的陶渊明并付之于行动,他也了解王维、孟浩然以及李白,何不像他们一样是杜甫此时的心里所想。杜甫理想的去处便是秦州,因为秦州远离中原战乱,秦州还是曾经的富庶之地,正如《资治通鉴》卷216唐玄宗天宝十二年(753)八月载:"是时中国盛强,自安远门西尽唐境凡万二千里,闾阎相望,桑麻翳野,天下称富庶者无如陇右。"客居秦州的侄子杜佐和老朋友赞公也会是杜甫客秦的原因,起码有个照应。

乾元二年(759)立秋后一日杜甫所写的《立秋后题》,表露出他的弃官归隐心迹:"日月不相饶,节序昨夜隔。玄蝉无停号,秋燕已如客。平生独往愿,惆怅年半百。罢官亦由人,何事拘形役?"诗中对自己已年届半百飘如秋燕,因事而拘形役的生活流露出强烈的不满情绪,显然杜甫反思之后将会有一种新的生存方式,"罢官亦由人,何事拘形役?"是陶渊明的壮举,也是此时的杜甫的抉择。正如陈贻焮先生所说:"《立秋后题》简直是老杜的《归去来兮辞》,是他弃官的宣言书。……是对污浊时

---

① 仇兆鳌:《杜诗详注》,中华书局1979年10月版,第358页、585页,其余引用均出自《杜诗详注》。
② 邓小军、鲍远航:《唐诗说唐史》,中华书局2008年12月版,第120页。
③ 《杜诗全集·今注本》,天地出版社1999年12月版,第238页、524页。

政痛心疾首的鄙弃，所传因'关辅讥'而弃官，只不过托辞而已。"①
"由于对朝廷，对政治，尤其是对肃宗的彻底失望，杜甫无比失意地选择了归隐。"② 由此看来杜甫不仅追慕陶渊明的弃官，而且也追慕陶渊明的归隐，而秦州正是杜甫理想中的归隐之地，他在秦州的生活与诗歌创作证明了这一点。

二 秦州田园诗

杜甫在秦州的三个月留下了97首诗，这些诗大致可分为三类：一是山水田园诗，二是遣兴抒怀诗，三是赠答留别诗，这三类诗都流露出浓浓的桃园情结和深深的归隐之情。

在基本思想层面上，杜甫深受中国文化重生、贵和传统的影响。所谓重生，就是以生命为重，不仅注重人生，也珍惜自然界的生命。这种由重生转而忧生的意识是杜甫思想的基本层面，盖因诗人杜甫在流离漂泊之中，特别感受到人生的愁苦辛酸，特别期盼有安定和谐的生存环境。可贵的是，杜诗不仅关注人生，也关注自然界的生命。这种对自然的关注与他人生境遇有很大的一致性，在人生不得意的情况下表现得更加强烈。

杜甫在秦州所写山水田园诗有32首，约占秦州所写全部诗歌的三分之一。这些诗包括《秦州杂诗》其九、其十、其十二、其十三、其十四、其十六、其十七、《秋日阮隐居致薤三十束》《示侄佐》《佐还山后寄三首》《宿赞公房》《西枝村寻置草堂地夜宿赞公土室二首》《寄赞上人》《赤谷西崦人家》《太平寺泉眼》《雨晴》《寓目》《山寺》《遣怀》《初月》《归燕》《促织》《萤火》《蒹葭》《苦竹》《除架》《废畦》《野望》《空囊》。而对这组诗认识学界存在偏差，李济祖教授将这些诗称为"咏物叙事诗"，③蒲惠民教授《秦州杂诗》之十三与十四以山水诗来分析，④都是不确切的，其实是杜甫特意写的一组山水田园诗，表达了他对秦州山水田园的热爱，自然也流露出对自己汲汲功名的否定，有很强的归隐情结。他对秦州的山川景物、田园风光是以欣赏和赞美的笔调来写的。如

---

① 《杜诗全集·今注本》，天地出版社1999年12月版，第238页、524页。
② 韩成武、韩帼英：《解说"罢官亦由人"之"罢官"——对杜甫离开华州原因的讨论》，《杜甫研究学刊》2006年第2期。
③ 李济祖：《唐代文学与陇右文化》，中国文史出版社2009年6月版，第57、60页。
④ 蒲惠民：《论杜甫的秦州山水诗》，《苏州铁道师范学院学报》2006年第2期。

《野望》:"清秋望不极,迢递起层阴。远水兼天净,孤城隐雾深。叶稀风更落,山迥日初沉。独鹤归何晚,昏鸦已满林。"全诗体现出祥和静谧的氛围,虽是秋景,但不凄凉。如《秦州杂诗》其九:"今日明人眼,临池好驿亭。丛篁低地碧,高柳半天青。稠叠多幽事,喧呼阅使星。老夫如有此,不异在郊坰。"

对丛篁低地,高柳半天的驿亭,能令杜甫眼前为之一亮,可以想见杜甫对此地的喜欢,他真想有这么一块好地方长期住下来。又如《秦州杂诗》其十六:"东柯好崖谷,不与众峰同。落日邀双鸟,晴天卷片云。野人矜险绝,水竹会平分。采药吾将老,儿童未遣闻。"杜甫对东柯谷的美景情有独钟,真想在此长期采药,正如仇兆鳌所注:"野人勿矜险绝,水竹会须平分,羡其可避世也。"① 在理想的层面上,杜甫还受到崇尚自然和寻求自适乐土的避世思想的影响,形成了明显的桃源情结。如《赤谷西崦人家》:"跻险不自安,出郊已清目。溪回日气暖,径转山田熟。鸟雀依茅茨,藩篱带松菊。如行武陵暮,欲问桃源宿。"这首诗直接把赤谷西崦看成武陵桃源,其喜悦之情溢于言表,归隐之意见于字端。除了对自然景物的描写充满喜悦之情外,他更倾注爱心于自然生物,特别关心弱小动植物的生命,担心它们可能遭遇的不幸。诗人的恻隐之心及于一花一草、一虫一鸟。在寒冷的风霜中,他每每思及这些可爱的小生命而吟道:"清白二小蛇,幽姿可时睹。"(《太平寺泉眼》)而不是同谷诗里所写的"木叶黄落龙正蛰,蝮蛇东来水上游。我行怪此安敢出,拔剑欲斩且复休。"(《同谷七歌》)同样是写蛇,但由于在两地的心境不同,描写大相径庭。"鸬鹚窥浅井,蚯蚓上深堂"(《秦州杂诗》其十五)所写的鸬鹚与蚯蚓,《萤火》中他特意还写了小小的萤火虫,为小燕子写有《归燕》,为小蟋蟀写了《促织》,这都是诗人在田园里见到的,故所写带有浓郁的泥土气息。诗人还捕捉到了一组从事农事活动的农事诗,如:《捣衣》《除架》《废畦》《蒹葭》《苦竹》,这不仅是农人劳作的情景,更有诗人亲身躬耕的感受。

杜甫的秦州诗描绘了浓浓的秋意,有三十余首诗直接描写了秋景与秋情,悲情成分浓厚,但其中的描写田园风光的诗篇里描写了"鸟""菊"

---

① 仇兆鳌:《杜诗详注》,中华书局1979年10月版,第358页、第585页,其余引用均出自《杜诗详注》。

"鱼""云"等陶渊明经常使用的意象。由此看来，杜甫的秦州田园诗是在效法陶渊明田园诗的表现意境以及人生归趣，这些诗所描绘的是一派淡雅祥和的景象，其抒情方式也如陶渊明田园诗般达到情、景、事、理的融会贯通，这和其后的蜀道中以"我"的哀叹为主调的纪行诗风格迥异，杜甫客秦所写的田园诗，突出地表现了清新细腻之美。他善于抓住事物的突出特征或特定情态、动态进行传神的描写，而读来又觉浑然一体，毫无斧削之感，这和他初来对秦州山林的喜欢是分不开的。

前人曾评价杜甫《秦州杂诗》说："若此二十篇，山川城郭之异，土地风气所宜，开卷一览尽在是矣。"①《秦州杂诗》二十首显然有凑数之嫌，并非"浑然一体，显得杂诗不乱"，②其中"万古仇池穴，潜通小有天。神鱼人不见，福地语真传。近接西南境，长怀十九泉。何当一茅屋，送老白云边"，就不是写秦州之景，仇池在当时的成州（今陇南市西和县），杜甫是因读《仇池记》虚写其景，以表达"何当一茅屋，送老白云边"的理想，凑二十首的整数也是为了达到陶渊明《饮酒》二十首的篇数。与此前的诗作相比较，杜甫的秦州诗有一个突出的不同之处，那就是归隐山林思想的一再流露，这二十首也不例外。秦州的东柯谷，被杜甫视为理想的隐居之地，这二十首诗中就有三首与之有关。第十三首写初次造访："传道东柯谷，深藏数十家。对门藤盖瓦，映竹水穿沙。瘦地翻宜粟，阳坡可种瓜。船人近相报，但恐失桃花。"对此现实生活中的桃花源，他急欲一见。第十五、十六两首则是在身临其境之后，一再加以赞颂，并坚定地表示了将终老于此的愿望："阮籍行多兴，庞公隐不还。东柯遂疏懒，休镊鬓毛斑。""东柯好崖谷，不与众峰群。""采药吾将老，儿童未遣闻。"对于秦州西南的仇池山，杜甫也是神往不已："何时一茅屋，送老白云边。"（《秦州杂诗第十四》）杜甫是自免去职，弃官西来的，急欲寻找一块足以安身的隐居之地。

三 遣兴抒怀诗

杜甫在秦州写有五组18首遣兴抒怀诗，这组诗对自己一生做人为官的得失、对前贤隐者的追慕、对辗转飘零的慨叹等诸多思绪进行了梳理，

---

① 刘克庄：《后村诗话》，中华书局1983年版，第154页。
② 李济祖：《唐代文学与陇右文化》，中国文史出版社2009年6月版，第57、60页。

主要是在内心深处以及思想哲理层面进行了反思，带有淡淡的悲伤情绪，也有深深的归隐之意，属明志之作。《遣兴二首》：其一，"天用莫如龙，有时系扶桑。顿辔海徒涌，神人身更长。性命苟不存，英雄徒自强。吞声勿复道，真宰意茫茫。"其二，"地用莫如马，无良复谁记。此日千里鸣，追风可意君。君看渥洼种，态与驽骀异。不杂蹄啮间，逍遥有能事。"诗中杜甫对人生"用"与"不用"的问题进行了思考，正如东方朔所说"用之则为虎，不用则为鼠。"在杜甫看来龙用了也会"系扶桑"，马用了就要"追风可君意"。这是对自己刚刚经历的官场被"用"与"不用"的自我嘲解。

《遣兴五首》其一："蛰龙三冬卧，老鹤万里行。昔时贤俊人，未遇犹视今。嵇康不得死，孔明有知音。又如陇坻松，用舍在所寻。大哉霜雪干，岁久为枯林。"其二："昔者庞德公，未曾入州府。襄阳耆旧间，处士节独苦。岂无济时策，终竟畏网罟。林茂鸟有归，水深鱼知聚。举家隐鹿门，刘表焉得取。"其三："陶潜避俗翁，未必能达道。观其著诗集，颇亦很枯槁。达生岂是足，默识盖不早。有子贤与愚，何其挂怀抱。"

在其一诗中，杜甫感慨嵇康的怀才不遇与孔明得遇知音，"用舍"表明被任用则行其道，不被任用则退隐的思想。《论语·述而》："子谓颜渊曰：'用之则行，舍之则藏，惟我与尔有是夫。'"杜甫的言外之意是他将践行归隐之道，亦合乎儒家的正统思想。其二诗表明有"济时策"的庞德公也"未曾入州府"，而是"举家隐鹿门"，杜甫的归隐之意明矣，庞德公尚且如此，何况我乎，给自己找到了同伴。前引写东柯谷的诗中，杜甫曾以阮籍、庞德公自况。《寄高岑》中，紧随"尽室在边疆"之后，杜甫进而说："刘表虽遗恨，庞公至死藏。"这里，杜甫想要仿效庞德公远祸藏身的意图，非常清楚。其三诗更是借陶渊明自忏，"陶潜避俗翁，未必能达道"，但达到了"达生"的境地，自己能否"达生"从而"达道"，有进一步的超越？为了进而表明选择归隐的正确，他在另一组遣兴五首其三这样写："漆有用而割，膏以明自煎。兰摧白露下，桂折秋风前。府中罗旧尹，沙道故依然。赫赫萧京兆，今为人所怜。"杜甫似乎参透了"有用"的悲哀，对摧折兰与桂的白露和秋风表示愤慨，对曾经不可一世的"罗旧尹"和"萧京兆"表达出讥讽。杜甫秦州所写五组18首遣兴诗，是对其人生历程的反思，是对其思想境界的一次洗涤，无可奈何而求助于庄子、庞德公、陶潜。欲隐先退心，突破思想和情感的禁锢，消弭界限以求平衡，这是庄子的人格理想，也是退隐的心理前提。杜甫的积极用世的文人理想此时完全失落，悲情意蕴体验深刻，"理想执着追求和这种理想在现实条件下不可能实现，就会产生悲剧意识"，① 这组遣兴诗正诠释了杜甫官场失意后的悲剧意识，为归隐寻求到了思想基础。

四 赠答留别诗

清人仇兆鳌《杜诗详注》所收一千四百三十九首诗统计，"赠别"诗多达一百一十八首，占总数的百分之十二强。说明杜甫在"赠别"诗的创作方面投入了多么巨大的精力和心血；更何况，其中的大多数都有很高的艺术质量呢。② 杜甫在秦州的赠答留别诗可分两类，一类是给远方亲朋好友的，如《月夜忆舍弟》《天末怀李白》《秦州见勅目，薛三据授司议郎，毕四曜除监察，与二子有故，远喜迁官，兼述索居，凡三十韵》《寄彭州高三十五使君适、虢州岑二十七长史参三十韵》《寄岳州贾司马六丈、巴州严八使君两阁老五十韵》《寄张十二山人彪三十韵》《寄李十二白二十韵》《两当县吴十侍御江上宅》等赠答留别诗有近十首，短短三个月内写了如此之多的赠答留别诗，并且是二十韵、三十韵、五十韵的长调，可见杜甫此时的确在思想上发生了巨大变化，总结回顾，告知朋友，表明心迹，感慨万千。另一类是在秦州和杜佐、赞公、阮隐居往来留别的诗歌十一首，在后一类诗歌中，表达了杜甫的卜居以及生活状况与交往情况，从行为上体现了归隐。"在唐代，儒释道由于经过了魏晋以来的相互渗透，并存中互有融合，而从不同方面对唐代知识分子产生着影响。所以，唐人中很少有单纯只受其中一种思想影响的情况。杜甫也和普遍的唐人一样，其隐逸思想中就表现出既有求仙炼丹的道家思想成分，也有皈依空门的佛家思想因素。"③ 杜甫在秦州的交往证明了这种说法是有道理的，在秦州，杜甫不但与佛家好友赞公交往密切，给赞公的诗有《宿赞公房》《西枝村寻置草堂地夜宿赞公土室二首》《寄赞上人》《别赞赏人》等五首，而且与道家阮隐居交往甚密，写给阮隐居的诗有《秋日阮隐居致薤三十束》《贻阮隐居昉》，另外是给侄子杜佐的诗有《示侄佐》《佐还山

---

① 张法：《中国文化与悲剧意识》，中国人民大学出版社1989年版，第13页。
② 霍松林：《论杜甫赠别诗》，《文学遗产》2010年第3期。
③ 刘长东：《论杜甫的隐逸思想》，《杜甫研究学刊》1994年第3期。

后寄三首》，杜佐居住的东柯谷，在秦州城东南35千米（今天水市麦积区柳家河村），赞公居住在秦州西枝村（今天水市麦积区园店村），与杜佐居住地相距不到十里。从《西枝村寻置草堂地夜宿赞公土室二首》《寄赞上人》等诗可知，杜甫在赞公居住地西枝村附近卜居，更想着"与子成二老，来往亦风流"，从择邻与卜居地也反映出杜甫的隐居之意。"多病秋风落，君来慰眼前。自闻茅屋趣，只想竹林眠。满谷山云起，侵篱涧水悬。嗣宗诸子侄，早觉仲容贤。"（《示侄佐》）可见杜甫对"自闻茅屋趣，只想竹林眠"很感兴趣。《佐还山后寄三首》其二、三："白露黄粱熟，分张素有期。已应春得细，颇觉寄来迟。味岂同金菊，香宜配绿葵。老人他日爱，正想滑流匙。""几道泉浇圃，交横落慢坡。葳蕤秋叶少，隐映野云多。隔沼连香芰，通林带女萝。甚闻霜薤白，重惠意如何。"从"白露黄粱熟，分张素有期"可以看出，杜甫在秦州的生活主要靠杜佐接济，杜甫也主动索要，此诗所写的境况就像陶渊明当年《乞食》情景相同，而此时此地的杜甫正是接受了陶渊明的乞酒乞食行为，再也没了世俗的矫情与不适。这时接济杜甫的还有隐士阮昉，《秋日阮隐居致薤三十束》："隐者柴门内，畦蔬绕舍秋。盈筐承露薤，不待致书求。束比青刍色，圆齐玉筋头。衰年关鬲冷，味暖并无忧。"

从全部秦州诗来看，杜甫在秦州城里，写下了赏游诸多名胜的诗歌，但和城里的官僚们的交往起码没有留下诗篇，而杜甫在远离秦州的西枝村卜居，对老朋友赞公和尚十分友善，和隐士阮昉关系密切，再也不是"李邕求识面，王翰愿卜邻"（《奉赠韦左丞丈二十二韵》）的情景，从杜甫在秦州的交游人员来看，和他关系最密切的是释老赞公和道士阮隐居，这充分说明杜甫的归隐思想甚明。在《秦州杂诗》其十三中描绘了他心目中的桃源景象："传道东柯谷，深藏数十家。对门藤盖瓦，映竹水穿沙。瘦地翻宜粟，阳坡可种瓜。船人近相报，但恐失桃花。"至于杜甫在心目中理想的归隐之地只待了三个月，则是因为："此邦俯要冲，实恐人事稠。应接非本性，登临未销忧。"（《发秦州》）证明杜甫是因"人事稠"与"应接"的原因而离开秦州的，与陶渊明因"束带见官"而弃官归隐是相同的原因。

第五节　杜甫秦州至同谷寺院行踪以及诗歌云鸟意象

乾元二年（759）杜甫的陇右之行，既是他人生境遇的转折点，也是他思想与诗歌创作的转折地。正如林继中先生所说:"去两京而客秦州,是杜甫离开朝廷政治中心的决定性一步,从此不再回头。这是杜诗一大关节。"① 杜甫人生以及诗歌的转关就发生在陇右,陇右之前杜甫思想上充满积极用世的儒家情怀,所以其诗歌积极关注社会、关注民生,充满战斗性和现实性,现实主义的代表作都是这一时期完成的。虽然这一时期也接触过赞公,也游历过好多山林寺庙,但对其思想的冲击并不深。而到陇右后,杜甫多了山林寺庙之游与田园隐逸之趣,也明显地关注"我"的生活,考查杜甫这一时期的行踪与交游,不论在秦州还是在同谷,都走近山林寺庙以及田园,结交的也是佛道中人,诗歌反复描写云与鸟等意象,处在人生落潮期的杜甫儒家思想在弱化,此时他渐渐接纳佛道思想以求释怀。故陇右是杜甫接受佛道思想以及诗歌境界转关的分水岭。此后杜甫诗歌有明显内敛化倾向,趋向于"自我"及"自我的内心"②。离开陇右后的十一年间,他虽仍关注现实、关注民生,然多了一份佛家的普度精神与道家的闲适情怀,多表达自己的愿望。胡可先先生分析:"安史之乱之前,杜甫以儒家思想占上风;而安史之乱之后,以佛道思想占上风。"③ 对杜甫而言,陇右是杜甫充满希望的"桃花源",深入剖析杜甫陇右寺院诗及其他充满禅意与道家情趣的诗歌意象,有助于理解杜甫此时的思想与生存状态,也有助于加深对陇右及其后创作的理解。江若水先生也认为:"杜甫不同时期的写作,呈现出一个从外部世界逐渐趋于内心的倾向,而这种内倾化,在夔州达到了一个极点。"④ 纵观杜甫一生诗歌,这种"内倾化"是从陇右开始的。本文试从杜甫在陇右的寺院行踪以及诗歌意象方面进行解析,以探求其所受佛道思想的影响。

一 杜甫陇右寺院行踪及其寺院诗

"佛教的寺庙往往建筑在山水俱佳的名胜之地,这些地方也是唐代诗人在现实生活中遇到挫折时的隐逸之所,以及心灵向往之地。也正因为如此,唐代诗人就和僧徒结下了不解之缘,与僧徒交往的诗歌,题咏佛寺的

---

① 林继中:《陇右诗是杜诗枢纽》,《古典文学知识》2010年第2期。
② 江弱水:《独语与冥想:〈秋兴〉》,《八首的现代观》,《文学遗产》2007年第3期。
③ 胡可先:《杜甫诗学引论》,安徽大学出版社2003年3月版,第259页。
④ 江弱水:《独语与冥想:〈秋兴〉》,《八首的现代观》,《文学遗产》2007年第3期。

作品，在唐诗中占有很大的比重。"① 杜甫一生所写一千四百多首诗歌里，有百余首寺院诗，杜甫在陇右所登临的寺院有十四座，占一百一十七首陇右诗的十分之一强，这些寺院诗是研究杜甫行踪和思想的第一手材料。

　　唐代士人有习业山林寺院的传统。《摭言》（七·起自寒苦条），徐商、韦昭度、王播三事述少年读书情形云：徐商相公尝于中条山万固寺入院读书。家庙碑云，随僧洗钵。韦令公昭度少贫窭，常依左街僧录净光大师，随僧斋粥。净光有人伦之鉴，常器重之。王播少孤贫，尝客扬州惠昭寺木兰院，随僧斋餐；诸僧厌怠，播至，已饭矣。②

　　杜甫在秦州的三个月时间游历的寺院有：南郭寺、城北寺、太平寺、竹林寺、麦积山寺等。由这些寺院所展开的空间分布大致为杜甫在秦州的活动范围，南郭寺与城北寺在秦州城近郊，而太平寺、竹林寺、麦积山寺距杜佐所居东柯谷较近，距秦州则有七十至一百里，这些寺院间的距离基本是杜甫在秦州的行踪空间。杜甫在秦州没有落脚点的情况下，寺院会是暂时的容身之地，也与上述三人一样暂时解决生活问题。他在《太平寺泉眼》里云："取供十方僧，香美胜牛乳。"可知杜甫是品尝过太平寺泉水的，当然也有在这里生活的可能，这儿距侄杜佐住地东柯谷十里远，距赞公住地西枝村只有五里，分析给两人所写诗，杜甫当住在与他们距离不远的地方，暂住太平寺的可能性最大。在秦州城，诗人的去处也只有南郭寺和城北寺，杜甫甚至连秦州城里都未曾进，因为描写城里景象总是"孤城"与"寒城"。"边秋阴易夕，不复辨晨光。檐雨乱零幔，山云低度墙。鸬鹚窥浅井，蚯蚓上深堂。车马何萧索，门前百草长。"③（《秦州杂诗》十七）诗中描写的居住地不合城里的情景。而杜甫对所到寺院无不用细腻的笔触精心描绘，充满崇敬与欣喜，笔调是明快的。论常理杜甫来秦州应先在距东柯谷与西枝较近的太平寺一带，然后到秦州城郊，终走向同谷的。《秦州杂诗》的次序不应看成是按生活时间的先后排列的，由于东柯谷等地都属秦州，而秦州又是大的地名，故把有关秦州城的诗排在了前面，远离秦州城的诗排在了后面，《秦州杂诗》也非严格意义上的组诗，显然有凑数之嫌。现就杜甫陇右所游寺院现地考释如下：

---

① 沈松勤、胡可先、陶然：《唐诗研究》，浙江大学出版社2006年1月版，第392页。
② 严耕望：《严耕望史学论文选集》，中华书局2006年12月版，第234、235页。
③ 杨伦：《杜诗镜铨》，中华书局1962年12月版，第239页，其他引诗均出此。

《秦州杂诗》其二："秦州城北寺，胜迹隗嚣宫。苔藓山门古，丹青野殿空。月明垂叶露，云逐渡溪风。清渭无情极，愁时独向东。"城北寺，本名崇宁寺。在今天水市西北仁寿山（俗称皇城山）麓，相传是后汉隗嚣的宫殿。乾元二年（759）秋，杜甫寓居秦州（今甘肃省天水市），作《秦州杂诗》二十首，其二云："秦州城北寺，胜迹隗嚣宫。"即指此。今天水市北天靖山麓玉泉观，民间相传为杜甫所到城北寺。观内玉皇阁西道院，人称草堂，内旧有《杜甫戴笠行吟图》。城北寺故址在唐秦州城正北山南麓，玉泉观为元代所建，今存与杜甫有关的遗迹当为后人附会，但存诗证明杜甫一定游历了唐代秦州的城北寺和隗嚣宫。

《秦州杂诗》其十二："山头南郭寺，水号北流泉。老树空庭得，清渠一邑传。秋花危石底，晚景卧钟边。俯仰悲身世，溪风为飒然。"南郭寺位于天水市城南龙王沟慧音山上。建寺历史悠久，风景优美，古树参天，又有汉柏唐槐的传说。光绪三十年将"东林禅院"改为杜少陵祠，祠内有杜甫及侍童塑像三尊。东山门院内观音殿八角亭内有水井，相传即杜甫诗中所指"北流泉"。

《太平寺泉眼》："招提凭高冈，疏散连草莽。出泉枯柳根，汲引岁月古。石间见海眼，天畔萦水府。广深丈尺间，宴息敢轻侮。青白二小蛇，幽姿可时睹。如丝气或上，烂熳为云雨。山头到山下，凿井不尽土。取供十方僧，香美胜牛乳。北风起寒文，弱藻舒翠缕。明涵客衣净，细荡林影趣。何当宅下流，馀润通药圃。三春湿黄精，一食生毛羽。"诗作现地在今天水市麦积区甘泉镇玉兰村太平寺。清光绪《秦州直隶州新志》："由马跑泉（今麦积区马跑泉镇）东南二十里为甘泉寺镇（今甘泉镇），有甘泉寺，泉在寺中厦下，一曰春晓泉。"今或叫甘泉寺，或叫太平寺，当地人称"大寺门"。今寺门仍题"太平寺"，寺院有两颗千年古柏，两株高约二十五米的玉兰树，有齐白石九十五岁时题写的"双玉兰堂"匾额悬挂于殿宇门上。杜甫所写"山头到山下，凿井不尽土。取供十方僧，香美胜牛乳。"该井至今还被当地人饮用。

《山寺》："野寺残僧少，山园细路高。麝香眠石竹，鹦鹉啄金桃。乱水通人过，悬崖置屋牢。上方重阁晚，百里见秋毫。"诗作现地在今天水市麦积区贾河乡麦积山。该寺开凿时间从十六国后秦绵延至明清时期，南北朝时期称灵岩寺、石岩寺，隋代称净念寺，唐代称应乾寺，宋代以后称瑞应寺。《清一统志·陕西统部·秦州》："瑞应寺，在（秦）州东南麦积

太平寺今貌

天水甘泉杜甫塑像

山。初名石岩观。后秦姚兴重修、改名。隋塔记尚存。杜甫诗:'野寺残僧少,山园细路高。麝香眠石竹,鹦鹉啄金桃。'"即指此。

　　杜甫在秦州与赞公和尚交往密切,写有《宿赞公房》《西枝村寻置草堂地夜宿赞公土室二首》《寄赞上人》《别赞赏人》五首诗,亦证杜甫对赞公的敬仰与尊崇。杜甫两宿赞公土室,今考其址位于甘泉镇西枝村熊家窑,该地东面山上原有寺庙"竹林寺",今仅存一棵千年老槐,当地传说树原在该寺山门前,后因山体滑坡至现位置,赞公主持该寺,住在该寺所在山脚的窑洞（土室），此地土室形制较大，并有套间组合，据当地人讲杜甫所宿土室即此。"唐代禅师一般只寄名于合法寺院，本人大多离寺别居，或住岩洞，或住茅庐，'孤峰顶上，盘结草庵'，乃是禅门中极普遍的现象。"① 赞公的居住正属这一情况。

位于西枝的土室

位于西枝的土室

杜甫于乾元二年十月间从秦州至同谷所写十二首纪行诗，多数诗的写

---

① 祁伟、周裕锴：《从禅意的"云"到禅意的"屋"》，《文学遗产》2007年第3期。

作地与寺院相关,杜甫基本上是一个寺院接一个寺院地走到同谷的,这些寺院具有驿站功用。杜甫到同谷后依然没有住进城里,而是寓居在距同谷城七里的大云寺近处的凤凰村。

《赤谷》诗作现地即今甘肃省天水市西南七里南沟河谷一带,俗名暖和湾。当地民间传说老君在此炼丹,炼了七七四十九天,仙丹没有炼成,倒把附近的山谷沟坡烧红了,赤谷之名由此而来,原先谷中修有"老君庙"。

《盐井》所写现地盐井旁有庙宇,供奉被缚的"盐婆婆",乃此地盐房之习俗,由来已久。

《法镜寺》是直接以寺院为题,现地在今西和县石堡镇西山上。《西和县志》载:"法镜寺在县北三十里石堡城西山上,杜工部有诗。"石堡城西山今俗称五台山,存残破石碑两块,一题"重修法禁寺碑记",一题"重修法进寺碑记",建碑年代,均在明末清初。山下有石堡,崖壁有石窟三十座,留有造像(内有石浮雕像)十余尊,造型古朴浑厚,塑凿方法粗糙古拙,大约为北朝初建造。根据石碑字样看,此处即为法镜寺。①

《青阳峡》现为"青羊峡",《西和县志》:"青羊寺,县南五十里,今圮,铁钟一尚存。"可见青羊峡有青羊寺,青羊峡距县北三十里的法镜寺共八十里。青羊峡之称沿袭至今,是西和至成县的必经之地。

《龙门镇》诗作现地即今甘肃成县纸坊镇府城村。当地有"龙门寺"遗迹,现为粮站院子,今存宋太祖开宝二年岁次己巳(969)正月丙寅朔十八日丙申造的"龙门寺碣"与明朝河南巡抚、秦安胡缵宗撰文的《府城里公馆记》,今依《陇右金石录》录入《金石文存》②。

《石龛》的写作现地,《方舆胜览》只说"石龛在成州(今甘肃成县)近境。"据现地考证,石龛诗所写石龛应在今成县沙坝乡观音崖圣泉寺,该寺今坏,但遗迹尚存,有清嘉庆年间石碑一通。该寺周边景点与诗句所写吻合,寺院西面有"白虎山"、东面有"熊窝来"、前面有"猴儿崖"与后面的"鬼门关"等景点,与杜甫所写"熊罴咆我东,虎豹号我西。我后鬼长啸,我前狨又啼"相吻合,该诗写"伐竹者谁子?悲歌上云梯。为官采美箭,五岁供梁齐。苦云直竿尽,无以充提携。奈何渔阳

---

① 王德全:《杜甫陇右行踪考略》,《天水师范学院学报》1986年第3期。
② 成县志:《成县志编纂委员会》,西北大学出版社1994年4月第一次印刷,第778、779页。

骑,飒飒惊蒸黎!"而今这一带依然有木竹、金竹、紫竹以及适宜做箭杆的石竹,故从现地考查研究,《石龛》写在今成县沙坝乡观音崖圣泉寺而非他处。

《积草岭》写作现地在今起于龙门镇北草坝村,止于南天门侧灵官峡,全长十千米的殿山梁一带。山的中部存有古刹药王庙。梁的顶部,有十二峰罗列,依次是:红崖、娃娃峰、黄龙洞咀、棒棒崖、玉皇顶、南天门、小神崖、挂坡咀、花石岩、洞湾崖、灵官顶、风吹岭。在这些山峰中,还都有五颜六色的岩面,各种形象的崖形,与《积草岭诗》"连峰积长阴,白日递隐见。飕飕林响交,惨惨石状变"之景物相似。此地距同谷县城九十五里,与诗中"卜居尚百里"相符,因此:"积草岭"即今成县殿山梁。①

《泥功山》的写作现地,《成县新志》云:"泥功山,县西北三十里,上有古刹,峰峦突兀,高播青霄。周围数十里林木丰蔚、鸟兽繁多,采猎者无虚日。氐人杨灵珍据此归款于齐。唐贞元五年权置行成州。咸通中,成州刺史赵鸿诗云'立石泥翁状,天然诡怪形。未尝私祸福,终不费丹青。"又云:"泥功寺,县西北泥功山上寺,废址存。"泥功山状如牛心,山高险峻,上山三十里,下山三十里。后世改名牛心山。泥功山即今成县西北部二郎乡的牛心山。

《凤凰台》的写作现地,凤凰台,在同谷(今甘肃成县)东南凤凰山上,原注:"山峻,人不能至高顶。"山脚凤凰村(今成县城关镇李武村杜崖)为杜甫所住之地,凤凰山有凤凰山寺,即唐代大云寺(今睡佛寺)。该寺山崖上有"凤凰山寺"石刻,故凤凰山、凤凰台、凤凰山寺、凤凰村是相距不远的,据笔者现地考查,凤凰台在万丈潭之上,其山形如凤凰,故名。凤凰台与凤凰村超过了同谷县城的位置,以及杜甫一路沿寺庙走来,落脚必然在寺庙,杜甫舍近求远,由此推知同谷邀请杜甫的"佳主人"极有可能是同谷大云寺主持而非"同谷宰",更何况杜甫在秦州以及成州都没有和官吏交往,所以杜甫不会是因"同谷宰"而来到同谷的。

上述山林寺院展现出杜甫在秦州以及从秦州到同谷的主要行踪,从秦州至同谷的纪行路线,也是当时由秦州经同谷入蜀的官道。"诗人从秦州

---

① 赵国正:《杜甫陇右诗中的积草岭考》,《西北师大学报》1994年第2期。

到同谷,经过了赤谷、铁堂峡、盐井、寒峡、法镜寺、青阳峡、龙门镇、积草岭、泥功山、凤凰台、两当县到达同谷,又经过木皮岭、白沙渡、水会渡、飞仙阁、五盘、龙门阁、石柜阁、桔柏渡、剑门、鹿头山,最后到达成都府。从秦州到成都,只有很小一段路离开官路驿道,绝大部分都是行走在官路驿道上。"①吴说除两当县地名不确切外其余均合乎事实。杜甫所走路线与林家英教授考证有小范围的不同,林家英教授考证所绘路线图是从府城直达同谷②,是今人所走路线,而杜甫从府城至石龛,再至积草岭与泥功山,再至同谷是绕道寺院辗转至同谷的,这也是杜甫从秦州至同谷二百七十里路程而花时达一月的原因。这组纪行诗中《发秦州》《赤谷》《铁堂峡》《寒峡》《法镜寺》《青阳峡》《积草岭》《泥功山》等八首叙进入蜀道后行路之艰,以写景为主,抒情为辅,而《盐井》《龙门镇》《石龛》《凤凰台》四首则亦景亦情,以抒情为主。这一组诗由于是纪行的缘故,没有全部描写寺院而是以纪行记地为主,但行进途中处处有寺院。尤为应当关注《凤凰台》一诗,是诗人在一路经受了坎坷困苦,在同谷的遭遇如《同谷七歌》所感慨的:"我生何为在穷谷,中夜起坐万感集。"人生境遇如同跌至"万丈潭",而此时的杜甫还能够"恐有无母雏,饥寒日啾啾。我能剖心血,饮啄慰孤愁"。这种大爱有佛家的舍生情怀,这是因有感于同谷"佳主人"邀请而遭冷遇后所发的感慨,以仁德和舍身精神与"佳主人"形成对照,以释心中块垒,因此,《凤凰台》是一首既纪行又抒情还明志之作,不可以一般纪行诗对待。

　　杜甫不像唐代其他人一样习业山林寺院是为了考取功名,而主要是解决食宿,同时还能与佛道僧人道士交流,用佛道思想消解人生困惑。考查杜甫在陇右的交游,除了侄杜佐外,还有赞公和尚和隐士阮昉。杜甫在秦州交往最为密切的人是僧人赞公,曾与赞公一起卜居并宿赞公房,可见关系非同一般。另一位与杜甫交往的人是隐士阮昉,他接济过杜甫,杜甫写给阮隐居《秋日阮隐居致薤三十束》《贻阮隐居昉》两首诗,以感谢生活上的关照。这是除侄杜佐外杜甫交往的一僧一道,杜甫再没有与其他人交往。此时已年届四十八岁的杜甫,在秦州这块暂时的净地遣兴抒怀、赠答留别、踏寺问田,创作了九十余首诗,其中有十八首遣兴抒怀诗是杜甫对

---

① 吴淑玲:《唐代驿传与唐诗发展之关系》,《文学遗产》2008年第6期。
② 林家英、王德全:《评迹辨踪学杜诗》,《兰州大学学报》1985年第2期。

以往人生的感慨与反思,有十九首赠答留别诗是对朋友们的一个交代,有一半以上是属踏寺问田,构成杜甫陇右诗的主体。此时的杜甫有"归去来兮"般的热情与快乐,与陶渊明在庐山与释僧慧远、道士陆静修的交游情景有异曲同工之妙。杜甫此时热衷于山林寺院,思想倾向在传统的儒家里浸润了佛道情怀,大有步陶渊明后尘之势。"在唐代,儒释道由于经过了魏晋以来的相互渗透,并存中互有融合,而从不同方面对唐代知识分子产生着影响。所以,唐人中很少有单纯只受其中一种思想影响的情况。杜甫也和普遍的唐人一样,其隐逸思想中就表现出既有求仙炼丹的道家思想成分,也有皈依空门的佛家思想因素。"[1] 杜甫的佛道思想就是在陇右受这些寺庙佛僧道士以及留下名的赞公、阮隐居等的影响下形成的。考查杜甫在同谷的交游,只有"山中儒生旧相识,但话宿昔伤怀抱",并未留下诗作,可见与此儒生的关系也一般,没有接济杜甫,因为从其诗里不难看出,杜甫有很强的感恩思想,可以肯定的是杜甫徘徊在凤凰山、大云寺以及凤凰村一带,生活上没人接济而不得不离开同谷,促使杜甫"一岁四行役",乾元二年腊月初一,本该是准备团圆过年的时候,杜甫且领着全家从同谷启程前往成都。

从《发秦州》所写可知,杜甫是满怀希望来到同谷的,而到同谷则是《同谷七歌》之境,只有长歌当哭,生活跌入"万丈潭"。杜甫在同谷经历了生活中最艰难的一段时光,但在即将离开时所写诗中更多的是自我的嘲解,丝毫没有流露出对遭遇的怨言。这种思想境界的提升除了固有的仁德精神外,还有在陇右所受佛道思想的影响。从此,杜甫除了坚守固有的儒家思想外,还秉承佛家的内心向善与道家的山林之乐,其诗也逐渐由长安时期的"社会化"转向陇右以及之后的"我化"。

二 杜甫陇右诗歌中的云鸟诸意象

"古今论杜甫者,都认为他的思想属于儒家的范畴,这与儒家思想被推为当时的正统思想有关,但这并不全面。杜甫生活在唐代由盛转衰的转折时期,当时的学术思想比较活跃,时代潮流促使唐王朝对各种思想采取兼容并包的态度。因而在这种特殊环境下的杜甫思想是错综复杂的,基本

---

[1] 刘长东:《论杜甫的隐逸思想》,《杜甫研究学刊》1994年第3期,第21页。

上兼容了儒、释、道三种思想。"① "清人夏力恕《杜诗增注》: "根柢出于老佛,而孔孟次之。"② 陇右半年,是杜甫佛道思想的活跃时期,从此以后,杜甫再也不是热血沸腾,对人对事,多了佛理与道义的警策,少了激进、少了率直,诗歌逐渐转向内敛,而他的兼济之志始终未衰,这也主要是受佛道思想影响,并且不断深化佛道思想的结果。杜甫对佛道的消解是寄寓在陇右的这些寺院以及云鸟等诗歌意象之中,是赞公、阮昉等人玉汝于成,此时的杜甫不但有仁者的大爱,更具有佛家的慈悲情怀,还有道家的山林雅趣,卜居茅屋是杜甫在陇右的头等大事,但不论秦州还是同谷都未能如愿。杜甫一生始终没有忘怀世情,毕生忧国忧民,故不论穷达,他都能够以兼济为己任,超出了儒家主张的"天下有道则见,无道则隐"。杜甫在陇右以及其后都具有陶渊明"金刚怒目"的一面,这是杜甫对先贤陶公的继承,也是杜甫的超人之处,没有让生活的艰辛击垮坚强的斗士,这种力量源泉有佛道思想影响的成分,故杜甫诗歌的集大成不仅表现在内容及形式上,而且还表现在兼善众家的思想上。

杜甫在陇右五个月时间留下117首诗,其中表现"云"意象的有40余首,占三分之一多。"中唐以前,'云'的意象多带有漂泊无定、孤寂彷徨的悲凉色彩,这是文人尤其是汉魏文人感叹自身命运的内心写照。而自中唐始,由于受佛教及禅宗的影响,人们的观物方式发生了变化,'云'由外在的自然物转化为悠然自在的禅意象征,自此而与心灵融为一体。"③ 作为盛唐转折期的杜甫在陇右诗中描写的云意象没有受此限制,意象的取用上更为灵活,陇右诗里的"云"既有表达漂泊无定、孤寂彷徨的悲凉色彩的,也有表达悠然自在的禅意的,还有表达心中阴沉烦闷的。

杜甫在陇右诗里多次慨叹自己辗转漂泊不定的生活。"万方同一概,吾道竟何之。"(《秦州杂诗》之四)"十月清霜重,飘零何处归。"(《萤火》)"我生苦飘荡,何时有终极。"(《别赞上人》)"大哉乾坤内,吾道常悠悠。"(《发秦州》)"飘蓬逾三年,回首肝肠热。"(《铁堂峡》)"贫病转零落,故乡不可思。"(《赤谷》)"旅泊吾道穷,衰年岁时倦。"

---

① 胡可先:《杜甫诗学引论》,安徽大学出版社2003年3月版,第259、248页。
② 同上。
③ 祁伟、周裕锴:《从禅意的"云"到禅意的"屋"》,2007年第3期转引,第92页。

(《积草岭》)"男儿生不成名身已老,三年饥走荒山道。"(《同谷七歌》)"奈何迫物累,一岁四行役。"(《发同谷县》)"季冬携童稚,辛苦赴蜀门。"(《木皮岭》)故陇右诗里的"云"也动荡漂泊、辗转不定。

  "月明垂叶露,云逐度西风。"(《秦州杂诗》之二)
  "云气接昆仑,涔涔塞雨烦。"(《秦州杂诗》之十)
  "塞云多断续,边日少光辉。"(《秦州杂诗》之十八)
  "候火云峰峻,悬军幕井干。"(《秦州杂诗》之十九)
  "风悲浮云去,黄叶坠我前。"(《遣兴三首》之一)
  "浮云终日行,游子久不至。"(《梦李白》其二)
  "如丝气或上,烂漫为云雨。"(《太平寺泉眼》)
  "天际秋云薄,从西万里风。"(《雨晴》)
  "海内知名士,云端各异方。"(《寄彭州高三十五使君适虢州岑二十七长史参三十韵》)
  "白日来深殿,青云满后尘。"(《寄李十二白二十韵》)
  "是身如浮云,安可限南北。"(《别赞上人》)
  "磊落星月高,苍茫云雾浮。"(《发秦州》)
  "云门转绝岸,积阻霾天寒。"(《寒峡》)
  "冈峦相经亘,云水气参错。"(《青羊峡》)
  "差池上舟楫,窈窕入云汉。"(《白沙渡》)

  相对来说杜甫在陇右生活的五个月时间,尽管生活艰辛,但思想上得到了释然,精神上是自由的,一些诗呈现一种恬淡自然之情趣,诗中的云意象也表达了这一点。

  "浮云连阵没,秋草遍山长。"(《秦州杂诗》之五)
  "微升古塞外,已隐暮云端。"(《初月》)
  "何时一茅屋,送老白云边。"(《秦州杂诗》之十四)
  "落日邀双鸟,晴天卷片云。"(《秦州杂诗》之十六)
  "仰看云中雁,禽鸟亦有行。"(《遣兴三首》之一)
  "穹庐莽牢落,上有行云愁。"(《遣兴》其二)

"每望东南云，令人几悲吒。"（《遣兴》其五）
"泄云蒙清晨，初日翳复吐。"（《法境寺》）
"纵被微云淹，终能永夜清。"（《天河》）
"何当暑天过，快意风云会。"（《万丈潭》）
"葳蕤秋叶少，隐映野云多。"（《佐还山后寄三首》）
"满谷山云起，侵篱涧水悬。"（《示侄佐》）

毕竟陇右的山山水水没能留得住杜甫，原因是多方面的，诸如对吐蕃的担忧，对其他人事的不快，生计窘迫的无奈与烦闷等等，这些情绪也体现在陇右诗云意象之中。

"檐雨乱淋幔，山云低度墙。"（《秦州杂诗》之十七）
"秋听殷地发，风散入云悲。"（《秦州杂诗》之四）
"萧萧古塞冷，漠漠秋云低。"（《秦州杂诗》之十一）
"君王指白日，连云屯左辅。"（《留花门》）
"山晚黄云合，归时恐路迷。"（《佐还山后寄三首》）
"关云常带雨，塞水不成河。"（《寓目》）
"塞上传光小，云边落点残。"（《夕烽》）
"不见秋云动，悲风稍稍飞。"（《秋笛》）
"黄云高未动，白水已兴波。"（《日暮》）
"石门云雪隘，古镇峰峦集。"（《龙门镇》）
"黄蒿古城云不开，白狐跳梁黄狐立。"（《同谷七歌》之五）
"孤云到来深，飞鸟不在外。"（《万丈潭》）
"停骖龙潭云，回首虎崖石。"（《发同谷县》）

除了充满禅意的云意象抒发了各种不同情感意趣外，杜甫还在陇右诗里大量使用充满道家情趣的鸟意象，来展现山林之乐与山林之忧。

"落日邀双鸟，晴天卷片云。"（《秦州杂诗》之十六）
"鸟雀随茅茨，藩篱带松菊。"（《赤谷西崦人家》）
"味苦夏虫避，丛卑春鸟疑。"（《苦竹》）
"高兴知笼鸟，斯文起获麟。"（《寄张十二山人彪三十韵》）

第三章　杜甫陇蜀道纪行诗研究

"麝香眠石竹,鹦鹉啄金桃。"(《山寺》)

但秦州由于"此邦俯要冲,实恐人事稠"的原因不宜久居,杜甫反复用归鸟意象表达自己归向何处的心愿。如:

"抱叶寒蝉静,归山鸟独迟。"(《秦州杂诗》之四)
"夜来归鸟尽,啼杀后栖鸦。"(《遣怀》)
"天寒鸟已归,月出山更静。"(《西枝村寻置草堂地》)
"马嘶思故枥,归鸟尽敛翼。"(《别赞上人》)
"涧寒人欲到,林黑鸟应栖。"(《佐还山后寄三首》)
"秋虫声不去,暮雀意如何。"(《除架》)

杜甫看到陇右也不太平,不断有使节经过,距吐蕃又近,生活上无衣无食,这种境况,也用鸟意象来渲染。如:

"为报鸳行旧,鹪鹩在一枝。"(《秦州杂诗》之二十)
"黄鹄翅垂雨,苍鹰饥啄泥。"(《秦州杂诗》之七)
"士苦形骸黑,林疏鸟兽稀。"(《秦州杂诗》之六)
"心微傍鱼鸟,肉瘦怯豺狼。"(《寄彭州高三十五使君适、虢州岑二十七长史参三十韵》)
"日色隐孤戍,乌啼满城头。"(《发秦州》)
"冥冥子规叫,微径不复取。"(《法境寺》)
"孤云到来深,飞鸟不在外。"(《万丈潭》)
"去住与愿违,仰惭林间翮。"(《发同谷县》)

由此看来,杜甫在陇右诗中着力用充满禅意的云和道家精神浓烈的鸟等意象表达自己的情感,这和杜甫在陇右的热衷山林寺庙以及交往佛道之人是相一致的。游历寺院,与佛道中人交往是行为上走近佛道的表现,云与鸟意象则是内心佛道境界的自然流露。事实上除了对自由自在的鸟关注外,杜甫在陇右还对其他小生命也不吝笔墨。如专题写小生命的《促织》《飞燕》以及《萤火》等,还关注寒蝉、苍鹰、鸿雁、麝香、鹦鹉、鸤鸠、蚯蚓、小蛇、独鹤、昏鸦、鹪鹩、夏虫、秋虫、暮雀等,甚至连蝮蛇也拔剑欲斩且复休,可见,由于受佛道思想影响,杜甫的"生命"意识日渐强烈,开始关注人之外的小生命,杜甫一贯直视社会的眼光开始向下看了,这是从思想到行为再到诗歌内容的转变。因此,杜甫的陇右之行让其思想更加丰富,其诗歌也由于陇右的奇山异水和生活困顿而得到超越,正如仇兆鳌《杜诗详注》引韩子苍云:"子美秦州纪行诸诗,笔力变化,当于太史公诸赞方驾,学者常宜讽诵之。"[①]

三 结论

杜甫在陇右找到了"归去来兮"的境界,对陇右的东柯谷、赤谷西崦、仇池山、驿亭等多处地方进行桃源般的礼赞,有近三分之一的陇右诗在讴歌田园,山林寺院是其主要行踪所在。此时的杜甫不论是在诗境上,还是交游以及思想上,都在效法陶渊明,而且这一行为是果决的,在陇右这段时间,没有接触地方官员,而且总是在远离官员的地方卜居,秦州与同谷都是这样,也没有写给地方官员诗作,再也不是长安时期的干谒权贵,而且在陇右诗中对庞德公与张彪两位隐士作诗寄意,赞美他们的虚静与高蹈的美好品节,由此看来杜甫的秦州之行确实有归隐之志。此后杜甫再也不是单纯的儒家思想,思想中浸润了浓浓的释道情怀,既有兼济之志,也力求内心平静,既关注社会现实,也开始思考与关注"自我",其诗歌逐渐内倾化,这个转变始自陇右,是受佛道思想的影响开始的。所以,陇右是杜甫离开官场远离朝廷,退隐山林而迈出的重要一步,陇右的山林寺院以及赞公、阮昉等也给了杜甫丰厚的回报,让他在佛道境界中得到一丝慰藉,从而在其后所遇的逆境中始终保持了豁达与平常心。

[①] 仇兆鳌:《杜诗详注》,中华书局1979年10月版,第675页。

第四章

杜甫陇蜀道行踪地名研究

第一节 杜甫《发秦州》之"南州"考释

乾元二年（759）秋，杜甫在秦州潜居三个月后，终因"此邦俯要冲，实恐人事稠。应接非本性，登临未销忧"的原因而弃秦州继续南行。杜甫在秦州诗中写有"人说南州路"（《从人觅小胡孙许寄》）和"无衣思南州"（《发秦州》）两处"南州"，其指向基本一致，均指秦州之南较近的一个"州"，该州在秦州之南且不会太远。韩成武先生《〈从人觅小胡孙许寄〉写作时间与地点考》一文认为：杜甫《从人觅小胡孙许寄》一诗不会作于秦州，指出"人说南州路，山猿树树悬"所写"南州"不在同谷，而在今四川南川县一带。[①] 故"南州"地望，直接关系到杜甫的去处，即杜甫离开秦州前往同谷，是把同谷作为中转，继续走向四川成都或其他地方，还是把同谷作为此行的目的地。据笔者考释《发秦州》一诗中的"南州"，认为"南州"确在同谷一带，尽管唐朝在江南西道设置过南州，但作为同一地名称谓，杜甫绝不会用在两地，故《从人觅小胡孙许寄》中的"南州"与《发秦州》一诗中的"南州"实为一地，在同谷而不在南川。

杜甫乾元二年十月离开秦州，南行的路线和目标即《发秦州》诗所写：汉源（"汉源十月交"）、栗亭（"栗亭名更嘉"）、清池（"清池可方舟"）和南州（"无衣思南州"）。汉源即上禄县，唐至德元年（756）改上禄县为汉源县[②]，今西和县城有汉源镇，在秦州通往同谷的途中。栗亭在同谷县（今甘肃成县）东25千米，今属徽县栗川乡。《清一统志·甘

[①] 韩成武：《杜甫新论》，河北大学出版社2007年6月版，第143页。
[②] 《西和县志》，陕西人民出版社1997年6月版，第35、34、32页。

肃统部·阶州直隶州二》:"栗亭故城,在成县东。《寰宇记》'后魏正始中,置广业郡,领白石、栗亭二县'。县在成州东五十里。"① 栗亭不在秦州与同谷间,杜甫从同谷出发至成都的第一落脚处便是栗亭,"首路栗亭西,尚想凤凰村。"(《木皮岭》)清池应指同谷的"唐莲塘",在今成县城,亦称裴公湖,"唐天授年间(691),司府丞裴守贞为成州刺史"②,开此湖,故称裴公湖,今为成县八景之一。所以《发秦州》诗中四个地名中的"汉源""清池""栗亭"其地望是确定的,而"南州"之地望,学界多有争议,杜甫《发秦州》"南州"不同于文献典籍中的"南州"。汉语大词典中的"南州"有如下旨意:

1. 泛指南方地区

《楚辞·远游》:"嘉南州之炎德兮,丽桂树之冬荣。"姜亮夫校注:"南州犹南土也,此当指楚以南之地言。"《晋书·羊祜传》:"南州人征市日,闻祜丧,莫不号恸。"清吴伟业《庚子八月访同年吴有调有感赋赠》诗之四:"南州师友江天笛,北固知交午夜砧。"叶叶《庚戌纪事》诗之十三:"二月南州春已深,红绵花下午沉沉。"

2. 指豫章郡

《后汉书·徐穉传》:"徐穉字孺子,豫章南昌人也……及林宗有母忧,穉往吊之,置生刍一束于庐前而去。众怪,不知其故。林宗曰:'此必南州高士徐孺子也。'"元张养浩《咏史诗·朱震》:"如何当日陈蕃榻,止为南州孺子悬。"由此,南州亦借指徐穉,清宋琬《韩子新归中州诗以赠之》:"邑宰闻生来,下榻如南州。"

3. 唐代州名

唐武德二年(619),初置南州,宋改南川县,即今四川省南川县。唐高祖武德四年(621)置南州,辖博白、朗平、建宁、周罗、淳良、龙濠6县,以博白县治为南州州治,武德六年改南州为白州。

4. 指南阳

《后汉书·王常传》:"臣蒙大命,得以鞭策托身陛下。始遇宜秋,后会昆阳,幸赖灵武,辄成断金,更始不量愚臣,任以南州。"李贤注:"谓以廷尉行南阳太守。"

---

① 宋开玉:《杜诗释地》,上海古籍出版社2004年12月版,第194、116页。
② 《西和县志》,陕西人民出版社1997年6月版,第35、34、32页。

5. 指两粤

南朝梁江淹《游黄檗山》诗："南州绕奇怪，赤县多灵山。"杜甫《从人觅小胡孙许寄》："人说南州路，山猿树树悬。"仇兆鳌注引顾宸之曰："两粤为南州路。"

《旧唐书·地理志三·江南西道》："南州下 武德二年置，领隆阳、扶化、隆巫、丹溪、灵水、南川六县。三年，改为僰州。四年，复为南州。贞观五年，置三溪县。七年，又置当山、岚山、归德、汶溪四县。八年，又废当山、岚山、归德、汶溪四县。十一年，又废扶化、隆巫、灵水三县。天宝元年，改为南川郡。乾元元年，复为南州。旧领县三，户三千五百八十三，口一万三百六十六。天宝领县二，户四百四十三，口二千四十三。在京师南三千六百里，至东都三千七百里。"[1]

杜甫十月之交从秦州出发，至同谷已是十一月初，沿途写下了十二首以地名为题的纪行诗，在《发秦州》中预想的路线和去处与实际所经是有出入的，但"南州"绝非上述文献典籍所指，故文献典籍记载之"南州"非杜甫秦州诗中的"南州"。杜甫《发秦州》中的"汉源""清池""栗亭"等地名明确可考，已经显示出杜甫要去的地方，而"南州"则是上述地名的概称。从地理位置上看，秦州之南可称为州的当是马邑州，即杜甫秦州《遣兴三首》之二："高秋登塞山，南望马邑州。"马邑州，唐属陇右道秦州都督府羁縻州，治成州长道县。《新唐书·地理志七》："马邑州，开元十七年置，在秦成二州山谷间。宝应元年徙于成州之盐井故城。"杜甫在盐井故城作《盐井》一首：

卤中草木白，青者官盐烟。官作既有程，煮盐烟在川。汲井岁揾揾，出车日连连。自公斗三百，转致斛六千。君子慎止足，小人苦喧阗。我何良叹嗟，物理故自然。

然马邑州并非杜甫南行目的地，仅为路过之地。马邑州之南有成州，成州理应是杜甫想像中的"南州"。成州是西魏废帝二年（553）由南秦州所改[2]，《杜诗释地》："北魏置仇池郡，梁改为秦州，岂废帝改为成州。

---

[1]（后晋）刘昫：《旧唐书》，中华书局1975年5月版，第1628页。
[2]《西和县志》，陕西人民出版社1997年6月版，第35、34、32页。

隋大业三年（607），改为汉阳郡。唐武德元年（618），置成州，治上禄（今甘肃礼县南）。天宝元年（742），改为同谷郡。乾元元年（758），复为成州。"①成州所辖为上禄、长道、同谷三县，杜甫陇右诗中未提及成州，可能是由于乾元元年（758）改名，乾元二年（759）杜甫来到该地。路过成州治所亦没有关成州地名的诗留下，究其原因，与成州州治的位置有关。据《敦煌石室地志残卷考释》："成州治上禄，今甘肃西和县南洛峪镇。"②由《青羊峡》诗可知杜甫在西和至成县所走的路线于今天西成公路西和段基本一致，洛峪镇本不在杜甫至同谷县的路途之上，故未至成州治所，亦未有诗留下。

"南州"其实是"南秦州"的简称，《读史方舆纪要·卷五十九·巩昌府成县仇池城》："太和五年，秦置南秦州，命杨统为刺史。"③又《地形志》："真君七年，置仇池镇。太和十二年为梁州。正始初改置南秦州，领仇池郡。西魏郡废，后周并废州。"④又《甘肃通志·卷三·建制沿革》："成县，晋永嘉后入杨氏。太元中，杨定置北秦州，仇池郡。又下辨县入杨氏。又春秋白马氏晋永嘉后没于杨氏。太元中杨定称蕃，表置仇池郡。宋元嘉十九年，平仇池，寻入魏。后魏改置仇池镇，寻置仇池郡。又周秦亦白马氏所居，晋孝武时，杨定据仇池，武都、下辨俱没。魏太平真君四年，置仇池镇治洛谷，七年，置南秦州。唐武德元年，复以汉阳郡为成州，仍治上禄，即杨难当所筑之建安城也。"南秦州是成州之前成州辖区的称谓，且使用时间较长，其辖区大致相当于今天的西和县、成县、徽县、两当县等地，位置亦在秦州之南⑤。对于未到过的地方，杜甫是根据史料与典籍知识写诗，同样有身临其境之感。如"读记忆仇池"，"盖杜翁感时事日非，无能为力，因读仇池地记，有通天福地神鱼清泉之胜，而心向往之，遂萌遁隐之志耳。"⑥根据所读《仇池记》的知识，写下了"万古仇池穴，潜通小有天。神鱼人不见，福地语真传。近接西南境，长怀十九泉。何时一茅屋，送老白云边。"正因为南州之地有如此美景，故

---

① 宋开玉：《杜诗释地》，上海古籍出版社2004年12月版，第194、116页。
② 王仲荦：《敦煌石室地志残卷考释》，中华书局2007年11月版，第1页。
③ 李祖桓：《仇池国志》，书目文献出版社1986年5月版，第56、221、221、223页。
④ 同上。
⑤ 同上。
⑥ 严耕望：《严耕望史学论文选集》，中华书局2006年12月版，第112页。

在秦州会"思南州"。但杜甫终没有登上仇池山，显然典籍中的仇池与实际差距较大。杜甫从仇池山旁走过，宋人在仇池山飞龙峡建"白云亭"以资纪念，据宋《仇池碑记》载："绍兴五骥，曹公居贤官于此，庙宇圮坏，公为鼎新，复起白云亭，重构招提，绘杜苏二大老像，刻诗于石，昭示将来，遂成好事，翘楚者属予以纪①。"其址今已不存。

　　南州的中心位置无疑是同谷，同谷的气候与物产均优于秦州，同谷是杜甫明确的去处，《发秦州》所描述的"栗亭名更嘉，下有良田畴。充肠多薯蓣，崖蜜亦易求。密竹复冬笋，清池可方舟。"充满希望的"栗亭"和"清池"均在同谷，对于同谷，前一年（758）杜甫《送韦十六评事充同谷防御判官》写道："古邑沙土裂，积阴云雪稠。羌父豪猪靴，羌儿青兕裘。吹角向月窟，苍山旌旆愁。鸟惊出死树，龙怒拔老湫。"可见杜甫对同谷的记忆并不好，"銮舆住凤翔，同谷为咽喉。"仅仅是地理位置重要罢了。杜甫花了一月有余的时间从秦州来到同谷，印证了一年前所写，眼前是高不可攀的凤凰台，脚下为深不见底的万丈潭，所以杜甫同谷所作《凤凰台》与《万丈潭》非单纯写景，《凤凰台》体现了杜甫的"仁德"襟怀，自己陷入生活困顿之中，于是想象山顶的无母雏是否也和自己一样，"恐有无母雏，饥寒日啾啾。我能剖心血，饮啄慰孤愁。心以当竹实，炯然无外求。血以当醴泉，岂徒比清流？"此仁德情感的抒发，显然和在同谷的冷遇有关，在刚到同谷界的时候杜甫对同谷有很高期望，《积草岭》这样写："卜居尚百里，休驾投诸彦。邑有佳主人，情如已会面。来书语绝妙，远客惊深眷。"现实中的同谷生活，杜甫在《乾元中寓居同谷县作歌七首》作了详尽描绘，杜甫本人："白头乱发垂过耳""手脚冻皴皮肉死""短衣数挽不掩胫"；周围的环境："天寒日暮山谷里""林猿为我啼清昼""四山多风溪水急，寒雨飒飒枯树湿"；在同谷的生活："岁拾橡栗随狙公""黄独无苗山雪盛""短衣数挽不掩胫"；杜甫对同谷的感受："悲风为我从天来""闾里为我色惆怅""我生何为在穷谷"。冰天雪地，无衣无食，男呻女吟，此境此情，如同跌入万丈深渊。杜甫面对"万丈潭"感慨万端，于是有了《万丈潭》一诗：

　　　　青溪含冥寞，神物有显晦。龙依积水蟠，窟压万丈内。局步凌垠

---

① 李祖桓：《仇池国志》，书目文献出版社1986年5月版，第221、221、56、223页。

埒，侧身下烟霭。前临洪涛宽，却立苍石大。山危一径尽，岸绝两壁对。削成根虚无，倒影垂澹瀩。黑知湾澴底，清见光炯碎。孤云到来深，飞鸟不在外。高萝成帷幄，寒木垒旌旆。远川曲通流，嵌窦潜泄濑。造幽无人境，发兴自我辈。告归遗恨多，将老斯游最。闭藏修鳞蛰，出入巨石碍。何当暑天过，快意风云会。

诗中的"发兴自我辈、将老斯游最、快意风云会"均为自我解嘲，诗的主旨是借万丈潭险奇、幽深、阴冷的环境描写渲染杜甫此时生活窘困和心理感受，借万丈潭之景，抒写生活之艰辛，杜甫离开同谷已是必然，与《发秦州》诗中所描绘的反差很大。杜甫同谷诗作在内容上有明确的逻辑关联，《乾元中寓居同谷县作歌七首》是同谷境遇的真切抒写，《凤凰台》与《万丈潭》是在《乾元中寓居同谷县作歌七首》基础上的借景抒情，并以其超人的襟怀展现了博大的人格力量。再从情境结构上看，《凤凰台》《乾元中寓居同谷县作歌七首》与《万丈潭》分别形成了上中下三个层次，极富空间感和立体感，真乃奇景奇遇奇诗，艺术效果震慑人心。杜甫同谷之行的无奈与失望全寄寓于《发同谷县》：

贤有不黔突，圣有不暖席。况我饥愚人，焉能尚安宅？始来兹山中，休驾喜地僻。奈何迫物累，一岁四行役！忡忡去绝境，杳杳更远适。停骖龙潭云，回首虎崖石。临岐别数子，握手泪再滴。交情无旧深，穷老多惨戚。平生懒拙意，偶值栖遁迹。去住与愿违，仰惭林间翮。

从同谷诗"黄蒿古城云不开"、"始来兹山中，休驾喜地僻"以及"首路栗亭西，尚想凤凰村"等诗句可知，杜甫根本没有住在同谷城里，而是住在距大云寺不远的凤凰台下的"凤凰村"。其址附近有后人开辟的祠堂，自宋宣和四年（1122）之前在凤凰山下万丈潭旁建起杜工部祠，几经修缮，规模已大，今为成县八景之一。

腊月初一，本是准备过年的时候，可杜甫不得不远行，杜甫在《发同谷县》告诉我们："奈何迫物累，一岁四行役！忡忡去绝境，杳杳更远适。"从《乾元中寓居同谷县作歌七首》《万丈潭》和《发同谷县》等诗所写，同谷的确让杜甫走上了"绝境"，故其同谷诗字字带泪，句句揪心。离开同谷后的第一站就到栗亭，栗亭在当时属同谷，今属徽县。"首路栗亭西，尚想凤凰村。季冬携童稚，辛苦赴蜀门。"（《木皮岭》）"名更嘉"且有"良田畴"的栗亭，也未能留住诗人。据《太平寰宇记》载，杜甫曾在栗亭题诗十韵，唐懿宗咸通年间，成州刺史赵鸿作《栗亭》诗："杜甫栗亭诗，诗人多在口。悠悠二甲子，题记今何有。"一百年后题记可能没有了，但竟然连诗句也没人记下来，似乎难以让人信服。当地所传杜甫题诗，极有可能就是《木皮岭》一诗，因为木皮岭距栗亭并不远，且《木皮岭》十四韵，传为"题诗十韵"是取其整数。清人张伯魁《重修杜少陵祠堂记》云："按祠之南为木皮岭，东望青泥，若俯而即也。南六里许，元观峡、钓台，皆遗迹也。稍西里许，则旧祠也。明御史潘公梦拾遗，始建祠宇，其遗址存焉。仅重修祀堂三间，明州牧左公建也。献宇三楹，国朝童公建也。赡田十亩，前令牛公置也。详于碑石，久为民占，今复归于祠，前有隙地，今为祠门，其左若右，各增盖耳房二间。予率众捐资重建，议始于丁卯之春，落成于己巳之秋也。"[①] 知木皮岭与栗亭相距较近，栗亭杜公祠的修建概况甚明。

综上考释，得出如下几点结论。首先，杜甫"南州"之行的所经路线为：汉源、同谷与清池、栗亭，不同于《发秦州》描述的汉源、栗亭、清池的次序，汉源、栗亭、同谷与清池等地曾均属南秦州，杜甫所到之处后人多立祠纪念，如"仇池杜公祠"、"同谷杜公祠"以及"栗亭杜公祠"，这些纪念祠堂标明了杜甫的行踪，诗中所写与现地遗存吻合。其次，《从人觅小胡孙许寄》中的"南州"与《发秦州》一诗中的"南州"实为一地，"南州"即南秦州的简称，以同谷为主的"南州"之地是杜甫发秦州的目的地。再次，杜甫秦州诗"南州"不属汉语大词典所记五条中的任何一条，也不是《旧唐书》所载唐朝江南西道所辖南州。最后，杜甫乾元二年十月至十一月辗转于"南州"之地，在秦州想像美好的"南州"竟让他失望至极，最终走上了漂泊西南的不归路。由此看来，杜甫在到同谷之前并没有去四川成都的计划，而是由于在同谷迫于生计，不得不再次踏上艰难蜀道而投靠他人。

---

① 梁晓明：《徽县志》，陕西人民出版社2003年9月版. 第1097页。

第二节　杜甫与仇池山

　　乾元二年（759）秋天，杜甫在《秦州杂诗》有两首诗歌咏仇池山。《秦州杂诗》之十四："万古仇池穴，潜通小有天。神鱼人不见，福地语真传。近接西南境，长怀十九泉。何时一茅屋，送老白云边。"《秦州杂诗》之二十："藏书闻禹穴，读记忆仇池。"杜甫757年长安作诗《送韦十六评事充同谷郡防御判官》云："受词太白脚，走马仇池头。"故容易让人认为杜甫登上过仇池山，况且杜甫从秦州走往同谷的路线，正是从仇池山旁经过的。于是，杜甫是否登上仇池山成了悬念，但从秦州至同谷纪行诗的写作来看，杜甫并没有直接咏仇池的诗篇。杜甫一路纪行诗的写作惯例说明并没有登临，一旦登临，必然会有以仇池为题的诗歌留下。"按杂诗卒章云：'读记忆仇池。'盖杜翁感时事日非，无能为力，因读仇池地记，有通天福地神鱼清泉之胜，而心向往之，遂萌遁隐之志耳。"① "这首诗是诗人在秦州向往仇池山的作品，不是亲临仇池而写的。这一点，可以从诗中的'近接西南境，长怀十九泉'和这首诗编在《秦州杂诗》内两个方面看出来，不少人把这首诗作为杜甫游览仇池时的作品，那是一种误解。杜甫后来离开秦州赴同谷途中，曾经在现在西和县境内离仇池不远的石峡镇路过，当时是否去过仇池，因为没有诗篇留下来，也没有其他史料参考，人们无从得知。"② 不管杜甫登临与否，仇池山因杜诗而更加神奇迷人，增添了更多的人文内涵。

　　杜甫把仇池作为理想中的送老之地，与杜甫当时强烈的卜居愿望有关。杜甫在秦州的三个月里，在西枝村与赞公和尚一起卜居，其结果并不如意，"卜居意未展，杖策回且暮。"给赞公的《寄赞上人》又写道："一昨陪锡杖，卜邻南山幽。年侵腰脚衰，未便阴崖秋。重冈北面起，竟日阳光留。茅屋买兼土，斯焉心所求。近闻西枝西，有谷杉漆稠。亭午颇和暖，石田又足收。当期塞雨干，宿昔齿疾瘳。徘徊虎穴上，面势龙泓头。柴荆具茶茗，径路通林丘。与子成二老，来往亦风流。"看来杜甫在秦州西枝村没有找到如意的居住地，他对秦州东柯谷、驿亭、赤谷西崦人家等

---

① 严耕望：《严耕望史学论文选集》，中华书局2006年版，第122页。
② 李济阻、王德全、刘秉臣：《杜甫陇右诗注析》，甘肃人民出版社1985年版，第65页。

地都表达出欣喜之意，诗歌不掩溢美之情。"传道东柯谷，深藏数十家。""东柯好崖谷，不与众峰群。""今日明人眼，临池好驿亭。丛篁低地碧，高柳半天青。稠叠多幽事，喧呼阅使星。老夫如有此，不异在郊坰。""跻险不自安，出郊已清目。溪回日气暖，径转山田熟。鸟雀依茅茨，藩篱带松菊。如行武陵暮，欲问桃源宿。"眼前的好地方终因"实恐人事愁"的原因离开了秦州，继续寻找栖身之处。而仇池是杜甫理想中的卜居之地，仇兆鳌说："穴池通天，见其灵异。神鱼，福地，据所闻而称述之。名泉近而曰'长怀'，总属遥想之词。送老云边，公将有终焉之志矣。观末章'读记忆仇池'，则前六句皆是引记中语。"[1] 陈贻焮认为仇说："这理解很正确。可见老杜当时真动了归隐的念头，为了挑选一个最理想的去处，他还进行过访问，查考过资料，作过一番认真的研究呢。"[2]

仇池山在今西和县南境距县城60千米的大桥乡南部，位于西和、武都、成县、康县、礼县五县边界交汇地带。史称"背蜀面秦，以其峭绝险固，襟武都，带西康，自古为形胜镇戍之地"。仇池国，是五胡十六国时期的地方割据政权，地处甘肃、陕西、四川交界地带，与东汉建安十六年（211），武都白马氏族部落首领杨腾之子杨驹建仇池国于此，以"百顷"为号，经三国、晋、宋、齐、梁、陈、魏、周、隋等朝，传十八代，易三十三主，建立过五个氏族小国，统治甘、陕、川六郡十八县达386年之久（李祖桓《仇池国志》）。[3] 《后汉书·白马氏传》云："白马氏者……居于河池，一名仇池，地方百顷，四面斗绝。"《三秦记》："仇池百顷，周回九千四十步，天形四方，壁立千仞。自然楼橹却敌，分置调均，竦起数丈，有逾人功。仇池凡二十一道，可攀缘而上。东西二门，盘道下至上，凡有七里。上则岗阜低昂，泉流浇灌。"《宋书·氐胡传》云："仇池地方百顷，因以百顷为号，四面斗绝，高平地方二十余里，羊肠蟠道三十六回，山上丰水泉，煮土成盐。"《南齐书·氐杨氏传》云："仇池四方壁立，自然有楼橹却敌状，高并数丈，有二十二道可攀缘而升，东西二门盘道可七里，上有岗阜泉源。"《水经注·漾水注》云："汉水又南径瞿堆西，又瞿径瞿堆南，绝壁峭峙，孤险云高，望之形若覆唾壶。高二十

---

[1] 仇兆鳌：《杜诗详注》，中华书局1979年版，第584页。
[2] 陈贻焮：《杜诗评传》，北京大学出版社2003年版，第397页。
[3] 李祖桓：《仇池国志》，书目文献出版社1986年版，第1页。

余里,羊肠蟠道三十六回,开山图谓之仇夷,所谓'积石嵯峨,巅岑隐阿'者也。上有平田百顷,煮土成盐,因以百顷为号。山上丰泉水,所谓清泉涌沸,润气上流者也。"《通典·成州上禄县》:"有仇池山,晋永嘉末为氐杨茂搜所据,其土地百顷,四方壁立,峭绝险固,自然有楼橹却敌之状,东西二门盘道可七里,上有岗阜泉源,王于上立宫室囷仓,皆为板屋、土墙。"南宋初年所立《仇池碑记》云:"观其上土下石,屹然特起,界于苍、洛二谷之间;有首有尾,其形如蛙,丹岩四面,壁立万仞。天然楼橹,二十四隘;路若羊肠,三十六盘。周围九千四十步,高七里有奇,东西二门,泉九十九,地百顷,农夫野老耕耘期间。"如此可知仇池山山势斗绝,壁立千仞,易守难攻,山上土地良沃,泉流交灌,且有土可以煮盐。氐人杨氏利用此天然优点,招来四方避乱之民,形成割据势力之军政中心根据地。"南北朝后期,仇池之坞堡王国虽已摧毁,然其地僻在山区,峰谷环翠、风景绝佳、清泉交灌、风土良沃之形象,已传扬二百数十年之久,当为想象中之理想避世胜地,是以早有太昊所治、伏羲生焉之传说,故开山图记之。而据杜翁所咏,最迟至唐代前期已有古穴通天、福地、神鱼之说,具备仙境遁隐之条件矣。故杜翁诗云'何时一茅屋,送老白云边'也。"①

　　杜甫把仇池作为理想避世胜地,其原因有三:首先是仇池地域的僻远与险要,曾经有四方之民归附。《宋书·氐胡传》:杨茂搜"率部落四千家还保百顷,……关中人士奔流者多依之。"其次是自然条件的美好,南宋《仇池碑记》云:"当其上群谷环翠,流泉交灌,集而成池,广阴数亩,此世传仇池之盛,且神鱼闻于上古,麒麟瑞于近世,有长江穷谷以为襟带,有群峰翠麓以为蘅藻,虽无琼台珠阁、流水桃花,其雄峻之状,壮丽之观,即四明、天台、青城、崆峒亦未过此,非轻世傲物餐霞茹芝者,似莫能宅之。"再次是伏羲生处深厚的人文底蕴,仰慕羲皇,追寻遗风。

　　仇池山因杜甫的向往追慕,极为推崇杜甫的苏轼曾作《双石》:"梦时良是觉时非,汲水埋盆故自痴。但见玉峰横太白,便从鸟道绝峨眉。秋风与作烟云意,晓日令函草木姿。一点空明是何处,老人真欲住仇池。"《见和仇池》又写道:"上穷非想亦非非,下与风轮共一痴。翠羽若知牛有角,空瓶何必井之眉。还朝暂接鹓鸾翼,谢病行收麋鹿姿。记取和诗三

---

① 严耕望:《严耕望史学论文选集》,中华书局2006年版,第128页。

益友，他年弥节过仇池。"《仇池石》（仆所藏仇池石，希代之宝也。王晋卿以小诗借观，意在于夺，仆不敢不借，然以诗先之）："海石来珠浦，秀色如娥绿。陂坨尺寸间，宛转陵峦足。连娟二华顶，空洞三茅腹。初疑仇池化，又恐瀛洲蹇。殷勤峤南使，馈饷扬州牧。得之喜无寐，与汝交不渎。盛以高丽盆，藉以文登玉。幽光先五夜，冷气压三伏。老人生如寄，茅舍久未卜。一夫幸可致，千里常相逐。风流贵公子，窜谪武当谷。见山应已厌，何事夺所欲。欲留嗟赵弱，宁许负秦曲。传观慎勿许，问道归应速。"《仇池石》（王晋卿示诗，欲夺海石，钱穆父、王仲至、蒋颖叔皆次韵。穆至二公以为不可许，独颖叔不然。今日颖叔见访，亲睹此石之妙，遂悔前语。仆以为晋卿岂可终闭不与者，若能以韩干二散马易之者，盖可许也，复次前韵）："相如有家山，纱缥在眉绿。谁云千里远，寄此一颦足。平生锦绣肠，早岁觅觅腹。从教四壁空，未遣两峰蹇。吾今况衰病，义不忘樵牧。逝将仇池石，归泝岷山渎。守子不贪宝，完我无暇玉。故人诗相戒，妙语余所伏。一篇独异论，三占从两卜。君家画可数，天骥纷相逐。风鬃掠原野，电尾扫涧谷。君如许相易，是亦我所欲。今朝安西守，来听阳关曲。劝我留此峰，他日来不速。"《仇池石》（轼欲以石易画，晋卿难之。穆父欲兼取二物，颖叔欲焚画碎石，乃复次前韵，并解三诗之意）《和陶读山海经》等诗，以表达对仇池山仙境的向往。

和陶读山海经
　　　苏轼
东坡信畸人，涉世真散材。
仇池有归路，罗浮岂徒来。
践蛇及茹蛊，心空了无情。
携手葛与陶，归哉复归哉。

　　文学史上，长达三百多年的仇池杨氏政权没有留下片言只语，杜甫、苏轼两人的诗歌却为其增添了浓厚的文脉。
　　后人在仇池山下建起仇池白云草堂以纪念杜甫与苏轼，《方舆胜览》云："仇池山下有飞龙峡，以氐酋杨飞龙所据而名，其东乃杜甫避乱居此。杜诗有：'何时一茅屋，送老白云边'之句，即谓此也。"《仇池碑记》云："绍兴五禩，曹公居贤官于此，庙宇圮坏，公为鼎新。复起'白云亭',重构招提,绘苏、杜二大老像,刻于琬琰,昭示将来,遂成好事,翘楚者属予以纪之。"清人杨继先有白云草堂诗云:"地接仇池水晚潮,杜陵茅屋枕山椒。波涛涌白雪千尺,松竹分清酒一瓢。峡窄水谙龙出舞,林深惟见鸟语招。凌虚我欲乘风去,行策飞鸿过小桥。"

自杜甫咏仇池后,历代咏仇池诗作不断,主要为追慕杜甫而作,故兹辑录如下:

杜衍(978—1057),北宋大臣。字世昌,谥正献,越州山阴(今浙江绍兴)人。大中祥符元年进士。历仕州郡,以善辨狱闻。仁宗特召为御史中丞,兼判吏部流内铨。改知审官院。庆历三年任枢密使,次年拜同平章事,为相百日而罢,出知兖州。以太子少师致仕,封祁国公。

　　过仇池
　　仇池行馆最清虚,按部由兹得柅车。
　　对竹祗宜思穴凤,临流不可见渊鱼。

任彦棻,济宁州人,明神宗万历二十三年乙未科(1595)进士,万历三十八年分守陇右道任彦棻参谒秦州伏羲庙。作《谒伏羲庙》诗二首,并刻石立碑,今存庙内。官至四川布政参议。

　　仇池山
　　成邑西山最高者,疑是周诗至芪野。
　　上有仇池百顷田,白马氐羌在其下。
　　千绝四面不可陟,飞龙峡水汨泊泻。
　　羊肠盘道苦难攀,三十六回绕石湾。
　　复有丰泉能广利,煮土成盐济民艰。
　　嗟彼山城直蕞尔,乃有名山势逦迤。
　　忆昔少陵曾品题,洞天福地羡厥美。
　　我逐王事偶相过,扰扰长途苦蹉跎。
　　倦游不尽登临意,驱马行行奈若何!

董贞,字保赤,浙江海宁人,清康熙四十三年(1704)任西和知县。

游仇池二首
其一
约游胜地出城南,驱马悠悠共往探。
笑指白云横石嶂,俯窥碧水照寒潭。
凭高极目千峰小,四顾惊心万丈谾。
灵境悠然澄俗累,洞天六六著丛谈。
其二
盘曲崎岖歧路长,松林积翠挂斜阳。
岩深石罅通天影,涧狭泉流度暗香。
看去玲珑成画影,收来吟韵入诗囊。
何年此地招同隐,采药谈经伴数行。

王宇乐,字尧赓,号怡亭,锺祥人。雍正丁未进士,清朝西和令。

仇池古迹
陇塞通云栈,仇池起汉年。
因山成险壁,倚堞跨峰巅。
十九泉长迭,三千戍已还。
杜陵诗句在,胜迹任游畋。

陈熙塯,(1670—1739),字尔缉,清雍正癸卯科举人,官西和知县。

仇池山
仇池妙境县西南,拊木攀萝上一探。
层嶂迥环包福地,数泉清冽下寒潭。
愧无往来骚人迹,空有玲珑宝石谾。
安得优游闲岁月,相招同志恣高谈。
石作严关数里长,中开鸟道绕山阳。
通天洞口流深碧,出水鱼鳞吐远香。
杜甫登来留碑碣,仇维飞去入诗囊。
惭予记胜无佳句,塞责涂鸦三两行。

何廷楠，广东连平人，乾隆七年壬戌科进士，1756年西和知县。

从饮马河（俗名养马河）沿溪而东历十八盘登仇池绝顶
巨灵覆壶不着地，化作芙蓉无根蒂。
劈空苍翠自天来，天桥横断白云际。
怪石嶙嶒碍飞鸟，绝壁无依穷眄睨。
洞口不知何处寻，石门终古松隐闭。
为访仙宅旧窟穴，九十九泉纷纠曲。
野人指点话桃源，隔溪一径攀萝薜。
崎岖历尽十八盘，无根水涌清螺髻。
从此飞步蹑天梯，仰天穿云庶可逮。
我时下马陟山椒，磴苔蒙茸绿草细。
循蹬历级履错然，前趾未进后踵曳。
从我游者六七人，寸步缩缩接武迷。
经岋有如鹿奔峭，喘息骇汗防颠蹶。
上者扪壁下者攀，壁军股栗守陴睨。
侧身巨石当面立，时见孤熊蹲深翳。
山精白日披萝幄，若有人号依薜荔。
岩岈窈窕洞穴深，倒注壶天宾月拢。
山谷风雨摧折朽，枯枝叉枒龙蛇蜕。
险怪凭陵忽当关，虎豹奋怒争搏噬。
阴晴冬春失昏晓，赤日亭午进一霁。
摩崖忽在云端立，呼吸直欲通上帝。
划然一啸万山秋，高空如闻鸾鹤唳。
顿忘下界有红尘，不觉烟霞满衣袂。
却从洞口渡石桥，灵境非复人间世。
百顷芝田平如掌，南村北村连畛畷。
父老忘机麀豕游，出入作息同耕艺。
间伊居此何年代，高曾不能以世计。
但道此间日月长，天荒地老相守卫。
吁嗟呼，杜甫当年劳梦想，尘缘未尽何由诣。
独有题咏数篇诗，名山借此为点缀。

神鱼踪迹亦何有，仇池半涸空碑碣。

邱思永，盱江（今江西抚州）人，监生，乾隆三十九年参编《西和县志》

登仇池
其一
为爱仇池胜，因之作漫游。
桃花千岛秀，琪树一岩幽。
绝顶红云荡，攒峰绿黛浮。
神鱼消息断，泠泠水声秋。
其二
回首寻来路，崎岖触目惊。
天桥连雾镇，石径带云平。
玄鹤鸣金岛，青鸾下玉京。
微茫斜日外，汉水照人明。

登仇池山
忆昔匡庐非一状，云门日射芙蓉嶂。
碧鸡青鸟鸣天凤，三十六峰相对向。
瀑布森寒玉浪浮，白练横空半天上。
重重台殿彩云间，五色陆离不可望。
羽人霞披六铢衣，仙乐铿锵和以畅。
自来塞下似穷秋，奔走秦关乘夙尚。
金城野色如掌平，选胜无山洗惆怅。
为访仙灵爱冥搜，载酒更作仇池游。
断崖径狭势险仄，青冥淡抹岚烟浮。
大地濛濛但一气，微茫谁能辨九州。
野人指点桃源路，举步缩跋时夷犹。
曲折有如蚁缘木，回首不敢凝双眸。
绝顶高寒神栖肃，深春天气俨清秋。
落花缤纷流水急，瑶草自绿岩深幽。

尔时下马憩林薄，劈面空青自天落。
怪石崚嶒立道旁，虎豹当关怒欲搏。
深林飒飒恐行人，木客山精形隐跃。
翠微上下见人家，路转峰迥忽开拓。
风袅炊烟一缕斜，松柏参差带楼阁。
雁过荒城晚疾呼，古戍生寒云漠漠。
登高一啸众山鸣，彩霞开处翔鸾鹤。
却从村落度天门，阴云无际失朝昏。
洞里神鱼人不见，空闻碧浪声潺湲。
西高俯视比邱垤，汉水苍茫落照痕。
旧日少陵游卧处，珠宫海石今犹存。
方塘半涸供太息，残碑苔食谁掀翻。
下界月明归路白，龙峡更钟定夜猿。
退寻拟图仇池胜，依稀清梦绕仙源。

仇池山吟（四首）
鸟迹纵横满径台，溪桥尽处见楼台。
天门日射秦关晓，盘谷山萦蜀道回。
万点花香红露滴，一湾松影绿烟开。
依稀记得桃源路，鸡犬声中客子来。

天桥徙倚耸云关，淡宕山光照客颜。
日月不飞丹嶂外，风雷常在翠微间。
深岩雨洗龙鳞湿，野庙松翻鹤影还。
池水一泓终古在，悬崖苔藓碧斓斑。

遥看岚气碧濛濛，村落萧疏黛色中。
古木类虬都入画，层峦似嶂不生风。
阴云匝地荒城冷，白雾连天野戍空。
遗有清风堪仰挹，高吟长剑倚崆峒。

磴道崎岖十八盘，灵旗万古护仙坛。

幽岩雨霁层冰积，绝顶烟收石碣寒。
出谷樵人归树外，随风钟韵度林端。
天衢此去无多步，我欲凌虚一探看。

叶昌炽，（1849—1917），江苏苏州人。字鞠裳，号缘督。肄业于苏州正谊书院，入郡志局从冯桂芬编纂《苏州郡志》，一生主要以辑古佚书、校理群籍、搜集碑版、抄书作文为业。清光绪二十八年（1902）奉命领甘肃学政。西行访碑，以补正其所著《语石》一书。

秦州杂诗二十首用杜工部韵之七
仇池世外山，远望出云间。
辟地真如砥，摩天自有关。
试寻坡老记，如访洞居还。
十九泉何在，观河欲驻颜。

谢威凤，湖南宁乡人，左宗棠的幕僚，在武都和宁夏当过官，晚年在天水定居。

登池绝顶有序

光绪庚子十月廿三日，为余六十初度，生性不喜延寿，乃作仇池之游。而西和守戎潘群竹台与余偕行，一宿其山，尽得形势，殆古人所谓仙境者欤？因赋五言诗。归饮西和宰姚鸿轩老友衙斋，酒酣肃呈吟坛竣政。

我读神仙传，仇池古仙乡。关尹拔宅升，鸡犬声琅琅。
我读杜杂诗，白云老而望。我读苏志林，附庸洞天光。
平生未一游，结想梦彷徨。年来觅桃源，两足关陇忙。
庚子岁十月，榷税天水邦。花甲度及初，老大徒悲伤。
宾僚七十人，个个谋桶觞。寿世相不得，寿人医不长。
寿亲愿已虚，寿身得若凉。何当海寇纷，西迁主仓皇。
有心枉自腐，有胆无由尝。宴乐这肺心，我实非狗狼。
仇池况伊迩，游避兴两狂。道经古上禄，潘安脚亦强。
相与跻其巅，身如鸾鹤翔。初疑四壁削，太华同刚方。

又疑九九泉，崖壑森天章。又疑百顷田，仇池渺茫茫。
石骨土为肉，耕种亦杂粮。居民百十家，姓分赵何张。
粗野农家风，无怀葛天氓。山中无历日，谁究神仙行。
关尹远难知，杜苏欲可量。二公身梦游，诗笔尚轩昂。
幸藏残缺志，载宋将军扬。威名号难敌，屯丘此山庄。
专征假节钺，平贼能擒王。功封仇池公，庙食何堂堂。
曹纬叶秦州，重葺朱丹煌。而今安在哉，空山莽残阳。
九千四十步，周遭阔非常。高过七里余，顶或平如场。
乃如一叶秋，枫落汉云旁。叶上筋五条，条条是平岗。
岗岗瘦而埏，沟沟深而荒。沟中三四泉，泉流尚汤汤。
余泉九涸矣，卅六盘羊肠。是指东路言，上下称平床。
若论南北西，蚁行一线良。虽非古桃源，兵乱实可防。
堪笑懒刘晨，咫尺空想忘。我欲举家来，一任世沧桑。

谢威凤题成都工部祠
自许诗成风雨惊，将平生硬语愁吟，开得宋贤两派；
莫言地僻经过少，看今日寒泉配食，远同吴郡三高。

谢威凤题为成都杜甫草堂撰联
野花天宝相；
秋雨杜陵碑。

慕寿祺，字子介，号少堂，甘肃省镇原县平泉镇古城山人。1874 年（清同治十三年）出身于书香门第，清甘肃省议会议长，其父清朝光绪举人，历任宁夏固原学政、西宁教渝、宁灵厅教授达 30 年之久，熟习教育，精通经史。其兄寿禔，清朝宣统拔贡，陕西补用州同。

西和县登仇池绝顶
四壁山钩连，望中气万千。山路有一线，上通坠云巅。
是山即仇池，满目草芊芊。其初曰山维，高处无人烟。
开者乃仇夷，今名乃以传。状与龟相似，首尾形俱全。
四周廿余里，其中别有天。楼檐二十四，气象何森然。

九千四百步，地址足回旋。鸟道卅六盘，梯阶凌空悬。
东西敞二门，怪石当其前。清泉九十九，灌溉百顷田。
穴深尘不到，盐煮土能煎。白马所居地，神鱼潜在渊。
杂诗杜工部，赋石宋坡仙。其他诸题咏，纷纷不记年。
昔闻杨氏兴，难敌最为贤。晋室辙已东，乘间森戈铤。
刘昄不能屈，假以都督权。兵力抗前赵，谁复攻其坚。
名号虽不正，功亦足多焉？割据三百载，滋蔓一何延。
天演纷争竞，国步今维艰。关塞失凭借，烟云莽变迁。
陇山林麓最，旧习犹相沿。蕞尔仇池头，亭结白云边。
荒祠读断碣，临风涕涟涟。

马廷秀（1900—1994），字紫石，兰州市人，回族。1924年毕业于北京法政大学。曾任绥远都统马福祥公署书记官、蒙藏委员会委员长马福祥的秘书。后返甘肃，历任古浪、会宁、成县等县长。民国二十八年冬任成县县长，二十九年夏离任。马廷秀在任期间，对保甲制度进一步调整，取消了联保，并三级为二级，把成县化为十三个乡（镇）：紫金镇、东岳乡、宜阳乡、甸川镇、峒洛乡、镡河乡、抛沙镇、小川镇、西康乡、府城乡、龙门乡、黑峪乡、汪川镇。

西城吟

西城地处陇西南，山川灵秀景物妍。
夏不炎热冬湿润，林木畅茂多良田。
平畴沃野数万亩，山峻树郁不可攀。
岷江东去接汉水，白龙江流直入川。
西城历来战略地，蜀魏当年此为边。
诸葛孔明空城计，历史相传千百世。
六出祁山成美谈，九伐中原终无济。
至今犹留武侯祠，民间香火千年祭。
民国廿五丙子年，我绾县篆来此间。
崔符满地生民苦，稼禾歉收灾祸连。
亩产尚难达百斤，如遇旱涝白拼耘。
可怜嗷嗷待哺者，呼天不应地无门。

盗贼揭竿四乡起，抢劫横行扰乡里。
我治此邦第一着，建立武装民始喜，
保卫地方安人心，匪患摇役自此止。
记得公元三六年，红军过境西徂东。
粮秣供应竟未缺，箪食壶浆表寸衷。
革命种子播斯土，二十余年果笼葱，
解放翻身人民喜，桃李芬芳遍地红。
老夫晚年归南山，晚霞灿烂意自闲。
难忘五十年前事，西城仇池想联翩。
成县古有同谷名，鸡山高手入层云。
飞龙溪口长流水，润物润身润斯民。
杜甫草堂遗迹在，七哀诗篇万古声。
我为莲湖手栽柳，湖光山色题其楹。
建国今有四十年，旧迹新献名斐然。
纪念自合有盛会，我愧列入循吏编。
政通人和愿长久，物阜民康万姓欢。

相关链接：仇池碑记（南宋，佚名）

自两仪肇判，混气既分，融而为川渎，结而为山冈，禹别九州，莫高山大川，积石、龙门、彭蠡、震泽、砥柱、析城、太华、衡山之名著，故名山大川，载于记籍，班班可考。

仇池福地，本名围山。《开山》为仇夷山上。有池，古号仇池。当战国时为白马氏居，晋系胡羌，唐籍成州，逮我大宋隶同谷。背蜀面秦，以其峭绝险固，襟武都、带西康，相结茅储粟，以为形势镇戍之地。观其上土下石，屹然特起，界于沧洛二谷之间，有首有尾，其形如龟，丹岩四面，壁立万仞，天然楼檐，二十四隘路若羊肠。三十六盘，周围九千十四步，高七里有奇。东西二门，泉九十九，地百顷。农夫野老，耕耘其间，云舒雾惨，常震山腰，朝晖夕阴，气象万千。当其上，群谷环翠，流泉交灌，集而成池，广荫数亩，此世传仇池之盛。且神鱼闻于上古，麒麟瑞于近世，有长江穷谷以为襟带，有群峰翠麓以为黼藻。虽无琼台珠阁，流水桃花，其雄峻之壮，壮丽之观，即四明、天台、青城、崆峒亦未过此。非轻世傲物，餐霞茹芝者，似莫能宅之宜。少陵咏送老之诗，坡仙怀清性之梦，由是此山增重，小有天一点空明，始闻天下。名公巨卿，冠盖相望，争访古人陈迹。然一山之中，古庙独存，榜曰："晋杨将军"。惜无碑碣，莫可稽考，咸以为缺典。绍兴五祀，曹公居贤官于此，庙宇圮坏，公为鼎新，复起白云亭，重构招提，绘杜苏二老大像，刻诗于石，昭示将来，遂成好事，翘楚者属予以纪之。

予尝探讨往牒，观《通鉴》于汉晋南北诸史，参考仇池历代遗迹，见公始末，乃知公姓杨，讳难敌，称氏王。名茂搜者，乃公之考。右贤王公坚头者，乃公之弟。晋元帝永昌元年，赵主刘曜亲征仇池，公拒之，弗胜，退保仇池。会军痢疾，暇亦寝疾，惧公摄亦后，乃遣使说公，封公持节，侍中假黄钺，都督秦梁二州陇上诸军、武都王。大宁咸和间执田裕，擒李雄，抗衡前越，控制后蜀，鼎峙三国，雄霸一隅，一时英杰也，至咸和九年卒。其嗣立厥后，穆帝永和三年，杨初拜仇池公。曰国、曰安、曰盛，皆继为仇池公。南北之际，如玄、如难当、如保炽。文德以降，家世其地，不可缕举。然杨氏之业，惟难敌始大，则此庙宇，其为难敌建无疑也。

予跧优于下，身历目击，亲见其详，数其实以纪之。并取唐宋二公诗，以为仇池光华，冀千百年后，考信于今者，亦今之考信于古也欤？

宋绍兴甲寅上巳日忠训郎曹居贤立石。

第三节　杜甫与栗亭

栗亭在甘肃省徽县城西四十里的栗川乡境内。乾元二年（759）农历7月初，诗人杜甫携家眷流落陇右，在秦州寓居3个月后，辗转来到同谷（今成县），在同谷寓居不到1个月后，奔赴成都的第一站便是栗亭。从这里翻越木皮岭、渡白沙渡、水会渡、经飞仙阁、五盘、龙门阁、石柜阁、桔柏渡、剑门、鹿头山到达成都府。今徽县栗川乡境内有杜公祠、杜公钓台等遗迹，还有以杜公命名的杜公村、杜公小学等，被当地研究杜诗者所注目。

栗亭，两汉、三国、两晋时隶属下辨道。南北朝、隋唐时隶属同谷

（今成县）。五代后唐清泰三年（936）始与同谷分设县，置栗亭县，隶成州，县治在伏家镇。宋代仍置栗亭县，隶成州。元代设栗亭管民司，隶徽州。明代裁决，不复设置县级行政建制，但仍隶属徽县。清代以降一直隶属徽县。现为徽县栗川乡。

　　栗亭的西南面是杜甫入蜀攀越的陇右名山木皮岭，其上除木兰树外，多为栗树、橡树、青冈树，尤以栗树为最，"栗亭"由此而名。栗亭南通巴蜀，北控秦陇，自古为入蜀要道，地理位置十分重要。这里山川秀丽，物产丰富，民风淳朴，当年杜甫寓居秦州时，就对栗亭佳名有所闻，在《发秦州》诗中写道："栗亭名更嘉，下有良田畴。充肠多薯蓣，崖蜜亦易求。密竹复冬笋，清池可方舟。"正如清知县牛运震《杜公祠记》："周览斯川之体势，翠岫回环，平田广敞，秋沼双清，沃泉可稻。"今日之栗川一带，依然是沃野良田，丰饶足食之地。杜甫在"无衣思南州，无食问乐土"之时，决意远游栗亭，以解决生计之困。

　　栗亭在杜诗中写到过两次，分别见《发秦州》和《木皮岭》。《发秦州》诗曰："草木未黄落，况闻山水幽。栗亭名更嘉，下有良田畴。充肠多薯蓣，崖蜜亦易求。密竹复冬笋，清池可方舟。虽伤旅寓远，庶遂平生游。"由此可见，在秦州时，杜甫对栗亭的良田、薯蓣、崖蜜、冬笋歆羡不已，既来栗亭又匆匆离开，其原因不得而知。如果说《发秦州》描写的栗亭是听说而已罢了，但《木皮岭》所写栗亭则是亲眼所见。"首路栗亭西，尚想凤凰村。季冬携童稚，辛苦赴蜀门。南登木皮岭，艰险不易论。汗流被我体，祁寒为之暄。远岫争辅佐，千岩自崩奔。始知五岳外，别有他山尊。仰干塞大明，俯入裂厚坤。再闻虎豹斗，屡蹋风水昏。高有废阁道，摧折如断辕。下有冬青林，石上走长根。西崖特秀发，焕若灵芝繁。润聚金碧气，清无沙土痕。忆观昆仑图，目击玄圃存。对此欲何适？默伤垂老魂。"从诗中看出，杜甫仅到栗亭西面，没有到栗亭所在地，杜甫从同谷出发已是腊月初一，显然杜甫想在过年之前赶到成都，所以一行在匆匆赶路，无暇逗留。诗人在这首诗中清楚地告诉人们，他们全家在寒冬季节从栗亭起身上路，从而开始了漫长而艰辛的蜀道之行。而栗亭南面的木皮岭，刺天裂地，其艰险无法用语言来表达，诗人在艰险木皮岭上倍感寒冷，所见山又是前所未见的高峻，听到的是虎豹相斗的嚎叫和凄厉的寒风声，行走的是让人胆战的废阁道。所有这一切，让诗人大开眼界，写出了"始知五岳外，别有他山尊。"寓情于景，寓情于理，其中包含着深刻的哲理，这是杜甫来到木皮岭后的人生感悟，不仅山是如此，学问之道也是如此，人生之道更是如此。所以说，蜀道增加了杜甫的见识，也增加了杜甫的人生体悟，在不断逾越自然环境的同时，也在不断超越自己的思想。

《杜诗详注》载："钱谦益曰：'《寰宇记》，同谷县有栗亭镇，咸通中，刺史赵鸿刻石同谷曰，工部题栗亭十韵，不复见。'鸿诗曰：'杜甫栗亭诗，诗人多在口。悠悠二甲子，题记今何有？'"尽管赵鸿有疑惑，但杜甫是否题栗亭十韵，疑问颇大。杜甫入蜀纪行诗各种版本的杜诗均没有错乱，说明杜甫入蜀纪行诗并未缺漏。正如崔德符所说："诗题两纪行，发秦州至凤凰台，发同谷县至成都。二十四首皆以纪行为先后，无复差舛。"既然二十四首纪行诗是一个整体，那么杜甫题写栗亭十韵的可能性极小，况且《木皮岭》一诗杜甫开篇就写："首路栗亭西，尚想凤凰村。季冬携童稚，辛苦赴蜀门。南登木皮岭，艰险不易论。"若是写过栗亭十韵，"首路栗亭西"岂不重复。当时传说的栗亭十韵，既有可能就是《木皮岭》，《木皮岭》全诗十四韵，传为十韵的可能性极大。陈贻焮《杜甫评传》中则认为栗亭十韵是《别赞上人》，《别赞上人》十二韵，取整可看为十韵，但问题是《别赞上人》是秦州作诗，怎么能看作是栗亭十韵呢？陈贻焮《杜甫评传》指出：如果老杜一来就把家安在栗亭，那么，仇兆鳌关于《积草岭》"卜居尚百里，休驾投诸彦"的如下解释不仅可通，甚至可取："言近同谷，得有依托也。诸彦，投宿之家人。"陈贻焮认为杜甫到同谷的安家之所在栗亭，若此则符合《发秦州》"栗亭名更嘉"的预期，但不合乎《木皮岭》"首路栗亭西，尚想凤凰村"的事实。故"栗亭十韵"仅为传言，其出处当为《木皮岭》诗。

栗亭少陵钓台在今栗川元观峡内，元观峡是红川河由西北向东南流经栗川南山的一段河谷，迂回蜿蜒，幽静深邃。峡南木皮岭巍峨耸立，峡谷两岸悬崖对峙，峭壁迎面，谷底河水湍急，涛声贯耳。沿峡溯流而上四里，见峡谷间偃卧几块铁青色巨石，形如车斗，石面平整如席，石下峡水潺潺，碧波荡漾，河滩白沙漫漫，如锦如帛。河东岸峭壁上，曾有"宛在中央，少陵钓台。"相传明正德年间，御史潘公巡视徽州，按部之暇，控骖栗亭，探幽怀古至元观峡，于山水苍茫、云雾弥漫处，忽见杜甫端坐巨石之上，悠然垂钓，急下马叩首膜拜。拜毕，潘公欲再欲观杜甫音容笑貌时，峡谷间烟消云散，诗圣已杳无踪影。潘公不禁叹为神奇，问当地士绅，方知此正是杜甫钓鱼台。于是，潘公即兴题书"宛在中央，少陵钓台"八字，令工匠镌刻于崖壁之上，作为永久纪念。由此可见，栗亭少陵钓台，仅为后人附会，并非杜甫当年钓鱼处。杜甫当年至栗亭已是寒冬腊月，不是钓鱼的季节，栗亭少陵钓台不可作为真实遗迹看待。

栗亭杜公祠在徽县城西四十里的栗川乡杜公村。明正德年间（1506—1521）按察御史潘（士藻）重建栗亭草堂，《徽县志》载："栗川拾遗祠者，明御史潘公创建。"明万历年间，徽州知州左之贞"慕其芳踪，又为之重修。"康熙丁酉（1718）年冬，陕西按察使兼辖陇右督理童华祖召集当地士绅捐资修复杜公祠。乾隆六年（1742）徽县知县牛运震又一次维修扩建杜公祠，将祠址由山寨坡迁到杜公村，征地十亩，建祠堂两间，栽柏植篁，种梅点菊，蠹碑立石，使杜公祠重现生机。嘉庆十一年（1807），徽县知县张伯魁，再次修复扩建杜公祠，将杜公祠用地扩大到二十亩，为历代修建杜公祠之最。民国二十九年（1940），本县官员及当地士绅又一次集资修葺了杜公祠，直到20世纪50年代才彻底毁废，变成了农田瓦舍。今其址仅有传说中的杜公井，井旁有童华祖撰《重建杜少陵先生祠堂记》碑，附近还有《杜公祠为修东楼并历述造祠始末序》碑村民当用水渠的桥面，《重修杜少陵祠堂记》碑竖卧在原大队院子里。县文化馆保存有清张伯魁撰《重修杜少陵祠堂记》等碑，这些碑文足以证明栗亭杜公祠历史变迁，可惜毁于20世纪50年代初，在大兴文化建设和发展旅游业的今天，作为有深厚文化底蕴与旅游价值的栗亭杜公祠理应得到修复。

明·何景明《雍大记》有云："东柯谷，在秦州。旧天水县有杜甫祠，绍圣间栗亭令王知彰作《祠堂记》云：'工部弃官寓东柯谷，侄佐与之居'"。所谓王知彰的《祠堂记》，明代徽州人郭从道《徽郡志》按自己的理解径直扩展为《秦州东柯谷杜少陵祠记》。事实上，这种"扩展"大可商榷。《雍大记》引用王知彰《祠堂记》，只是说明此碑文有"工部弃官寓东柯谷，侄佐与之居"等语，不及其余。王知彰既是栗亭县令，辖区内有什么标志性建筑起来，应士绅之邀作一篇"记"出来，理固宜然。《祠堂记》应是栗亭草堂的《祠堂记》，非秦州东柯谷草堂的《祠堂记》。《祠堂记》适可证明栗亭草堂始建于北宋哲宗绍圣间，即1094—1098年。这个时间比同谷草堂的建造时间北宋徽宗宣和三年（1121年）还要早。是为有资料可证的陇右第一草堂。杜公祠在杜公行政村的山根自然村。早在北宋中期栗亭百姓就于木皮岭下的山寨坡筑有杜公祠，后来毁于宋金战火。据《阶州直隶州志》记载，南宋高宗绍兴末年栗亭令赵洋取杜甫"栗亭名更嘉"诗句，而建"嘉亭"杜公祠堂，栗亭始有杜工祠堂。又据明代嘉靖年间郭从道主编的《徽郡志》记载："杜少陵祠在栗亭西，正德（1506—1521）中御史潘公（潘士藻）仿建。"由此说明栗亭杜公祠在明代武宗朝又由官方进行了仿修。志书又记述郭从道语云"……今栗亭有祠、有钓台，其集有《栗亭》诗……草堂郁郁，遗像岩岩……"说明至晚于明代中期栗亭已存在杜公祠、杜甫像、杜甫钓台。再从明清以来的五部《徽县志》中收录的艺文传记看，官方对杜公祠曾进行过多次修葺：明万历（1573—1619）中，州牧左公（左元贞）"重修祀堂三间"；清康熙丁酉冬（1718）观察使童华祖、知州周元良重修，"献宇三楹"；清乾隆六年（1741）徽县知县牛运震增修杜公祠，"置守祠二户，购田十亩以供春秋享祀"；清嘉庆丁卯—己巳间（1807—1809）知县张伯魁重修杜公祠，"祠门左右，各增置耳房二间，又增赡祠田十亩，俾司春秋享祀，岁时修葺"。现存于杜公村原大队院的《重修杜少陵祠堂记》记载了清光绪十六年（1890）重修杜少陵祠的情况以及杜公祠所建的历史发展渊源；被当地村民当作桥面石还在使用的一块题为《杜公祠为修东楼并历述造祠始末序》的石碑记述了清末维修戏楼的情况。童华祖、牛运震、张伯魁以及光绪十六年重建重修杜公祠碑记均证明，明、清两代时栗亭杜公祠是完整存在着的，但清末以来，因长期战乱与时局动荡，祠内文物大多被毁或遗失，祠堂也随之破败。民国二十九年当地群众曾再次集资对杜公祠进行过较大规模的修葺。解放后进行土地改革分房时，杜甫祠堂作为公有财产分给了一农户居住，后来祠堂被这一农户完全拆除。1992年在杜公村发现了一块宋代《杜甫诗苑》文字石碑，今已不知其下落。现存的杜公祠遗物中，清代童华祖撰《重修杜少陵祠堂记》石碑仍在原址，另一块清代知县张伯魁《重修杜少陵祠堂记》石碑保存在徽县文化馆。

《重建杜少陵先生祠堂记》

清·童祖华

今夫人生有闻于当时，殁有传于后代，世人学者无问乎识与不识，莫不仰望风徽而思慕不已者，孰有如少陵先生也哉！尝读先生年

栗川元观峡，南面即木皮岭，左即杜公钓台

栗亭杜甫草堂旧址处的童华祖撰《重修杜少陵先生祠堂记》

谱，按先生之筮仕之日少，遨游之日多，以故足迹遍秦楚。当其度陇客秦州也，于徽之城西三十里许，有栗亭川，结草为堂，栖迟偃息，遗迹载在邑州志内，以今为昭明。正德年间，侍御史潘公因觌先生于梦中，遂就地建祠而崇祀之。万历中，州牧左公，慕其芳踪，又为之重修，迄今越百有余年。风雨飘摇，岁久剥蚀，唯余残壁颓垣，渐成瓦砾场矣！予山阴末学，遭逢盛世，奉命观察陇右，康熙丁酉冬巡视其地，而见古迹颓废，低回而不能去。绅士张子思敬等，慨然奋兴，以期并举，因相告语曰："吾侪读书，讲书讲道，效法先贤，忍视少陵先生灵爽飘渺松桧而无凭依？"遂□词以白署牧，详请各捐己资，以□盛事。子亦捐俸以助，□其落成，复请为记。余不禁喟然叹兴曰："有是□文化之入，人众且远也。在少陵先生不产于徽，非官于徽，亦无深泽厚惠及于徽，粤考当日，不过疏救房琯，出为华州司功，弃官度秦陇时，住矣东柯、河池间，就地停居数处，□而飘梗□□，又复□□寄适矣。何徽之人士，思之深，慕之切，于千载后犹同心□□□□□□□□□□□。"

先生之□文垂后，浸渍人心。观夫《咏怀》、《古迹》以及《秋兴》诸章，而一腔忠爱再匕现于楮端。□□千载以下，读其诗而楷模是式，想其形则高山仰止，以视深泽厚惠□及人，不又更出其右乎？□□使先生遗迹不致湮没于荒烟蔓草中，私心窃为喜焉。因为之记，勒诸员珉，以示永久。□并□先生年谱于碑阴，俾后之学者睹斯碑也，而流连慨慕，相继修葺。则先生之祠正，不止聿新于今日，是亦予与徽之绅士所共望云尔。

康熙五十八年岁次乙亥孟夏吉旦陕西按察使司整饬洮岷兼辖陇右等处地方督理茶马分巡屯田副使童祖华撰

徽州知州周元

署徽州知州事于斑

《杜工祠记》

清牛运震

栗亭川拾遗祠者，明御史潘公创建，以祀唐诗人杜少陵子美者也。

昔唐中叶，帝京凌夷，垣臣解散，子美亦不宁厥居，顾乃弃官挈家，蓬行茧步，间关秦陇，崎岖蜀道。今之栗亭川者，实为有唐同谷之故界。子美历秦窜蜀，扰攘艰难风尘之际，盖尝淹处喘憩于兹。短衣山雪，乱发天风，负薪拾橡，号饥呻寒，文士穷愁，莫此为烈。然而悲慨时事，吟咏孤怀，伤中原板荡，盗贼纵横，欲归不得；眷顾宗国，侧恋兄弟，忧在君父，忘身贱贫。国风周京之思，小雅黄鸟之叹，千载同声，其可伤怀永慕者矣。夫古来畸人骚侣，中有不能自已，于人伦世道之隐，于以顿挫四时，激昂风物，既已舒忧写郁矣。后之人览其作，悲其志，因思追表其遗迹，苟其室庐、壤土、树木，犹有什一存者，固将宝重爱惜。高望遐思，溯其所以兴怀，未尝不低徊三致意焉。虽坛社而尸祝之，诚非过也。矧如子美之激骚扬雅，出于忠爱真意之至性，足以兴起百代者哉。

尝试周览斯川之体势，翠岫回环，平田广敞，秋沼双清，沃泉可稻。凡所谓竹木薯蓣之属，靡不繁衍周布其中，唯子美之诗于今可证也。窃意子美有灵，千载后犹乐思此地，将以星月云雾之境，妥彼去国丧家之神。俾世之樵牧，咸知尊礼贤者之旧迹，以与东柯、浣花、瀼水诸草堂标韵流徽，不亦舆壤之胜概，人伦之茂轨乎？然则潘公之为是祠，以存子美于栗亭也，可谓无关世教者哉？

乾隆六年，运震摄符是邑，按部之暇，控骖栗亭。穆然子美之高风，两造堂室，瞻拜遗像，迹其缭垣，置守祠二户，并购田十亩，以供春秋享祀之事。诚以伸余二十年来服膺子美之素，过其旅宇之士，犹将如聆其声咳焉，谨而志之勿忘也。

余终悲夫子美之遗文高节，固不免奔走穷饿老病以死。而余生晚暮，不得陪子美杖履遨游万里，借以发山水之奇迹。又哀子美当日悲歌山谷，未获有如余者为之东道主人，得以脱其厄而艳其奇。嗟乎！诗卷常留，子美安在？在之箪瓢之供，殁有俎豆之衮。表遗韵于先贤，抚往迹而太息，不可谓非吏有司事也。因勒之于石，以俟后之守土君子得以览焉。

注：牛运震（1706—1758），清代著名学者、循吏。字阶平，号真谷，世人尊称空山先生。清山东滋阳（今兖州市）人。雍正十一年（1733年）进士。乾隆三年（1738）任甘肃秦安知县，乾隆六年受命兼任徽县知县，乾隆八年又兼摄两当县。乾隆九年调移平番县，乾隆十三年因遭诬陷罢官。在甘肃为官10年，所在皆有政绩。之后主讲甘肃兰州皋兰书院，山西晋阳、河东等书院。著有《读史纠谬》、《金石图》、《孟子论文》、《尚书详注》、《论语随笔》、《史记评注》、《诗志》、《春秋传》、《周易解》、《空山堂诗集》、《空山堂文集》等。《清史稿》卷477《循吏》有传。

重修杜少陵祠堂记

张伯魁（清知县）

　　唐杜拾遗祠在县城西栗亭川，先为古同谷县地，当拾遗处阽危，走巴蜀，于斯休驾焉。人第知残膏剩馥沾丐于后人者无穷，而不知其忧深见远，盱衡天下国家之故，而流连愤发之君父之间者，其心至，今如见。前之人建祠栗亭，尊衣冠，肃俎豆，尸而祝之。茅茨鸟雀，松菊藩篱，非恃有司土者之护持欤！乾隆初，署邑令牛运震大加修葺，迄今又七十年。祠宇倾颓，享祀具废，无人过而问之。余拜祠下，触目兴怀。适梁子负栋，家于栗亭，爰与谋而新之。昔孟浩然墓碑坏，樊泽节度荆州，符载以笺叩泽曰："浩然文质杰美，殒落岁久，丘垄颓没，行路慨然。前公欲更筑，搢绅士闻风竦动，而今牵耗岁时，诚令好事者乘而为之，负公夙志矣。"泽乃更为封垄于凤林山南。是役也，予非畏好事者也，诚亟以存千秋忠爱之遗云。祠成咸属予为记。按祠之南为木皮岭，东望青泥，若俯而即也。南六里许，元观峡、钓台皆遗迹也，稍西里许，则旧祠也。明御史潘公梦拾遗，始建祠宇，其遗址存焉。今重修祀，堂三间，明州牧左公建也；献宇三楹，国朝观察童公建也；赡田十亩，前令牛公置也，详于碑石，久为民占，今复归于祠。前有隙地，今为祠门。其左若右，各增盖耳房二间。予率众捐资重建，议始于丁卯之春，落成于己巳之秋也。董斯事者，邑诸生梁子负栋也。予又增置赡祠田十亩，与牛公所置之十亩，并以属之梁子，俾司春秋享祀，岁时修葺之事焉。

注：张伯魁，字春溪。海盐人。乾嘉间诗人。授甘肃洮州照磨。嘉庆二年（1797）从征四川，官至甘肃平凉知府。著有《寄吾庐初稿选诗》4卷。纂修《崆峒山志》2卷、《徽县志》8卷。见《海盐张氏涉园藏书目录》《清人别集总目》《清人诗文集总目提要》卷37。

附录栗亭咏杜诗：

　　贺铸，（1052—1125），字方回，又名贺三愁，自号庆湖遗老，贺铸祖籍山阴（今浙江绍兴），生长于卫州（今河南汲县）。长身耸目，面色铁青，人称贺鬼头。孝惠皇后族孙，授右班殿直，元祐中曾任泗州、太平州通判。晚年退居苏州，杜门校书。不附权贵，喜论天下事。能诗文，尤长于词。

寄题栗亭县名嘉亭
序：邑令赵洋更此新亭名，取杜甫同谷纪行诗"栗亭名更嘉"之句，因其亲熊希邈求吾诗，癸酉九月，将扶疾东下，感而为赋。
少陵昔避地，幽栖凤凰川。始愿获其所，赋诗此终焉。
睠彼美林麓，荫膏腴上田。阳坡饶垂珠，阴谷繁玉延。
长镵勤采劚，服食攀飞仙。兵煨夺和气，力耕无善年。
林垧开冰雪，旬涣断庖烟。呜呼歌七章，暮节西南迁。
环堵久芜没，斯亭名尚传。茂宰怆怀古，增崇殊过前。
雕甍揭长帘，下容十客筵。嫩岚隔春丛，清竹鸣夏蝉。
风月有高兴，写之武城弦。狂客属尫废，驽筋难强鞭。
何暇远登览，但哦鲸海篇。尚苦八口累，依稀同囊贤。
余龄寄幻境，未断东西缘。江淮米价平，一舸去悠然。
幸此岁丰乐，浮游吾所便。异时访陈躅，复使后人怜。

陈讲，名子学，字中川，四川省遂宁县罗家场人。明正德十一年（1516）解元，正德十五年（1520）进士，翰林院庶吉士，授监察御史。嘉靖三年（1524），以御史巡视陕西马政。升山西提学使，历河南布政使、督察院右副都御史、山西巡抚。编撰《遂宁县志》、《茶马志》等。

栗亭别郭省亭先生
东旭弄新晴，驱车出城循。怜予淹道路，惜汝困风尘。
卞氏无知己，苏章有故人。襄衣三舍远，握手十年真。
对酒栗亭下，高歌兰溆滨。乾坤催岁暮，日月欻西轮。
绝岫扳穷岭，横川渡远津。临岐还惜别，按剑欲伤神。
柳媚长安日，花娇上苑春。伏龙看雨花，屈蠖奋时伸。
湖海升衢晚，风云变态新。鸿名惊霹雳，壮志峻嶙峋。
邈矣超遐步，何惭天地身。

郭从道，字省亭，明正德间举人，徽县水阳乡新寺村郭家庄人，历任直隶大名府管河通判、应州知州、潞安知州、顺德府同知等。后官至贵州按察司、兵备佥事，升兵备参议。在顺德府任上曾捐俸主修古北口长城关隘，以防北兵侵扰，当地老百姓立碑记其功。撰《徽郡志》。

过杜甫祠次少宇先生韵
老杜芳名远，高原见古祠。
爱时悲去国，采菊向东篱。
白水江声转，青泥雁影迟。
草堂一以望，千载抱幽思。

冯惟讷，嘉靖十七年进士，三十九年任分巡陇右道佥事，四十三年改河南布政司参议，撰《古诗纪》一百五十六卷。

再至徽山别省亭先生
河池近接凤凰台，使节常随候雁来。
尘世几逢桑叶熟，山城再见菊花开。
淹留绝塞悲冯衍，笑傲清时羡郭隗。
便欲与君成远别，春风去剪北山莱。

秋日同参伯邵公游凤凰山
凤凰高阁俯晴空，万里蚕丛此路通。
远近川原秋色里，参差草树夕阳中。
尊前舞袖翻霜叶，天外清笳咽塞鸿。
回首旧游成梦隔，独将迟暮叹征蓬。

张鹏，字腾霄，涞水人。明朝成化十八年（1482）生，自幼勤奋好学，才思敏捷，诗文出众，曾得嘉州学使王济南等赞为"奇童"。弘治十四年（1501）19岁以诗、经考试为全蜀之冠。弘治十八年中进士，很受皇帝器重，特命出使南诏，采风问俗，安抚民众。正德三年（1508），补为徽州推官，在任期间，断案公正，平反许多冤案，当地人称之为"青天"，立碑留念，御史张鹏在观瞻了栗亭杜公祠后，以《杜子美祠》为题赋诗：

> 杜子美祠
> 杜子祠登傍翠隗，西风日日上高台。
> 光摇万丈诗千卷，迹寄殊乡酒一杯。
> 瓦落空墙飞燕笑，苔封古砌草虫哀。
> 思君丰采瑶池隔，擘雾穿云见月来。

杨美益，字以谦，浙江鄞县人，明嘉靖二十六年丁未科（1547）进士，太仆寺少卿，有《西巡稿》。

> 栗亭古里
> 少陵曾入蜀，憔悴此中过。
> 寇至君谁守，诗留怨未磨。
> 木皮凌诘屈，白峡引嵯峨。
> 龙去知何地？宁同古挈戈。

陈棐，字文岗，河南鄢陵人，约明世宗嘉靖二十九年（1550）前后在世，嘉靖十四年进士，都御史刑部郎中，官至甘肃巡抚。

> 凤凰山堂同郭省亭宪使坐序
> 万里孤槎客，仙舟此际君。
> 山光堪互合，春色报平分。
> 胜览乾坤际，论交气概雄。
> 诗谈虎谷雪，人坐凤峰云。

张伯魁，字春溪，浙江海盐人，清仁宗嘉庆七年（1802）至嘉庆十四年（1809）为徽县知事。

> 谒杜少陵祠
> 栗亭祠下一横溪，心不忘君死亦生。
> 伊昔麻鞋见天子，而今麦饭荐名卿。

青泥岭外崎岖路，白水江边风雨声。
低首瓣香颓宇拜，草堂蕉叶满诗情。

相关链接：
《兴州江运记》
柳宗元

　　御史大夫严公，牧于梁五年。嗣天子举周、汉进律增秩之典，以亲诸侯。谓公有功德理行，就加礼部尚书。是年四月，使中谒者来锡公命。宾僚吏属，将校卒士，黧老童孺，填溢公门，舞跃欢呼，愿建碑纪德，垂亿万祀。公固不许，而相与怨咨，遑遑如不饮食。于是西鄙之人，密以公刊山导江之事，愿刻岩石。曰：维梁之西，其蔽曰某山，其守曰兴州。兴州之西为戎居，岁备亭障，实以精卒。以道之险隘，兵困于食，守用不固。公患之曰："吾尝为兴州，凡其土人之故，吾能知之。自长举北至于青泥山，又西抵于成州，过栗亭川，逾宝井堡，崖谷峻隘，十里百折，负重而上，若蹈利刃。盛秋水潦，穷冬雨雪，深泥积水，相辅为害。颠踣腾藉，血流栈道。糗粮刍藁，填谷委山；马牛群畜，相藉物故。馈夫毕力，守卒延颈，嗷嗷之声，其可哀也。若是者，绵三百里而馀。自长举之西，可以导江而下，二百里而至，昔之人莫得知也。吾受命于君而育斯人，其可已乎？"乃出军府之币，以备器用，即山僦功。由是转巨石，仆大木，焚以炎火，沃以食醯，摧其坚刚，化为灰烬。畚锸之下，易甚朽壤，乃辟乃垦，乃宣乃理。随山之曲直以休人力，顺地之高下以杀湍悍。厥功既成，咸如其素。于是决去壅土，疏导江涛，万夫呼抃，莫不如志。雷腾云奔，百里一瞬，既合既远，澹为安流。丞待讴歌，枕卧而至，戍人无虞，专力待寇。

　　惟我公之功，畴可俦也！而无以酬德，致其大愿，又不可得命。矧公之始来，属当恶岁，府庾甚虚，器备甚殚，饥馑昏札，死徒充路。赖公节用爱人，克安而生，老穷有养，幼乳以遂，不问不使，咸得其志。公命鼓铸，库有利兵；公命屯田，师有馀粮；选徒练旅，有众孔武；平刑议狱，有众不黩；增石为防，膏我稻粱；岁无凶灾，家有积仓；传馆是饰，旅忘其归；杠梁已成，人不履危。若是者，皆以戎帅士而为之，不出四方之力，而百役已就，且我西鄙之职官，故不能具举。惟公和恒直方，廉毅信让，敦尚儒学，揖揖贵位，率忠与仁，以厚其诚。其有可以安利于人者，行之坚勇，不俟终日，其兴功济物如此其大也。

昔之为国者，惟水事为重。故有障大泽，勤其官而受封国者矣。西门遗利，史起兴叹。白圭壑邻，孟子不与。公能夷险休劳，以惠万代，其功烈尤章章焉不可盖也。是用假辞谒工，勒而存之，用永宪于后祀。

《新修白水路记》

雷简夫

至和元年冬（1054），利州路转运使、主客郎中李虞卿以蜀道青泥岭旧路高峻，请开白水路。自凤州河池驿至长举驿，五十里有半，以便公私之行。具上未报即预画财费，以待其可。明年春，选兴州巡辖马递铺、殿直乔达领桥阁并邮兵五百余人，因山伐木，积于路处，遂籍其人用讫。是役又请知兴州军州事、虞部员外刘拱总护督作，一切仰给悉令为具。命签署兴州判官、太子中舍李良佑，权知长举县事、顺政县令商应祥程度远近，按事险易同督斯众。知凤州河池县事、殿中丞王令图首建路议，路去县地且十五余里部属陕西，即移文令图通干其事。至秋七月始可其奏，然八月行者已走斯路矣，十二月诸功告毕。作阁道二千三百九间，邮亭、营屋、纲院三百八十三间，减旧路三十三里，废青泥一驿，除邮兵驿马一百五十六人骑，岁省驿廪铺粮五千石，畜草一万围，放执事役夫三十余人。路未成，会李迁东川路。今转运使、工部郎中、集贤校理田谅至，审其绩状可成，故喜犹己出，事益不懈。于是斯役，实肇于李而遂成于田也。嘉祐二年（1057）三月，田以状上，且曰："虞卿以至和二年仲春兴是役，仲夏移去，其经营建树之状本与令图同。臣虽承之，在臣何力？愿朝廷旌虞卿、令图之劳，用劝来者。又拱之总役应用，良佑应之，按视修创达之，采造监领，皆有著效，亦乞升擢。至于军士什长而下，并望赐与，以慰远心。朝廷议依其请。初，景德元年〔1004〕，尝通此路。未几而复废者，盖青泥土豪辈唧唧巧语，以疑行路。且驿废则客邸酒垆为弃物矣，浮食游手安所仰耶？小人居尝（常）争半分之利，或睚眦抵死，况坐要路，无有在我，迟行人一切之急，射一日十倍之资，顾肯默默邪？造作百端，理当然耳。向使愚者不怖其诞说，贤者不惑其风闻，则斯路初亦不废也。大抵蜀道之难，自昔青泥岭称首。一旦避险即安，宽民省费，斯利害断然易晓，乌用听其悠悠之谈耶！而后人之见已成之不易，不念始成之难。苟念其难，则斯路永期不废矣！简夫之文虽磨崖镂石，亦恐不足其请。请附於尚书职方之籍之图，则将久其传也。嘉祐二年二月六日记。

注：1. 雷简夫，1001—1067，字太简，今陕西合阳洼雷村人。仁宗庆历二年（1042），杜衍荐为校书郎、秦州观察判官。历知坊、阆、雅州。在四川雅安任知州时，资助和举荐了唐宋八大家之中的三苏。嘉祐二年（1057）为辰、沣州安抚使。入为盐铁判官，出知虢、同二州，累迁职方员外郎。

2. 利州路，宋元时代行政区划名称，北宋咸平四年（1001）由陕西路析置而产生，治所兴元府（陕西汉中），所辖府州县：兴元府、剑州、利州、阆州、洋州、巴州、蓬州、文州、龙州、兴州、集州、壁州、三泉县；相当于今之四川绵阳市梓潼县、平武县，巴中市、广元市和陕西的汉中市等区域。

按：《新修白水路记》与《兴州江运记》所含信息，唐代自同谷入蜀走青泥山（即青泥岭）道，由于"大抵蜀道之难，自昔青泥岭称首。"宋代开白水道，绕开青泥岭，成了入蜀捷径。

第四节　杜甫《两当县吴十侍御江上宅》写作地辨析

寒城朝烟淡，山谷落叶赤。阴风千里来，吹汝江上宅。
鹍鸡号枉渚，日色傍阡陌。借问持斧翁，几年长沙客。
哀哀失木狖，矫矫避弓翩。亦知故乡乐，未敢思宿昔。
昔在凤翔都，共通金闺籍。天子犹蒙尘，东郊暗长戟。
兵家忌间谍，此辈常接迹。台中领举劾，君必慎剖析。
不忍杀无辜，所以分白黑。上官权许与，失意见迁斥。
朝廷非不知，闭口休叹息。仲尼甘旅人，向子识损益。

> 余时忝诤臣，丹陛实咫尺。相看受狼狈，至死难塞责。
> 行迈心多违，出门无与适。与公负明义，惆怅头更白。

乾元二年（759）杜甫自秦州入蜀时期留下的《两当县吴十侍御江上宅》一诗，诗中明确写了两当县与吴郁及其江上宅等地名与人名，这就关系到杜甫自秦州入蜀的行踪与路线问题，杜甫究竟去没去过两当县？学术界有两种观点：天水学人李子伟《杜甫客陇右赴两当县考辨》一文认为杜甫没有去过两当县，《两当县吴十侍御江上宅》是"遥想之词"和"怀人之作"①。孙信士《杜甫客秦州赴两当县考——关于杜甫由秦陇入蜀路线的质疑》云："'寒城朝烟淡，山谷落叶赤。阴风千里来，吹汝江上宅。肠鸡号枉渚，日色傍阡陌'。诗一开头，就先勾勒出了一幅陇南山区秋景图，清晨山城上空迷漫着淡淡的雾气，幽谷里经霜而落下的片片红叶，顺江吹来的飒飒秋风，洲上肠鸡在悲鸣，朝日洒在田畴上。诗人用浓墨重彩渲染了吴郁宅周围的环境，为我们点明了吴郁故宅的地理位置——嘉陵江上游的'枉渚'，同时也透露出诗人隐隐不安的苍凉心情，枉渚，即今甘肃省两当县西坡乡琵琶洲。"② 认为开篇的六句写景是实景描写，其结论是杜甫去过两当县吴郁江上宅。徽县梁晓明先生《杜甫自秦州入蜀行踪补证》一文也认为："从时间上看，杜甫《同谷七歌·其六》：'木叶黄落龙正蜇，蝮蛇东来水上游'与《两当县吴十侍御江上宅》：'寒城朝烟淡，山谷落叶赤。阴风千里来，吹汝江上宅。'所反映的时间吻合。杜甫写景非常准确，以原作证原作是科学的。"③ 其实这六句写景是实景还是虚景（虚拟景物）还有待商榷。

"寒城朝烟淡，山谷落叶赤"中"寒城"不能定为确指，因为吴郁江上宅并不在城，杜甫在秦州《遣怀》一诗写"愁眼看霜露，寒城菊自开"，其中的"寒城"自然是指秦州城。李白杜甫都十分推崇的南朝诗人谢朓有诗句"寒城一以眺，平楚正苍然。"（《宣城郡内登望》）其"寒

---

① 李子伟：《杜甫客陇右赴两当县考辨》，《诗圣与陇右》，中国文史出版社2008年版，第121、124页。
② 孙信士：《杜甫客秦州赴两当县考——关于杜甫由秦陇入蜀路线的质疑》，《兰大学报》1986年第4期。
③ 梁晓明：《杜甫自秦州入蜀行踪补证》，杜甫流寓陇右1250周年纪念专刊，天水杜甫研究会：2009年，第76页。

城"也是指宣城，故"寒城朝烟淡"用成词虚拟景物。"落叶"这一意象更是有寓意的，宋玉《九辩》："萧瑟兮，草木摇落而变衰。"《礼记·月令》："中秋之月，草木黄落。"南朝萧琮《悲落叶》："悲落叶，联翩下重叠，重叠落且飞，纵横去不归。"江淹《无锡县历山集诗》："落叶下楚水，别鹤噪吴田。岚气阴不极，日色半天亏。""落叶""草木黄落"由秋天意象进而更有社会动荡之意，与"海水扬其波"的内涵一样。杜甫在成都作的《恨别》："洛城一别四千里，胡骑长驱五六年。草木变衰行剑外，兵革阻绝老江边。思家步月清宵立，忆弟看云白日眠。闻道河阳近乘胜，司徒急为破幽燕。""草木变衰"显然不是具体景象，而是指社会动荡。所以，"寒城朝烟淡，山谷落叶赤"所写景物都是为了下文抒发情感之需要，虚拟其景，"所用的都是诗的词汇"①。

"阴风千里来，吹汝江上宅。"这两句是化用谢朓了"朔风吹飞雨，萧条江上来。"（《观朝雨》）"切切阴风著，桑柘起寒烟。"（《宣城郡内登望》），江淹"日落长沙渚，曾阴万里生。"（《从冠军建平王登香炉峰》）鲍照"江上气早寒，仲秋始霜雪。"（《发后渚》）本诗中"阴风"也有寓意，从杜甫多次卜居可知，杜甫卜居对风水要求比较严格，"重岗北面起，竟日阳光留"与"徘徊虎穴上，面势龙泓头"均涉及风水学的知识，吴郁江上宅遭阴风的侵袭，言其宅不藏风聚气，是其贬官原因。进一层的寓意，吴郁遭贬一事，如同朝廷刮起的一股阴风，即诗中所写"台中领举劾，君必慎剖析。不忍杀无辜，所以分白黑。上官权许与，失意见迁斥。朝廷非不知，闭口休叹息。"用"阴风千里来，吹汝江上宅"表达了杜甫对此事的态度，诗中对吴郁遭贬事件的叙写其实是对"阴风千里来，吹汝江上宅"的注解，表面是写景，实际是在抒情。

"鹍鸡号枉渚，日色傍阡陌。"此两句渲染无人之境，吴郁贬谪长沙，其宅地必然冷落，"鹍鸡"与"枉渚"均是悲情用语，见于诸多文人诗文，这两句也并非特指两当吴郁宅实景。宋玉《九辩》："鹍鸡啁哳而悲鸣"，张衡《南都赋》："寡妇悲吟，鹍鸡哀鸣"，嵇康《琴赋》："飞龙鹿鸣，鹍鸡游弦"，公孙乘《月赋》："鹍鸡舞于兰渚，蟋蟀鸣于西堂"，这里的"鹍鸡"都属悲哀的伤感意象，杜甫以此表达对吴郁事件的同情与自责。"枉渚"最早出自屈原《涉江》："朝发枉渚，夕宿辰阳。"《太平

---

① 叶嘉莹：《叶嘉莹说杜诗》，中华书局2008年版，第54页。

御览》载《湘州记》云:"枉山,在郡东十七里,溪口有小湾,谓之枉渚。"① 而《水经注》云:"沅水又东历小湾,谓之枉渚,渚东里许,便得枉人山。"杜甫用"枉渚"之意为吴郁是被冤枉的。东晋诗人孙绰《兰亭诗》有:"流风拂枉渚,停云荫九皋",陆云《答张士然》诗:"通波激枉渚,悲风薄丘榛"。显然"枉渚"是南方地名,两当县的"枉渚"是因杜甫诗而附会出来的。"鹧鸡"为楚鸟,"枉渚"为楚地,② 而吴郁此时正贬谪在长沙,此人此地此鸟则情景相容,"鹧鸡号枉渚"写楚鸟楚地也是寓示吴郁此时在长沙之地。

由此可看出,《两当县吴郁江上宅》一诗前六句写景属泛写而非实写,全是虚拟的景物,目的是为了达到以景衬情、情景交融。杜甫之所以能够摹写出未到地方的景物,是因为杜甫诗歌创作"广泛采用情景互根互生的抒情模式。"③ "写入诗歌中的景,已非纯客观的'滞景';写入诗歌中的情,亦非纯抽象的'虚情',只有二者的相辅相成、互根互生才能形成诗歌意象,否则'景非其景'而'情不足兴'。"④ 正如王夫之所说:"景能生情,情亦能生景。""景为诗之媒,情为诗之胚。"⑤ 所以这六句景物描写因情而生,属"情亦能生景"的一类,达到了"那景物便非纯粹的他在之物,而是已被主观心灵化的情化物了"⑥ 的境界。

杜甫诗歌几乎无景不成诗,他很少写没有景物的言情说理诗,鉴于此,象《两当县吴郁江上宅》等没有去过的地方他也能因情造景,杜甫诗歌中描绘虚景的手法在好多诗中有所体现:杜甫生平没去过河西,但写于757年的《送从弟亚赴河西判官》对河西的景物有客观真实的描写:"西极最疮痍,连山暗烽燧。……孤峰石戴驿,快马金缠辔。黄羊饫不膻,芦酒还多醉。"同年写的《送韦十六评事充同谷防御判官》,对当时没有来过同谷的杜甫,亦知:"銮舆驻凤翔,同谷为咽喉。西扼弱水道,南镇枹罕陬。""受词太白脚,走马仇池头。古邑沙土裂,积阴云雪稠。羌父豪猪靴,羌儿青兕裘。吹角向月窟,苍山旌旆愁。鸟惊出死树,龙怒

---

① 仇兆鳌:《杜诗详注》,中华书局2007年版,第670、669页。
② 同上。
③ 郭外岑:《重读中国文学》,学苑出版社2008年版,第497页。
④ 同上。
⑤ 同上。
⑥ 同上。

拔老揪。"可以说对同谷地形与景物的描绘达到惟妙惟肖的程度，足见杜甫虚拟景物的功力。杜甫757年所作《奉送郭中丞兼太仆卿充陇右节度使三十韵》中的景句："斜日当轩盖，高风卷旆旌。松悲天水冷，沙乱雪山清。"同样具有真实境界，但杜甫这年还未来天水。尤其杜甫在秦州时所写的《秦州杂诗》之十四："万古仇池穴，潜通小有天。神鱼人不见，福地语真传。近接西南境，长怀十九泉。何时一茅屋，送老白云边。"杜甫在没有到过仇池的情况下，依然根据读《仇池记》写出了仇池美景，并表达了羡慕之情。《发秦州》诗："栗亭名更佳，下有良田畴。充肠多薯蓣，崖蜜亦易求。密竹复冬笋，清池可方舟。"这同样是根据传言写出的栗亭一带的良田、薯蓣、崖蜜、密竹、冬笋与清池，不可谓不真实。由此推知，《两当县吴十侍御江上宅》一诗的前六句写景亦为虚拟景物，非实景描写，正因为是虚拟景物，所以长达36句的长诗中仅有6句写景句，若是实景描写则一定会有更细致更具体更详尽的景物展现出来。

"鹎鵊号枉渚，日色傍阡陌。借问持斧翁，几年长沙客。"这四句诗中信息足以说明吴郁贬谪长沙，杜甫在已知吴郁贬谪长沙的情况下，专访空宅是不现实的。事实证明，杜甫蜀道行踪，由于生计原因，再无力登临或访友。如仇池山是杜甫在《秦州杂诗》中赞美过的福地，但杜甫从仇池山不远处经过而未登临就说明了这一点；再如当他行至剑阁，距李白青少年时期的生活之地江油已不远，也没有拜访李白生活故地。都说明杜甫是在匆匆赶路，根本无精力也无盘缠再多行路程。寻访空宅，不近人之常情。从时间上来说也不允许，从秦州出发至同谷虽然二百七十里路程，走了一月有余，但行踪断不会至两当再返走盐官、西和与成县的路线，影响行程的原因为"我马骨正折"（《铁堂峡》），故至寒峡就已"况当仲冬交，"（《寒峡》）由此看来，杜甫在同谷不足一月。《图经》云："东京、西蜀，至此各三十程，故名两当"，同谷至成都经白沙渡、水会渡要比两当至成都还要远，而这三十程多的路杜甫仅用二十多天，这从《水会渡》中的"微月没已久"与《成都府》中的"初月出不高"可推知，前者是月初的月相，后者是二十四、五的月相，相间二十天左右，由此看出杜甫从同谷至成都一路是在赶路，再没有时间去两当。综上所述，杜甫在入蜀途中根本没有去过两当县。

第五章

杜甫同谷诗研究

第一节 杜甫同谷诗与同谷草堂

一 同谷概念的历史文献考察

"同谷"是个历史地理概念，史载其存续于西魏至明初的七八百年间。清初顾祖禹撰《读史方舆纪要》对这个概念做了一个历史性的总结：

西魏改县曰同谷。后周又置康州治焉。隋初，郡废。大业初，州废，县属河池郡。唐武德初，置西康州于此。贞观初，州废，县改属成州。咸通中，始为州治。宋因之。元省。杜佑曰：同谷城，一名武街城，即古下辨也。后魏时，置下辨县，又改曰下阪。盖在今略阳县废修城县之境。王应麟曰：成州内保蜀口，外接秦陇，山川险阻，尝为襟要……元仍曰成州，以州治同谷县省入。明初，改州为县。今城周五里有奇，编户六里。①

可见，同谷自西魏置县，隶属康州、河池郡、西康州、成州，至元代被省，再后来明代降成州为成县延续至今。起初，其位置似乎并不是很重要，但安史乱后到杜甫赴同谷前，其军事要冲的位置便凸显出来。《送韦十六评事充同谷郡防御判官》句云："銮舆驻凤翔，同谷为咽喉。西扼弱水道，南镇枹罕陬。此邦承平日，剽劫吏所羞。"可见，同谷在杜甫西行前，已经引起他的重视了。唐懿宗咸通年间（860—873）同谷开始成为成州治所地，宋代沿袭，所以在宋人王应麟看来，所处位置已"尝为襟要"，不同一般了。然而，顾祖禹对同谷作上述总结时，忽略了两个要点：其一是西魏改何县为同谷？未曾交代。其二是"同谷"之名，缘由

---

① 顾祖禹：《读史方舆纪要》卷59，中华书局1955年版。

第五章　杜甫同谷诗研究

何在？也不甚了了。查《隋书》卷29志24"地理上"有载："同谷，旧曰白石，置广业郡。西魏改同谷，后周置康州。开皇初郡废，大业初州废。又有泥阳县，西魏废。"说明在西魏改白石县为同谷县，系广业郡治所在地，同属于泥阳县，后为西魏废止。今人王仲荦《北周地理志》云："广业郡治同谷，同谷旧曰白石，西魏改曰同谷，有栗亭县，又有泥阳县。"① 表明在西魏废泥阳县后，与同谷同属广业郡的是栗亭县，以此延续到了隋朝。至于西魏改白石县为同谷县在何时？清人著作《水经注疏》引唐《元和郡县志》云："后魏宣武帝于此置广业郡，并白石县，恭帝改白石为同谷。"② 宋初《太平寰宇记》称"恭帝后元元年改白石为同谷县"。由此看来，"同谷"县名出现在恭帝元年（554），并非妄言。"同谷"之名缘何？至今还没有一个可靠的解释。唐宋注家少有人念及此问，明清人试图解释，也因年代久远，又缺乏实地考察，也是隔靴搔痒，不甚了了。

如明王嗣奭在注解杜甫《发秦州》一诗时疑问道："'汉源'非县，乃同谷别名，在今成县，隋名汉阳郡，岂以是名汉源焉？"③ 在注解杜甫《万丈潭》时，他又说："成县之东河，源出秦州南；又有南河，源出青渠堡南，俱入龙峡，注入嘉陵江……汉源当在龙峡，而鲍注汉源县名，非也。"④ 王嗣奭弄不清汉源之意，但颇为肯定地推断：同谷之名，实为汉源，是由于东河、南河俱入龙峡的一个地名，不免臆断！今人编《成县志》亦推测"同谷为两水合汇之地"，并据宋晁说之《成州龙池秋潭庙碑记》、宋蒲舜举《广化寺记》等金石文字佐证："北魏之白石，唐宋之同谷，其故城即今城关，似无疑议。"⑤ 也不离妄言成分，免不了以今证古之嫌。追溯郦道元《水经注》"漾水"条云："浊水又东经白石县南……浊水又东南，泥阳水北出堲谷，南径白石县东，而南入浊水。"⑥ 比照《中国历史地图集·北魏·雍秦豳夏等州》，浊水当是现在发源于今成县（同谷）西南小川镇的青泥河支流南河，由成县城关镇至陕西略阳白水江

---

① 王仲荦：《北周地理志》，中华书局1980年版，第122页。
② 杨守敬纂疏，熊会贞疏：《水经注疏》卷20，江苏古籍出版社1989年版。
③ 王嗣奭：《杜臆》，上海古籍出版社1983年版，第109页。
④ 同上书，第113页。
⑤ 成县志编纂委员会：《成县志》，西北大学出版社1994年版，第124页。
⑥ 郦道元：《水经注（陈桥驿点校本）》卷21，上海古籍出版社1990年版。

镇段。《水经注》云泥阳水即今东河，当时或许流经泥阳，或古人失察竟至悠谬。东河源于西秦岭南麓，辗转数地，汇麻沿河，从成县（同谷）东北入境，向南流经白石（同谷）县城东，与向东经过白石（同谷）城南的南河交汇南下，汇同一谷入龙峡，这应该是"同谷"之名的由来，而白石（同谷）县故址，就是在东河和南河相夹的向北地域。由北魏以降，"同谷"之名出现于西魏，而沿续至唐宋元等朝。比较而言，唐时"同谷"变化尤甚。《旧唐书》志第20地理3云："成州，下。隋汉阳郡。武德元年，置成州，领上禄、长道、潭水三县。贞观元年，以潭水属宕州，又割废康州之同谷县来属。州理杨难当所筑建安城。天宝元年，改为同谷郡。乾元元年，复为成州。"《新唐书》卷40志第30有载："成州同谷郡，下。本汉阳郡，治上禄，天宝元年更名，宝应元年没吐蕃，贞元五年，于同谷之西境泥公山权置行州，咸通七年复置，徙治宝井堡，后徙治同谷。"从史料看，唐初（618）置成州，治上禄，贞观元年（627）同谷始属成州，系该州最南边辖地；天宝元年（742）改成州为同谷郡，乾元元年（758）再改回成州。这段时间无论是同谷郡还是成州，治所在上禄未变。杜甫乾元二年来同谷时，该县还不是州治所在地，是比较僻远的，这也是他的诗里未提到成州的原因。北宋晁说之《发兴阁记》开篇云："唐成州治上禄，县同谷尤僻左，杜子美来自三川，谓可托死焉。"即为佐证。成州徙治同谷，那已经是杜甫离开那里100多年后的咸通七年（866）了。纵观上述考察，"同谷"概念应有狭义和广义之别。狭义的"同谷"概念，就是指自西魏至元后期真实存在的行政区域，持续了800年左右的时间，其中唐时"同谷"称谓变化最大，有郡、县之名，但县地比较僻远，只有到了咸通年间，成州治所迁到同谷后，同谷才真正发达起来，所以现存最早的评杜诗碑出现于咸通时期，是有其社会历史原因的。广义的"同谷"概念，就应当包括明清民国时期的成县辖地，所以同谷即今成县之说，有其鲜明的历史合理性。关于杜甫"同谷诗"的概念，在20世纪90年代就有人集《杜甫同谷诗编》，[1] 应该是集中考察杜甫"同谷诗"之始，惜其未能有更深入研究，以便在学界发出声响。广义杜甫"同谷诗"就是在题材上与同谷有关联的杜甫诗作，包括杜甫入同谷前作于凤翔的《送韦十六评事充同谷郡防御判官》和以后作于长沙

---

[1] 高天佑：《杜甫陇蜀纪行诗注析》，甘肃民族出版社2002年版，第294页。

的《长沙送李十一（衔）》等以及杜甫自秦入蜀24首纪行诗大部和《乾元中寓居同谷县作歌七首》《万丈潭》等。狭义杜甫"同谷诗"就是仅作于同谷县境内的《积草岭》《泥功山》《凤凰台》《乾元中寓居同谷县作歌七首》《发同谷县》等。

二 杜甫同谷诗概论

杜甫同谷诗，是指杜甫于乾元二年冬写于同谷的《泥功山》《积草岭》《凤凰台》《乾元中寓居同谷县作歌七首》《万丈潭》《发同谷县》《送韦十六评事充同谷郡防御判官》以及今成县境的《龙门镇》《石龛》等诗，其中以《乾元中寓居同谷县作歌七首》为代表，该诗为杜甫蜀道上唯一一首七言组诗，用特别的歌诗体以警示在同谷县的艰难困境，余皆为五言古体。

杜甫同谷诗中，《龙门镇》诗的写作地今成县纸坊府城，《石龛》诗的写作地今成县沙坝芦湾观音崖，依《积草岭》杜甫"同谷界"的注文，《龙门镇》《石龛》两诗的写作地当时不属同谷县辖，明朝胡缵宗《府城里公馆记》："陇西属邑礼、成、和之间，程非一日，每于礼邑府城镇暂止之，乃或俯邮舍，或就民舍。"[①] 由此可知明朝府城归礼县管辖。"盖坊东七十里为成，西百有十一里为西和，南百有十里为平洛，乃著为规。"府城距同谷也就是七十里，而杜甫远道观音崖、积草岭、泥功山再至同谷，显然是绕道而行，远道观音崖、积草岭、泥功山的最大原因不外乎此地均有可供食宿的寺庙院，而蜀道上的这些寺院兼具驿站功用。故杜甫在同谷境内的行踪是府城—观音崖—积草岭—泥功山—凤凰台，离开同谷也是从凤凰村至栗亭。诗歌的写作顺序也是《龙门镇》《石龛》《积草岭》《泥功山》《凤凰台》《乾元中寓居同谷县作歌七首》《万丈潭》与《发同谷县》，此亦成县志所记顺序。[②]

杜甫在同谷县城附近写的诗有《凤凰台》《乾元中寓居同谷县作歌七首》《万丈潭》与《发同谷县》。其中《凤凰台》与《发同谷县》属纪行诗，而万丈潭与凤凰台之间的关系应为：潭在台脚，台在潭上，应整体研究。在诸本杜诗集中，《宋本杜工部集》《景印宋本新刊校定集注杜诗》

---

① 成县志编纂委员会：《成县志》，西北大学出版社1994年版，第909页。
② 同上书，第16页。

《九家集注杜诗》是将《万丈潭》别列于《两当县吴十侍御江上宅》及《发秦州》之前,之所以这样安排,极有可能是杜甫本人的意思。[①] 保持了纪行诗的整体性,在《万丈潭》后自注"在同谷县",表明该诗的写作地。而《杜诗镜铨》《杜诗详注》《读杜心解》卷首"少陵编年诗目谱"、《纂著杜诗泽风堂批解》《读书堂杜诗集附文集注解》之诗篇排序,均为《凤凰台》《乾元中寓居同谷县作歌七首》《万丈潭》。就其诗旨,《凤凰台》诗的凤凰意象与《万丈潭》诗的龙意象更使得两首诗意境关联,杜甫抬头看到的是凤凰台,联想到凤凰,低头看到的万丈潭,联想到蛰龙,此地本来是龙凤呈祥的祥瑞之地,但凤"恐有无母雏,饥寒日啾啾",杜甫由自己所受的饥饿想到了凤凰台上的"无母雏",并且要"我能剖心血,饮啄慰孤愁",杜甫产生舍身情怀的生活基础来自他在同谷的窘困。万丈潭的龙是"龙依积水蟠,窟压万丈内",与自己身处困境的情感意蕴是一致的。故杜甫《凤凰台》与《万丈潭》所描写的凤凰和龙,都是出于饥饿和受困状态,借饥饿中的凤凰与困厄中的龙与自己比况抒情,杜甫处在极度艰险困顿当中,于是借用美好的凤凰与龙意象,算是以乐景写哀,一倍增其哀。

杜甫在同谷县创作《凤凰台》与《万丈潭》两首诗的感情基础源自《乾元中寓居同谷县作歌七首》,前两首诗并没有明示自己在同谷的生活,而同谷县的近一个月生活状况集中体现于《乾元中寓居同谷县作歌七首》。如果说《凤凰台》与《万丈潭》是杜甫对同谷的仰视与俯视的话,《乾元中寓居同谷县作歌七首》是杜甫对同谷的平视,《凤凰台》与《万丈潭》是通过塑造意境抒发情感,而《乾元中寓居同谷县作歌七首》则是直抒胸臆,着力描绘同谷自然环境的恶劣与自己生活的窘困。杜甫究竟为何将同谷称之"绝境",与杜甫在同谷的生活状况有关。

对于同谷,杜甫是抱着美好希望来的。《发秦州》云:"汉源十月交,天气如凉秋。草木未黄落,况闻山水幽。栗亭名更嘉,下有良田畴。充肠多薯蓣,崖蜜亦易求。密竹复冬笋,清池可方舟。"而到同谷后的实际情形却是"岁拾橡栗随狙公,天寒日暮山谷里。中原无书归不得,手脚冻皲皮肉死。""黄独无苗山雪盛,短衣数挽不掩胫。此时与

[①] 黄奕珍:《杜甫自秦州入蜀诗歌析评》,里仁书局出版 2005 年版,第 83 页。

子空归来，男呻女吟四壁静。"天寒地冻，无衣无食，作为一家之主的杜甫只能放歌长啸，将满腔的不平与无奈寄寓在《乾元中寓居同谷县作歌七首》之中，真乃"奇地奇文"。《乾元中寓居同谷县作歌七首》倾吐了在同谷生活上的窘困（其一、其二），寄托了思亲之情（其三、其四）、思乡之情（魂招不来归故乡），描绘了所置身的环境（其五、其六），以及身老无成的人生感慨（其七）。七首结构完整，容量丰富，艺术感染力极强，是杜甫在同谷县的倾力之作，用特别的诗体记录特别的地方与特别的生活。史迁云："人劳苦倦极，未尝不呼天也；疾痛惨怛，未尝不呼父母也。甫之遇为何如哉！流离困顿，转徙山谷，仰天一呼，万感交集，而笔之奇、气之豪，又足以发其所感。淋漓顿挫，自成音节，自古及今不可有二。"① 可谓对杜甫同谷遭遇及《乾元中寓居同谷县作歌七首》的中肯评价，《乾元中寓居同谷县作歌七首》在杜诗中不仅体式特别，而且实景实情，感情浓烈，极具艺术感染力。从《一歌》看出，杜甫"岁拾橡栗随狙公。"《二歌》中诗人寒冷难耐，"短衣数挽不掩胫。"手持长镵寻找黄独无奈空手返回，家人男呻女吟，愁苦不堪。《三歌》中杜甫想见弟弟但只能"生别辗转"，终不能相见，"汝归何处收兄骨。"在同谷县由于生活条件差、环境恶劣，杜甫很是担心自己的身体，更担心死在这里弟弟们找不到自己。《四歌》中相隔万里、分别十年的兄妹不能相见，唯有长淮蛟龙兴风作浪。《五歌》中风大水急，天寒地冻，古城不开，白狐黄狐，半夜惊坐，魂在何处？《六歌》龙蛰蛇出，杜甫面对此等怪事，"拔剑欲斩且复休"，更多的是无可奈何。《七歌》则沉浸在一片追忆伤怀的气氛中，过去三年的逃难岁月至今未到尽头，与山中儒生谈论当年看到的长安卿相，感慨万端，伤怀无限。因此，"《乾元中寓居同谷县作歌七首》意图表现的正是一种无法依靠个人努力解决的困境，杜甫在这样的情况下既不能予妻儿温饱、同弟妹团圆，又不能长绳系日、留住青春，好发挥生平抱负，他在这个地方被卡住了，成为一位无能为力的、孤独无助的个人。"②

《发同谷县》一诗则与《发秦州》不同，《发秦州》一诗更多的是对同谷的美景的憧憬与向往，而《发同谷县》则是希望破灭后的感愤与无

---

① 郭曾炘：《读杜劄记》，上海古籍出版社1984年版，第147页。
② 黄奕珍：《杜甫自秦州入蜀诗歌析评》，里仁书局出版2005年版，第163页。

奈，主要抒发对同谷县人与物的无限感慨。"贤有不黔突，圣有不暖席。况我饥愚人，焉能尚安宅？"完全是在运用反讽手法自我嘲解，同谷县竟然没有安宅之地。面对此地，"始来兹山中，休驾喜地僻"。"停骖龙潭云，回首虎崖石。"面对此人，"临岐别数子，握手泪再滴。交情无旧深，穷老多惨慽。"由此可知，杜甫离开同谷县的原因除了"物累"，还有"交情"，在无人相助的情况下才出现生活上的窘迫。于是，"忡忡去绝境，杳杳更远适。"对杜甫来说，同谷之地，地险人绝，哪怕已是腊月初一，也决然杳杳远适。

附录：《送韦十六评事充同谷郡防御判官》杜甫
昔没贼中时，潜与子同游。今归行在所，王事有去留。
逼侧兵马间，主忧急良筹。子虽躯干小，老气横九州。
挺身艰难际，张目视寇雠。朝廷壮其节，奉诏令参谋。
銮舆驻凤翔，同谷为咽喉。西扼弱水道，南镇枹罕陬。
此邦承平日，剽劫吏所羞。况乃胡未灭，控带莽悠悠。
府中韦使君，道足示怀柔。令侄才俊茂，二美又何求。
受词太白脚，走马仇池头。古色沙土裂，积阴雪云稠。
羌父豪猪靴，羌儿青兕裘。吹角向月窟，苍山旌旆愁。
鸟惊出死树，龙怒拔老湫。古来无人境，今代横戈矛。
伤哉文儒士，愤激驰林丘。中原正格斗，后会何缘由。
百年赋命定，岂料沉与浮。且复恋良友，握手步道周。
论兵远壑净，亦可纵冥搜。题诗得秀句，札翰时相投。

此诗作于至德二载（757）夏。开头四句写与韦十六交情去留，而时局之艰危可见。"逼侧"以下八句，写韦勇赴国难，因而"特诏"起用。"銮舆"以下八句，写同谷为"咽喉"重地，韦任防御判官，任务艰巨。"府中"以下四句，写与长官是叔侄关系，"二美"相得益彰。"受词"以下十二句，写同谷"土裂""雪稠"以突出"古来无人境，今代横戈矛"。"伤哉"以下十二句，写临别依依不舍情景，而以"题诗得秀句，札翰时相投"收束全篇。从"伤哉文儒士，愤激驰林丘"两句看，杜甫此时尚未授职，因而有"岂料沉与浮""后会何缘由"的感慨。本诗总的倾向是蒿目时艰，心忧国难，渴望平叛安民。此诗所写同谷景象与《发秦州》所写"南州"景象大相径庭，和杜甫到达同谷后所描写的景象基本一致，杜甫是上了"佳主人"的当呢？还是南行同谷另有打算？抑或同谷仅是路过？都值得再思考、再挖掘。

三 同谷草堂的历次修缮

在杜甫离开同谷366年后的1121年，"同谷秀才赵惟恭捐地五亩，县涞水郭慥始立祠。"① 晁说之还留下《濯凤轩记》《发兴阁记》《成州同谷县杜工部祠堂记》三篇记文，记述了当年修建濯凤轩、发兴阁与同谷草堂事宜。晁说之三篇记文，该文为流传下来的记述修建同谷草堂的最早文字资料，详细记叙了同谷杜甫草堂始建经过。从此以后，历代几经修复，杜公祠其遗址始终保持原址。草堂今存历代碑刻16通，以及今人书写历代咏杜诗碑布满碑廊。

同谷草堂见于地志的第一次修葺在万历四十六年春，成县知县赵相宇奉命尹成邑，拜谒杜公，见栋宇倾圮，乃捐俸命教谕管应律修葺，事竣管应律作《重修杜少陵祠记》碑："少陵公祠，其来远矣。仰窥俯瞯，山光水色映带，恢恢乎大观也！前代名公咏歌以纪其胜者，雅多奇迹。嗣是栋宇倾圮，风景依然，谒祠者每愀然发孤啸焉。我赵侯奉命尹是邑，春日修常祀，登堂拜像，赏鉴殊绝，乃捐俸命工以经营之，不日落成，祠焕然一新。事竣，应律等请题纪胜，侯义不容，默倚马挥一律，洒洒传神，盛唐之风韵，不是过也。起少陵于九原，其首肯矣，敬勒石以志不朽。若夫政通人和、百废俱举，邑人士耳而目之，别有纪焉。侯，三晋世科也，讳相宇，字冠卿，号玉铉，太原之狼孟人。时万历戊午仲春日记。儒学教谕河曲管应律撰文，儒学训导汉中安宇校正，典史蕲水萧之奇书丹、立石，阖学生员乔三善等同立。"② 该碑上圆下方，高1.68米，宽78厘米。额书"大明"，行书，云龙纹饰；下刻明邑令赵相宇七律一首："庙柏青青又见春，高名千古属祠臣。涛声漱石吟怀壮，岚色笼霞道骨真。忧愤断碑萦客思，清风苔砌长精裡。情深不觉嗟同契，为薙荒祠启后人。"。行书，字径5厘米。又下为"重修杜少陵祠记"，正书，字径3厘米。儒学教授河曲管应律撰文，典史蕲水萧之奇书丹，末署"万历戊午仲春日"，原嵌于

---

① 晁说之：《杜甫卷·成州同谷县杜工部祠堂记》，中华书局2001年版，第156页。
② 成县志编纂委员会：《成县志》，西北大学出版社1994年版，第936页。

少陵祠南围墙中。

清康熙年间，知县吴山涛因修少陵七歌堂被诬陷罢官，"空山犹否荐芬芳，雨覆新成旧草堂。"吴山涛完成了对杜公祠七歌堂的修缮。

清光绪十一年（1885）甘肃学政陆廷黻、知州叶恩沛（恩沛，安徽人，清德宗光绪中知阶州）发起重修草堂，知县李焌主其事。叶恩沛咏杜公草堂诗存有：

> 同谷草堂
> 蔓草荒烟寄慨深，浣花故址有谁寻？
> 山空鸟寂游踪少，谷入驺鸣使节临。
> 表暴诗人公赠玉，重修遗像我装金。
> 回思十七年前事，何意相逢又到今。
>
> 修罢临江又草堂，聊分鹤俸亦何伤。
> 芳徽但得先贤著，独立甘将巨任当。
> 云树顿增新景象，河山倍焕古文章。
> 从此俎豆依然继，秋月春花分外香。
>
> 诗思画意两纵横，水秀山明别有情。
> 足壮观瞻民共悦，忽新听睹士群惊。
> 千秋青眼逢谁顾？一片丹心共此城。
> 深愧涵濡无善教，还将呵护仰先生。
>
> 凤凰台访杜公祠
> 凤凰台上杜公诗，绿字苔侵不可知。
> 自是彩毫干气象，高山流水两争奇。
>
> 春日谒少陵草堂
> 春日寻芳事可师，东风淡荡拂晴丝。
> 不瞻有客卜居胜，空诵惊人擅世诗。
> 峡度长安一片月，树含渭北九回思。
> 更留心血凤台上，千古词人总未知。

1942 年，成县县长陶自强再次修葺杜公祠。陶自强《成县杂记》："清明日，余借诸同事登堂展谒，祠宇年久失修，濒于倾圮，自光绪时县令楚南李焌曾为修葺。数十年来无人过问，乃于县人士发起修复，咄嗟间得数千元，强瓦启牖，焕然一新，又于祠外辟精室数楹，以备游客之居，虽不能与浣花之媲美，亦不失为历史上一名胜。"并赋清明谒杜工部祠诗：

> 青青古柏覆荒祠，异代相悲动客思。
> 乱发白头公去久，衰时赤手我来迟。
> 平生知己推严武，结得幽邻有赞师。
> 橡栗苦愁千载下，只今怕读七歌诗。

> 忧国怀君遗句在，先生心事满江湖。
> 当年穷谷身何苦，一代词宗德不孤。
> 已著文章惊妙造，偶逢山水足清娱。
> 草堂终古游人到，广厦千间问有无。

近年来，成县政府对杜公祠进行大规模扩建，占地达 15 亩，祠堂内翠柏耸立，清逸幽静，正厅有杜甫塑像，亭中有汉白玉雕像，回廊里嵌满历代碑刻以及咏杜诗碑，体现出深厚的人文气息，为国家 AA 级景区，也是成县爱国主义教育基地，更是人们追忆千秋诗圣的理想胜地。

附晁说之：《濯凤轩记》

> 周内史过曰：周之兴也，鹙鹭鸣于岐山，以故岐州今为府曰凤翔。然得凤之一，则凤过之，得凤之二，则凤翔之；自是而西二百里曰凤州，鹙鹭山则名以大之者，得凤之三，而凤集之欤，故其驿曰凤集驿。又西而百有五十里曰成州，凤凰山乃以凤凰之正名名之，则其得凤之四，而凤春秋下之；得凤之五，而凤没身居之者。不然，何以又有潭曰凤凰潭，是其濯羽之所也。若又极乎西，则濯羽弱水矣。然则乾符中，僧休梦于凤凰山得一峰曰鹿玉山者，乃杜工部赋诗之凤凰台也，实有亭亭然，台之状可玩焉。元祐中，王仲至侍郎据郦道元注《水经》以长举之凤凰台，状如双阙，汉有凤凰降焉者为正，而伪之

台并斥乎工部，恐不得以彼汉瑞正吾周仪也。且异时而二地，各以为名，庸何伤乎！天壤间以凤凰名台者尚多矣，何必一之也哉？今成州虽不得居仇池之胜，而西则鸡头山，东则鸡帻山，以属乎凤凰山，亦国中富乎山者也。鸡帻山或名曰龙堂峡，凤凰潭或名曰万丈潭，若大云潭，杜工部昔日所居之地，新祠而奉之者也。其于守居为最近，守居清心堂之背，丛竹之面，新有轩乃以濯凤名之。近式乎工部之所居，远本乎周内史之所志，则吾州虽小，而裕乎凤翔而集焉者，居守可以无自菲陋而乐斯志也已。

宣和四年壬寅二月二十六日乙卯
具官嵩山晁说之记

《成州同谷县杜工部祠堂记》

　　自古王侯将相而庙祀者，皆秉时奋厉，冒败虎狼，死守以身，为天下临冲。或岩廊嚬笑，以治易乱，即危而安，其在鼎彝之外，而人有奉焉。否则，贤守令真为民之父母，斯民谣颂之不足，取其姓以名其子孙，久益不能忘，则一郡之邑祠之。否则，躬德高隐，崇仁笃行，若节妇孝女，有功于风俗者，一乡一社祠之。顾惟老儒士身屯丧乱，羁旅流寓，呻吟饥寒之余，数百年之后，即其故庐而祠焉，如吾同谷之于杜工部者，死未之或有也，呜呼盛矣哉！曰名高而得之欤？曰非也，苟不务实而务名，则当时王维之名出杜之上，盖有天子宰相之目，且众方才李白而多之也，是天宝间人物特盛，有如高适、岑参、孟浩然、云卿、崔颢、国辅、薛据、储光羲、綦毋潜、元结、韦应物、王昌龄、常建、陶翰、秦系、严维、畅当、阎防、祖咏、皇甫冉、弟曾、张继、刘眘虚、王季友、李颀、贺兰进明、崔曙、王湾、张谓、卢象、李嶷之诗，粲然振耀于世，未肯少自屈，而人亦莫敢致之也。非湜、籍辈于韩门比，然有良玉必有善贾，厚矣韩文公之德吾工部也，自是而工部巍巍绝去一代颉颃不可揉屈之士而岳立矣，然犹惜也，何庸李白之抗邪！昔夫子录秦诗而不录楚诗，盖秦有周之遗俗，如玉之人在板屋，则伤之也。楚则僭周而王矣，沧浪之水既以濯吾缨，虽浊忍以濯吾足哉。李则楚也，亦不得与杜并矣，况余子哉，彼元微之，谗佞小人也。身不知裴度、李宗闵之邪正，尚何有于李杜之优劣也邪？然前乎韩而诗名之重者钱起，后有李商隐、杜牧、张祜，晚惟司空图，是五子之诗，其源皆出诸杜者也。以故杜之独尊于大夫学士，其论不易矣。而在本朝王元之学白公，杨大年矫之，专尚李义山，欧阳公又矫杨而归韩门，而梅圣俞则法韦苏州者也。实自王原叔始勤于工部之数集，定著一书，悬诸日月矣。然孰为真识者，靡靡徒以名得之欤。唯知其为人世济忠义，遭时艰难，所感者益深，则真识其诗之所以尊，而宜夫数百年之后，即其流寓之地而祠之不忘也。工部之诗，一发诸忠义之诚，虽取以配《国风》之怨，《大雅》之群可也。或玩其英华而不荐其实，或力索故事之微，而自谓有得者，不亦负乎！祠望凤凰台而临百丈潭，皆公昔日所为诗赋之所也。公去此而汗漫之游远矣哉。而此邦之人，思公因石林之虚徐，溪月之澄霁，则尚曰公之故庐，今公在是也。予尝北至鄜畤，观公三川之居，爱之矣，而此又其胜也。不知成都浣花之居，复又何如哉？信乎居室可以观士也已，同谷秀才赵惟恭捐地五亩，县涷水郭慥始立祠，而属余为之记，使来者美其山川，而礼其像，忠其文。且知公自其十有一世之祖恕予而来，以忠许国矣，则其所感者既远，人亦远而莫之能忘，与夫王侯将相之祠未知果孰传邪？其像则本之成都之旧云。

宣和五年五月己未
朝请大夫知成州晁说之记并书

《发兴阁记》

唐成州治上禄县，同谷尤僻左，杜子美来自三川，谓可托死焉。未几吐蕃之祸尤炽，子美不得有其居而舍去。予始因子美之故居而祠之，距祠堂而南还十步，有万丈潭，敕利泽庙，惜也陋甚，白日必待烛入，乃能有见；且碍眉触帽，使人俯不得仰。又复有可叹者，屋其山之美，正如据要路而蔽贤掩善，忌人出言而寝默之。予因正其神像南向之位，抗高纳明，使青壁之嵯峨硊硪，直上千仞，木章竹个，皆出以效其峭蒨，若一日来自它方者。而仍旧之三楹，则称地形而全民力也。庙之东有地可建小阁，以尽山川之胜；其南则栈道窈窕，抵凤凰台望西崖以极白沙渡，实子美入蜀之道也。时方恶房琯而并弃杜子美，使终身不复入长安，则此道为可恨者也。北而水碓高下相闻，如笙镛，如鼓钟，不闭昼夜，则邦人安职乐生之具也。远而岗岭星耕，陇亩栖粮，则刺史县令之尤所乐焉者也。四时异态，虎巡鹿守，猿揉腾倚，以植僧居清净之业，盖有不可胜言者。彼四方游子，假借须臾之适，各随所语而闻诸遐迩，必得顾恺之、宗处士乃可图画，而诗则绝笔于杜子美矣。虽然，陶渊明、谢康乐、韦苏州辈复生焉，则不能自已于斯也。阁今初成，予周览而惘然自失，不觉诵子美《万丈潭》诗曰："造幽无人境，发兴自我辈。"一叹而三致意焉，则以发兴名其阁。复念此州自宝应初没吐蕃后，三置行州，初在泥功山，再徙宝井堡，卒治同谷，得非有待于此阁之建欤！时方乱也，杜子美无以托庐而阅岁，逮今承平之久，畴人子孙，白首俎豆，有终身不入城府者，岂不幸哉！予将投劾东归，辄记诸壁间以视来者，使知昔人"此日良可惜"之所感而不惜登临之费云。

宣和六年甲辰三月二十四日壬申
朝请大夫知成州赐紫金鱼袋昭德晁说之记并书

《成州龙池湫潭庙碑》　　晁说之

　　成州今治同谷，距所治北十里许有池，广可度而深不可测也。盖广焉，仅逾寻丈，而渊沦窅然，莫有冬夏之异。其深何如？邦人谓"神龙是居"。方其吁雨粒灾而敏速，即无知者亦必曰："神龙之居也。"彼董父所扰，嗜睡而多欲者，安得而有此？面群山之嵯峨，后丛冈之逶迤，木老而竹秀，云物常异。则旅人过焉，敢不神而式之？然惜也，图史莫之有载。揆观其远，方嬴秦时，池名曰湫，礼币行焉，悉投文以诅楚。于时大湫之灵，实与秦共为无道也！今斯名池而不名湫，则丑彼功首之国而不为之灵也。于是乎王翦、白起，不得称其武；而韩非、李斯辈，又安在而智哉？实吾池之蛭蚓也与？或责秦之士贱且拘者，不知当斯时果有士欤？今往往有死湫，据形胜，徒慕其所谓《诅楚文》者，为人侮戏之，孰若吾池今日之荣耶？近在唐之中世，驱西兵以御燕寇，遂弃凤翔之西于吐蕃，末隶此邦于李茂贞，而西则孟知祥有焉，又宜吾池之无闻焉尔也。说之假守无状，悼无年以自讼。走祠下蒙神之赐，默与心会。伏念莫有以为神之报，则以菲陋之文，略志之曰："不为乱邦而出，德也；知时以翔，智也；不广其居，俭也；能云以雨，仁也。顾彼残守贪令，可以赖是众美而少宽于刑书，岂不幸甚？若其吏也，竞前而不知危，乾殁而不自勉，崇边幅以侈丽，务为欺谩，不徒避课，而且求宠，则亦宜神之视而心知愧矣，又亦可俱也哉！"其庙额锡于崇宁二年。新庙之役，则政和五年。逮宣和六年春，说之再荐之文并刻于碑阴，系之铭曰："下民失职频蒙辜，有仁上帝龙角趋。曰民无辜吏可诛，其雨泽之不须臾。龙恭帝命舞莫吁，吏论昭格何其愚？种食艰难仁者储，帝不腹馋而肥腴。龙昔在秦蟠不舒，蛭起蠛斯德何如？我式铭之莫能誉。"朝请大夫、知成州、赐紫金鱼袋，昭德晁说之撰并书。（按：此碑凡二十五行，行三十二字，额篆龙池利泽庙碑六字，系邑子刘戡篆额）

第二节 《同谷七歌》体制内容与审美艺术初探

一 《同谷七歌》体制渊源

《同谷七歌》以其体制的独特性在杜甫诗歌中别具一格，就其创作背景，同谷县是杜甫生活最为艰难的一段。正如诗中所写："岁拾橡栗"、"天寒日暮"、"手脚冻皴"、"男呻女吟"，由于如此艰难，故用特别的体制来表达，以记在同谷的不同寻常。杜甫蜀道纪行诸诗全是五言古体，只此一组诗用了七言体，特别创制之意甚明。宋元明清学者在追寻《同谷七歌》的体制渊源时，大都认为《同谷七歌》导源于《楚辞》《胡笳十八拍》《四愁诗》等。朱子云："杜陵此歌七章，豪宕奇崛，兼取《九歌》《四愁》《胡笳十八拍》诸调而变化出之，遂成创体。"王嗣奭云："《七歌》创作，原不仿《离骚》，而哀实过之。读《离骚》未必坠泪，而读此不能终篇，则以节短而声促也。七首脉理相同，音节俱协，要摘选不得。"黄益云："李鹰《师友记文》谓太白《远别离》《蜀道难》，与子美《寓居同谷七歌》皆风骚极致，不在屈宋之下。愚谓一歌结句'北风为我从天来'，七歌云'仰视皇天白日速'，其声慨然，其气浩然，殆又非宋玉、太白辈所及。"宋王炎《双溪文集》卷七《七歌》序："杜工部有同谷七歌，其辞高古难及，而音节悲壮，可拟也。用其体作七歌，观者不取其辞，取其意可也。"胡应麟曰："杜《七歌》亦仿张衡《四愁》，然《七歌》奇崛雄深，《四愁》和平婉丽，汉唐短歌，各为绝偶，所谓异曲同工。"陆时雍曰："《同谷七歌》，稍近骚雅意，第出语粗放，其粗放处，正是自得也。"今人黄奕珍撰文《以重覆辞格铨析杜甫〈乾元中寓居同谷县作歌七首〉的意义结构兼论其为创体之原因》[1]，认为《同谷七歌》的创体是受《诗经》《楚辞》《四愁诗》《七哀诗》诸体的影响而产生的。该文在对影响《同谷七歌》体式讨论中，创造性地列出了《七哀诗》，认为"七哀"之七与"七歌"之七意同，且主题类似。而实际上，《七歌》写了七事，而《七哀诗》是完整的一首诗，关联度不是很大，反而是受《七发》写七事的影响更直接，另外与"七歌"之称相关联的还有北魏诗《化胡歌七首》、《太上皇老君哀歌七首》[2] 两组诗歌分别为七首，且两首诗歌分别以"我""吾"为叙述源起，杜甫在《同谷七歌》中亦在叙写"我"达八处，影响较为明显。

综上分析，杜甫《同谷七歌》中相同结构的体式是借鉴了《诗经》中重章叠句的影响，"兮"字句与抒发自我悲情的基调是受了《楚辞》的影响，《同谷七歌》叙写七事是受《七发》影响，运用七言重章是受《胡笳十八拍》与《四愁诗》等的影响，《同谷七歌》中的"七"则是借鉴了《七哀诗》以及《化胡歌七首》、《太上皇老君哀歌七首》等传统诗歌名称的影响。

二 《同谷七歌》的抒情内容评析

（一）《同谷七歌》每歌内容概括

一歌杜甫叙写到同谷后自己的生活状况，客居同谷，白头乱发，岁拾橡栗，天寒日暮，手脚冻皲，悲风伴我，窘迫至极。

二歌杜甫叙写到同谷后寻找食物以及一家人所受的饥饿，雪盛衣短，黄独无苗，男呻女吟，我色惆怅。

三歌杜甫叙写对远方弟弟的思念，生别辗转，胡尘暗天，鸳鸨鹭鸽，兄骨难收，无比凄凉。

---

[1] 黄奕珍：《杜甫自秦入蜀诗歌析评》，台湾里仁书局2005年版，第129、149、134页。
[2] 逯钦立：《先秦汉魏晋南北朝诗》，中华书局1983年版，第2248页。

四歌杜甫叙写对远方十年未曾相见的妹妹的思念，良人早殁诸孤痴，长淮浪高蛟龙怒，加之箭满眼，多旌旗，无可奈何。

五歌杜甫叙写同谷客观环境，四山多风溪水急，寒雨飒飒枯树湿，黄蒿古城，白狐黄狐，中夜难眠，魂归故乡。

六歌杜甫叙写同谷所见，龙在山湫，古木笼欥，木叶黄落，蝮蛇东来，欲斩无力，所见令人心焦。

七歌杜甫感慨人生贫困的艰辛，在同谷儒生也只能伤怀抱，皇天白日，难以为生。

施补华说："《同谷七歌》，首章'有客有客'，次章'长镵长镵'，三章'有弟有弟'，四章'有妹有妹'，皆平列。五章'四山多风'，忽变调。六章'南有龙兮'，又变调。七章忽作长调起，以航骸之词收足。有此五、六章之变，前四章皆灵。有七章长歌作收，前六章皆得归宿，章法可学。然二章'长镵长镵'与'弟''妹'不类，又不变之变。"（《岘佣说诗》）施氏指出其章法多变很对，可惜他仅仅从字句上着眼，其实还有更重要的地方：第一，七首诗都是前六句押一个韵，至后二句忽然变韵，其中一、五两首从仄声韵变为平声韵，三、四两首从平声韵变为仄声韵，第七首从上声韵变为入声韵，只有第二首是在去声内转韵，第六首是在平声内转韵，韵脚的多变使全诗的声调忽抑忽扬、忽徐忽疾，很好地配合了波澜起伏的感情变化。第二，七首诗的内容多变，一、二两首都是实写自己目前的处境；三、四两首忽然将思绪抛向远方的弟妹；多为想象之语；后三首又回到眼前，然改以抒感为主。第六首的情形尤其值得注意，因为其他六首都用赋体，唯独此首用比兴手法写成。潘柽章曰："前后六章，皆自叙流离之感，不应此章独讥时事。此盖咏同谷万丈潭之龙也。龙蛰而蝮蛇来游，或自伤龙蛇之混，初无指切。"（《杜诗博议》，《杜诗详注》卷八引）认为如果第六首是用比兴体讥刺时事，就与其他六首不同，所以硬把它释成也是咏当地实景。其实正如王嗣奭所云："山有龙湫，因之起兴，大抵以龙比君，而蝮蛇以比小人或乱贼，非实事也。盖此时蛇龙俱蛰矣。"（《杜臆》卷三）岁暮天寒，安能有蝮蛇在水上游！不管此处的"蝮蛇"是指李辅国等奸邪还是史思明等叛将，它毫无疑义是想象之词，比兴之体。杜甫在总体上是"自叙流离之感"的，《同谷七歌》中插入"独讥时事"的第六首，正是有意要打破结构上的整体划一，这是杜甫联章诗章法的一大特点，《前出塞九首》中第六首的忽发议论体现了这一点，第一章中所引的《陪郑广文游何将军山林十首》中的九首诗部泛咏山林景物，唯独第三首专咏一种绝域异花，也体现了这一点。这种写法能在组诗的严整结构中掺入错落有致、一多对比的因素，从而使全诗摇曳生姿。《钱注杜诗》卷三引吴若本以为这是指李辅国等逼迫玄宗事，浦起龙则认为指"史孽寇逼"（《读杜心解》卷二），我们倾向于后一种看法。胡应麟说："《七歌》亦仿张衡《四愁》，然《七歌》奇崛雄深，《四愁》和平婉丽。汉、唐短歌，各为绝唱，所谓异曲同工。"（《诗薮》内编卷三）清人申涵光说："《同谷七歌》，顿挫淋漓，有一唱三叹之致，从《胡笳十八拍》及《四愁诗》得来，是集中得意之作。"（《杜诗详注》卷八引）这些说法有一定的道理，但是更应该指出的是杜诗的独创性，尤其是奇崛顿挫的结构不但与顺着东南西北的方向铺陈的《四愁》诗大异其趣，而且比按着时间顺序叙事的《胡笳十八拍》更为变化莫测，体现了杜甫对诗歌结构的惨淡经营。沈德潜说："少陵歌行，如建章之宫，千门万户，如巨鹿之战，诸侯皆从壁上观，膝行而前，不敢仰视。如大海之水，长风鼓浪，扬泥沙而舞怪物，灵蠢毕集。"（《说诗晬语》卷上）这一风格描述的主要对象就是杜诗那种严整细密又波澜起伏，法度森然又变化莫测的结构，这种结构在杜诗的七古中体现得最为淋漓尽致，但在其他诗体（如五古、五排）以及组诗中也有所体现。组诗凡401个字，笔法大开大阖，忽此（同谷），忽彼（中原、南国、长安等），忽己忽人（弟弟、妹妹、卿相等），忽天（云不开、悲风来等），忽地（山雪盛、蝮蛇游等），忽实忽虚（龙蛰龙怒等）——真实形象地表现了诗人内心因受外部环境强大挤压而出现的危迫和紧张，使人有宛然在目之感。从语言、意象到结构内容，杜甫在诗歌艺术的不同层面上都付出了巨大的努力，取得了惊人的造诣。

（二）《同谷七歌》层次关系

七歌虽叙写七事，但综合归纳，可概括为四层。一歌二歌为第一层，主要表达杜甫及其一家人在同谷的生活状况，无衣无食，挨冻受饿，物质生活等于掉进了"万丈潭"。三歌四歌为第二层，主要表达杜甫对远在他乡的弟妹们的思念，三歌四歌均交代了造成与弟妹分离的原因，即胡尘暗天与南国旌旗，我则置身于远离亲人的绝境中，担心自己死了弟弟们也难以知晓。五歌六歌为第三层，主要描写了杜甫居住地周边的环境，自然环境恶劣到了极点，风大水急雨多树湿，古城黄蒿满地，成了狐狸的乐园，加之蝮蛇东来,让杜甫无可奈何,于是发出"我生何为在穷谷?"的呐喊。七歌为第四层,以三类人作对照,男儿(杜甫)—长安卿相—山中儒生,长安卿相早早成了富贵身,享受着人间的荣华与富贵。山中儒生虽是旧相识,也和我一起同伤怀抱。而"男儿"我曾经"致君尧舜上,再使风俗淳"的理想还回荡在耳边,而今沦落到如此难堪的境地,真是苍天在上,感慨万端。

因此,《同谷七歌》层次关系应为:

乾元中寓居同谷县作歌七首			
一二歌 (衣食)	三四歌 (弟妹)	五六歌 (环境)	七歌 (感慨)

关于《同谷七歌》的层次关系,其第五歌,仇兆鳌《杜诗详注》:"此歌忽然变调,写得山昏水恶,雨骤风狂,荒城昼冥,野狐群啸,顿觉空谷孤危,而万感交迫,招魂不来,魂惊欲散也。"[①] "七歌章法本极整密,旧解每于第六首若赘疣然。"[②] 均对《七歌》有过疑虑。还是浦起龙全面分析了《七歌》层次关系,认为《七歌》:"七首皆身世乱离之感,遍阅旧注,疑后三首复杂不伦。杜氏联章诗,最严章法,此歌何不独讲?及反复观之,始叹其丝丝入扣也。盖穷老作客,乃七诗之宗旨,故以首尾两章作关照,余皆发源首章,条疏于左。一歌,诸歌之总萃也。首句点清客字,白头、肉死,所谓通局宗旨,留在末章应之。其拾橡栗,则二歌之家计也。天寒、山谷,则五歌之流寓也。中原无书,则三歌、四歌之弟妹也。归不得,则六歌之值乱也。结独逗一哀字、悲字,则以后诸歌,不复言悲哀,而声声悲哀矣。故曰诸歌之总萃也。"[③] 的确,第一首是全诗的总括,以后六首前后贯串,给人以很强的整体感。可是这组诗更值得注意的结构特点是变化神妙,不可端倪。

(三)《同谷七歌》人物

除杜甫外,《同谷七歌》出现的人物有狙公、男呻女吟的家人、为我

---

① 仇兆鳌:《杜诗详注》,中华书局1983年版,第697页。
② 郭曾炘:《读杜劄记》,上海古籍出版社1984年版,第147页。
③ 浦起龙:《读杜心解》,中华书局1961年版,第262页。

色惆怅的邻里、弟妹、妹夫与诸孤、山中儒生等,其中可知姓名的是山中儒生李衔,杜甫在离开同谷12年后的大历五年(770)写的《长沙送李十一衔》,明确叙写了与李衔在同谷避地,"与子避地西康州,洞庭相逢十二秋。"这些人中远方的亲人是杜甫挂念的对象,山中儒生与他一起感喟过去,邻里虽对杜家的景况同情,但对改善他的处境并无帮助,狙公在山雪渐盛时也派不上用场。最感人的是杜甫寻遍黄独而空手返家时,看到的景象:"男呻女吟四壁静"。此情此景,不堪卒读。

《同谷七歌》的抒情主体是杜甫本人,直接写"我"的诗句达八处,分别是:"悲风为我从天来"(一歌)"我生托子以为命""闾里为我色惆怅"(二歌)"安得送我置汝傍"(三歌)"林猿为我啼清昼"(四歌)"我生何为在穷谷"(五歌)"我行怪此安敢出""溪壑为我回春姿"(六歌)。其他写我的诗句如:"有客有客字子美,白头乱发垂过耳。岁拾橡栗随狙公,天寒日暮山谷里。中原无书归不得,手脚冻皴皮肉死"(一歌)"短衣数挽不掩胫"(二歌)"汝归何处收兄骨"(三歌)"魂招不来归故乡"(五歌)"男儿生不成名身已老,三年饥走荒山道。仰视皇天白日速。"(七歌)《同谷七歌》中的我,无衣无食、亲人分离,由于处境艰辛,更担心会客死他乡,魂魄早已回归故乡,杜甫面对皇天白日,只有感慨长歌。

更值得关注是一组"为我"的句子,"悲风为我从天来"(一歌)"邻里为我色惆怅"(二歌)"林猿为我啼清昼"(四歌)"溪壑为我回春姿"。(六歌)"为我"不仅是作为一个短语的重复,它们在每一首出现的位置也是一致的。"悲风"、"邻里"、"林猿"、"溪壑",他们以我为中心,分别从天而落、为我感到惆怅、为我在白日哀啼、更为我扭转了时序。[①]"为我"说明我处于一度困境之中,受到周围人物的关注,这样更增添了我的孤独与无助。七首诗以"哀苦"贯穿始终,依次表现了自我穷困潦倒的哀苦、无力养家的哀苦、想念弟弟的哀苦、忧虑妹妹的哀苦、身处穷境内心翻江倒海的哀苦、终生无成而人生迟暮的哀苦。每首诗对哀情的抒写都动人心弦。

(四)《同谷七歌》中的环境

杜甫通过对弟妹的处境的描写,展现了"胡尘暗天"与"南国旌旗"

[①] 黄奕珍:《杜甫自秦入蜀诗歌析评》,台湾里仁书局2005年版,第129、149、134页。

的动荡社会现实,背景极为广阔,可视为大的背景环境。杜甫身处的自然环境则是:"四山多风溪水急,寒雨飒飒枯树湿。黄蒿古城云不开,白狐跳梁黄狐立。""南有龙兮在山湫,古木巃嵸枝相樛。木叶黄落龙正蛰,蝮蛇东来水上游。我行怪此安敢出,拔剑欲斩且复休。"山风、急水、寒雨,黄蒿古城,白狐、黄狐,简直不宜人居。其中相遇的动物有白天啼叫的林猿、荒城四处乱跳的白狐黄狐、前后飞翔的鸳鹅与鸳鸽,东来的蝮蛇,总体给人一种恐怖气氛。该诗写作的时令适逢隆冬,"天寒日暮山谷里"(一歌)明言天气的寒冷,"黄独无苗山雪盛"(二歌)苦于雪盛找不到吃的,"寒雨飒飒枯树湿"(五歌)因寒雨枯树不能用作柴料,于是"短衣数挽不掩胫"(一歌)与"手脚冻皴皮肉死"(一歌),杜甫此时此地既受寒冷的侵袭,又受饥饿的折磨。"纵观杜甫所使用的人物、动物、植物以及对地势、气候的描写,不难发现他密集地使用了晦暗、阴冷、荒凉、萧瑟等物象来营造无力、凄凉、备感威胁之氛围,使得读者更能体受他当时真正的心境。"① 不论是社会环境还是自然环境,都不尽人意,同谷成了杜甫此行最为艰难的地方,面对此景此情,诗人只有悲歌哀吟。

三 《同谷七歌》的艺术特色

《同谷七歌》之所以有异常感人的魅力,不仅在于它展现了穷愁诗人复杂的心理世界,还在于诗歌运用了杰出的抒情技巧。这些抒情技巧的运用,既与作者对前辈诗人艺术表现手法的融合密切相关,更与诗人的创新精神紧紧相连。

首先,诗人继承了屈原诗作艺术表现手法,生动抒写了处于生命极限时的内心痛苦。这表现在以下三个方面:

(一)诗人张扬自我,驰骋想象,借主观驱动外部事物、驱动天地,表现了激越无遏的情感。试看屈原《离骚》中几句诗:

> 饮余马于咸池兮,纵余辔乎扶桑。折若木以拂日兮,聊逍遥以相羊。前望舒使先驱兮,后飞廉使奔属。鸾凰为余先戒兮,雷师告余以未具。吾令凤鸟飞腾兮,继之以日夜。

---

① 黄奕珍:《杜甫自秦入蜀诗歌析评》,台湾里仁书局2005年版,第129、149、134页。

看得出，屈原的笔下，动物乃至天地都有灵知，都可供驱遣。惟其如此，诗中的感情才更显得激荡，并有了"天风浪浪，海山苍苍，"（司空图《二十四诗品·豪放》）般的气势，艺术效果实在动人心魄。

《同谷七歌》也有类似的表现：

> 有客有客字子美，白头乱发垂过耳。岁拾橡栗随狙公，天寒日暮山谷里。中原无书归不得，手脚冻皴皮肉死。呜呼一歌兮歌已哀，悲风为我从天来。（其一）

> 有弟有弟在远方，三人各瘦何人强？生别展转不相见，胡尘暗天道路长。东飞驾鹅后鹙鸧，安得送我置汝傍？呜呼三歌兮歌三发，汝归何处收兄骨。（其三）

诗人要抒写因在山谷的穷愁潦倒之悲，就说"悲风为我从天来"（其一）；抒写对弟弟的强烈思念，就说"东飞驾鹅后鹙鸧，安得送我置汝傍"（其三）；抒发对妹妹思而不见的悲苦，就说"林猿为我啼清昼'（其四），艺术表现及其效果与屈原诗作如出一辙。

（二）充分突出了比兴手法的隐喻、象征、烘托气氛的功能，含蓄而又传神地展现出诗人内心的惶恐与不安。试看屈原的《九歌·湘夫人》开头的一部分：

> 帝子降兮北渚，目眇眇兮愁予。袅袅兮秋风，洞庭波兮木叶下。白薠兮骋望，与佳期兮夕张。鸟何萃兮蘋中？罾何为兮木上？沅有芷兮醴有兰，思公子兮未敢言。荒忽兮远望，观流水兮潺湲。麋何食兮庭中？蛟何为兮水裔？

平心静气，涵咏此诗，我们恍然面临一个令人心悸的世界：秋叶萧萧陨落，洞庭湖潮落潮起，其空旷的声音被传播到无极。世界上下颠倒，一切阴差阳错，鸟萃草中，罾悬木上，麋鹿出没于庭院，而龙离大水伏卧水边——天道神秘，命运隐身在冥冥之中……再看《同谷七歌》中的描写：

> 四山多风溪水急，寒雨飒飒枯树湿。黄蒿古城云不开，白狐跳梁黄狐立。我生何为在穷谷，中夜起坐万感集。呜呼五歌兮歌正长，魂招不来归故乡。（其五）

> 南有龙兮在山湫，古木巃嵸枝相樛。木叶黄落龙正蛰，蝮蛇东来

水上游。我行怪此安敢出，拔剑欲斩且复休。呜呼六歌兮歌思迟，溪壑为我回春姿。（其六）

同样是天地玄黄，世界依然神秘凄厉：落叶飘飘，龙蛰伏不出，只有白狐黄狐出没，只有蝮蛇在肆无忌惮长驱东游——诗人的目光满是迷惘，诗人的内心贮满了悲凉和忧伤。这迷惘、悲凉、忧腹伤，虽然淡淡却也悠悠，虽非惊天动地毕竟地久天长。诗歌字里行间隐藏着诗人深刻、浓重的人生悲剧感。

（三）《同谷七歌》还适当采用了屈骚的"兮"字句式，如"南有龙兮在山湫"，特别是每首诗第七句中的第五字皆为"兮"字。同屈骚一样，《同谷七歌》中"兮"字句的基本功能是：强化诗歌一唱三叹、沉郁悲怆的传情效果。

杜甫创作《同谷七歌》之所以自觉融合屈原的诗歌艺术表现精神，主要源于二人写诗时都处于生命的极限，都有着类似的心境：激越起伏、极不稳定。面对悲剧式的人生际遇，诗人内心充满了困惑、痛苦和不安。

当然，《同谷七歌》艺术表现上也有可贵的变化。由于时代、文化传统、艺术创造传统、诗人个性等的不同，屈原的艺术思维更带有泛灵性，诗歌中意象密集，且如凤凰、望舒、飞廉等，都是现实生活中所没有的，因而神话色彩浓郁；杜甫笔下的蝮蛇、狐狸等多是现实中存在的，且杜甫笔下的比兴句不像《离骚》那样密集，而只用于个别诗，用于局部。这表明杜甫的双脚始终牢牢立在现实大地之上。他的一切苦与乐根源于脚下的土地。至于在句式处理上，杜甫将骚体句融入歌行诗中。歌行诗抒情婉转流利，骚体诗抒情沉着且一唱三叹，二者优势互补，于是，沉郁之情婉转流入了读者的心田。

其次，《同谷七歌》以七首诗联章抒写哀痛之情，大有"七哀诗"的意味。在杜甫之前，王粲、阮籍、曹植、张载等人都写过《七哀诗》。这类诗虽以"七哀诗"冠名，实际上都是独立的一首诗（王粲的《七哀诗》虽是三首，但明显不是同一时期所作。三首诗的篇幅也各不相同）。尽管对于为什么叫"七哀诗"，传统的几家解释仍存歧见，但若从王粲等人所作的《七哀诗》的内容上看，所谓"七哀"，大概正是形容内心的哀痛深重难解。《同谷七歌》则不同，七首诗的哀苦内容各有侧重。这样，若将《同谷七歌》分解成七首诗来读，每首诗的情思显得细而深；若合七首诗为一组诗,《同谷七歌》的思想内容较前人的《七哀诗》显得更为充盈厚实,仅从这方面看,《同谷气歌》已有了自己更为独特的价值,尽管《同谷七歌》并不是原来意义上的《七哀诗》。

再次,《同谷七歌》明显突出了"歌"的美学特征——强烈的抒情性,更为充分地抒发了诗人当下的悲痛之情。为此,(1)诗人采用变调方式。这里所谓"变调"有两层含义:《同谷七歌》每首诗的最后两句一律以换韵出之;分别作于《同谷七歌》前、后的两组纪行诗《发秦州》和《发同谷县》都采用了五言古体,而《同谷七歌》是以七言创作的。变调的意义在于形象表现了哀情的顿挫和不可遏制。(2)全诗语言通俗,很多诗句就是口语,如"手脚冻皴皮肉死""有客有客字子美",等等。语言的通俗性是由歌行的体制决定的,也是由诗歌所表现的情思内容的性质所决定的。歌行不同于雅致的诗,侧重于"歌"。语言通俗可使悲情得到更自然真切的传达。(3)至于《同谷七歌》的诗句多用仄声字煞尾、多用叠字、呼告等以大大强化诗歌的顿挫声情,其艺术效果更是显而易见的。

四 《同谷七歌》的影响

自杜甫《同谷七歌》体后,不断有人模仿,以致形成了"同谷七歌"体。"同谷七歌"体主要是在朝代更迭之际产生,宋代末年李新《龙兴客旅效子美寓居同谷七歌》、王炎《杜工部有同谷七歌用其体作七歌》、丘葵《七歌效杜陵体》、文天祥《文丞相六歌》、郑思肖《和文丞相六歌》、汪元量《浮丘道人招魂歌》、明末清初王夫之《仿杜少陵文文山作七歌》、陈子龙《岁晏仿子美同谷七歌》、顾贞观《蒙阴山中七歌》、虞淳熙《仿杜工部同谷七歌》、余怀《效杜甫七歌在长洲县作》、姜垓《庚寅五月承闻桂林消息仿同谷七歌兼怀同年友方大任平乐府七首》、宋琬《庚辰腊月读子美同谷七歌效其体以咏哀》、清朝末年任其昌《七歌效杜工部同谷七歌即咏杜歌作尾声》,等等。从内容来看,李新、王炎、汪元量、虞淳熙的作品和《同谷七歌》一样历数家人与自己凄惨的遭遇,从文天祥开始,则带入国破家亡的时代悲剧,更胜《同谷七歌》中所表达的悲痛。文天祥、郑思肖、陈子龙与王夫之的诗篇字字遗民血泪令人不忍卒读,顾贞观、宋琬、任其昌又回到原先的主题上,以写自己与家人艰困的处境为主。从这里我们可以发现,即使是仿作也有其变化与发展的轨迹,这些与其所处的社会与政治环境是密切相关的。而从形式上来看，虽仍以七首诗一组为主流，但像文天祥与郑思肖的作品便自动删减一首，但增加了句数；汪元量《浮丘道人招魂歌》则增加了两首，由"七歌"增至"九歌"。其他作品大部分沿用了《同谷七歌》倒数第二句"呜呼一歌兮"的形式，而有的或保留了"有客有客""有弟有弟""有妹有妹"句式，或故意打破《同谷七歌》各首一致的句数，而改以长短错落的方式取代之。由此可知，《同谷七歌》在诗歌史上的影响是绵延不绝的，异代的诸篇仿作在某种意义上来说，正是不断地让《同谷七歌》而获得新生并使这个传统与当时的诗歌创作紧密的结合了起来，这种现象在其他诗篇中是罕见的，足以说明《同谷七歌》创造了一种独特的抒情方式，是抒发深沉婉转哀伤情感的有效体裁。

第三节 《凤凰台》与《万丈潭》的创作旨意

陇右半年，在杜甫的一生中有着不同寻常的意义。朱东润说："乾元二年（即759年）是一座大关，在这以前杜甫的诗还没有超过唐代其他的诗人，在这年以后，唐代的诗人便很少有超过杜甫的了。"[①] 冯至同时也指出："在杜甫的一生，759年是他最艰苦的一年。可是他这一年的创作，尤其是'三吏''三别'以及陇右的一部分诗，却达到最高的成就。"[②] 流寓陇右的杜甫，同劳动人民一起共同饱尝了安史之乱的苦味，目睹了这场战乱给人民带来的种种灾难，对生活有了更深刻的感受。他由秦州到同谷的途中共写了十二首纪行诗，大都以山水自然风光为题材，其中每首诗甚至每句诗皆可视作"有我"。而《凤凰台》"是诗想入非非，要只是凤凰台本地风光，亦只是老杜平生血性。不惜此身颠沛，但期国运中兴。刻心沥血，兴酣淋漓，为十二诗意外之结局也。"[③] 其诗独具特色，体现了杜甫这一段路途中所经历的苦难，全诗"我"字只出现了一次，"我能剖心血"，但全诗到处闪见着"我"的形象，一位一片赤心、忠君报国、有作为的爱国知识分子的形象便跃然纸上。

---

① 朱东润：《杜甫叙论》，人民文学出版社1981年版。
② 冯至：《杜甫评传》，人民文学出版社1980年版。
③ 浦起龙：《读杜心解》，中华书局1961年版。

> 亭亭凤凰台，北对西康州。西伯今寂寞，凤声亦悠悠。
> 山峻路绝踪，石林气高浮。安得万丈梯，为君上上头？
> 恐有无母雏，饥寒日啾啾。我能剖心血，饮啄慰孤愁。
> 心以当竹实，炯然无外求。血以当醴泉，岂徒比清流？
> 所贵王者瑞，敢辞微命休。坐看彩翮长，举意八极周。
> 自天衔瑞图，飞下十二楼。图以奉至尊，凤以垂鸿猷。
> 再光中兴业，一洗苍生忧。深衷正为此，群盗何淹留？

"公因凤凰台之名，无中生有，虽凤雏无之，而所抒写者实心血也。心以当竹实，迥然无外求。"① 在这里，杜甫借凤凰之名，由凤凰的传说而驰骋幻想，表达了诗人怀念国事心切，希望社会安定，国家强盛、国家安居乐业的崇高理想。杜甫在他的《凤凰台》诗中，运用了浪漫主义的表现手法，借助虚构、虚设蕴情，将现实中并不存在的凤凰作为描写对象，写其忍饥受寒，嗷嗷待哺，似乎是作者亲眼所见，亲耳所闻，给人一种非常真实的感觉。全诗用凤凰的形象象和自己对凤凰的哺育来展示自己的忧国忧民、忠君爱国的情怀和形象。

"《凤凰台》一诗，奇情横溢，兴会淋漓。"② 概括了这首诗的浪漫主义特质。在诗歌的开头，首先介绍凤凰台的外貌及位置，使人从凤凰台联想到了"凤鸣岐山"的传说，遥想到了周文王。但诗人很快又回到了现实，周文王已不在了，岐山的凤鸣声也听不到了，眼前有的只是山势险峻的凤凰台"山峻"与开头的"亭亭"相对应写出了凤凰山的高，"路绝踪"突出了凤凰山的险。山上石林耸立，突兀森郁。诗人兴起想亲自登上峰顶一观，但由于诗人已年体迈又加上山路险阻，此时诗人便设想有一个"万丈梯"来帮助他完成心愿。登上峰顶诗人又想象到有一只失去母亲的幼凤，因饥寒而啾啾啼叫。"恐有"二字紧接前一句，诗人此时进入了幻想的高潮。登上顶峰，一向忧国忧民的诗人幻想到了一只"无母雏"。因物即兴，抒写着诗人对幼凤的深切关注。看着幼凤的弱小无助，就有了"我愿剖心血"不惜用自己的性命来换取幼凤的性命。这只失去母亲的幼凤不仅是弱者的代表，更代表了当时的国家与人民，更因为凤凰

---

① 王嗣奭：《杜臆》，上海古籍出版社 1983 年版。
② 杨伦：《杜诗镜铨》，上海古籍出版社 1981 年版。

是"王者瑞"。它会给国家带来昌盛,给人民带来幸福,因此诗人愿意用自己的心血来哺育凤凰,用自己的生命换来国家的昌盛。诗人幻想着这只幼凤赶快长大,使家中兴人民安居乐业,其更深层次的意义是拯救国民。"自下"以下诗人心驰神往,沉醉于雏凤长大,献瑞图而降,国运中兴,人民无忧的理想境界,诗中的"王者瑞""至尊""中兴"等句,不全是诗人对封建王朝的歌颂,其主旨在于救国拯民。

诗歌的最后两句回到了现实中来和前面紧密相连,由理想回到了现实,现实中安史之乱的惨局,为现实生活蒙上了阴影。诗人始终以现实主义和浪漫主义相结合的手法贯穿全文,把自己的感情淋漓尽致地表现了出来,使诗人的形象跃然纸上。

"'意象'一词是中国诗学中最具特征性的术语之一。尽管在古代诗评中使用得相当零散而不成系统,但它却渗透在诗人的血肉灵魂之中,渗透在他们感觉世和表达世界的特性智慧之中,几乎成了一种'文化的本能'。"[1]凤凰是诗人杜甫心中的图腾,诗人从众多意象中单单选择了凤凰,这一选择并非偶然,而是因为"凤凰"一词赋含文化意蕴,千百年来积淀着丰富的情操。凤凰是我国上古时期某些民族的图腾,是太阳崇拜的象征,正如龙是我国的象征一样。从上古时期向往光明,到先秦时期象征高洁,两汉时期的秉德兆瑞,凤凰的形象内涵是一个不断丰富的过程。《山海经》言:"是鸟自歌自舞,见则天下安宁。"《尚书》中说:"明王之治,凤凰下之。"相传周文王时凤鸣岐山,此乃周室兴昌之兆,故后世言凤凰常含此意义。在《论语·子罕》中孔子也说:"凤鸟不至,河不出图,吾已矣乎。"屈原的《楚辞·九章·怀沙》说:"变黑以为白兮,倒上以为下。凤凰在笯兮,鸡雉翔舞。"因此凤凰常指圣明之君,有圣明至高无上的意趣。《庄子》中又言凤凰非练食不食,非醴泉不饮。非梧桐不至,所以凤凰又常喻高洁、贤能之士。

凤凰是杜甫珍爱的意象之一,"七龄思即壮,开口咏凤凰"[2]。杜甫笔下的凤凰仁爱善良,简直是替众鸟受难的圣贤。《朱凤行》云:"君不见潇湘之山衡山高。山巅朱凤声嗷嗷,侧身长顾求其群,翅垂口噤心甚劳。

---

[1] 杨义:《李杜诗学》,北京出版社2001年版。

[2] 仇兆鳌:《杜诗详注》,中华书局出版1979年版。

下愍百鸟在罗网，黄雀最小犹难逃。愿分竹实及蝼蚁，尽使鸱鸮相怒号。"① 这只朱凤也就是杜甫自身的象征。在这里凝结的仍然是诗人忧国忧民、中兴大业的情怀和拯济苍生的理想与胸襟。《凤凰台》中的凤凰是一窝嗷嗷待哺的幼凤，亟待别人的抚爱、关怀和哺育，而诗人甘愿用自己的心血来养活凤凰。诗中的凤凰，不只是祥瑞的象征，在她身上凝聚着诗人的希望、理想，但眼下的情形是令诗人格外痛心的，为了能使这国之祥瑞健康成长，诗人终于敞开心扉。既然凤凰非练食不食，那就以"我"的心去喂养她。既然她非醴泉不饮，那就以"我"的血去哺育她。只要她能健康成长。呈献祥瑞于国家，即使献出生命又有何不可？通过这个崇高的形象比喻，杜甫表达了他"舍命荐贤，以致太平"的心志。寄寓着善良美好的社会理想，灵动着对社会政治的生命体验，凤凰意象也暗示出杜甫崇高的使命感和责任心。展读全诗，他把凤凰作为自己人格和个性的象征来描写，这也是他诗中的凤凰之所以具有特殊的艺术感染力的原因所在。

　　杜甫笔下的凤凰在此基础上把凤凰之德与儒家的仁爱思想和济世精神联系了起来。他也把凤凰当作天下祥瑞的象征，他甚至想象自己就成了一只凤凰（"坐看彩翮长，举意八极周"）去天上衔取瑞图，以便再光中兴业，一洗苍生忧。诗人似乎有意识地将凤凰自喻，这当然与李白的大鹏不同，杜甫诗中的凤凰是仁爱的化身，是诗人奉献精神和爱国情怀的体现。而且这一意象表现着杜甫高远的心灵视角和人生品质，是诗人的精神图腾与生命象征。诗人喜欢写凤凰，善于写凤凰，凤凰是杜甫诗中具有个性特点的意象。

　　从当时的社会来看，在《凤凰台》中，杜甫之所以选择凤凰有其深刻的用意，安史之乱是唐王朝由盛而衰的转折点，国家衰落，民不聊生的残局，而且许多文人志士流离失所，肃宗信任阴险小人，朝中权臣结党营私，嫉贤妒能。文人没有施展抱负的舞台，沉郁下僚、有才难展、有志难伸，杜甫就是其中的一位，他有着"致君尧舜上，再使风俗淳"的崇高理想，但却无用武之地。正如郭沫若所说："他对于人民的苦难有着深切的同情，对于国家的命运有着真挚的关心，尽管自己多么的困苦，他是踏

---

① 仇兆鳌：《杜诗详注》，中华书局出版 1979 年版。

实地忧国忧民。"① 诗中那些可怜的幼凤正是诗人自己和无数贤能志士怀才不遇，壮志难酬的形象。表面上看来是对幼凤的可怜与同情，其实是对文人的同情。诗人希望幼凤赶快长大，衔瑞图而降，其实也是对文人的希望与祝愿。凤凰这一意象，是杜甫忧国忧民、希望社会安定、国富民强的思想的高度概括。

从全诗看，作为幻想家的"我"在幻想中哺育了凤凰，抒写了怀抱，但诗人并没有沉溺于幻想，沉醉于理想而不能自拔，因为理想终究是要在现实中实现的，于是"我"又回到了现实，但现实却是"群盗"张扬，战火未熄，这就给理想的实现带来了难度，但只有如此，才能显示出理想的艰难不宜。因此，诗中的主人公"我"是一个很冷静、清醒的脚踏实地的现实主义者。

《凤凰台》所塑造的自我形象具有崇高的人格，在诗中有丰富的表现，如诗人的品行高洁（"我能剖心血，饮啄慰孤愁"）、忠君爱国（"所贵王者瑞，敢辞微命休。图以奉至尊，凤以垂鸿猷"）、忧国忧民（"再光中兴业，一洗苍生忧"），等等。这种种的人格特征可以说忠贞到了不计个人得失，不顾遭遇悲惨，置生死于度外的地步，有着强烈的不可遏止的对于理想的求索精神。诗人途经凤凰台，几经颠沛，饱尝艰辛，但他想到的是国家的兴旺，人民的安定，他宁愿剖心血，也要使国家强盛起来。表达了诗人不屑向凶恶的社会乞怜，誓死不渝地忠于自己的祖国的精神。

诗中的杜甫有着赤胆忠心，对君主的忠心、对人民的爱护、渴望和谐的社会在这首诗中表现到了极致。无母雏不只是一只凤凰，是弱者的代表，更暗喻着国家当前所面临的危机，对国家的现况使人表现出了担忧之心。正是这样，当幼凤失母面临生死存亡的时候，诗人愿意"我能剖心血，饮啄慰孤愁。"体现了诗人"舍小我为大我"的高尚的人格。诗人希望幼凤赶快长大，衔瑞图而降，表现了诗人对转变国家目前状况的急切愿望。在国家处于危难的时候诗人不计较个人的得失，不顾生命的可贵，宁愿用自己的心血哺育能给国家带来祥瑞的凤凰。诗人在同谷写这首《凤凰台》的时候他的生活几乎濒临绝境了，但他所担心、所忧虑的不是自己的生死而是国家的存亡。《凤凰台》中诗人塑造了一个具有忧国忧民、

---

① 袁行霈：《中国诗歌艺术研究》，北京大学出版社1996年版。

忠君爱国、舍己为国的自我形象,这充分体现了诗人的人格美、心灵美,形成了《凤凰台》独具特色的美学特征。

纵观全诗,杜甫《凤凰台》中塑造了一位呕心沥血、忧国忧民的爱国赤子的形象。这个形象是一个多侧面的综合体,是诗人丰富的性格整体的包容与展现,而不是某种品质或概念的形象显露。其间包含了诗人仁者的悲悯意识,儒者的拯济苍生和平定天下的抱负以及作为人臣富于良知所特有的忠君恋京、思忧报国的情怀等。而诗中的自我形象本身就是一首优美的诗,它包含着诗人的思想美和人格美,这种深刻的美的内涵和自然和谐的审美形式的高度统一,使《凤凰台》具有永久的艺术生命和久远的人格魅力,体现了诗人高尚的人格与爱国热情。

青溪含冥寞,神物有显晦。龙依积水蟠,窟压万丈内。
局步凌垠堮,侧身下烟霭。前临洪涛宽,却立苍石大。
山危一径尽,岸绝两壁对。削成根虚无,倒影垂澹瀩。
黑知湾裹底,清见光炯碎。孤云到来深,飞鸟不在外。
高萝成帷幄,寒木垒旌旆。远川曲通流,嵌窦潜泄濑。
造幽无人境,发兴自我辈。告归遗恨多,将老斯游最。
闭藏修鳞蛰,出入巨石碍。何当暑天过,快意风云会。

杜甫《万丈潭》所写的万丈潭在《凤凰台》所写凤凰台山脚下,两首诗所写地域相连,其思想意蕴也基本一致。凤凰台是诗人仰视,万丈潭是诗人俯视。仰视所及为凤凰,俯视所及为蛰龙,凤凰与蛰龙均为自喻性意象。

《万丈潭》自注为"同谷县作",故与《同谷七歌》的创作旨归应当相近。《同谷七歌》实写国家时局动荡、个人生计艰辛、亲人不能相见、所居恶劣环境诸方面让自己深陷"绝境",而《万丈潭》则是运用蛰龙意象抒发自己被困同谷。且《同谷七歌》其六也有"南有龙兮在山湫……木叶黄落龙正蛰。"两处"蛰龙"是写一地,显然不是实景,历代学者有以为龙是当朝皇帝的象征。"值乱乃作客之由也,不敢斥言在位,故借南湫之龙为比。"[①] 有以龙为起兴,《杜诗详注》引《杜诗博议》云:"同谷

---

① 浦起龙:《读杜心解》,中华书局1961年版。

万丈潭有龙，此借以起兴。"① 有以比喻君子的，"言外有君子潜伏，小人横行之意。"②《易传》讲"潜龙勿用"与"飞龙在天"，此时的杜甫就如"潜龙"，是龙也得飞翔在天，一方面是眼前现实，另一方面又为以后着想。"潜龙媚幽姿，飞鸿响远音"中谢灵运是以潜龙自喻，此时谢灵运作永嘉太守，意谓自己得不到重用。杜甫也是用潜龙自喻，谓自己只能作一潜龙，壮志未舒。在杜诗中，还能找到以龙自喻的例子，《遣兴五首》其一："蛰龙三冬卧，老鹤万里心。""蛰龙""老鹤"对举，均指杜甫自己。《凤凰台》里的"凤"与《万丈潭》里的"龙"均有自我性表征，两首关联度很大。

《凤凰台》一诗中的凤凰基本上采用了"凤鸣岐山"中作为兴国祥瑞、来归君子的意义，以奇幻的想象情节来寓托杜甫个人的孤愤与忠诚，其情节安排超越了传统中凤凰的文化含义，形成了诗人特有的表达方式。③《万丈潭》一诗中的龙虽属神异生物，但杜甫来时正值寒冬，又被巨石所碍，所以潜蛰不出，联系杜甫本人的状况，自己正如潜龙一样，本来可以报效国家，出力君王，现在且潜隐同谷，饱受失意之苦，什么时候能够"快意风云会"，扬眉吐气，为国效力，杜甫对自己的未来充满希望。潜龙就足以让人感慨，更何况是压在万丈深窟之内，让人喘不过气来，潜龙即便不畏严寒想出来，又举步维艰，四周峭壁，烟雾缭绕，难辨方向。前虽有波涛，又有巨石，潜龙真正被困在"万丈潭"底了。又黑又冷的潭底，望见孤云与飞鸟都不自在。黑压压的高萝布满四周，密密的寒木如旗杆般矗立者，溢洿的流瀑又是那么无情，真是一派"无人之境"。诗人此时的"发兴"更多的是反讽的意味，杜甫本来抱着极大的希望从秦州辗转至同谷，没想到同谷竟然还不如秦州，生活上的窘困无以言说，所以发出了"将老斯游最"的感慨。尽管乾元二年的冬天这么难过，但杜甫还是有"快意风云会"的时候。

台湾大学黄奕珍将《凤凰台》与《万丈潭》作为一组诗来讨论，很有见地。认为《凤凰台》中的"凤"与《万丈潭》中的"龙"均有象征意义，"《凤凰台》一诗中的'凤凰'基本上采用了'凤鸣岐山'中作为

---

① 仇兆鳌：《杜诗详注》，中华书局出版1979年版。
② 萧涤非：《杜甫诗选注》，人民文学出版社1979年版。
③ 黄奕珍：《杜甫自秦入蜀诗歌析评》，台湾里仁书局2005年版，第91页。

兴国祥瑞、来归君子的意义,以喻示王者之受天命,再加上'凤雏'所指涉胸怀大略、能协赞邦国之俊才贤士,大量融合了相关的典故,以奇幻的想象情节来寓托杜甫个人的孤愤与忠诚,其情节之安排超越了传统中凤凰的文化含义,形成诗人特有的表达方式。"[1] 黄奕珍关于《万丈潭》中的"龙"意象的讨论,江弱水先生极为认同:这个人的生命力太丰富了,太盛大了,他是用一种泛灵的、神秘的眼光来看待周遭的世界。龙,正是老杜内心里淋漓元气的一种表征。他喜欢马,喜欢赤鲤,只因为都具有龙性:"矫矫龙性含变化,卓立天骨森开张。"(《天育骠骑歌》)所以,杜诗里龙的意象不可小觑。台湾的杜诗研究著作中,欧丽娟的《杜甫诗的意象研究》只列了白鸥、大鲸、鸷鸟,不及于龙。林美清的《杜诗意象类型研究》本来专列一章叫"阴阳造化",很遗憾的也没有多讲龙。但黄奕珍的《杜甫自秦入蜀诗歌评析》用了很大篇幅讨论杜诗中龙的象征意义,可以说窥见了诗人内心世界的深处。(江弱水,香港中文大学博士,浙江大学传媒与国际文化学院博导教授、国际文化系副主任,安徽池州青阳人。《咫尺波涛》发表于《读书》2010年第3期。)"杜甫在《万丈潭》一诗的开头即肯定了潭底神物的存在,正因其为'神物'是以能变化无方,也才能确知其此时虽处于潜藏期,但终有腾出之日。同时,它的处境是既为'巨石碍'、又受潭水重量之压迫。而'高萝成帷幄,寒木垒旌旆'又刻意营造潭水为军中帐幕或宫室帷幕所围,四周飘扬着表彰大夫的旌旗或是壮盛的军旗。帷幄旌旆与军队、政治、宫室有关,刻意借此唤起读者的类似联想,也就间接暗示了潭中生物的身份了。"对杜甫《凤凰台》与《万丈潭》中龙凤放在一起研究,更符合诗境,两首诗都有美好意象,并且是中国传统文化中相关联又寓意丰富的龙凤,传统文化中的龙凤意象,往往代表美好幸福与和谐美满,龙凤呈祥,但杜甫诗中的龙与凤处于饥饿与困顿之中,这就让人很自然地联想到困境中杜甫,结合《同谷七歌》考察,我们发现杜甫在同谷凤凰村写的一组诗,《同谷七歌》是杜甫当年在同谷现实生活的真实写照,而《凤凰台》与《万丈潭》则是用诗歌意境烘托的创作手法,表达与《同谷七歌》内涵一致的思想情感。

---

[1] 黄奕珍:《杜甫自秦入蜀诗歌析评》,台湾里仁书局2005年版,第91页。

第四节　成县历代咏杜诗辑

赵鸿，蔡州人，登进士第，唐懿宗咸通中成州刺史

栗亭
杜甫栗亭诗，诗人多在口。
悠悠二甲子，题记今何在？

泥功山
立石泥翁状，天然诡怪形。
未尝私祸福，终不费丹青。

杜工部同谷茅茨
工部栖迟后，邻家大半无。
青羌迷道路，白社寄杯盂。
大雅何人继？全生此地孤。
孤云飞鸟什，空勒旧山隅。

鲁百能，宋人，仕履无考

仇池
山占仇池地，江分白马氐。
潭深龙自蛰，亭迥凤曾栖。

游师雄，字景叔，陕西武功人。宋英宗治平进士，历官陕西转运副使、卫尉少卿、河中知府、直龙图阁兼秦州知府、领秦凤路马步军都总管加飞骑尉、陕州知府等职。

仙人崖
玉作冠簪石作骸，道衣褐氅就崖裁。
精神似转灵丹就，气象如朝玉帝回。

两眼远观狮子洞，一身遥望凤凰台。
自从跨鹤归仙去，直到如今不下来。

喻陟，字明仲，北宋睦州人。持节数部，政迹蔼著。宋神宗时，由左朝请郎升为刑部郎中，由奉议郎知开封司录参军提举河东路。后曾任潭州知州。宋哲宗时，历任湖北转运副使、湖北转运司转运使、以朝奉郎元丰八年（1085）十二月十九日到任福建提刑司提刑，元祐元年（1086）五月初四日除陕西提刑。政绩突出，任福建路提刑时，"言福建一路八州见有宽剩钱，犹可支雇役十年之费"，并向朝廷推荐人才陈烈，后朝廷"授陈烈官特授宣德郎致仕"。另外，喻陟很有文学才华，雅善散隶，尤妙长笛。每行按至山水佳处，马上临风，快作数弄，殊风流萧散也。他是诗人，曾为吕元圭题诗黄鹤楼，诗《贺岷州太守种谊破鬼章》被收录进《宋诗纪事》。

玉绳泉
万丈潭边万丈山，山根一窦落飞泉。
玉绳自我题岩石，留作人间美事传。

晁说之，字以道，清丰人。生于宋仁宗嘉祐四年（1059），卒于高宗建炎三年（1129），年七十一岁。慕司马光之为人，自号景迂。博极群书，工诗，善画山水，通六经，尤精易学。元丰五年（1082）进士。宣和二年（1120）知成州，任内建杜甫祠堂，颇有政绩。宣和六年，以岁旱尽免民税，转运使大怒，督责甚严，因乞老归。靖康（1126）初，以著作郎召，迁秘书监，免试除中书舍人，兼太子詹事。俄以论议不合去职。建炎初，终于徽猷阁待制。说之著有《景迂生集》十二卷，《文献通考》又有儒言及晁氏客语，并传于世。晁说之知成州还留下《濯凤轩记》《发兴阁记》《成州同谷县杜工部祠堂记》三篇记文，记述了当年修建濯凤轩、发兴阁与同谷草堂事宜。晁说之三篇记文，为流传下来的记述修建同谷草堂的最早文字资料，详细记叙了同谷杜甫草堂始建经过。

过万丈潭观山呈圆机
弃捐踪迹尽悠悠，山水之恩亦太优。

成熟此生无再辱，发扬何事敢他求。
乘闲今日联高足，就隐明年独远游。
潭面可量才万丈，总于春恨作浮讴。

枕上和圆机绝句梅花十有四首选一
汉骑蜀兵下辨开，今朝惟有凤凰台。
瑶凰琼凤方为瑞，此地宜多白玉梅。

才上人处见圆机五字辄用其韵作
振锡千峰下，观空万象前。
水深猱臂直，雪厚虎蹄圆。
工部泪徒感，赞公灯不眠。
当年郭有道，今日更谈禅。

杜诗
古人愁在吾愁里，庾信江淹可共论。
孰似少陵能叹息，一身牢落识乾坤。

注：圆机，即郭圆机，郭子仪之后，善作诗，为晁说之好友，曾寓客成州，与晁说之作诗唱和多首。郭泰，字林宗，人称有道先生，山西介休人，东汉末太学生首领，位居"八顾"（指能以德行引导人的八个名士）之首。因看到东汉王朝腐败将灭，不应征召。归乡执教，弟子达数千人。不慕高爵，乐与士人为伍，被世人视为楷模。建宁二年（169），病殁于家，时年四十一岁。

宇文子震，字子友，成都人，南宋隆兴元年进士，宋绍兴三年（1133）成州郡守。

杜工部草堂
燕寝香残日欲西，来寻陈迹路逶迤。
江涛动荡一何壮，石壁崔嵬也自奇。
鸡犬便殊尘世事，蛟龙常护老翁诗。
草堂欲见垂扃榜，却忆身游濯锦时。

程公许，字季与，南宋眉州眉山人，嘉定进士。历官著作郎、起居郎，后迁中书舍人，进礼部侍郎，官终刑部尚书。今存《沧州尘缶编》。

游凤凰山寺
西康州隔暮云边，凤去不来今几年。
神倦此山良有以，客行何恨独潸然。
瑞图那复来阿阁，王泽何当复下泉。
定慧光中祈印证，等慈心与佛齐肩。

再游凤凰山寺
人生出处岂前谋，岁一星周再此游。
世故鼎来忧似海，壮心空在鬓先秋。
戎车拥路抽身去，僧钵分香劝我留。
扰扰战争何日定，从前变灭几浮沤。

李昆，高密人，字承裕，号东岗，弘治庚戌（1490）进士。历礼部主事，正德初，进员外郎转郎中，迁陕西按察司佥事督理学政、湖广右布政使、陕西左布政使。正德十年，以副都御史巡抚甘肃，左迁浙江副使。后人为兵部右侍郎，改左侍郎，有《东岗小稿》行世。

正德癸酉六月暇日与东渠访杜少陵祠址有怀
侵晨入龙峡，杳霭足云雾。岩际余凿痕，云是古栈路。
遥通剑阁门，斜连白水渡。杜陵有祠宇，畴昔此漂寓。
萧条翳榛莽，摇落伤指顾。两楹盖数瓦，垣毁门不具。
四壁绘浮屠，讹舛更堪怒。拂藓读残碑，字漫不可句。
东渠台中彦，感此激情愫。创始伊何人？兴仆吾可做。
抗手进县令，慈亦岂末务？我当力规画，尔宜亟举措。
会使道路人，从知古贤慕。予闻重叹息，因之资觉悟。
东西走二京，累累几陵墓。况复浮尘踪，谁能侧目注？
彼美少陵翁，磊落君子度。盛气排海岳，雅调续韶濩。
弃官救房琯，知名通妇孺。严武不能杀，陷贼靡所污。
平生忠义心，万里迤遭步。郁郁抱悃愊，稍稍见词赋。

光焰万丈长，宁以华藻故？诸葛颜韩范，比拟固非误。
乃知贤俊迹，百世所公护。我为歌长辞，聊以效疏附。
徘徊未能去，悠忽烟水暮。

宋贤，字及甫，号少宇，明之东吴人，今上海市奉贤县头桥乡东新市人。明嘉靖二十三年（1544）进士。曾任浙江新昌县知县，后又任广西道监察御史，并曾出按四川、甘肃等地。

九日过成县道中望杜公祠
九日成州道，千年杜甫祠。
土城崖作堑，板屋棘为篱。
天远归鸿眇，山迥去马迟。
赏心应不负，残菊两三枝。

九日成州道，千年杜甫祠。
松留云覆屋，菊带雨垂篱。
秋老归鸿急，山回去马迟。
无能荐蘋藻，吟眺有余思。
（后者见明《徽郡志》）

詹理，字燮卿，明朝遂安人，嘉靖二十九年丁未科进士，授中书舍人，寻擢御史。嘉靖三十三年（1554）与三十五年（1556）按视甘肃兼督学政使。与宋贤同时，《礼县志》载有《游翠峰寺》、《翠峰寺》等诗。

次院中宋少宇谒少陵祠韵
久诵惊人语，今瞻老杜祠。
末由登畔岸，敢望破藩篱。
思索成吟苦，安排得句迟。
山房对修竹，栖老凤凰枝。

已识晋公沼，犹瞻杜甫祠。

丹枫凋故叶，金菊落疏篱。
暮薄鸦归急，山高月上迟。
堂前数竿竹，抽出几枝新。

郑存仁，明朝清源人，生于明朝正德己卯年（1519），卒于万历乙卯年（1579），嘉靖庚戌年（1550）中第三甲进士。郑存仁不仅能抗击倭寇，也能弹劾当时为非作歹的贪官污吏，曾经数次弹劾嘉靖年间的严嵩父子。留有《登祁山》二诗，知其到过陇右。

和宋少宇韵
历尽荒山道，来瞻杜老祠。
雨饶苔满砌，秋晚菊翻篱。
心为忧时剧，行因吊古迟。
林莺如解意，飞绕树头枝。

郭从道，字省亭，明正德间举人，徽县水阳乡新寺村郭家庄人，历任直隶大名府管河通判、应州知州、潞安知州、顺德府同知等。后官至贵州按察司、兵备佥事，升兵备参议。撰《徽郡志》。

过杜甫祠次少宇先生韵
老杜芳名远，高原见古祠。
爱时悲去国，采菊向东篱。
白水江声转，青泥雁影迟。
草堂一以望，千载抱幽思。

胡明善，南直霍丘（今安徽霍邱县）人，曾巡按甘肃御史，诗作于嘉靖庚寅（1530）正月，《礼县志》载有《谒武侯祠》一诗。

春日谒杜少陵祠
少陵栖息地，尘迹寄云隗。
风雨吟龙峡，江山领凤台，
春明秦树远，关黑楚魂来。

揽辔瞻祠屋，千秋一叹哀。

杨贤，山东济宁临溪人，明嘉靖三十二年按察使洮岷兵备副使。

  谒杜工部祠七律一首
   飞龙峡外凤台空，子美祠堂在眼中。
   俊逸每于诗中识，拜瞻今始意相通。
   寻芳敢学游春兴，得句忘归恋我翁。
   不是鲁狂欲弄斧，愿言乞巧度愚蒙。

   远望山城小，人传胜迹多。
   苔封吴家冢，藤复杜公窠。
   仙阁曾邀月，仇池不起波。
   诗成欲酌酒，洒乐舞婆娑。

白镒，太原人，嘉靖二年（1523）癸未科殿试第三赐进士出身，明陕西按察司分巡陇右道金事、前南京刑部郎中。

  过杜子祠
   对县南山秀出岐，少陵遗迹启生祠。
   豪吟怜世忧时志，晚景怀乡去乱思，
   大雅删余高独步，盛唐变后妙难窥。
   诗家门户知多少，神圣无传总是诗。

刘尚礼，山西汾州人。嘉靖三十六年（1557），知成县事。

  谒少陵祠二首
   凤凰台下飞龙峡，峡口遥望杜老祠。
   诗句漫留苍藓碣，草堂高护碧萝枝。
   徐探步月看云处，想见思家忆弟时。
   千古风流重山水，令人特地起遐思。

云山窈窕涵清界，烟水潺湲老杜祠。
寝殿纷飞新藋叶，吟台惟有老松枝。
独怜雅调成陈迹，却恨残碑属几时。
吊古寻幽归旆脱，亮怀应入梦中思。

刘璜，江西万安人，明世宗嘉靖十九年春知成县

谒少陵祠
南山壁立与天通，隐隐草堂云雾中。
悯世昌才诗万卷，遁世避乱酒千钟。
盛唐三变知其绝，大雅一删妙化工。
虽恨拾遗终寂寞，诗家门户独高风。

赵相宇，字冠卿，号玉铉，山西太原狼孟（今阳曲县）人。《阳曲县志》载："赵相宇，万历丁酉（1597）进士，成县知县。"同谷草堂见于地志的第一次修葺在万历四十六年春，成县知县赵相宇奉命尹成邑，拜谒杜公，见栋宇倾圮，乃捐俸命教谕管应律修葺，事竣管应律作《重修杜少陵祠记》碑：

"少陵公祠，其来远矣。仰窥俯瞰，山光水色映带，恢恢乎大观也哉！历代名公咏歌以纪其胜者，雅多奇迹。嗣是栋宇倾圮，风景依然，谒祠者每愀然发孤啸焉。我赵侯奉命尹是邑，春日修常祀，登堂拜像，赏鉴殊绝，乃捐俸命工以经营之，不日落成，祠焕然一新。事竣，应律等请题纪胜，侯义不容，默倚马挥一律，洒洒传神，盛唐之风韵，不是过也。起少陵于九原，其首肯矣，敬勒石以志不朽。若夫政通人和、百废俱举，邑人士耳而目之，别有纪焉。侯，三晋世科也，讳相宇，字冠卿，号玉铉，太原之狼孟人。时万历戊午仲春日记。儒学教谕河曲管应律撰文，儒学训导汉中安宇校正，典史蕲水萧之奇书丹、立石，阖学生员乔三善等同立。"

春日谒杜少陵祠
庙柏青青又见春，高名千古属祠臣。

涛声漱石吟怀壮，岚色笼霞道骨真。
忧愤断碑萦客思，清风苔砌长精裡。
情深不觉嗟同契，为薙荒祠启后人。

谢镛，字禹铭，顺天良乡（今北京市）人，明思宗崇祯九年（1636）知成县，谢镛修《成县新志》一部。

少陵古祠
峡口流泉处，深林杜老官。
萧森秋气爽，寂历鸟声空。
荒草湿朝雨，长松吼暮风。
宦游今已倦，荇莱忆江东。

宋琬，（1614—1674），清代诗人，字玉叔，号荔裳，莱阳（今属山东）人。顺治四年（1647）进士，授户部主事，累迁吏部郎中，出为陇西道。顺治十八年擢浙江按察使，因山东于七农民起义，仇家告他有牵连，因此，系禁三年，几乎死于狱中。获释后，长时期流寓吴、越，至康熙十一年起用，授四川按察使。次年入京觐见，适逢吴三桂举兵占领成都，因家属留蜀，惊悸忧愁去世。

拜杜少陵草堂
最爱溪山好，因成秉烛游。
碧潭春响乱，红树晚香浮。
橡栗遗歌在，蘋蘩过客修。
先生如何起，为我听吴讴。

少陵栖隐处，古屋锁莓苔。
峭壁星辰上，惊涛风雨来。
人从三峡去，地入七歌哀。
欲作招魂赋，临留首从回。

同欧阳介庵同饮凤凰山下二首

一
茅茨深处隔烟霞，鸡犬寥寥有数家。
寄语武陵仙吏道，莫将征税及桃花。
二
峡口寒云草木黄，杜陵人去水苍苍。
朱弦一曲飞龙引，知尔重来下凤凰。

吴山涛，（1624—1710），字岱观，浙江钱塘人，清圣祖康熙初知成县，有政声。以建少陵七歌堂被诬。罢官后，浮家泛宅，浪游苕霅。书法飘逸，山水不落蹊径。在程正揆、查士标之间。细密之作，深入元人阃奥，潇然淡远，堪与张风方驾。

少陵草堂
空山犹否荐芬芳，雨覆新成旧草堂。
剩有冠裳垂薮泽，曾无灯火照昏黄。
林寒乌鹊冲烟外，日久豺狼伺路旁。
莫道生前悭一遇，千秋祠庙亦荒凉。

汪璪，成县人，清康熙元年（1661）由贡士中举，授为州学政，后为会稽知县，生前以诗文誉著。其三子汪莲州，秉承祖范，勤功苦读，诸子百家，无不贯通。

观音崖（石龛）
一龛半天开，鸟道通往来。
谈笑碧霞间，千岩声应响。

汪莲州，字淑仁，浒七世孙，生而岐疑，有巨人志。稍长秉承祖范，勤苦攻读，经史百家，无不淹贯，尤至性过人。吴逆之变，兵据成邑，时父已瘫痪危笃不能避，汪莲洲朝夕侍奉，不忍离去，贼亦为之感动。父段，成礼致殡，后同母乘间逃出获全。其后待异母兄存、养、殁、殡、抚，待之以礼，抚遗侄授室成名。康熙丁丑科（1697）选入太学，每试冠军，国子师深为器重，后以孝养归籍，义授生徒，门下所出列贡、致仕、中乡榜者济济其人。清世宗雍正元年（1723），阖邑以孝廉方正公荐，时邑令钟秀为之劝驾，汪莲州以体衰力辞未就。所著《钟楼墨集》典雅有则，尤长于诗，其遗著现为后人所收藏。子于雍亦选贡，于豫、于梁、于岱俱列庠，以文学世其家。

凤凰台访杜公祠
凤凰台上杜公诗，绿字苔侵不可知。
自是彩毫干气象，高山流水两争奇。

春日谒少陵草堂
春日寻芳事可师，东风淡荡拂晴丝。
不瞻有客卜居胜，空诵惊人擅世诗。
峡度长安一片月，树含渭北九回思。
更留心血凤台上，千古词人总未知。

蒋薰，字闻大，号丹崖，浙江海宁人，清朝康熙十三年伏羌（甘肃甘谷）令，著有《天台山记》《留素堂集》《陶靖节诗集》四卷。

少陵祠
罗含犹有宅，王粲竟无家。
谷响如鸣凤，溪光即浣花。
徘徊乌几席，想象白头嗟。
莫谓斯人远，清风飒落葭。

杨注，四川内江人，清圣祖康熙时知成县。

少陵祠
祠构南山下，丘原自古今。
崇台遗凤迹，峻岭听猿吟。
堂圮衣冠冷，碑残劫火侵。
昔年长啸处，回首白云深。

工部草堂古，溪深径转幽。
身从三峡隐，哀向七歌留。
囊满惊人句，家徒拾橡谋。
只今禋祀在，仰止几千秋。

钟秀，满洲人，康熙五十一年（1712）知成县。

杜工部祠
岸畔灵禽集，天教一老居。
乾坤留面月，山水见须眉。
跪拜新承乏，穷愁旧拾遗。
有魂招不得，万古此同悲。

忆杜公祠旧游
孤城十里到荒村，曲栈危桥自有春。
事已千年诗不旧，峡留一室迹常新。
凭将爱国忠君客，好作高山流水人。
七载未能拜遗像，几回南望泪沾巾。

李涵元，清人，曾修《绥靖屯志》。

少陵草堂
行行曲径最幽深，杜老祠前古树森。
云绕山腰疑凤舞，风鸣谷口似龙吟。
七歌字字先生泪，千载依依过客心。
日暮望归频极目，数椽茅屋月华侵。

王宇乐，字尧赓，号怡亭，钟祥人。雍正丁未进士，清朝西和令。

少陵草堂
遗迹传闻久，青山到眼新。
登临有我辈，漂泊自前人。

间道初归阙，驱车又去秦。
谁怜垂白老，尽室在风尘。

休驾空山里，长镵托此生。
湫寒龙正蛰，台峻凤无声。
草径荒庭暗，虫书四壁明。
天涯岑寂意，暮影独含情。

吕纶，清代成县人，岁贡。

石秀才
（作者注：在杜工祠旁）
古道傲云窝，亭亭意若何。
孤忠一片志，岁月忘蹉跎。

飞龙峡
石搏沙浪语，樵唱暗明间。
临岸徘徊久，敲诗得句艰。

胡钱（1708—1770），字鼎臣，号静庵，甘肃秦安人。乾隆元年（1736年）朝考不第，至乾隆三十一年（1766）方出任高台教谕，惜四年后以病辞归。著有《静庵文集》20卷。胡钱穷于遇却工于诗，与狄道（今临洮）吴镇、潼关杨鸾并称"关陇三诗杰"。后人评他的诗曰："诗境清腴，而曲尽事情，虽刻苦研炼，而自然流转如脱口出。"

同谷杜少陵
峡口面峰端，客歌声未阑。
悲风溪自急，湿树雨长寒。
北望秦关迥，南寻蜀道难。
可怜暂过处，遗庙尚沙滩。

邓铨，字田功，号栲岑，今属于安徽省桐城市人，清顺治间贡生，选授唐山知县，以贤良卓识闻名。不久告假归里，筑北山草堂，与友人相酬唱。有《集杜诗》36卷行世。

草堂行谒杜工部遗像敬赋（集杜句）

（作者注：草堂行谒杜工部遗像，敬赋并感忆宋荔裳学使者，旧题石壁亭址前题）

有客有客字子美，时危安得真致此！
白头拾遗徒步归，嘉陵江色何所似？
便至四十西营田，故将移住南山边。
应结茅斋看青壁，杜陵老翁秋系船。
每夜江边宿衰柳，好事就之为携酒。
锦官城西生事微，浣花草堂亦何有！
杜陵野客人更嗤，数篇今见古人诗。
黄独无苗山雪盛，波涛万顷堆琉璃。
三年饥走荒山道，多才依旧能潦倒！
千酒新诗终自疏，知与山东李白好。
峡门江腹拥城隅，柴门杂树向千株。
南寻禹穴见李白，肯访浣花老翁无？
况是飘转无定所，恐惧弃捐忍羁旅。
南有龙兮转在湫，撇旋捎濆无险阻。
飘然时危一老翁，岁拾橡粟随狙公。
宋公放逐曾题壁，窈窕丹青户牖空。

葛梦龙，清朝瀛海人，乾隆《直隶阶州志》卷下收载葛梦龙《读〈过秦论〉》一文，曰：孔子之谓集大成，贾生其弗信矣乎？不然，"仲尼墨翟之贤"六字，胡为乎来哉？如墨翟者，孟子碎之不遗余力，贾生宜闻之熟矣，乃以孔子与之伍，何其丧病狂丧心也。且贾生而愚人也则可，贾生为汉代第一文人，亦可为痛哭流涕长太息矣！

工部草堂
忆昔先生寓此邦，七歌字字寄悲伤。
未能雪耻生吞虏，长绕忠魂夜泣唐。
涧下涛轰舒愤懑，谷中风啸带凄凉。

依然野外无供给，惟有游人诗几章。

黄泳，字弘济，四川射洪人，出身书香世家，康熙辛卯（1711）科举人。自乾隆三年（1738）秋起任甘肃成县知县。他精于金石、历史、地理之学，诗词歌赋无所不通。在宰成期间，注意考察当地名胜古迹、风土人情，发现残存志稿"略而不详，讹而鲜当"，有不少需要修改补充，也有不少地方需经核证，于是决心纂修《成县新志》。在他去职第二年，即乾隆八年（1743），邑人便镌刻了"邑侯黄公德政去思碑"，以褒扬这位爱民如子的清官。

  子美草堂
  石室洞流渐，山幽留拾遗。
  心随秦岭日，目断草堂枝。
  亭阙云为补，春来花作篱。
  浣溪人已邈，柳色寄遥思。

  草堂对石
  洞古云空忆少陵，堂前兀石尚亭亭。
  昆池鲸甲千年冷，同谷杨枝几度春。
  常对坚心盟华省，肯随腐草逐流萤。
  奇形如作人间语，应使梅花梦顿醒。

姚协赞，清朝巩秦阶道。

  同谷草堂
  陆渔笙学使按临武都，路过同谷，见杜工部荒祠，思速加修葺之，属余致意于幼芝直刺。幼芝欣然修之，亦可谓为政风流之一端矣，因长歌以纪之。
  州图领同谷，昔曾诵杜诗。我到秦州来，不见杜公祠。
  祠堂何所在，成县山之陂。地惟连蔓草，阶已长茅茨。
  相距三百里，未得拜兰墀。诗人陆务观，天谴作宗师。
  论文正法眼，耽咏然吟髭。望古城遥集，骚坛善护持。
  荒祠相掩映，使节正驱驰。鸟革翚飞事，宜筹兴建资。

风流称太守，此事属幼芝。幼芝真古道，独立厦能支。
草密上阶剪，荆深盈路披。虚窗宜月补，远石作山移。
词客灵如在，秋风动彩旗。浣花应不减，旧址至今遗。
人生原转瞬，难得是名垂。自古能诗者，吕第亦参差。
但如鸿印爪，孰是豹留皮？少陵千古在，令我动遐思。
平时多坎坷，履险不曾夷。戎马仓皇日，家山怅望时。
文章竟憎命，季女咏斯饥。巢幕欲营垒，处囊难脱锥。
爱国情最挚，忧民心更慈。致君尧舜上，立志本皋伊。
才大难为用，心期世莫知。展非千里骥，守到半生雌。
慷慨诗成帙，迷离酒满卮。论公平素志，岂愿骋雄辞。
论定千秋后，真教叹数奇。笾豆看有楚，报礼本无私。
我愿怀古士，慎毋坐井窥。诗才称苏白，词华属色丝。
苏公忠绠著，倾心向日葵。香山遗泽在，称颂到今兹。
立功方不朽，奕世尚钦迟。欲招灵均魂，与公配飨宜。
美人香草志，知公定解颐。草堂何日过？拭目读丰碑。

黄文炳，《阶州直隶州续志·名宦》载："黄文炳，字啸村，江南桐城人。道光四年知阶州。培植文风，询民疾苦，麦秀双歧。民颂曰：'媲美渔阳'。公余，与都人士赋诗，有'细雨桃花红女洞，春风杨柳白龙江'之句。亦可见为政风流之一端矣。"

咏工部草堂
三春花柳乱啼莺，古木丛祠傍曲成。
一代风骚归大雅，千秋臣节仰名卿。
苔碑藓碛寒烟护，远浦遥岭暮霭横。
唐室只今无寸土，草堂终古属先生。

叶恩沛，字幼芝，安徽歙县人，清德宗光绪中知阶州。清光绪十一年（1885）甘肃学政陆廷黻、知州叶恩沛发起重修草堂，知县李焌主其事。

同谷草堂
蔓草荒烟寄慨深，浣花故址有谁寻？

山空鸟寂游踪少，谷入驺鸣使节临。
　　　表暴诗人公赠玉，重修遗像我装金。
　　　回思十七年前事，何意相逢又到今。

　　　修罢临江又草堂，聊分鹤俸亦何伤。
　　　芳徽但得先贤著，独立甘将巨任当。
　　　云树顿增新景象，河山倍焕古文章。
　　　从此俎豆依然继，秋月春花分外香。

　　　下吏无才窃自惭，半生诗酒也曾贪。
　　　忍教仍旧围倾四，喜与更新径辟三。
　　　曩日风雨多败漏，今番云水尽包涵。
　　　辉煌庙貌巍然起，万象澄鲜月映潭。

　　　诗思画意两纵横，水秀山明别有情。
　　　足壮观瞻民共悦，忽新听睹士群惊。
　　　千秋青眼逢谁顾？一片丹心共此城。
　　　深愧涵濡无善教，还将呵护仰先生。

　　刘坿，举人，为成县知县，有清名。字敬庵，刘墉（1719—1804，字崇如，号石庵）之堂兄，雍正十三年（1732）举人。清刘光斗《诸城县续志》载："坿，字静庵，举人，为成县知县，有清名。岁饥，大府属发仓庾贷民，民不能偿，坿代偿之。以劳致疾，卒于馆舍，贫不能归榇，布政使赀助以归。"

　　　大雅今何在，青山旧草堂。数椽间架小，三径薜萝荒。
　　　夹岸千寻逼，奔流一水狂。仙人开晓洞，鸣凤矗高岗。
　　　潭静龟鱼现，岩深虎豹藏。卜邻如凤约，结伴近禅房。
　　　萍梗依关塞，葵心向庙廊。才名怜太白，开济忆南阳。
　　　岂独文章焰，还推忠爱长。当时歌橡栗，此日荐羔羊。
　　　板屋经风雨，茅檐压雪霜。年年勤补葺，来往莫椒浆。

（识云：工部草堂在成邑东南峡口，凤凰台西。堂开东向，夹岸石辟千寻。对面有醉仙，形悬壁间，衣冠须眉略可指似。二水合流出峡，水行石间，岌岌劲荡，势若飞龙。下为深潭，无可钓长鱼。昔公由秦人蜀，爱其地，结茅以居，与赞公往来。后人因以祀公，春秋例用特羊云。东武刘坰识，刘增书。）

李炳麟，湖南楚南人，陕西候补知县。

家君治成邑三年矣，麟亦需次西安，久疏定省，光绪乙酉冬，奉差赴汉中，绕道省亲适叶公补修同谷草堂征诗落成，麟依韵和酬嘱同补壁，聊诚一时鸿印云耳。（据《阶州续志》载：李焌，湖南益阳人，曾于光绪九年（1183）知成县。由此可知，李炳麟为李焌之子。）

结屋悬崖深复深，骚坛嶪嶪此登临。
芳尊载酒独怀古，老树擎云直到今。
大雅回澜诗万卷，飞泉挂壁峡千寻。
追思天宝流离日，遥望家书抵万金。

许身稷契本无妨，地老天荒胜草堂。
兵燹飘零怀弟妹，鬼神歌泣有文章。
眼中寒畯万间庇，石上因缘一瓣香。
俯仰同时谁伯仲，谪仙旗鼓尚相当。

千秋诗史总无惭，未饮廉泉早励贪。
风雨乱崖自悲壮，乾坤万象尽包涵。
居怜同谷歌传七，律冠唐人味得三。
凭吊黄蒿古城水，只余明月映寒潭。

荒祠云树自纵横，谷暗风号虎豹惊。
入庙馨香千古祀，思君忠爱一心诚。
东柯流寓天涯感，南国亲多旧雨情。
何日得瞻严仆射，不教知己负平生。

陶自强，湖南祁阳人，1940年夏任成县县长，1942年冬离任，在任期间，将田赋征钱改为征实，常以"二杜甫"自比，善书法，整天作文赋诗，不理政务。一切政务均由各科负责人办理。陶自强《成县杂记》："清明日，余借诸同事登堂展谒，祠宇年久失修，濒于倾圮，自光绪时县令楚南李焌曾为修葺。数十年来无人过问，乃于县人士发起修复，咄嗟间得数千元，强瓦启牖，焕然一新，又于祠外辟精室数楹，以备游客之居，虽不能与浣花之媲美，亦不失为历史上一名胜。"

  清明谒杜工部祠
  青青古柏覆荒祠，异代相悲动客思。
  乱发白头公去久，衰时赤手我来迟。
  平生知己推严武，结得幽邻有赞师。
  橡栗苦愁千载下，只今怕读七歌诗。

  忧国怀君遗句在，先生心事满江湖。
  当年穷谷身何苦，一代词宗德不孤。
  已著文章惊妙造，偶逢山水足清娱。
  草堂终古游人到，广厦千间问有无。

  高一涵（1885—1968），原名永浩，别名涵庐、梦弼、笔名一涵，六安南官亭人，曾留学日本明治大学攻读政法，1916年7月回国与李大钊同办《晨报》，经常为陈独秀主编的《新青年》撰稿，并协办《每周评论》。作为新文化运动的主力军之一，高一涵在《新青年》上发表了大量作品，著作有《政治学纲要》《欧洲政治思想史》《中国御史制度的沿革》等；翻译有《杜威的实用主义》《杜威哲学》等，另有诗集《金城集》。1968年病逝，葬南京雨花台公墓。1940年出任国民政府甘青宁监察使，1943年陪张大千同游麦积山后南游成县，写有《成县》《登成县鸡头山》《夜宿鸡头山普贤殿》《成县飞龙峡谒杜工祠》《访西狭摩崖》《登成县岷峪峰》《岷峪山道中》《犀牛江上》（二首）《陇南行》等十首诗。

  成县飞龙峡谒杜工祠
  飞龙峡口路迷离，龙去潭空异旧时。
  一掌平原同谷县，数椽矮屋杜工祠。

萧萧短发荒山客，耿耿忠魂故国思。
我亦无家堪送老，白云深处望仇池。

王秉钧，（1914—1996），甘肃甘谷人，清华大学中文系毕业，兰州大学中文系教授。

访同谷杜甫草堂
时序三秋木叶黄，飞龙峡浦岚烟长。
千寻凤岭披红日，万丈龙潭透碧光。
旧址残碑埋野草，三株古柏说沧桑。
而今重建新祠庙，工部景行千载芳。

李士竣，武都人。

武都少陵草堂赋
彼少陵兮，词人领袖；为文章兮，风驰雨骤。避时难兮弃组绶，来关辅兮客陇右。居斯堂兮亦何陋？夫是堂也，绿缛兮草丰；葱笼兮木成。无槛枅节锐之华兮，自渊然而深秀；无绣闼雕甍之奇兮，亦天然之结构。碧山兮屏风，白云兮藩篱。瓮牖兮绳枢，研橼兮剪茨。风光月霁兮，严先生之生祠；松涛竹韵兮，彭泽令之故居。居于斯兮处于斯，枕石席地以栖迟。饮于兹兮食于兹，负薪采橡以乐饥。宜春夏与秋冬兮，极时序之变迁；宜阴晴与晦明兮，亦气象之万千。烟云缥缈兮，频催《七歌》之缠弟；景物迷离兮，用度数月之熬煎。暗水流兮绕芳径，春色映兮带草间。怀一腔之忠义兮，每抚孤松而盘桓；抒满腹之锦绣兮，应对庭柯以怡颜。在昔数橼草茅略备风雨兮，未敢必二十稔而遥；在今牧夫刍荛不敢樵采兮，直相去五十步之超。虫声唧唧兮，宣雅韵之铿锵；风吹裊裊兮，鸣佳句之悠扬。德馨兮拟南阳；清高兮傲锦堂。骚人停骖而式庐兮，寻遗香于苔痕；愿子望门而下拜兮，仰高风于芳躅。噫！结斯堂者先生兮，先生没而斯堂常新；住先生者草堂兮，草堂存而先生未湮；思长乐之富丽兮，不留遗址于百年；忆阿房之巍焕兮，仅供楚炬之一燃。他若玉堂金谷与夫吴宫汉苑之不可以数计兮，至今多成荒土丘园与沧海而桑田。何若斯堂之踵事增华兮,历百代而奕奕犹传。呜呼!大唐兮非旧,哲人兮已亡。登斯堂兮,书泽犹存。知人杰兮地灵,德厚兮流光。想当年清苦备尝,至身死兮,是非乃彰。思懿范兮,与日月而俱昌。不见其人兮,顾图像而彷徨。宜草堂之千古兮,阅四代而馨香。更为卜世卜年兮,与山高而水长!

今存历代评杜诗60余首,作者30多人。其作者多是同谷(成县或成州)知县,有十一人之多,余亦为周边为官因慕杜甫之名特来拜谒而作诗的。这些诗的保存方式有两种情况,一是靠诗碑保存,二是靠地志保存。同谷(今成县)可考察的历代评杜诗碑有十六通,其中唐一、宋三、明八、清三、民国一,余皆见于地志或其他文献。这些诗碑存诗以及地志文献所存咏杜诗,一向被认为是同谷重要的金石之作或凭览文献资料,就其内容而言,这些诗碑以及文献资料,以诗咏的形式评点杜诗或具体评点杜甫"同谷诗",且评点各具特色,能将评诗与论人相结合,并着重从杜诗调格、诗人性情、美学形态、诗歌技法诸方面进行具体赏评。这些赏评,不仅有助于了解杜甫"同谷诗",生动映现杜甫"同谷诗"的美学内涵,而且也为深入研究杜诗特别是由秦入蜀之作提供了诗学支持,并由此开阔了杜诗研究的空间。仇兆鳌《杜诗详注》收诸家咏杜诗,这30人中仅收赵鸿《杜甫同谷茅茨》与《栗亭》两首,宋琬《拜杜少陵草堂》一首,且有异,其第三联为"岁华三峡暮,身世七哀歌。"不同地志所载"人从三峡去,地入七歌哀。"尾联"欲作招魂赋,临流首重回。"亦与地志所载有一字之异,"欲作招魂赋,临留首重回。"

第五节　仿《同谷七歌》释评

文学史上曾因屈原创作"九歌"而形成了"九体",因枚乘创作"七发"而形成了"七体",自从杜甫《乾元中寓居同谷县作歌七首》一出,于是文学史上便有了"七歌体",后世仿拟之作不断,兹辑录并注释之。

1. 李新《龙兴客旅效子美寓居同谷七歌》:

其一
阴风刮天云自幕,穷山十月愁摇落。归来囊有惜空虚,石田拟与谁耕凿。我生正坐儒冠误,终年冻饿如癯①鹤。呜呼一歌兮歌已悲,山鬼为我相追啼。

其二

隔窗冷吹啸疏篁,颓云逼月色无光。南邻昨歌今日哭,诀另未永相思长。我今与之正同调,无锥能直九回肠。呜呼二歌兮歌再曲,唧唧悲音断还续。

其三

殒我父天悲入骨,更有诸昆②寄吴越。拊膺③洒血欲长号,畏伤孀母辄不发。罪逆自合当刑诛,神谴人怒岂汝忽。呜呼三歌兮歌极伤,午天④为我下严霜。

其四

有弟有弟汴⑤之阳,共失所怙心摧伤。裁书⑥黄耳⑦送不到,道远未知存与亡。岁云暮矣天苍苍,雁飞安得随汝行。呜呼四歌兮歌愈急,漏天⑧为我同时泣。

其五

萧萧角声叠叠鼓,招提⑨旷荡⑩无环堵。编蓬⑪悬席⑫不遮拦,西面透风东面雨。官归庇身无一瓦,反更罹此百忧苦。呜呼五歌兮歌思多,不曰有命其如何。

其六

西山白虎跳天游,朝食行人暮噬牛。居民胡不避此苦,复闻暴吏猛于虎。怪尔巨蠹⑬敢身由,拔剑一击拆不留。呜呼六歌兮歌六叠,太息仰空泪横臆。

其七

富贵贫贱无巧拙,时来火光递生灭。世路不容一井宽,哑哑跳蛙笑东鳖。残杯冷炙勿复道,故交惟有西山雪。呜呼七歌兮歌章毕,死血埋坟色应碧。

注释:

①癯,读作 qú,瘦也。

②意为弟兄。

③拊膺,读作 fǔ yīng,捶胸。表示哀痛或悲愤。晋陆机《门有车马客行》:"拊膺携客泣,掩泪叙温凉。"唐罗隐《重九日广陵道中》诗:"广陵大醉不解闷,韦曲旧游堪拊膺。"宋王安石《送吴显道》诗之一:"以手拊膺坐长叹,空手无金行路难。"

清和邦额《夜谭随录·秀姑》:"田痴立良久,拊膺大恸。"

④中午。宋程颢《偶成》诗:"云淡风轻近午天,望花随柳过前川。"清曹寅《集馀园看梅同人限字赋诗追忆昔游有感而作》:"午天一梦空花碎,处处飞鸿印爪泥。"

⑤古州名。北周改梁州置。治所在浚仪(今开封市)。五代梁建都于此,升为开封府。五代时晋、汉、周以及北宋也以为都。常称汴梁,又称汴京。今为中国河南省开封市的别称。

⑥(1)草写檄文。南朝陈徐陵《谢敕赉烛盘答齐国移文启》:"昔班彪草移,阮瑀裁书,驰誉当年,遂无加赏,非常大赉,始自今恩。"(2)裁笺作书,写信。三国魏曹丕《与吴质书》:"顷何以自娱?颇复有所述不?东望於邑,裁书叙心。"唐孟浩然《人日登南阳驿门亭子怀汉川诸友》诗:"未有南飞鴈,裁书欲寄谁。"清陈维崧《贺新郎·作家书竟题范龙仙书斋壁上〈芦雁图〉》词:"漏悄裁书罢。绕廊行、偶然瞥见,壁间古画。"

⑦黄耳(选自祖冲之《述异记》)。陆机少时,颇好猎。在吴,有家客献快犬,名曰黄耳。机后仕洛,常将自随。此犬黠(xiá)慧,能解人语。又尝借人三百里外,犬识路自还,一日至家。

⑧谓如天泻漏。比喻多雨、久雨或飞泉盛大。宋苏轼《广州蒲涧寺》诗:"千章古木临无地,百尺飞涛泻漏天。"

⑨民间私造的寺院。宋应麟《杂识》"私造者为招提、若兰,杜牧所谓善台野邑是也。"源自梵文 Caturdeśa,意译为四方(catur 是四,deśa 指场所、地方、国土等),指寺院。于是四方之僧称招提僧、四方僧之受施物称招提僧物、四方僧之住处称为招提僧坊。北朝魏太武帝于始光元年(424)造立伽蓝,名之曰招提,国人遂以招提为寺院的别称,此称呼亦传至韩国和日本。

南朝宋谢灵运《答范光禄书》:"即时经始招提,在所住山南。"

《旧唐书·武宗纪》:"寺宇招提,莫知纪极,皆云构藻饰,僭拟宫居。"

《初刻拍案惊奇》卷二一:"樵舍外已闻犬吠,招提内尚见僧眠。"

清魏源《武林纪游》诗之四:"且还招提宿,寄此山夕永。"

⑩指空旷。

⑪编结蓬草。古时简陋之屋,编蓬以为门户。亦指结草为庐。汉东方朔《非有先生论》:"居深山之间,积土为室,编蓬为户,弹琴其中,以咏先王之风,亦可以乐而忘死矣。"唐杜甫《写怀》诗之一:"编蓬石城东,采药山北谷。"

⑫悬挂的席子。用草或苇子编成的成片的东西,古人用以坐、卧,现通常用来铺床或炕等的席子。

⑬大蛀虫。比喻大奸或大害。《后汉书·虞延传》:"尔人之巨蠹,久依城社,不畏熏烧。今考实未竟,宜当尽法!"南朝梁刘勰《文心雕龙·史传》:"於是弃同即

异,穿凿傍说,旧史所无,我书则传,此实讹滥之本源,而述远之巨蠹也。"《新唐书·柳泽传》:"用浮巧为珍玩,以谲怪为异宝,乃治国之巨蠹。"明刘基《伐寄生赋》:"巨蠹既夷,新英载蕃。"

简评:此歌除七歌第一句未仿杜诗外,其余全与杜诗一致,本诗运用杜诗意境,善于渲染环境气氛,悲伤之情盛浓。借用杜诗词句明显,如一歌几乎句句用杜诗词句,感慨人生命运不济,身无立锥之地,又遇暴吏肆掠,诗人真正体验到世态炎凉,诗句"残杯冷炙勿复道,故交惟有西山雪"有很强的概括力。

李新小传:(1062—?),字符应,号跨鳌先生,仙井(今四川仁寿)人。神宗元丰七年(1084)入太学,时年二十三。哲宗元祐五年(1090)进士,官南郑县丞。元符三年(1100),在南郑应诏上万言书,夺官贬遂州。徽宗崇宁元年(1102),入党籍。大观元年(1107)遇赦,摄梓州司法参军。宣和五年(1123),为茂州通判。高宗绍兴八年(1138),应其子时雨请,追赠一官(《宋会要辑稿》仪制一一之一二)。有《跨鳌集》五十卷,已佚。

2. 王炎《杜工部有同谷七歌其辞高古难及而音节悲壮可拟也用其体作七歌观者不取其辞取其意可也》:

其一
有客有客字晦叔,东皋①岁收可饘粥②。何为得饱尚多忧,岂是老穷无止足。十日之中九日病,以杖扶行惧颠覆。呜呼一歌兮意长③,风林助我鸣悲商④。

其二
有母有母年七十,一室枵然⑤徒壁立。茹蔬啜粥不怨尤,卧病在床无药物。我为举子得一官,南陔⑥之养嗟何及。呜呼二歌兮转悲,羞见慈乌⑦随母飞。

其三
有弟有弟手足亲,与我鼎立成三人。叔氏鳏居苦多病,季子宦游依旧贫。吾兄既终弟亦逝,岁晚茕茕⑧惟一身。呜呼三歌兮意放,歌罢无言坐惆怅。

其四
有妹有妹家苦贫,补纫组织多辛勤。二男三女未婚嫁,已见宿草⑨生孤坟。问疾吊丧俱不及，念此不置长酸辛。呜呼四歌兮更苦，往事关心谁可语。

其五

有子有子共七人，六子短命一子存。后固无穷前万古，浮生⑩修短何足论。天属情钟在我辈，岁月虽久哀如新。呜呼五歌三叹息，理不胜情难自释。

其六

有孙有孙未冠巾⑪，顾顾⑫状貌如成人。谓其长大习诗礼，他年可望高吾门。岂期一旦舍我去，白首老翁徒痛心。呜呼六歌音调急，独坐吞声襟袖湿。

其七

有妇有妇嫔⑬吾孙，仅能暮月⑭问晨昏。吉凶自古不可定，所以贺吊⑮更在门。人言贫家女难嫁，岂料既嫁俄不存。呜呼七歌意不尽，频年多难天难问。

注释：

①水边向阳高地。也泛指田园、原野。

②读作 zhān zhōu，亦作"饘䭈"。稀饭。清方文《卖卜润州邹沂公有诗见赠赋此答之》："所求升斗供饘粥，不向侏儒说姓名。"清吴定《答任幼直先生书》："有田可以具饘䭈，弹琴著书，不愿仕也。"郁达夫《和冯白桦原韵》："薄有文章惊海内，竟无饘粥润诗肠。"

③即意已长，此句式是对"同谷七歌"八字句的省减，七歌或减"兮"或减"歌"，统一为七字句。

④商即伤。

⑤枵然，读作 xiāo rán，空虚貌。唐刘禹锡《犹子蔚适越戒》："若知彝器乎？始乎斲轮，因入规矩，刓中廉外，枵然而有容者。"宋王安石《扬州龙兴寺十方讲院记》："当是时，礼（慧礼）方丐食饮以卒日，视其居枵然。"明归有光《上赵阁老书》："自顾其中枵然，无可以为世用者。"严复《救亡决论》："至于西洋理财之家，且谓农工商贾，皆能开天地自然之利，自养之外，有以养人，独士枵然，开口待哺，故士者固民之蠹也。"

⑥《诗·小雅》篇名。六笙诗之一，有目无诗。《南陔》、《白华》、《华黍》为前三篇，是燕飨之乐。《诗·小雅·南陔序》："《南陔》，孝子相戒以养也；《白华》，孝子之絜白也；《华黍》，时和岁丰，宜黍稷也。有其义而亡其辞。"《仪礼·乡饮酒

礼》:"笙入堂下,磬南北面立,乐《南陔》、《白华》、《华黍》。"后用为奉养和孝敬双亲的典实。《文选·束晳〈补亡诗〉》:"循彼南陔,言采其兰,眷恋庭闱,心不遑安。"李善注:"循陔以采香草者,将以供养父母。"唐杨炯《幽兰赋》:"丛兰正滋,美庭帏之孝子,循南陔而采之。"宋苏轼《送程建用》诗:"空馀南陔意,太息北堂冷。"清严有禧《漱华随笔·忍菴先生》:"今吾儿邀天之幸,得上公车,稍可伸北阙南陔之思矣。"

⑦(1)乌鸦的一种。相传此鸟能反哺其母,故称。晋王嘉《拾遗记·鲁僖公》:"仁鸟,俗亦谓乌,白臆者为慈乌,则其类也。"唐白居易《慈乌夜啼》诗:"慈乌失其母,哑哑吐哀音。"明李时珍《本草纲目·禽三·慈乌》:"此鸟初生,母哺六十日,长则反哺六十日,可谓慈孝矣。"阿英《花鸟争奇》:"慈乌反哺,有母子爱。"(2)指慈母。明汤显祖《南柯记·得翁》:"奴便与繫书胡雁,怎教驸马不报慈乌?"刘泽湘《过西山辟支生墓》诗:"病榻慈乌号欲絶,覆巢鷇鸟恸无依。"这里取(1)意。

⑧煢煢,读作 qióng qióng,(1)忧思貌。《诗·小雅·正月》:"忧心煢煢,念我无禄。"毛传:"煢煢,忧意也。"清黄景仁《平定两金川大功告成恭纪》诗:"元凶胆裂心煢煢,枝顽助恶阴使令。"(2)孤单无依貌。三国魏曹丕《燕歌行》:"贱妾煢煢守空房,忧来思君不敢忘。"宋王禹偁《感流亡》诗:"呱呱三儿泣,煢煢一夫鳏。"清陈康祺《郎潜纪闻》卷八:"合肥龚芝麓尚书……殁於客邸,两孙煢煢孤露,无过存者。"

⑨(1)隔年的草。《礼记·檀弓上》:"朋友之墓,有宿草而不哭焉。"孔颖达疏:"宿草,陈根也,草经一年则根陈也,朋友相为哭一期,草根陈乃不哭也。"后多用为悼亡之辞。(2)借指坟墓。(3)借指人已死多时。(4)存留过夜的草料。这里指人已死多时。

⑩典出《庄子·外篇·刻意第十五》。其生若浮,其死若休。解释为:空虚不实的人生;浮生若梦。指人生。

⑪(1)冠和巾。古代用以区别士和庶人。《释名·释首饰》:"二十成人,士冠,庶人巾。"亦泛指头巾。(2)指官职。这里指未成人。

⑫顒顒,读作 qí qí,身长貌。《诗·卫风·硕人》"硕人其颀"。汉郑玄笺:"言庄姜仪表长丽俊好,颀颀然。"明陶宗仪《辍耕录·发宋陵寝》:"义士尔后获三丈夫子,鼎立颀颀。"陈三立《题欧阳润生观察丈画像》诗:"颀颀兀立七尺强,丰颐广颡双瞳方。"

⑬嫔,读作 pín,本义指帝王的女儿出嫁;古代妇女的通称;亦对妇人的美称;帝王诸侯的姬妾,后宫的一个级别,妃以下,贵人以上。这里是喂养的意思。

⑭即期月,一整月。《礼记·中庸》:"择乎中庸,而不能期月守也。"孔颖达疏:"假令偶有中庸,亦不能期帀一月而守之。"《隶释·汉慎令刘修碑》:"到官朞月,见

臣吏勑儿子。"《南史·江紑传》："年十三，父葺患眼，紑侍疾将朞月，衣不解带。"唐柳宗元《朗州员外司户薛君妻崔氏墓志》："元和十二年五月二十八日既乳，病肝气逆肺，牵拘左腋，巫医不能已，期月之日，絜服饬容而终。"况周颐《蕙风词话》卷三："（李治）拜命仅期月，即託疾引去矣。"

⑮指红白喜事，结婚祝寿等则贺，丧事则吊。这里则指吊。

简评：王炎此歌，以客、母、弟、妹、子、孙、妇为歌咏，个人身世与家庭不幸是咏叹主调，形式上继承了《同谷七歌》的"七歌"体式，该诗全部"呜呼"句减为六字，达到诗歌形式上的统一，前四歌"兮"字后缩为两字，五、六、七歌"呜呼"句省减了"兮"字，两种形式均影响了来自音韵方面的抒情效果，远不及《同谷七歌》原体回环往复的歌咏效果，符合王炎"杜工部有同谷七歌其辞高古难及而音节悲壮可拟也用其体作七歌观者不取其辞取其意可也"的本意。该诗主题仅限于个人命运未涉国家形势，故有抒发"小我"之嫌。

王炎小传：（1138—1218）字晦叔，婺源（今属江西）人。乾道五年（1169）进士，调崇阳主簿。历官潭州教授、临湘知县。累官至军器监，中奉大夫，赐金紫，封婺源县男。所居在武水之阳，双溪合流，因自号双溪。

3. 文天祥《文丞相六歌》：

其一
有妻有妻出糟糠①，自少结发②不下堂。乱离中道逢虎狼，凤飞翩翩失其凰。将雏一二去何方，岂料国破家亦亡。不忍舍君罗襦③裳，天长地久终茫茫。牛女夜夜遥相望，呜呼一歌兮歌正长，悲风北来起彷徨。

其二
有妹有妹家流离，良人④去后携诸儿。北风吹沙塞草凄，穷猿惨淡将何归。去年哭母南海湄⑤，三男一女同歔欷。惟汝不在割我肌，汝家零落母不知。母知岂有瞑目时，呜呼再歌兮歌孔⑥悲，鹡鸰⑦在原我何为。

其三
有女有女婉清扬，大着学帖临锺王⑧，小者读字声琅琅。朔风吹衣白日黄，一双白璧委道旁。雁儿啄啄秋无梁，随母北首⑨谁人将。
呜呼三歌兮歌愈伤，非为儿女泪淋浪。

其四

有子有子风骨[10]殊,释氏抱送徐卿雏,四月八日摩尼珠[11]。榴花犀钱[12]落绣襦,兰汤[13]百沸香似酥,欻[14]随飞电飘泥涂。汝兄十三骑鲸鱼[15],汝今知在三岁无。呜呼四歌兮歌以吁,灯前老我明月孤。

其五

有妾有妾今何如?大者手将玉蟾蜍[16],次者亲抱汗血驹[17]。晨妆靓服临西湖,英英雁落飘璃琚,风花飞坠乌鸣呼,金茎[18]沉瀍[19]浮汙[20]渠。天摧地裂龙凤殂,美人尘土何代无。呜呼五歌兮歌郁纡,为尔朔风立斯须。

其六

我生我生何不辰,孤根不识桃李春。天寒日短重愁人,北风随我铁马尘。初怜骨肉钟奇祸,而今骨肉相怜我。汝在北兮婴我怀,我死谁当收我骸。人生百年何丑好,黄粱得丧俱草草。呜呼六歌兮勿复道,出门一笑天地老。

注释:

①糟糠:穷人用来充饥的酒渣、米糠等粗劣食物。借指共过患难的妻子。出处:《后汉书·宋弘传》:"(光武帝)谓弘曰:'谚言贵易交,富易妻,人情乎?'弘曰:'臣闻贫贱之知不可忘,糟糠之妻不下堂。'"

②成婚。古礼,成婚之夕,男左女右共髻束发,故称。《孔雀东南飞》:"结发同枕席",是说他俩结为夫妻,十分恩爱地生活着。汉苏武《诗》之三:"结发为夫妇,恩爱两不疑。"唐孟云卿《古别离》诗:"结发年已迟,征行去何早。"清陈梦雷《青青河畔草》诗:"结发与君知,相要以终老。"这里指妻子。《隶释·汉国三老袁良碑》:"群司以君父子,俱列三台,夫人结发,上为三老。"《北史·后妃传下·齐冯翊太妃郑氏》:"妃是王结发妇,常以父母家财奉王。"《京本通俗小说·冯玉梅团圆》:"冯公又问:'令孺人何姓?是结发还是再娶?'"柳青《创业史》第一部第十一章:"他知道他哥是婆娘当家,自己做不得主。这不是他哥的结发妻子。"

③绸制短衣。《史记·滑稽列传》:"罗襦襟解,微闻芗泽。"唐温庭筠《菩萨蛮》词:"新贴绣罗襦,双双金鹧鸪。"清黄遵宪《拜曾祖母墓》诗:"头上盘云髻,耳后明月璫,红裙绛罗襦,事事女儿妆。"

④古时夫妻互称为良人,后多用于妻子称丈夫。古代指非奴婢的平民百姓(区别于奴、婢),良人清白人家的妇女。《诗·秦风·小戎》:"厌厌良人,秩秩德音。"《孟子·离娄下》:"其妻归,告其妾曰:'良人者,所仰望而终身也,今若此!'"唐

李白《子夜吴歌》之三："秋风吹不尽，总是玉关情。何日平胡虏，良人罢远征？"明田汝成《西湖游览志馀·委巷丛谈五》："忽叩门甚急，妇人曰：'良人必有遗忘而归矣。'"

⑤本义：岸边，水与草交接的地方。

⑥孔：很。

⑦鹬鸰，鸟类的一属，被列入受国家保护的野生动物名录。中文俗名：白颠儿、白面鸟、白颊鹬鸰、眼纹鹬鸰、点水雀、张飞鸟。

⑧书法家钟繇、王羲之的并称。

⑨犹北向。《史记·淮阴侯列传》："方今为将军计，莫如……北首燕路，而后遣辩士奉咫尺之书，暴其所长於燕，燕必不敢不听从。"张守节正义："首，音狩，向也。"唐韩愈《南山诗》："或靡然东注，或偃然北首。"宋岳珂《吁天辩诬通叙》："三军北首死敌之志益锐，中原来苏望霓之心益切。"

⑩指人的品格，性格。

⑪又称如意宝珠：是指海底龙宫中出来的如意宝珠，奇世珍宝，宝珠庆严殊好，自然流露清光明，普照四方。摩尼宝是由火焰和宝物组成：宝物由五个宝以三、二、一的梯形组成，并以黄、青、红为三，紫、绿为二，青为一的颜色排列。在五宝周围是向上燃烧的火红的火焰，将宝围在中心，下方为莲座。白水晶是佛教七宝之一，又称摩尼宝珠。

⑫洗儿钱。宋苏轼《减字木兰花》词："维熊佳梦，释氏、老君亲抱送……犀钱玉果，利市平分沾四坐。"自注："过吴兴，李公择生子，三日会客，作此词戏之。"明李东阳《林亨大修撰得第四男用旧韵贺之》："筵前会客犀钱散，醉里题诗蜡炬斜。"清曹寅《真州送南洲归里》诗："玉颊緺缊仍久待，犀钱利市定教闻。"

⑬指洗澡、沐浴的热水。兰：香料、熏香；汤：热水、温泉。

⑭欻，读作 xū，释义：忽然，"神山崔巍，~从背见。"迅速："夫~而生者，必~而灭。"

⑮文选：扬雄《羽猎赋》："乘巨鳞，骑京鱼。"李善注："京鱼，大鱼也，字或为鲸。鲸亦大鱼也。"后因以比喻隐遁或游仙。亦作"骑鲸鱼"、"骑长鲸"。杜甫《送孔巢父谢病归游江东兼呈李白》诗"几岁寄我空中书，南寻禹穴见李白"清仇兆鳌注："南寻句，一作'若逢李白骑鲸鱼'。按：骑鲸鱼，出《羽猎赋》。俗传太白醉骑鲸鱼，溺死浔阳，皆缘此句而附会之耳。"后用为咏李白之典。这里指有文才。

⑯玉蟾蜍，亦省称"玉蟾"。月亮的别名。也指传说中月宫里的蟾蜍。这里指玉的蟾蜍。

⑰即汗血马。宋苏轼《徐大正闲轩》诗："君如汗血驹，转盼略燕楚。"明徐渭《六昔》诗："昔乳煦，汗血驹；不得已，今於菟。"清孙枝蔚《饮酒廿首和陶韵》之三："气若汗血驹，耻蒙驽马名。"

⑱指承露盘或盘中的露。
⑲夜间的水汽，露水。
⑳即污。

简评：该诗按妻、妹、女、子、妾、我分别歌之，抒发国破家亡、妻离子散的悲痛之情，情真意切，感人至深。虽只六歌，但纸短情长，由于国家不幸的烙印太深，文天祥义薄云天正气之歌，为文的形式退而其次之。此歌的不同之处，每歌句数亦不相同，《同谷七歌》的八句增为九句（三歌）、十句（四歌）、十一句（一歌、二歌、五歌）、十二句（六歌），不拘泥于形式是《文丞相六歌》和其他仿作不同之处，真可谓得其神而不求形。

文天祥小传：（1236年6月6日—1283年1月9日），初名云孙，字天祥，后换以天祥为名，改字履善，宝祐四年（1256）中状元后再改字宋瑞，后因住过文山，而号文山。南宋末期吉州吉水（今江西吉安县）人，汉族江右民系。宋理宗宝祐四年举进士第一，宋恭帝德祐元年（1275），元兵长驱东下，文于家乡起兵抗元。次年，临安被围，除右丞相兼枢密使，奉命往敌营议和，因坚决抗争被拘，后得以脱逃，转战于赣、闽、岭等地，兵败被俘。受俘期间，元世祖忽必烈以高官厚禄劝降，文天祥宁死不屈，从容赴义，生平事迹被后世称许，与陆秀夫、张世杰被称为"宋末三杰"。

4. 郑思肖《和文丞相六歌》：

其一
我忆三官①幸朔方②，天颜皴黑鬓发黄。鬼风尖尖割肌肉，惊沙扑损③龙衣裳。群黎命死北魔手，世界④缺陷苦断肠。小臣翅短飞未得，望破痴眼愁更长。呜呼一歌兮哀以伤，白日无光天荒荒。

其二
我忆二王⑤血泪垂，一丝正统悬颠危。士卒零落若霜叶，阵前将士今有谁。以舟为国⑥大洋里，万死一生终安归。至痛无声叫不响，皇天皇天知不知。呜呼再歌兮歌孔悲，风雨骤至昼冥迷。

其三
我忆我父在日时，叱我痴钝无天姿。旦旦灌溉仁义泽，灵台⑦豁然开光辉。凤劫⑧孤露⑨命浊世⑩，王事鞅掌⑪生无期。一忆父母教我语，逃罪无地死亦迟。呜呼三歌兮泪淋漓，君父不在倚赖谁。

其四

我忆母氏兮圣善⑫，劳苦家事手生茧。母后父死十五年，教我育我恩不浅。我虽贫拙志不屈，清气棱棱⑬秋莹⑭骨。至今一粟一缕丝，皆是父母流传物。呜呼四歌兮痛恻恻⑮，皇天后土无终极。

其五

我所思兮文丞相⑯，英风凛凛照穹壤。失身匍匐草莽间，屡迫以死弥忠壮。虚空⑰可变心不变，吐语铿然金石响。想公骨朽化为土，生树开花亦南向。呜呼五歌兮并凄怆，望公不见愁泱漭⑱。

其六

我生我生何不辰，血泪化作妖花春。平生意气若风云，何苦戚戚悲呻吟。狂来一呼天地动，万物鼓荡俱精神。天上真火灭不得，灼烁大地生光明。呜呼六歌兮歌声清，海岳⑲莹洁日月新。

注释：
①民间所谓的三宫，一般是指后妃居住的中宫和东西两宫，其实这是明清以后的体制，三宫最早乃是指诸侯大人所居之处、而天子后妃所居乃曰六宫。《礼记》言："王后六宫，诸侯夫人三宫也。"《周礼·天宫内宰》言："王后帅六宫之人。"郑玄注六宫曰："正寝一，燕寝五，合为六宫。"六宫为皇后居住之所，所以往往用六宫代指皇后，如同后世用中宫代指皇后一样。随着封建社会的建立，诸侯的消亡，三宫的含义有了变化。汉代就以皇帝、太后、皇后合称为三宫，又称太皇太后、太后、皇后为三宫。唐代穆宗时又将两太后与皇后合称三宫。这里用三宫代皇帝。
②北方，指宋徽宗、钦宗被掳之地。
③扑打损坏。
④古往今来曰世，上下四方曰界，世界就是全部时间与空间的总称，通常指人类所生活居住的地球。这里应指国家。
⑤指宋徽宗、钦宗。
⑥用"以舟为国"比喻国家象行进在大洋上的小船。
⑦指头脑。
⑧旧有的、素有的劫难。
⑨幼年丧父或父母双亡。嵇康《与山巨源绝交书》："少加孤露，母兄见骄，不涉经学。"
⑩混乱的时世。《楚辞·九辩》："处浊世而显荣兮，非余心之所乐。"宋范成大

《玉华楼夜醮》诗："下睨浊世悲蜉蝣，桂旗偃蹇澹少休。"明孙仁孺《东郭记·媒妁之言》："他翩翩浊世风标湛，是豪雄好驾鸾骖。"鲁迅《集外集拾遗补编·〈劲草〉译本序》："坚洁之操，不挠於浊世。故译称《劲草》云。"

⑪典出《诗·小雅·北山》："或栖迟偃仰，或王事鞅掌。"谓职事纷扰繁忙。毛传："鞅掌，失容也。"郑玄笺："鞅犹何也，掌谓捧之也。负何捧持以趋走，言促遽也。"孔颖达疏："传以鞅掌为烦劳之状，故云失容。言事烦鞅掌然，不暇为容仪也，今俗语以职烦为鞅掌，其言出於此传也。故郑以鞅掌为事烦之实，故言鞅犹荷也。"《旧唐书·王播传》："播长於吏术，虽案牍鞅掌，剖析如流，黠吏诋欺，无不彰败。"明梅鼎祚《玉合记·拒间》："贤劳鞅掌，怕不做鸟尽弓藏。"鲁迅《书信集·致许寿裳》："大约国事鞅掌，外出之时居多，所以一时恐不易见。"

⑫聪明贤良；专用以称颂母德。《诗·邶风·凯风》："母氏圣善，我无令人。"毛传："圣，睿也。"郑玄笺："睿作圣，令，善也。母乃有睿知之善德。"《后汉书·邓骘传》："伏惟和熹皇后圣善之德，为汉文母。"唐·元稹《祭翰林白学士太夫人文》："太夫人族茂姬姜，仁深圣善。"清·唐孙华《张母陈太孺人贞节》诗："痛念圣善母，平生少欢愉。"

⑬指有棱角，有骨气。

⑭光洁透明像玉的宝石。应指品质道德高尚。

⑮悲伤，凄恻。

⑯即文天祥。

⑰天空；空中。《晋书·天文志上》："日月众星，自然浮生虚空之中，其行其止皆须气焉。"唐元稹《织妇词》："檐前嫋嫋游丝上，上有蜘蛛巧来往，羡他虫豸解缘天，能向虚空织罗网。"明唐寅《山坡羊》曲之六："睡昏昏不思量茶饭，气淹淹向虚空嗟叹。"鲁迅《彷徨·伤逝》："我也就断续地说完了我的话，连余音都消失在虚空中了。"

⑱泱漭，读作 yǎng mǎng，广大；浩瀚。如：泱漭野色连丘墟；万山磅礴水泱漭；（此处引申为弥漫）飞烽戢煜而泱漭。

⑲大海和高山。晋葛洪《抱朴子·逸民》："吕尚长于用兵，短于为国，不能仪玄黄以覆载，拟海岳以博纳。"

简评：郑思肖《和文丞相六歌》抒发的情感与《文丞相六歌》相同，郑思肖虽未与文丞相一样困于北国，但同样是国家破亡的见证者和受害者，用改名、日常坐卧面南背北、画兰不画根等细节表达了对亡国的哀痛。该诗内容上突出对身陷囹圄的君王感念与文天祥忠勇之士的赞许（一歌、二歌、五歌），其余内容则是对父母与我感怀；形式上虽属"和文丞相六歌"，但又有变化，全诗每歌诗句，整齐划一。

郑思肖小传：（1241—1318）宋末诗人、画家。连江（今属福建）人。曾以太学上舍生应博学鸿词试。元军南侵时，曾向朝廷献抵御之策，未被采纳。以后客居吴下，寄食报国寺。原名不详，宋亡后改名思肖，表示思念赵宋，因肖是赵（赵是宋的国姓）的构成部分，所以改名思肖，字忆翁，表示不忘故国；日常坐卧，也要向南背北。郑思肖擅长作墨兰，花叶萧疏而不画根土，意寓宋土地已被掠夺。

5. 汪元量《浮丘道人招魂歌》：

（按：浮丘道人者，文信国[①]也）

其一

有客有客浮丘翁，一生能事今日终。啮毡[②]雪窖身不容，寸心耿耿摩苍空。睢阳[③]临难气塞充，大呼南八[④]男儿忠。我公就义何从容，名垂竹帛生英雄。呜呼一歌兮歌无穷，魂招不来何所从。

其二

有母有母死南国，天气黯淡杀气黑。忍埋玉骨崖山侧，蓼莪[⑤]劬劳[⑥]泪沾臆。孤儿以忠报罔极，拔舌剖心命何惜。地结苌弘血成碧[⑦]，九泉见母无言责。呜呼二歌兮歌复忆，魂招不来长叹息。

其三

有弟有弟隔风雪，音信不通雁飞绝。独处空庐坐缧绁[⑧]，短衣冻指不能结。天生男儿硬如铁，白刃飞空肢体裂。此时与汝成永诀，汝于何处收兄骨。呜呼三歌兮歌声咽，魂招不来泪流血。

其四

有妹有妹天一方，良人去后逢此殃。黄尘暗天道路长，男呻女吟不得将。汝母已死埋炎荒，汝兄跣足[⑨]行雪霜。万里相逢泪滂滂[⑩]，惊定拭泪还悲伤。呜呼四歌兮歌欲狂，魂招不来归故乡。

其五

有妻有妻不得顾，饥走荒山汗如雨。一朝中道逢狼虎，不肯偷生作人妇。左掖虞姬右陵母[⑪]，一剑捐身刚自许。天上地下吾与汝，夫为忠臣妻烈女。呜呼五歌兮歌声苦，魂招不来在何所。

其六

有子有子衣裳单，皮肉冻死伤其寒。蓬空煨烬[⑫]不得安，叫怒索饭饥无餐。乱离走窜千里山，荆棘蹲坐肤不完。失身被系泪不干，父闻此语摧心肝。呜呼六歌兮歌欲残,魂招不来心鼻酸。

其七

有女有女清且淑,学母晓妆颜如玉。忆昔狼狈走空谷,不得还家收骨肉。关河丧乱多杀戮,白日驱人夜烧屋。一双白璧委沟渎⑬,日暮潜行向天哭。呜呼七歌兮歌不足,魂招不来泪盈掬。

其八

有诗有诗吟啸集⑭,纸上飞蛇欹⑮香汁。杜陵宝唾⑯手亲拾,沧海月明老珠泣。天地长留国风什,鬼神护呵六丁⑰立。我公笔势人莫及,每一呻吟泪痕湿。呜呼八歌兮歌转急,魂招不来风习习。

其九

有官有官位卿相,一代儒宗一敬让。家亡国破身漂荡,铁汉生擒今北向。忠肝义胆不可状,要与人间留好样。惜哉斯文天已丧,我作哀章⑱泪凄怆。呜呼九歌兮歌始放,魂招不来默惆怅。

注释:

①祥兴元年(1278),宋廷封文天祥为少保、信国公。故文天祥又称文信国。
②咬吞毡毛充饥。常用以比喻坚贞不屈。典出《汉书·苏武传》。
③睢阳古称亳、商丘、宋国、梁园、宋州、南京、应天府、归德府等,由于睢阳区域地处睢水,古睢水之北以中国传统方位论即"山北为阴水北为阳"因此而得名。即今商丘市睢阳区。张巡、许远、雷万春、南霁云等人在安史之乱时死守睢阳,终不降被杀,史称"睢阳之战"。
④即唐南霁云,因行八,故称。唐韩愈《张中丞传后序》:"城陷,贼以刃胁降巡(张巡),巡不屈,即牵去,将斩之。又降霁云,云未应,巡呼云曰:'南八,男儿死耳,不可为不义屈!'云笑曰:'欲将以有为也。公有言,云敢不死?'即不屈。"宋谢枋得《初到建宁赋诗》:"南八男儿终不屈,皇天上帝眼分明。"清顾炎武《答原一公肃两甥书》:"酸枣之陈词慷慨,尚记臧洪;睢阳之断指淋漓,最伤南八。"郁达夫《离乱杂诗》之七:"漫学东方耽戏谑,好呼南八是男儿。"
⑤蓼,读作 liǎo,一年生草本植物,叶披针形,花小,白色或浅红色,果实卵形、扁平,生长在水边或水中。莪:莪ε〔莪蒿〕多年生草本植物,生水边,叶像针,开黄绿小花,叶嫩时可食。《诗·小雅》篇名。此诗表达了子女追慕双亲抚养之德的情思。后因以"蓼莪"指对亡亲的悼念。
⑥劬劳,读作 qú láo,解释:指父母生养我们子女非常辛劳。出处:《诗经·小雅·蓼莪》:"蓼蓼者莪,匪莪伊蒿,哀哀父母,生我劬劳。"

⑦苌弘化碧，是一个成语，由历史典故演化而来。苌弘（？—前492）周景王、敬王的大臣刘文公所属大夫。又称苌叔。刘氏与晋范氏世为婚姻，在晋卿内讧中帮助范氏，晋卿赵鞅为此来声讨，苌弘被周人杀死。神话传说其血三年化为碧玉。《庄子·外物》："人主莫不欲其臣之忠，而忠未必信，故伍员流于江；苌弘死于蜀，藏其血三年而化为碧。"成玄英疏："苌弘放归蜀，自恨忠而遭谮，剖肠而死，蜀人感之，以椟盛其血，三年而化为碧玉。"后人遂用"苌弘化碧、血化碧、碧化、碧血、血碧、三年化碧"等形容刚直忠正，为正义事业而蒙冤抱恨。关汉卿《窦娥冤》："等他四下里皆瞧见，这就是咱苌弘化碧，望帝啼鹃。"辛弃疾《兰陵王》："苌弘事，人道后来，其血三年化为碧。"顾况《露青竹杖歌》："玉润犹沾玉垒雪，碧鲜似染苌弘血。"温庭筠《马嵬诗》："返魂无验青烟灭，埋血空成碧草愁。"秋瑾《饮酒》："一腔热血勤珍重，洒去犹能化碧涛。"

⑧缧绁，读作léixiè，捆绑犯人的黑绳索。借指监狱。囚禁虽在缧绁之中，非其罪也。——《论语·公冶长》；冤狱平反解缧绁，已死得生诬得雪。——陈基《乌夜啼引》。

⑨赤脚；光着脚。唐谷神子《博异志·阴隐客》："首冠金冠而跣足。"
明郎瑛《七修类稿·诗文三·徐伯龄》："（徐伯龄）疏荡不拘小节，对客每跣足蓬头。"明冯梦龙《东周列国志》第四十五回："孟明和西乞白乙跣足下船。"
《红楼梦》第一回："只见从那边来了一僧一道：那僧癞头跣足，那道跛足蓬头。"

⑩形容泪、血等流得多。《晏子春秋·谏上十七》："景公游於牛山，北临其国城而流涕曰：'若何滂滂去此而死乎！'"汉赵晔《吴越春秋·勾践入臣外传》："望敌设阵，飞矢扬兵，履腹涉尸，血流滂滂。"唐卢仝《月蚀诗》："天狗下舐地，血流何滂滂。"《东周列国志》第八十回："司马诸稽郢曰：'望敌设阵，飞矢扬兵，贪进不退，流血滂滂，臣之事也。'"

⑪指王陵的母亲。王陵为汉将，项羽取陵母，欲以招陵。有汉使来，陵母见之，谓曰：愿告吾儿，汉王长者，必得天下，子谨事之，无有二志，妾以死送使者。遂伏剑而死。项王怒，烹陵母。后陵卒从汉王定天下，封为安国侯。事见《汉书·王陵传》。

⑫灰烬，燃烧后的残余物。

⑬沟渎，指田间水道；犹沟洫；比喻困厄之境。语出《易·说卦》："坎为水，为沟渎。"

⑭文天祥诗集名。

⑮同喷。

⑯杜陵是西汉后期宣帝刘询的陵墓。陵墓所在地原来是一片高地，㶚、浐两河流经此地，汉代旧名"鸿固原"。宣帝少时好游于原上，他即帝位后，遂在此选择陵地，

建造陵园。宝唾指美人的咳唾与哭泣。唐韩愈孟郊《城南联句》:"宝唾拾未尽,玉啼堕犹枪。"明张绥《香奁》诗:"锦鳞青羽书难觅,宝唾珠啼迹未干。"这里合指汪元量评文天祥《集杜诗》二百首。

⑰道教认为六丁(丁卯、丁巳、丁未、丁酉、丁亥、丁丑)为阴神,为天帝所役使;道士则可用符箓召请,以供驱使。《后汉书·梁节王畅传》:"从官卞忌自言能使六丁。"李贤注:"六丁,谓六甲中丁神也。若甲子旬中,则丁卯为神,甲寅旬中,则丁巳为神之类也。役使之法,先斋戒,然后其神至,可使致远方物及知吉凶也。"唐陈陶《步虚引》:"赤城门闭六丁直,晓日已烧东海色。"宋陆游《夜寒燃火有感》诗:"笑谈缚三彭,指顾役六丁。"元无名氏《马陵道》第一折:"这八卦阵纵横不穷,管七国江山着君王独自统。便有六丁神,我敢也驱下天宫。"

⑱指悼念文章。

简评:文天祥乃亘古一男儿,忠勇冠绝千古,汪元量作为当朝人,感触尤甚。诗咏文天祥,实是为文天祥招魂,为文天祥家人招魂,故每歌结尾均为"魂招不来"。汪元量对文天祥的宗崇还表现在始终不呼其名,仅称封号文信国,非不能也,实乃不忍呼其名。每歌句数与郑思肖《和文丞相六歌》相同,均为十句,扩展了《同谷七歌》每歌的句数,汪元量《浮丘道人招魂歌》按抒情需要,将歌数增加为九歌,所增加的八歌是简评文天祥继承杜甫精神的诗歌成就、九歌则是对文天祥的为官"忠肝义胆"的褒扬,与一歌内容相呼应。

汪元量小传:(1241—1317),南宋末诗人、词人、宫廷琴师。字大有,号水云,亦自号水云子、楚狂、江南倦客,钱塘(今浙江杭州)人。度宗时以善琴供奉宫掖。恭宗德佑二年(1276)临安陷,随三宫入燕。尝谒文天祥于狱中。元世祖至元二十五年(1288)出家为道士,获南归,次年抵钱塘。后往来江西、湖北、四川等地,终老湖山。诗多纪国亡前后事,时人比之杜甫,有"诗史"之目,有《水云集》、《湖山类稿》。人物轶事非常多,有水云集、宋遗民录、西湖志余、改虫斋笔疏、宋诗纪事等。曾在蜀道路过两当县,《凤州歌》:"去路迢迢入两当,三千三百到华阳。黄花川上黄花驿,千百猿声断客肠。"

6. 丘葵《七歌效杜陵体》(宋):

其一

景炎①元年北人②至,撒花③初令豪家备。谁梯祸乱敷我民,敲朴④日烦无处避。富者有银犹可苏，贫者无银卖田地。呜呼一歌兮已衰，天日不见惟阴霾。

其二

三宫北狩何时返，猿啼鬼哭尘沙远。李陵卫律⑤甘匪人⑥，岂无蔡琰吹胡管。江南江北骨成山，箭瘢纷纷剑痕满。呜呼二歌兮未休，潸然出涕滂沱流。

其三

山林啸聚繁有徒，州家买尽勤招呼。县官被命⑦不敢逊，麒麟出模群狐孤。昨者参州红帕首，高官厚禄恣狂图。呜呼三歌兮歌三发，天翻地覆纲常滚。

其四

督府养兵如养子，帛堆其家粟崇庾。少不如意出怨言，恃功偃蹇⑧骄其主。道旁老盱⑨哭告予，未被贼苦被军苦。呜呼四歌兮歌始宣，悲风为我吹尘寰。

其五

富儿谐了西园债，身着绿衣足夸诧⑩。那知又有价高人，昨日新官今日罢。近来书满只月余，白头老吏愲送迓⑪。呜呼五歌兮歌未足，末世由来多反复。

其六

十家九室厨无烟，儿夫仆后妻僵⑫前。米珠薪桂内如玉，野无青草飞乌鸢。手持空券向何许，官司有印侬无钱。呜呼六歌兮歌愈悲，天下太平竟何时。

其七

我生辰逢乱离，四方戚戚⑬何所之。欲登山兮有虎豹，欲入海兮有蛟螭。归来归来磨兜⑭坚，毋与蛟斗兮毋充虎饥。呜呼七歌兮歌曲罢，猿啼清书虫鸣夜。

注释：

①南宋端宗年号，1276—1278。

②指金人。

③撒花，读作 sǎhuā，酬金；小费；奖励。又作"扫花、撒和"。

④也作"敲扑"。鞭笞的刑具：执敲朴以鞭笞天下。也指鞭笞：吾不忍民之死于敲扑也；受其敲扑而不知痛。

⑤李陵（？—前74年），字少卿，汉族，陇西成纪（今甘肃静宁南）人。汉武帝征和三年（前90）投降匈奴。卫律（生卒年不详），约活动于汉武帝、昭帝时期。本是匈奴人，生长在汉朝，并在朝廷做官。与李广利兄弟交情颇好，因此李延年曾在汉武帝面前举荐卫律，出使匈奴。李延年因巫蛊之事被捕，卫律怕被株连，便投降匈奴，被且鞮侯单于封为丁灵王。

⑥行为不端正的人。《易·否》："否之匪人。"李鼎祚集解引虞翻曰："以臣弑其君，子弑其父，故曰匪人。"唐李朝威《柳毅传》："泾阳之妻，则洞庭君之爱女，淑性茂质，为九姻所重，不幸见辱於匪人，今则绝矣。"清沈复《浮生六记·坎坷记愁》："华家盟姊赠以匪人，彼无颜见卿；卿何反谓无颜见彼耶！"

⑦谓负着罪犯的名义。汉王符《潜夫论·述赦》："若使犯罪之人终身被命，得而必刑，则计奸之谋破，而虑恶之心绝矣。"汪继培笺："《汉书·刑法志》云：'已论命。'晋灼注：'命者，名也，成其罪也。'"

⑧偃蹇，读作 yǎn jiǎn 骄横；傲慢；盛气凌人。

⑨古指农村居民。甿，田民也。

从田，亡声。——《说文》。

以下剂致甿。——《周礼·遂人》。注："变民言甿异外内也。"

甿隶之人。——《史记·陈涉世家》。集解："田民曰甿。"

甿税况重叠，公门极熬煎。——唐·韦应物《答崔都水》

⑩亦作"夸咤"；犹夸耀。

⑪迎接。

⑫仆倒。

⑬蹙蹙，读作 cù cù，不舒展，忧惧不安。

⑭亦作"磨兜鞬"。诫人慎言的意思。宋袁文《瓮牖闲评》卷八："唐刘泊少时，尝遇异人谓之曰：'君当佐太平，须谨磨兜坚之戒。'谷城国门外有石人，刻其腹曰：'磨兜坚，慎勿言。'故云。"明陶宗仪《辍耕录·磨兜鞬》："襄州谷城县城门外道傍石人，缺剥腹上有字云：'磨兜鞬，慎勿言。'是亦金人之流也。"清朱经《寡言》诗："缅怀磨兜坚，守口心怦怦。"

简评：丘葵虽终身隐居，不求人知，但面对国家破亡，生灵涂炭，怎能"归来归来磨兜坚"，山河不复在，何处寄吾身。更让诗人难以平复的是，在此背景下，高官富儿骄兵仍在享乐肆虐，与猪狗有何区别。

丘葵小传：（1244—1333），字吉甫，号钓矶翁，泉州同安（今属福建）人。笃修朱子性理之学，而终生隐居，不求人知。长期避居海岛，宋元间人蒲寿宬有《寄丘钓矶》诗（《心泉学诗稿》卷一）。延祐四年（1317），御史马祖常执币礼聘，却而不受，并作诗明志。作为隐逸诗人，他的"却聘诗"在当时颇有名。有《钓矶诗集》四卷（别本五卷）行世，但传本罕见，除"却聘诗"元诗史从无其名，其诗亦未入选自《皇元风雅》，至《元诗选》《元诗选·癸集》《元诗纪事》等元诗总集。《全元文》（第十三册）编录其文四篇。另着《周礼补亡》（又名《周礼全书》）六卷。生平事迹见《宋元学案》卷六八、《新元史》卷二三五，清人陆心源《仪顾堂集》卷七有《丘钓矶诗集序》，卷一九有《钓矶诗集跋》。

7. 虞淳熙《仿杜工部同谷七歌》（明）：

其一

有客有客吟泽畔，短墙缺岸蓬蒿乱。妖鱼拨剌白蛇横，横皮塔下无昏旦。我生胡为在旷野，盲风夜号尘满案。鹿门①无妻獠奴②走，皮骨空留肠已断。呜呼一歌兮思傍徨，高天为我零寒霜。

其二

鹢子③坞④寒山鬼行，有冢累累黄蒿平。往年拾骨方家岭⑤，携母就父同佳城。朝廷虽颁两道敕，尘车茅车空有名。幽宅一闭不复晓，梦中往往疑平生。呜呼二歌兮歌似哭，白杨瑟瑟悲风木。

其三

六月六日夜飞电，坐草畏风不敢扇。我行呼妹炊兰汤⑥，浴弟盆中看婉娈⑦。长大有才实倍我，学字磨穿青铁砚。口绝盐醯⑧耻共牢，相随南北常相见。怜我无依在我傍，寒原幽谷同贫贱。呜呼三歌兮歌乐饥，鹡鸰⑨鸿雁霜洲飞。

其四

大妹哭夫城东隅，小妹哭夫海昌庐。城隅泪干海昌湿，新鬼旧鬼争冥途。买舟昨日吊新鬼，雄⑩经暑月无完肤。牵衣顿足相向哭，弟妹失声眼尽枯。三年不见语音改，是耶非耶灯前呼。可怜头上鬒⑪半尺，良人一掷簪珥无。呜呼四歌兮转凄切，野田水涩寒声咽。

其五

雄雉单飞两雌死，大夫归来哭内子。杨家孤坟草萧萧，李家灵衣风靡靡。去岁长安笑语喧，今年晙⑫帐烟尘委。霞帔⑬新裁翟冠⑭好，芳魂不去惊犹视。呜呼五歌兮意难陈，鼓盆欲下还逡巡⑮。

其六

有女有女寄外家，伶仃飘泊空如花。采得双柑不忍食，索人远过投阿爷。陶令多情中郎苦，一形一影西日斜。愿汝出门鼓琴瑟，不愿去国悲胡笳。呜呼六歌兮音转细，晦日[16]无光掩青桂[17]。

其七

白白袒免[18]头上绕，两度三号哭年少。长夜幽林叹一声，山鸟惊飞虎伥[19]叫。千里提携多苦辛，十年梦寐空啼笑。病骨棱层影渐销，苾[20]香何日生秋庙。呜呼七歌兮歌正哀，操戈挥日登荒台。

注释：

①鹿门：即鹿门山，在今湖北襄阳市东南。原名苏岭山，汉建武时，襄阳侯习郁建庙于山上，刻二石鹿置于庙道口，此庙称鹿门庙，后来称此山为鹿门山，史上孟浩然曾隐居此山。后汉庞德公携妻子登鹿门山，采药不返。后因用指隐士所居之地。唐杜甫《冬日有怀李白》诗："未因乘兴去，空有鹿门期。"明杨慎《霞邱归引》："鹿门栖隐处，行与老庞邻。"清姚鼐《柬王禹卿病中》诗："但须鹿门携妻子，休俟临卭致骑从。"

②旧指作为家奴的僚人。杜甫《示獠奴阿段》诗，宋黄鹤题注："獠奴，公之隶人，以夔州獠种为家僮耳。"亦泛指家仆。

③鹞子属于鹰科，鹰科在鸟类传统分类系统中是鸟纲中的隼形目中的一个科。是隼形目鸟类两个最大的科之一。鹰科的鸟类一般都俗称为鹰。有时将体型较大的称为"雕"，体型较小的称为"鹞子"。

④坞，读作 wù。释义：小障蔽物，防卫用的小堡。亦称"坞城"；四面高中间凹下的地方：山～。花～；水边建筑的停船或修造船只的地方：船～。

⑤地名。具体何地待考。西湖旁南屏山有此地名。

⑥指洗澡、沐浴的热水。

兰：香料、熏香。汤：热水、温泉。

例：穆公大悦，命沐以兰汤覆以锦衾，盛以玉匣。——明冯梦龙《东周列国志》。《荆楚岁时记》："五月五日，谓之浴兰节。"《五杂俎》记明代人因为"兰汤不可得，则以午时取五色草拂而浴之"。后来一般是煎蒲、艾等香草洗澡。

⑦释义有：1. 美貌。2. 借指美女。3. 柔顺；柔媚。4. 缠绵；缱绻。5. 依恋貌。6. 委婉含蓄。这里指小妹的柔美身姿。

⑧盐醯读作 yán xī，盐醯，即盐和醋。亦泛指调味品。唐韩愈《故太学博士李君墓志铭》："今惑者皆曰：五谷令人夭，不能无食，当务减节，盐醯以济百味。"宋陆游《书怀》诗："但令烂熟如蒸鸭，不著盐醯也自珍。"

⑨白鹡鸰，又名白脸鹡鸰。中文俗名：白颤儿、白面鸟、白颊鹡鸰、眼纹鹡鸰、点水雀、张飞鸟。体背发灰黑色，腹部除胸口有黑斑外，纯白色，翅、尾都是黑色而点缀着白色。故而全身都是黑白相间，很容易识别。

⑩雉，鸟，雄的羽毛很美，尾长；雌的淡黄褐色，尾较短。善走，不能久飞。肉可食，羽毛可做装饰品。通称"野鸡"。

⑪落叶灌木或小乔木，结球形坚果，称"榛子"，果仁可食。木材可做器物。

丛杂的草木：榛芜。莽榛。这里指榛子做的头饰。

⑫晙，读作 jùn。早；明。

⑬霞帔是中国古代妇女礼服的一部分，类似现代披肩。出现在南北朝时期，隋唐时期得此名。到宋代将它列入礼服行列之中。明代时发展成了霞帔——由于其形美如彩霞，故得名"霞帔"。

⑭俗称凤冠，明代妃嫔命妇的首服，用于礼服、常服和吉服中。冠上满铺点翠云朵，并按命妇品级装饰有不同数量的由珍珠制成的翟鸟。冠上还饰有珠牡丹开头、珠半开、翠牡丹叶以及翠口圈、金宝钿等配件。冠顶插一对金翟簪，口中各衔一长串珠结。翟冠戴在头顶发髻上，底部两侧插有金簪一对，用以固定。

⑮逡巡是退让，退却的意思。举例：逡巡而不敢进。——汉·贾谊《新书·过秦论上》

⑯晦日是古老的汉族传统节日。指夏历（农历，阴历）每月的最后一天，即大月三十日、小月二十九日，正月晦日作为一年的第一晦日即"初晦"，受到古人的重视，寄托了古代汉族劳动人民一种祛邪、避灾、祈福的美好愿望。

⑰桂树。桂树常绿，故称。

旧题汉郭宪《洞冥记》卷一："元光中，帝起寿灵坛……四面列种软枣，条如青桂，风至自拂堉上游尘。"南朝梁江淹《莲花赋》："青桂羞烈，沉水惭馨。"五代王定保《唐摭言·误掇恶名》："裴筠婚萧楚公女，言定未几，便擢进士。罗隐以一绝刺之，略曰：'细看月轮还有意，信知青桂近嫦娥。'"

⑱袒衣免冠。古代丧礼：凡五服以外的远亲，无丧服之制，唯脱上衣，露左臂，脱冠扎发，用宽一寸布从颈下前部交于额上，又向后绕于髻，以示哀思。

⑲旧时迷信传说，人被虎吃掉后，其"鬼魂"反助虎吃人，称为"虎伥"或"伥鬼"。成语"为虎作伥"即源于此。

⑳莼，读作 chún，释义：〔～菜〕多年生水草，浮在水面，叶子椭圆形，开暗红色花。茎和叶背面都有黏液，可食。简称"莼"。

简评：虞淳熙所生活的明朝末年，正是社会急剧动荡时期，诗人漂泊在外，故有"梦中往往疑平生"之感。妹夫、内子均已丧生，女儿亦寄身他处，难享天伦之乐，时运不济情何以堪，诗歌刻画出一个失意文人的人生困境，情真意切。虞淳熙《仿杜工部同谷七歌》严格按《同谷七歌》作七歌，但依抒情需要，每歌句数有所增加，分别达十句（一、二、五、六、七歌）、十二句（三歌）、十四句（四歌），形式上较《同谷七歌》有变化，但主题未变。其人生遭遇很有可能是促使诗人决意出家的原因。

虞淳熙小传：（1553—1621），字长孺，浙江钱塘人。曾任兵部职方事、礼部员外郎等职，曾隐居于回峰。着有《虞德园集》、《孝经集灵》1卷。

8. 陈子龙《岁晏仿子美同谷七歌》：

其一
西京遗老江南客，大泽行吟头欲白。北风烈烈倾地维，岁晏天寒催羽翮。阳春白日不相照，剖心堕地无人惜。呜呼一歌兮声彻云，仰视穹苍如不闻！

其二
短衣皂帽依荒草，卖饼吹箫杂佣保。罔两①相随不识人，豺狼塞道心如捣。举世茫茫将愬谁？男儿捐生苦不早。呜呼二歌兮血泪红，煌煌②大明生白虹。

其三
欃枪③下扫黄金台，率土攀号④龙驭哀。黄旗紫盖色暗淡，山阳之祸何痛哉！赤墀⑤侍臣惭戴履，偷生苟活同舆台⑥。呜呼三歌兮反乎覆，女魃⑦跳梁鬼夜哭。

其四
嗟我飘零悲孤根，早失怙恃⑧称愍⑨孙。弃官未尽一日养，扶携奄忽伤旅魂。柏涂⑩槿原暗冰雪，泪枯宿莽心烦冤。呜呼四歌兮动行路，朔风吹人白日暮。

其五
黑云馈颓南箕灭，钟陵⑪染碧铜山⑫血。殉国何妨死都市，乌鸢⑬蝼蚁何分别。夏门秉锁⑭是何人？安敢伸眉论名节。呜呼五歌兮愁夜猿，九巫何处招君魂。

其六
琼琚⑮缟带贻所欢，予为蕙兮子作兰。黄舆⑯欲裂九鼎⑰没，彭咸⑱浩汤湘水寒。我独何为化萧艾，拊膺⑲顿足摧心肝。呜呼六歌兮歌哽咽，蛟龙流离海波竭。

其七
生平慷慨追贤豪，垂头屏气栖蓬蒿。固知杀身⑳良不易，报韩复楚心徒劳。百年奄忽竟同尽，可怜七尺如鸿毛。呜呼七歌兮歌不息，青天为我无颜色。

注释：

①即魍魉。魍魉，严格地说，是"山精"，是"木石之怪"的总称呼。《国语·鲁语下》说，"木石之怪曰夔（音魁）、罔两。""魍魉"有多种说法，比如"蝄蜽"、"罔两"、"方良"和"蝄蜽"。还有一说是魍魉是颛顼是二儿子，这个儿子死的很早，冤魂不散，所以化做魍魉到处为害。

②明亮辉耀貌；光彩夺目貌。《诗·陈风·东门之杨》："昏以为期，明星煌煌。"朱熹《诗集传》："煌煌，大明貌。"前蜀贯休《善哉行》："识曲别音兮，令姿煌煌。"金王若虚《上周监察夫人生朝》："煌煌绮罗，洋洋丝竹。"

③欃枪，读作 chán qiāng。彗星的别名。古人认为是凶星，主不吉。《尔雅·释天》："彗星为欃枪。"郭璞注："亦谓之孛，言其形孛，孛似扫彗。"《淮南子·俶真训》："欃枪衡杓之气，莫不弥靡而不能为害。"高诱注："欃枪，彗星也。"宋文天祥《有感》诗："夜凉看星斗，何处是欃枪？"明夏完淳《哀燕京》诗："一出乾清翠华列，仰视欃枪大如月。"喻邪恶势力。唐杜甫《奉送郭中丞兼太仆卿充陇右节度使三十韵》："几时回节钺，戮力扫欃枪。"明沈寿民《江上行》："我生不及全盛时，攘攘欃枪天步危。屠城掠邑义士死，日月无光天地悲。"清钱谦益《干将行》："鬼怪相戒匿形影，欃枪不敢争妖躔。"

④攀龙髯而哭。谓哀悼帝丧。《南史·梁纪下论》："攀号之节，忍酷於逾年；定省之制，申情於木偶。"《陈书·后主纪》："上天降祸，大行皇帝奄弃万国，攀号擗踊，无所迨及。"唐刘禹锡《慰国哀表》："伏惟皇帝陛下，孝思至性，攀号罔极。"宋欧阳修《英宗皇帝灵驾发引祭文》："臣以官守有职，不得攀号於道左，谨择顺天门外，恭陈薄奠，瞻望灵舆。"参见"攀髯"。

⑤赤墀，读作 chì chí。皇宫中的台阶，因以赤色丹漆涂饰，故称。《汉书·梅福传》："故愿壹登文石之陛，涉赤墀之涂，当户牖之法坐，尽平生之愚虑。"颜师古注引应劭曰："以丹淹泥涂殿上也。"

⑥舆和台是古代奴隶社会中两个低的等级的名称，后来泛指奴仆及地位低下的人。

⑦女魃亦作"女妭"，神话中的旱神。据《山海经》描写，蚩尤起兵攻打黄帝，黄帝令应龙进攻冀州。蚩尤请来风伯雨师，以狂风骤雨对付应龙部队。于是，黄帝令女魃助战，女魃阻止了大雨，最终助黄帝赢得战争。

⑧父母的合称。语本《诗·小雅·蓼莪》："无父何怙，无母何恃！"唐韩愈《乳母墓铭》："愈生未再周孤，失怙恃。"清洪升《长生殿·春睡》："早失怙恃，养在叔父之家。"苏曼殊《断鸿零雁记》第二二章："吾恨人也，自幼失怙恃。"

⑨愍，读作 mǐn，作名词的意思是忧患、痛心的事，出自《说文》；作动词的意思是怜悯、哀怜，爱抚、抚养，出自李密的《陈情表》等。这里应是后者。

⑩汉东方朔性诙谐，善解隐语。有郭舍人以"老柏涂"隐语问朔，朔曰："老者，人所敬也。柏者，鬼之廷也。涂者，渐洳径也。"事见《汉书·东方朔传》。后因以"柏涂"指诙谐的隐语。唐柳宗元《同刘二十八院长述旧言怀感时书事》诗："善幻迷冰火，《齐谐》笑柏涂。"

⑪钟陵：1.古县名；2.今乡名。今天的钟陵乡位于进贤县东北部，军山湖南岸，东与抚州的东乡县、上饶的余干县隔信江相望，史称"三府三县"要地，西与钟陵池溪乡，南台乡交界，北和二塘乡接壤，南与衙前乡毗邻。总面积117.36平方千米。驻地钟陵桥距县城26千米。乡政府因驻地钟陵桥而得名。

⑫铜山区，隶属于江苏省徐州市，为徐州五区之一，环抱徐州市区，北部与山东省微山县、枣庄市为邻，南部与西南部接安徽宿州市、灵璧县，东部与邳州市、睢宁县交界，西北部与丰县、沛县毗邻。铜山因境内微山湖中铜山岛而得名。铜山地处淮海经济区的中心。古有"五省通衢"之誉，今有公路、铁路、水路、航空、管道"五通汇流"之便。

⑬鸢鸟，鹰类，身长约二尺，毛棕色，尾歧而翼削，目光锐利，以雀、鼠、蛇、蛙，或腐肉之类为食，主要生活在巴勒斯坦。

⑭秉锧：执斧。借指武士。

⑮精美的玉佩。《诗·卫风·木瓜》："投我以木瓜，报之以琼琚。"毛传："琼，玉之美者。琚，佩玉名。"

⑯指大地。《乐府诗集·郊庙歌辞七·迎神》："黄舆厚载，赤寰归德。"前蜀杜光庭《罗天中级三皇醮词》："伏以玄盖上浮，黄舆下镇，元精降瑞，应运开图。"

⑰夏朝初年，夏王大禹划分天下为九州，令九州州牧贡献青铜，铸造九鼎，将全国九州的名山大川、奇异之物镌刻于九鼎之身，以一鼎象征一州，并将九鼎集中于夏王朝都城。这样，九州就成为中国的代名词。九鼎成了王权至高无上、国家统一昌盛的象征。

⑱彭咸，即彭祖（祝融），太阳神。上古神话认为日神及其宫殿在大海中。屈原赴水，即投寻彭咸所在之仙居也。

⑲捶胸。表示哀痛或悲愤。《列子·汤问》："飞卫高蹈拊膺曰：'汝得之矣。'"晋陆机《门有车马客行》："拊膺携客泣，挥泪叙温凉。"唐罗隐《重九日广陵道中》诗："广陵大醉不解闷，韦曲旧游堪拊膺。"宋王安石《送吴显道》诗之一："以手拊膺坐长叹，空手无金行路难。"清和邦额《夜谭随录·秀姑》："田痴立良久，拊膺大恸。"

⑳舍生；丧生。《墨子·兼爱中》："乃若夫少食、恶衣、杀身而为名，此天下百

姓之所皆难也。"《史记·楚世家》："杀生以明君，臣之愿也。"唐卢纶《雪谤后书事上皇甫大夫》诗："岂言沉族重，但觉杀生轻。"《水浒传》第四回："提辖恩念，杀身难报。"鲁迅《书信集·致黎烈文》："明末，真有被谣言弄得遭杀身之祸的。"范文澜、蔡美彪等《中国通史》第三编第二章第二节："李泌的归隐是要避免杀身的灾难。"

简评：陈子龙《岁晏仿子美同谷七歌》是《同谷七歌》仿体中内容上变化最大的一首，诗中没有有……有……句式，也没有对家人的咏叹，有的是国家危亡之中我的愤慨与决心，全诗仅国家与我的单纯二元结构，"杀身"与"殉国"是该诗的主题，国家不存我亦不存，古人云"诗言志"，此诗也属明志之作，具有与《离骚》中"吾将从彭咸之所居"一样的抒情特色，陈子龙最终也与屈原一样自沉塘河。明末一大批仁人志士杀身殉国，可歌可泣，义薄云天，在中华民族史和文化史上书写了最为悲壮的篇章。

陈子龙小传：（1608—1647），明末官员、文学家。初名介，字卧子、懋中、人中，号大樽、海士、轶符等。南直隶松江华亭人。崇祯十年进士，曾任绍兴推官，论功擢兵科给事中，命甫下而明亡。清兵陷南京，他和太湖民众武装组织联络，开展抗清活动，事败后被捕，投水殉国。他是明末重要作家，诗歌成就较高，诗风或悲壮苍凉，充满民族气节；或典雅华丽；或合二种风格于一体。擅长七律、七言歌行、七绝，被公认为"明诗殿军"。陈子龙亦工词，为婉约词名家、云间词派盟主，被后代众多著名词评家誉为"明代第一词人"。

9. 姜垓《庚寅五月承闻桂林消息仿同谷七歌兼怀同年友方大任平乐府七首》：

其一
昔我辞帝出京国，麻衣骑驴铁作勒。明季贼垒九庙焚，时从江南到河北。附书十日哭秦庭[①]，泪染青衫死不得。呜呼一歌兮声啾啾，落花良草为余愁。

其二
赤墀[②]玉座多悲风，功臣定策羞雷同。（讽）者攒弩百计发，将母避匿来江东。司马门前半夜走，旌头早压葡萄宫[③]。呜呼二歌兮歌反覆，山鬼近人闻夜哭。

其三

东里④义兴亦雄才,鉴湖⑤一旅惊风雷。远迎汉诏色惨怆,曹娥江⑥头龙驭回。每恨我军太仓促,黄旗索战成劫灰。呜呼三歌兮气哽塞,阳春白日无颜色。

其四

前年雪冻脚齿堕,短袗布袜奔江左。书佣⑦酒保苦不辞,老幼饥荒啼向我。孤儿血书啮指中,彼此去往无一可。呜呼四歌兮心忧煎,穹苍漠漠呼昊天。

其五

有君有君在桂林,湘漓二江降好音。青兕玄熊路途阻,西望苍梧⑧云气深。织女机中一匹素,贱子怀中双南金⑨。呜呼五歌兮歌婉转,帝子不来情偃蹇⑩。

其六

有友有友昭平县⑪,转眼十年不相见。草庐三顾遇已稀,怪尔未诣南薰殿⑫。男儿致身会有时,我也与尔何骙羡。呜呼六歌兮神内伤,关河万里含冰霜。

其七

形骸衰困日何速,羸老出入仗儿仆。伸眉岂有廉节高,垂头已愧鬓毛秃。报恩复仇那徒然,人生遇合⑬安可卜。呜呼七歌兮泪纵横,行路为我心不平。

注释:

①伍员灭楚后,楚大夫申包胥想起当年与伍员说过的"子覆楚,我必兴楚"的约言,徒步跑到秦国借兵。秦哀公迟疑不肯出兵,申包胥在秦庭痛哭,一连七日七夜,感动了秦哀公,借兵收复了楚国。

②皇宫中的台阶,因以赤色丹漆涂饰,故称。《汉书·梅福传》:"故愿壹登文石之陛,涉赤墀之涂,当户牖之法坐,尽平生之愚虑。"颜师古注引应劭曰:"以丹淹泥涂殿上也。"

③汉宫名。汉哀帝时单于来朝住在此宫内。借指入境清人在京师的住处。

④春秋郑国大夫子产所居地。旧址在今河南省新郑市薛店镇寺王村。《论语·宪问》:"东里子产润色之。"何晏集解:"子产居东里。"南朝梁沈约《郊居赋》:"侨栖仁于东里,凤晦迹於西堂。"唐储光羲《秋庭贻马九》诗:"孰谓忽离居,优游郑东里。东里近王城,山连路亦平。"

⑤鉴湖在浙江省绍兴城西南,为浙江名湖之一,俗话说"鉴湖八百里",可想当

年鉴湖之宽阔。鉴湖不仅有独特的自然风光，还有许多名胜古迹为之增色。

⑥曹娥江为绍兴市最大河流之一，发源于金华市磐安县尖公岭，流经新昌、嵊州、上虞，在绍兴县新三江闸以下注入杭州湾。曹娥江干流（自嵊县东桥始），旧时按流经县域分段命名，嵊县段称剡溪；上虞段（含姚江）在今百官龙山以上称舜江，上虞龙山以下至三江口，俗称前海，其北，俗称后海，即今杭州湾。东汉汉安二年（143）五月初五日，曹娥之父盱，因龙舟竞渡溺于江中，尸不得见，娥投江自溺求父尸，以孝女闻名，始以曹娥庙前一段江称曹娥江。

⑦受雇于书贾、为其做事以维持生计的人。明唐顺之《胡贸棺记》："书佣胡贸，龙游人。父兄故书贾，贸少乏资，不能贾而以善锥书往来诸书肆及士人家。"

⑧今广西苍梧县。

⑨指品级高、价值贵一倍的优质铜。后亦指贵金属类黄金。晋张载《拟四愁》诗："佳人遗我绿绮琴，何以赠之双南金。"

⑩困顿；窘迫。如："敝衣履，状殊偃蹇。"

⑪广西昭平山清水秀，历史悠久，古往今来就是名人雅士云集之地。唐代著名大诗人李商隐、修文馆学士宋之问、宋代著名将领杨文广、明代文渊阁大学士解缙、南明永历皇帝朱由榔等人均先后到这里畅游名川秀水，为这方水土增添了浑厚的文化底蕴。

⑫南熏殿是兴庆宫宫殿，是皇帝退朝后休息的地方，位于兴庆宫中北部。

⑬指臣子逢到善用其才的君主。也指宾主相得甚欢；相遇而彼此投合。《吕氏春秋·遇合》："凡遇合也时，时不合，必待合而后行。"《史记·佞幸列传》："谚曰'力田不如逢年，善仕不如遇合'，固无虚言。"清孙枝蔚《送梁木天归里》诗之四："出仕及少壮，风云新遇合。"鲁迅《汉文学史纲要》第十篇："盖雄于文者，常桀骜不欲迎雄主之意，故遇合常不及凡文人。"

10. 姜埰《戊子四月归途寓居胶东，怆心骨肉死生间隔，聊作七歌以当涕泣云尔》：

其一

吁嗟我生三十时，我父送我官京师。出门十步九回顾，兹别永诀那得知。我父穷贱过半百，男婚女嫁肩相随。平生报国愿不副，杀身殉城甘如饴。陛下闻之三叹息，诏书恻恻皇心悲。呜呼一歌兮歌已动，穹苍为我色震动。

其二

生母八人男有四，独我灾害育弗易。弥月泄血币三周，母燃膏火夜无寐。嗟余二十名已成，身丁国难生足愧。负母狂走多艰虞，豺虎荆棘尽老泪。生男生女不得力，七十还乡坐驴背。呜呼二歌兮歌正长，困极莫酬心悲伤。

其三

有弟有弟称家驹，十三赋诗音调殊。阿兄怜汝德如玉，行坐不同心不娱。前年城破二十余，与父同难父衔须。仰天且哭且自誓，若不图仇非丈夫。骨相何应遭戮辱，烈血涂草儿已孤。呜呼三歌兮情何极，向来为汝废寝食。

其四

有姊有姊二人强，少事夫子咸糟糠。长着汲水把犁惯，昔为少妇今姑嬉。次者专州大夫媳，同日藁砧死战场。城下横尸无人收，蚁飞雀啄魂不僵。辛勤十载子女绝，安得送我哀坟旁。呜呼四歌兮歌四阕，寒云白草声呜咽。

其五

有妹有妹城东西，城东者高城西迟。大作后妻且早寡，代人死守螟蛉儿。小妹于归仅百日，夫君被害身为糜。阿翁骑骢昔赫奕，诸孤尽殁孙更痴。鸣钟列鼎竟寂寞，寡妇空帷常苦饥。呜呼五歌兮歌五度，天高听卑为汝诉。

其六

天门岧嶤帝锁钥，维兄与弟颇不恶。比肩并马入鹓行，听鸡待漏来凤阁。吾兄十疏九疏焚，一语忤旨被绑缚。阿弟伏阙哭请代，长安公卿俱泪落。伯子儒冠身反安，我曾今日死不若。呜呼六歌兮歌伤情，行路为我心不平。

其七

丈夫身不逢时行逼侧，垢身下气老无力。骅骝从来雇主鸣，遭闵皇纲速倾诉。十年狼狈风尘中，冬葛夏裘卧荆棘。世俗重官复重钱，慎勿向人诉缓急。男儿堕地最可怜，东西南北心啾唧。呜呼七歌兮歌思哀，万里为我悲风来。

简评：姜垓的两首"七歌"体均真情真性，虽所写时地不同，但所抒国破父死、骨肉分离的主题一致，"鼎革"之变殃及全家，再加上阮大铖的陷害，姜垓改姓埋名，隐忍苟活，此真乃杜甫所谓的"绝境"（《发同谷县》）。

姜垓小传：（1614—1653），明末诗人，字如须，号仾石山人，给事中姜埰之弟，山东莱阳人。与方以智同为崇祯十三年（1640）进士，授行人。去官后居苏州，为避阮大铖加害，乃变姓名，走宁波，明亡，还吴中卒。与其兄姜埰（字如农）同以忠义而闻名于士人之间。著有《筼筜集》、《仾石山人稿》，今已不见传本，仅存《流览堂诗稿残编》六卷，不过其零星遗稿而已。《明史·姜埰传》记载，崇祯末年在礼科给事中姜埰、行人司司副熊开元因抗疏获罪，姜埰被廷杖一百遣戍宣城卫，此时姜埰之父姜泻里在山东莱阳抗清，城破被清军杀害。姜垓为使其兄能奔父丧，向朝廷提出请代兄罪，未获批准。当日姜垓奔赴亲丧，侍奉母亲南行到苏州。起初，姜垓为行人，看见官署中题名碑，崔呈秀、阮大铖与魏大中的名字并列，立刻上疏请求去掉两人的名字。等到大铖得志，要想杀姜垓的念头更加强烈。姜垓就改变姓名，逃往宁波。国家灭亡后才解除祸难。

方大任小传：字玉咸，号赤城，明万历四十四年（1616）进士，初任元城知县，以廉明公正，拜监察御史，因反对魏忠贤，被削籍。崇祯元年（1628）复官，升都御史，出巡山海关。二年巡抚顺天，出守通州。著有《霞起楼集》等。

11. 王夫之《仿杜少陵文文山作七歌》：

其一
我生万历四七秋，显皇膏雨方寸留。圣孙龙翔翔桂海，力与天吴①争横流。峒烟蛮雨困龙气，我欲从之道阻修。呜呼一歌兮向南哭，草中求活如猬缩。

其二
风霾蔽天白日昏，今春别父而分奔。临行忍泪相劝勉，虽死不辱犹生存。前年抗贼受羁困，今者讬足②望何门。呜呼二歌兮肠寸断，白发扶杖苦惊窜。

其三
吾母鞠我过母长，辛苦免我于赢尪③。去年哭妇泪不燥，菜羹谁煮药谁尝。况闻饿贼恣掠夺，行采草根充糇粮④。呜呼三歌兮吾食栗，难寄一粒供母粥。

其四
有兄有兄伯与仲，时人误拟等三凤⑤。伯兮南奔仲潜伏，化为醢⑥鸡菅醋瓮。君亲恩重报不得，天涯生死如春梦。呜呼四歌兮音问绝，独向湘山听鸣鸩⑦。

其五

有妻有妻哭父死，忽忽槁葬垤⑧如蚁。寒食谁浇一碗浆，墓木难留片枫紫。翻令妒汝去此速，不饮湘江腥血水。呜呼五歌兮思前冬，岳潭随我狎蛟龙。

其六

有子有子头如拳，母死不哭痴笑喧。天奔地裂不汝恤，其生其死如飘烟。古人刀头觅决绝，我不能然付汝天。呜呼六歌兮幸不死，他日定知谁氏子。

其七

洞庭翻波鼋鼍吼，倒驾天风独西走。回首人间镜影非，下自黄童上白叟。铁网罩空飞不得，修罗一丝蟠泥藕。呜呼七歌兮孤身孤，父母生我此发肤。

（《王船山诗文集》，中华书局1962年11月版）

注释：
①"天吴"人面虎身，这与吴人的狩猎生活密切相关。吴人以狩猎为生，而"虎为百兽之王"，因此，吴人崇拜一种似虎的动物，这种古动物可能在先秦时变得稀少而绝迹了。"《山海经》曰：天吴，八首八面，虎身，八足八尾，系青黄色，吐云雾，司水。说的就是这天吴是古代的一个水神，前面都是对他模样的一个形容，是一个怪物一样的神仙。

②（1）使足有所凭借。借指驱驰、驰骋。《韩非子·外储说右上》："今有马於此，形容似骥也。然驱之不往，引之不前，虽臧获不托足以旋其轸也。"《汉书·贾山传》："为驰道之丽至於此，使其后世曾不得邪径而托足焉。"（2）立足；安身。南朝宋刘义庆《世说新语·识鉴》："吾本谓度江托足无所。尔家有相，尔等并罗列吾前，复何忧！"清袁枚《新齐谐·绿毛怪》："一日，有陕客贩羊千头，日暮无托足所，求宿庙中。"

③羸尪，读作léi wāng。亦作"羸尩"。瘦弱。亦指瘦弱之人。宋陆游《病起杂言》诗："壮夫一卧多不起，速死未必皆羸尪。"清赵翼《逃荒叹》诗："云是淮扬稽天浸，幸脱鱼腹餘羸尪。"金一《心声》："医者入门而视羸尪之疾。"

④糇粮，读作hóu liáng。干粮，食粮。《尸子》卷下："乃遣使巡国中，求百姓宾客之无居宿、绝糇粮者赈之。"《晋书·李寿载记》："寿大悦，乃大修船舰，严兵缮甲，吏卒皆备糇粮。"《新唐书·循吏传·陈君宾》："去年关内六州谷不登，糇粮少，

令析民房逐食。"《诗·大雅·公刘》:"乃积乃仓,乃里餱粮。"三国魏曹植《应诏》诗:"虽有餱粮,饥不遑食。"唐杜甫《彭衙行》诗:"野果充餱粮,卑枝成屋椽。"明许自昌《水浒记·慕义》:"宛子城中,富积糇粮万万。"章炳麟《东夷》诗之一:"陇首馀餱粮,道路无拾遗。"

⑤三凤,人名。凤,人中龙凤的意思。三个才俊的统称。唐薛元敬有文学,少与薛收及收族兄德音齐名,时人谓之"河东三凤"。见《旧唐书·薛元敬传》。明张泰字亨父,太仓人;陆釴字鼎仪,昆山人;陆容字文量,亦太仓人。三人少齐名,号"娄东三凤"。见《明史·文苑传二·张泰》。

⑥醢,读作 hǎi。1. 用肉、鱼等制成的酱。2. 古代的一种酷刑,把人杀死后剁成肉酱。

⑦即䴘鸩。一名杜鹃。三月即鸣,至夏不止。常用以比喻春逝。屈原《离骚》:"恐鹈鸩之先鸣。"《艺文类聚》卷五七引南朝宋谢惠连《连珠》:"盖闻春兰早芳,实忌鸣鸩,秋菊晚秀,无惮繁霜。"明夏完淳《端午赋》:"泛崇兰而欲落,闻鸣鸩而不芳。"

⑧垤,读作 dié。本义:蚂蚁做窝时堆在穴口的小土堆;小土堆。

蚍蜉其场谓之坻,或谓之垤。——《方言》十一

鹳鸣于垤。——《诗·豳风·东山》

百年炊未熟,一垤蚁追奔。——宋·黄庭坚《次韵子瞻赠王定国》

简评:王夫之生于万历四十七年,二十九年后,正是明清鼎革之际,明际士人非死即隐,王夫之选择了后者,不容于清朝当局,辗转流徙,四处隐藏,最后定居于衡阳金兰乡高节里。先住茱萸塘败叶庐,继筑观生居,又于湘水西岸建湘西草堂,潜心著书立说。王夫之《仿杜少陵文文山作七歌》,紧扣诗题,紧扣"天奔地裂"的时代主题,在此"铁网罩空"的背景下,"我、父、母、兄、妻、子"无一幸免于难,诗史成分浓烈,此亦《同谷七歌》仿体理想高度。

王夫之小传:1619—1692,即万历四十七年—康熙三十一年,字而农,号姜斋、又号夕堂,或署一瓢道人、双髻外史,晚年隐居于形状如顽石的石船山,自署船山病叟、南岳遗民,学者遂称船山先生。湖南衡阳人,杰出的思想家、哲学家、明末清初大儒。与顾炎武、黄宗羲并称明清之际三大思想家。

12. 余怀《效杜甫七歌在长洲县作》:

其一

有客有客字船子,平生赤脚踏海水。身经战斗少睡眠,功名富贵

徒为尔。自比稷契何其愚，非薄汤武良有以。呜呼一歌兮歌激昂，日月惨淡无晶光。

其二

我生之初遇神祖，四海苍生守环堵。旌旗杳杳三十年，金铜仙人①泪如雨。皇天剥蚀国运徂，况我无家更愁苦。沟壑未填骨髓枯，河山已异安所取？胡雁翅湿犹高飞，百尺蛟龙堕网罟。呜呼二歌兮歌声寒，林木飒飒风漫漫。

其三

小人有母生我晚，幼多疾病长屯蹇。生不成名老何益，蚩尤夜扫兵满眼。吁嗟亡国甲申②年，二竖③沉沉婴圣善。呜呼三歌兮歌思绝，鹙鸧④昼叫泪成血。

其四

有妻有妻佩璃玖，十年为我闺中友。两男一女未长成，索梨觅栗堂前走。汝病数载事姑嫜⑤，伶仃⑥憔悴供箕帚。岂知豺狼入我户，使汝惊悸遂不寿。呜呼四歌兮歌转悲，饥乌夜夜啼孤儿。

其五

我有敝庐东门侧，后种梧桐前挂席。数椽风雨门长闭，四壁清静苔藓碧。自从戎马生疆场，使我苍黄丧家室。我行去此安所之？渔樵无地鸡犬迫。旧雨今雨花不红，新人故人头尽白。呜呼五歌兮声乌乌，浮云为我停斯须。

其六

有友有友在远方，或称少年或老苍。遭乱化作长黄虬，碧血潇洒盈八荒。王室风尘此亦得，明明落月满屋梁。呜呼六歌兮歌最苦，春兰秋菊长终古。

其七

有弓救日矢救月，帝阍未开晨星没。词客哀时双泪垂，饥寒老丑空皮骨。何时东海翻波澜，暂向西园采薇蕨。呜呼七歌兮声啾啾，吞声忍恨归山丘。

注释：

①金铜仙人，金铜铸造的仙人像。指汉武帝时所作以手掌举盘承露的仙人。唐李贺《金铜仙人辞汉歌序》："魏明帝青龙元年八月，诏宫官牵车西取汉孝武捧露盘仙人，欲立置前殿。宫官既拆盘，仙人临载，乃潸然泪下。唐诸王孙李长吉遂作《金铜

仙人辞汉歌》)。"清孙枝蔚《陆放翁研歌为毕载积题》诗："古来得失何事无,金铜仙人来魏都。"

②1644年。明崇祯十七年（1644）,李自成改西安为长安,称西京,建大顺国,年号永昌。二月克山西,三月十九日大顺军攻占北京,宦官曹化淳开宫门迎降。崇祯帝登煤山自缢身死,明朝灭亡。因是年为甲申年,史称"甲申之变"。

③两个小孩,后以称病魔。语出《左传·成公十年》："公梦疾为二竖子,曰：'彼良医也,惧伤我,焉逃之？'其一曰：'居肓之上,膏之下,若我何？'医至,曰：'疾不可为也,在肓之上,膏之下,攻之不可,达之不及,药不至焉,不可为也。'"

④即秃鹙。

⑤古代妻子对丈夫的母亲和父亲的称呼。丈夫的母亲称"姑",丈夫的父亲称为"嫜"（zhāng,阴平）。清纪昀《阅微草堂笔记》里有："汝后夫不久至,善事新姑嫜,阴律不孝罪至重,毋自蹈冥司汤镬也。"

⑥孤独没有依靠。

简评：余怀《效杜甫七歌在长洲县作》与姜垓、王夫之等人仿同谷七歌诗,诗人均有飘零流落的经历,和杜甫因安史之乱寓居同谷县的经历相似,不同时代的相似遭遇,相同感受,杜甫堪称他们的异代知音,这或许是他们忍辱苟活的原因,杜甫"同谷"意象就成了相似于陶渊明"南山"意象的士大夫们的精神家园。《效杜甫七歌在长洲县作》其一、其三、其六、其七为原句和唱,其二、其四、其五则分别描写我、妻与敝庐,因抒发情感的需求增加了句数,未受原作句数约束,多数仿作是有变化的,本诗亦然。

余怀小传：（1616—1696）清初文学家。字澹心,一字无怀,号曼翁、广霞,又号壶山外史、寒铁道人,晚年自号鬘持老人。福建莆田黄石人,侨居南京,因此自称江宁余怀、白下余怀。晚年退隐吴门,漫游支硎、灵岩之间,征歌选曲,与杜浚、白梦鼎齐名,时称"余、杜、白"。从顺治年间直到康熙初年,他经常奔走于南京、苏州、嘉兴一带,以游览为名,联络志同道合者,进行抗清复明的活动。尤侗挽诗有云："赢得人呼余杜白,夜台同看《党人碑》。"

13. 宋琬《庚辰腊月读子美同谷七歌效其体以咏哀》：

其一

岁在摄提①月在酉,天之生我何弗偶。日月骎骎②东逝波,万事伤心无不有。悔将词赋谒公卿，惨对桁杨③呼父母。呜呼一歌兮歌难终，孤儿东望心忡忡。

其二

遗孤遗孤真可哀，两人早已归黄埃。壮者生存少者死，九原可作心当摧。况复年来罣④罗网，鹡鸰之咏良悲哉。呜呼二歌兮歌再咽，衣袖汍澜泪成血。

其三

有妹有妹同胞生，薄命亦复如诸兄。良人弱肉困豺虎，男呻女吟八九龄。忆在门里常病卧，燃须炊药伤我情。呜呼三歌兮歌三拍，急难惜汝为巾帼。

其四

有侄有侄珣⑤之孤，覆巢何幸留其雏。有书骄稚不肯读，硗⑥田芜蔓愁官租。汝伯忍死望汝立，婚娶未毕怀区区。呜呼四歌兮歌更苦，我弟形骸尚浅土。

其五

有女有女催我老，门楣赫斯⑦生男好。古人女史有良箴，作妇需娴栗与枣。而翁书来报举孙，愁中暂得开怀抱。呜呼五歌兮涕涟洳，纵学缇萦⑧难上书。

其六

朔风凄兮白日昏，深山绝壑啼哀猿。天门岩峣⑨万里余，巫阳⑩披发乘文鼋。我欲因之窃有诉，玄熊守阆⑪声还吞。呜呼六歌兮歌曲长，羲和⑫为我回颓阳。

其七

男儿坠地今年三十七，垂老低头对刀笔。生死方知管鲍⑬交，婚姻何有金张⑭室。浮生⑮未敢问蓍龟⑯，前路苍茫暗如漆。呜呼七歌兮心转悸，咏叹还防嗔狱吏。

注释：

①摄提：古星名。属二十八宿中的亢宿，共六星，位于大角星的两侧。左摄提三星即牧夫座 o，π（π1、π2），ζ；右摄提三星即牧夫座 η，τ，υ。

《史记·天官书》："大角者，天王帝廷，其两旁各有三星，鼎足句之，曰摄提。"左三星叫作左摄提，右三星叫作右摄提，今均属牧夫座。《离骚》："摄提贞于孟陬兮"，指纪年的"摄提格"（寅年）。

②駸駸：读作 qīn qīn。形容马跑得很快的样子。

驾彼四骆，载骤駸駸。——《诗·小雅·四牡》

皋兰被径路，青骊逝駸駸。——三国魏·阮籍《咏怀八十二首》

駸駸，疾也。——《广雅》

然后由欧洲新文明进而复我三皇五帝旧文明，駸駸进于大同之世矣。——《老残游记》

③桁杨，读作 hángyáng。古代用于套在囚犯脚或颈的一种枷。

《庄子·在宥》："今世殊死者相枕也，桁杨者相推也，刑戮者相望也。"成玄英疏："桁杨者，械也。夹脚及颈，皆名桁杨。"明方孝孺《郊祀颂》："霈泽是施，大贲是庸。桁杨不陈，囹圄虚空。"《醒世姻缘传》第九十回："以致不得不勒限严比，忍用桁杨。"

④罣，读作 guà。释义：同"挂"。

⑤珣，读作 xún。玉石名，夷玉。东方之美者，有医无闾之珣玗琪焉。——《淮南子》

⑥硗，读作 qiāo。形容词，形容土地坚硬而瘠薄。亦作名词，指坚硬的石头。

⑦指男儿能够传宗接代。

⑧缇萦是西汉王朝（公元前 206—公元 8）时代的人。缇萦因其救父而闻名，她是西汉名医淳于意的女儿；汉文帝因为她的陈情而将肉刑废除。她的毅力和勇气，不但使父亲含冤得直，免受肉刑，而且也使汉文帝深受感动。因而废除这种残酷的肉刑。

⑨岧峣，读作 tiáo yáo。亦作"岹嶢"。山高峻貌

"践蹊隧之危阻，登岧峣之高岑。"——曹植《九愁赋》

"岧峣太华俯咸京，天外三峰削不成。"——唐崔颢《行经华阴》

"岧峣试一临，房骑附城阴。"——唐张巡《闻笛》

⑩古代传说中的女巫。《楚辞·招魂》："帝告巫阳曰：'有人在下，我欲辅之。魂魄离散，汝筮予之。'"王逸注："女曰巫。阳，其名也。"唐韩愈《陆浑山火和皇甫湜用其韵》："又诏巫阳反其魂，徐命之前问何冤。"宋苏轼《澄迈驿通潮阁》诗："余生欲老海南村，帝遣巫阳招我魂。"古直《感事》诗之二："滚滚珠江水尽冤，巫阳不下复何言。"

⑪闑，读作 niè。释义：门橛（古代竖在大门中央的短木）。

⑫羲和，中国的太阳女神，东夷人祖先帝俊的妻子，生了十个太阳。羲和又是太阳的赶车夫。因为有着这样不同寻常的本领，所以在上古时代，羲和又成了制定时历的人。

⑬管鲍，典故名，即管仲和鲍叔牙。典出《史记》卷六十二《管晏列传》。两人相知很深，交谊甚厚。旧时常用以比喻交情深厚的朋友。

⑭指金日磾与张安世。金日磾（mì dī）（前134—前86），字翁叔，是驻牧武威的匈奴休屠王太子，汉武帝因获休屠王祭天金人故赐其姓为金，深受汉武帝喜爱。后元二年（前87），汉武帝病重，托霍光与金日磾辅佐太子刘弗陵，并遗诏封秺（dù）侯。金日磾在维护国家统一和社会安定方面建立了不朽的功绩，是我国历史上一位有远见卓识的少数民族政治家。他的子孙后代因忠孝显名，七世不衰，历130多年，为巩固西汉政权，维护民族团结，做出了重要贡献。张安世，中国西汉大臣。张汤之子，字子儒。他经历了昭帝、宣帝时代，是西汉有名的重臣。张安世为官廉洁。他曾举荐一人为官，后来该人来向其道谢，张安世说自己以为举贤达能，乃是公事，岂能私谢，于是与之绝交。

⑮典故名，典出《庄子·外篇·刻意第十五》："其生若浮，其死若休。"释义：空虚不实的人生；浮生若梦。指人生。

⑯蓍龟，读作 shī guī。指代占卜。

简评：宋琬曾在秦州为官三年，政声卓著，并集杜甫陇右诗60首，刻石纪念，足见其对杜甫的崇拜。宋琬《庚辰腊月读子美同谷七歌效其体以咏哀》诗题显示出咏哀主题，故诗歌所咏主要是自己三十七年来的人生遭遇，思想高度不及余怀等人的仿作。

宋琬小传：(1614—1674)，清代诗人，字玉叔，号荔裳，莱阳（今属山东）人。顺治四年（1647）进士，授户部主事，累迁吏部郎中，出为陇西道。顺治十八年擢浙江按察使，因山东于七农民起义，仇家告他有牵连，因此，系禁三年，几乎死于狱中。获释后，长时期流寓吴、越，至康熙十一年起用，授四川按察使。次年入京觐见，适逢吴三桂举兵占领成都，因家属留蜀，惊悸忧愁去世。顺治十七年，任陇西道，宋琬精选了杜甫117首陇右杂诗中的60首，然后与皋兰金石名家张正言、张正心从兰州的淳化阁碑等处搜集王羲之以及其他一些晋人墨迹，历时一年之后，36筒集诗、书二妙为一体的秦州杜诗石刻终于矗立在了当时玉泉观杜甫祠堂的四周。宋琬诗很少反映现实之作，内容当然不能和杜甫、陆游相比拟，只是在语言风格上有所仿效而已。他的诗作内容大多抒写个人的穷愁、哀伤，也有一些暗寓故国之思的作品。

14. 顾贞观《蒙阴山中七歌》：

其一

吁嗟顾生谁遣来，抑塞磊落无时开。朱丝白璧不可问，闾阎笑我如死灰。且复全身马蹄下，休惜面目辞尘埃。汉家将相亦如此，卫青牧羊公孙冢。

其二

有亲有亲泾水北，笑落含饴听朝读。开颜暂看孺子戏，疾首更念男儿辱。出门欲告不忍前，但道路稳归期促。儿行自慎防风寒，两亲强饭儿加餐。

其三

伯也赋诗卧酒垆，方驾屈宋驱王卢。且留黄金颜色百，万一掷非良图贫。来肝胆竟谁是有，口莫谈诸贼奴临。行嘱我泪如霰车，黄昏兮马清且铮。

其四

有姊有姊工诗文，长者曹昭次左芬。针神弟子尽北面，绣成卖作金缕裙。十日遣使五日召，远游不忍令姊闻。兄弟飘零世所垢，甥乎成尔莫如舅。

其五

小儿涂鸦才七龄，短发过耳双眸青。倒箧纵横问奇字，自言长成通五经。我来山头见梨栗，欲拾寄女愁伶仃。寒宵稳读展就傅，夫差夫差忘尔父。

其六

松陵季子世无两，徙籍穷边属亭长。禹鼎不铸海外州，天生才人御魍魉。我行霜露犹苦寒，冰雪摧残不可想。泪满李陵身上血，生当未归死永诀。

其七

墨云濛濛雨不雨，招手何由见徒侣。山深乱石穿马蹄，鞭箠已折不得举。微明涉水辨行迹，老树如人欲人语。生平忠信那可仗，风波倒落悬崖上。

简评：此诗非仿《同谷七歌》体，只因亦为"七歌"，故录之。

顾贞观：（1637—1714），清代文学家，词人。原名华文，字远平、华峰，亦作华封，号梁汾，生于明崇祯十年丁丑，卒于清康熙五十三年甲午。江苏无锡人。贞观的曾祖顾宪成是晚明东林党人的领袖，顾氏家族是无锡之邑的名门望族，有着极好的文化传统，同时又具有高风亮节的门风。他与清初著名词人纳兰性德齐名，举凡清史、文学史、词史无不将二人相提并论，被视为风格近似、主张相同的词坛双璧。

15. 任其昌《七歌效杜工部同谷七歌即咏杜歌作尾声》：

其一

有田有田皆焦土，西连秦豫东齐鲁。逃亡不惮关山长，男呻女吟敢言苦。天公惠施万物遂，满眼疮痍向谁数。呜呼一歌兮歌且泣，泪痕血点垂胸臆。

其二

龙争蛇斗相噬吞，连月焚烧接金门。枪烟炮火泣神鬼，雷轰电掣天为昏。川谷流血野沾肉，衣冠惊惧多崩奔。呜呼二歌兮歌再发，青是烽烟白骨人。

其三

圣德神功三百年，万国琛赆①来朝天。越裳翡翠高丽布，虞渊②昆仑供裘旃。岂意一朝坠浩劫，楼台街巷随飞烟。呜呼三歌兮歌声死，千村万落生荆杞。

其四

铜山银穴成风俗，明珠攫尽鲛人③哭。钤阁官烛夜生光，瞠眼不见逃亡屋。衮衮④冠皆负国书，罪草磬尽南山竹。呜呼四歌兮歌思长，周宣⑤中兴王我皇。

其五

有子有子官纶阁，人海三年守寂寞。我生本少儿女肠，为汝送孥成铸错。秦树燕云路杳漫，有时念我泪空落。呜呼五歌兮醉复醒，树揽离思花冥冥。

其六

执经⑥问业⑦门弟子，昔日白屋⑧今青紫⑨。百劳东去燕西飞，几人囊箪薇垣里。安得立雪⑩在我旁，使我为汝生欢喜。呜呼六歌兮歌逾哀，儒术于我何有哉。

其七

男儿生不成名死，须早英骨摧颓埋。野草胡为婉转尘，土中红羊⑪恶劫迫。衰老轮回愤血浩，盈胸何由洒向苍龙道。呜呼七歌兮歌欲终，时危惨淡来悲风。

注释：

①琛（chēn）：珍宝，琛宝。天琛（天然的宝物），赆（贐）jìn临别时赠送给远行人的路费、礼物：赆道。赆仪。赆行。进贡的财物：纳赆。

②古代神话传说中日没处。古人传说太阳早晨从东方的"旸谷"出发，晚上落入西方的"禺谷"或"虞渊"。一天之内，从东端，中经天穹，进入西极，有几十万里路程。典故：《山海经·大荒北经》："大荒之中，有山名曰成都载天。有人珥两黄蛇，把两黄蛇，名曰夸父。后土生信，信生夸父。夸父不量力，欲追日景，逮之于禺谷。"《列子·汤问》："夸父不量力，欲追日影。逐之于禺谷之际，渴欲得饮，赴饮河渭。河渭不足，将走北饮大泽。未至，道渴而死。弃其杖，尸膏肉所浸，生邓林。邓林弥广数千里焉。"向秀《思旧赋》："余逝将西迈，经其旧庐。于时日薄虞渊，寒冰凄然。"此处与昆仑一起泛指西方。

③鱼尾人身，谓人鱼之灵异者。中国古代典籍中记载的鲛人即是西方神话中的人鱼，他们生产的鲛绡，入水不湿，他们哭泣的时候，眼泪会化为珍珠。

④衮衮：相继不绝。称众多的显宦。后专称居高位而无所作为的官僚。
出处唐·杜甫《醉时歌》："诸公衮衮登台省，广文先生官独冷。"

⑤周宣王，中国周朝第十一位王。在位时间（前827—前781）。华夏族，姬姓，名静（一作靖），周厉王之子，死后被追谥为世宗。厉王时国人暴动，大臣召穆公虎将太子静隐藏在自己家中，被国人包围。召公以己子代替太子，使太子得以脱身。共和十四年（前828），厉王死于流放地彘（今山西霍县），大臣拥立静为王。宣王即位后，整顿朝政，使已衰落的周朝一时复兴。宣王的主要功业是讨伐侵扰周朝的戎、狄和淮夷。宣王四年（前824），秦仲为大夫，攻西戎，被杀。宣王又命其子秦庄公兄弟5人伐西戎，得胜。五年，宣王与尹吉甫一起伐猃狁（即西戎）于彭衙（今陕西澄城西北）。尹吉甫在征猃狁战争中率师直攻至太原（今甘肃镇原一带），迫使猃狁向西北退走。对于侵犯江汉地区的淮夷，周宣王命召穆公及卿士南仲、大师皇父、大司马程伯休父等率军讨伐，沿淮水东行，使当地大小方国中最强大的徐国服从，向周朝见。十八年，南仲派驹父、高父前往淮夷，各方国都迎接王命，并进献贡物。其时，宣王还命方叔率师征伐荆蛮（即楚国）。为了巩固对南土的统治，宣王将其舅申伯徙封于谢（今河南南阳）。宣王二十二年，继续西周早年的分封，封其弟友于郑（今陕西华县东）。周宣王五年至三十九年（公元前823—前789），宣王命周军于西北（今陕西、山西、甘肃一带）、东南（今江苏、安徽、湖北一带）进攻戎狄和蛮夷的战争。

⑥手持经书。谓从师受业。《汉书·于定国传》："定国乃迎师学《春秋》，身执经，北面备弟子礼。"唐韩愈《答殷侍御书》："八月益凉，时得休假，俛矜其拘缀不得走请，务道之传而赐辱临，执经座下，获卒所闻，是为大幸。"明孔贞运《明兵部尚书节寰袁公墓志铭》："公（袁可立）益攻苦，下帷贫不能给烛，聚萤凿壁以为常。

四方执经者，户履常满，而菽水之供倚办十脡。"

　　⑦请问学业。唐韩愈《送温处士赴河阳军序》："小子后生，於何考德而问业焉。"清侯方域《书〈周仲驭集〉后》："仲驭与余交最善。余尝见其负盛名时，执贽问业者满天下。"

　　⑧茅屋。古代指平民的住屋。因无色彩装饰，故名（例：三公有司，或由穷巷，起白屋，裂地而封）；也指平民（例：躬吐握之礼，致白屋之意）。

　　⑨公卿服饰，指地位显赫。《文选·扬雄〈解嘲〉》："纡青拖紫。"李善注引《东观汉记》："印绶，汉制公侯紫绶，九卿青绶。"又刘良注："青紫，并贵者服饰也。"明董其昌《袁伯应（袁可立子）诗集序》："若以诗之才情而为文，吾知其俯拾青紫无疑也。"

　　⑩北宋儒生杨时、游酢往见其师程颐，值颐瞑目久坐，二人侍立不去，颐既觉，门外雪已盈尺。事见《宋史·道学传二·杨时》。后以"立雪"为敬师笃学之典故。

　　⑪红羊劫指国难。古人以为丙午、丁未是国家发生灾祸的年份。丙丁为火，色红；未属羊，故称。宋代柴望《丙丁龟鉴》，历举战国到五代之间的变乱，发生在丙午、丁未年的有二十一次之多。唐殷尧藩《李节度平虏诗》："太平从此销兵甲，记取红羊换劫年。"清龚自珍《百字令·投袁大琴南》词："无奈苍狗看云，红羊数劫，惘惘休提起。"张昭汉《隐居》诗："怡情那管红羊劫，高卧闲听玄鹤喧。"

　　简评：在仿《同谷七歌》诗中，此诗代表第三阶段，第一阶段为南宋末年元朝初年，第二阶段为明末清初，第三阶段为清末。本诗罗列了自然灾害、列强入侵、天朝浩劫的背景之下，官员还在大肆敛财，营造坟墓，"衮衮冠皆负国书，罪草磬尽南山竹。"诗人愤慨至极，儿子不得见，弟子各自去，悲痛之情油然而生，真是"时危惨淡来悲风"的诗歌境界。

　　任其昌小传：（1831—1900），字士言，甘肃秦州（今秦州区）人。生于清宣宗道光十一年，卒于德宗光绪二十六年，年七十岁。同治四年（1865）进士，授户部主事。十二年，以母老乞养归。闭门教授。主天水、陇南各书院，垂三十年。性至孝，见义勇为。十七年，以总督杨昌濬疏荐，诏加员外郎衔。后因闻拳匪倡乱，悲愤疾作卒。其昌天姿高迈，博闻强识，覃精三礼之学，尤长于考订史事；所为古文，风力雅近宋人；晚年肆力于诗，宗法少陵。著年末四十，告归故里，先后主讲天水书院、陇南书院三十年，其门下英才辈出，有名者如清光绪时内阁学士、工部侍郎刘永亨、礼部主事丁秉乾、回族名翰林哈锐、刑部主事杨润身等人。著有《敦素堂诗文集》、《秦州新志》等六部。一生痴情教育，忧国忧民，自挽诗云："飞雨流云过此生，有情何似总无情。可怜耿耿胸中血，埋血青山作五兵。"

第五章 杜甫同谷诗研究

同谷草堂立《发兴阁记》碑

同谷草堂立《成州同谷县杜工部祠堂记》碑

成县杜少陵祠

成县杜少陵祠杜甫塑像

第六章

杜甫与赞公交游地争鸣综述

明清以来的杜诗注本，无一将杜甫与赞上人的交往归于同谷，以及写给赞上人的诗歌归于同谷诗。近年来有同谷（今甘肃成县）情结的学人提出赞上人居住地在成县，非秦州（今甘肃天水）境内，这样就增加了杜甫在成县的诗歌创作数量，出发点与愿望都好，但要撼动宋元明清以来的杜诗学成果似乎不太容易。对于赞公与杜甫交游地异议，仅仅是天水、成县两地学人互有立论，争鸣不断，局限于较小的范围内讨论，并未产生杜诗学研究的学术影响力，所以把对此问题的提出作为"杜甫陇右诗研究实质性突破"和"杜诗研究中一个突破性的成果"似有不妥。

2002年4月出版的高天佑编著《杜甫陇蜀纪行诗注析》以专章讨论了赞上人与杜甫交游地问题，其核心是赞公居住地在同谷，与杜甫的交游自然也在同谷，指出赞上人即李衔，并指出西枝村即今成县支旗乡庙湾村一带。（高天佑《杜甫陇蜀纪行诗注析》）2009年第七期《前沿》载蔡副全先生的《杜甫与赞上人交游在同谷考》一文，也认为杜甫与赞公的交游在同谷。引起学者关注的还是《杜甫陇蜀纪行诗注析》中赞上人居住地在同谷，土室、西枝均在同谷等问题。该书是著名学者霍松林先生作序，序文充分肯定了高天佑先生的观点。兹转述霍先生序文中所涉内容：

通读全稿，我认为这部书对于杜甫陇右诗研究实质性突破，集中地表现在第六卷。这一卷中的《杜佐考》《吴郁考》《佳主人考》《杜甫与赞上人交游考》《杜甫赴两当县路线考述》《秦州杂诗二十首异文校注》《〈同谷七歌〉〈万丈潭〉异文校注》《杜甫致赞公诗异文校注》等篇，对杜甫陇右诗研究中的诸多疑难问题和空白点，作了细致深入的探索，多有创获，极具学术价值，是对杜诗研究做出的新贡献。

杜甫《宿赞公房》题下原注："赞，京师大云寺主，谪此安置。"《仇注》引鹤注："诗云陇月向人圆"而定"谪此"之"此"为秦州，因诗中的"秋风""菊荒""莲倒"而定"夜宿"之季节为晚秋,亦即杜甫正在秦州之时,都是合乎情理的。因此,宋人黄鹤以后的注家都将《宿赞公房》《西枝村寻置草堂地夜宿赞公土室二首》《寄赞上人》《别赞上人》五首诗列入杜甫秦州诗内。然而"西枝村"究竟在何处呢?《仇注》引鹤注:"西枝村,在秦近郭,有岩窦之胜,杉漆之利。"这其实是按诗意注的,诗云:"出郭眄细岑,披榛得微路。溪行一流水,曲折方屡渡……扪萝涩先登,陟巘眩反顾。要求阳冈暖,苦涉阴岭冱……"我是秦州(今天水市)人,对秦州城郊一带很熟悉,一"出郭"就可以"眄"到的这种景象,是绝对没有的,何况城南的南郭寺与城北的隗嚣宫,杜甫已在《秦州杂诗》中写过了!至于秦州人所说的"西枝村",则在距州城东南六十里的山谷间,一"出郭"怎能望见!

　　天佑君已在陇南成县,也就是杜甫流寓的同谷工作了十七年。此前,他已在天水师专从李济阻等先生研究杜甫的陇右诗,特别是秦州诗;到了成县,则进一步研究杜甫的陇蜀诗,特别是同谷诗。在天水研究秦州诗和成县研究同谷诗,都体现了我在前面说过的当地人研究当地文史的优势。例如:关于赞公的贬谪地究竟在何处,以及杜甫《宿赞公房》等五首诗究竟作于何地的问题,他从人文景观、地理环境等方面进行勘察,同时证以相关的文史资料,从而做出了合理的判断:赞公的贬谪地是同谷,杜甫的《宿赞公房》等五首诗不用说也作于同谷。在天佑君的诸多论证中,我以为有几点很有力:一、同谷城东南七里的狮子洞沟和鹿圈沟之间,有东枝、中枝、西枝三座山峰,西枝村在西枝山下,"城东南七里",自与"出郭眄细岑"相合;再看所附"中枝西枝所夹鹿圈沟"彩图,便知"流水""冈""巘""阴岭"等与《西枝村寻置草堂地夜宿赞公土室二首》所写多么相像。二、清乾隆六年《成县新志》云:"大云寺在县东南七里,俗名睡佛寺,即杜子美与赞上人相聚处,赠答有诗。"近年在成县睡佛寺崖壁上发现唐宪宗元和八年墨迹二十行,叙述佛寺、圣像损坏情况,可证《成县新志》所载有据,亦与《西枝村寻置草堂地夜宿赞公土室二首》相合。此外,著者认为杜甫大历五年所作的《长沙李十一衔》是送赞上人的,全诗如下:

与子避地西康州,洞庭相逢十二秋。
远愧尚方曾赐履,竟非吾土倦登楼。

久存胶漆应难并，一辱泥涂遂晚收。
李杜齐名真忝窃，朔云寒菊倍离忧。

杜甫长安陷贼期间作有《大云寺赞公房四首》，叙写他藏于赞公房的情事，其中有"细软青丝履，光明白氎巾。深藏供老宿，取用及吾身"等句，天佑君认为《长沙李十一衔》诗追忆当时情景，"远愧上方曾赐履"，即指当年以"青丝履"相赠。因此，他提出了"赞公俗名李衔"说，西康州即同谷，"与子避地西康州"，便是赞公与杜甫相聚同谷的确证。这也是可以作为进一步研究的起点的。

霍松林先生基本肯定了高天佑提出的赞公居住地在同谷的观点，并指出赞上人即李衔，还指出西枝村即今成县支旗乡庙湾村一带的诸观点，但霍松林先生也指出"这也是可以作为进一步研究的起点的"，言外之意，尚有斟酌的地方。

著名学者赵逵夫先生为高天佑《玉垺集》序文亦涉上述问题：高天佑同志在杜诗研究中一个突破性的成果是论定了杜甫的朋友赞公被贬之地不是在今天天水，而是在今天成县；《西枝村寻置草堂地夜宿赞公土室二首》中说的"西枝村"，也不是天水而在成县。因为：一、诗中所写与天水地理不合而与成县完全相合，"西枝村"就在成县东南七里；二、有地方文献为证。乾隆六年版《成县新志》载："大云寺，城东南七里，俗名睡佛寺，即杜子美与赞上人相聚处，赠答有诗。"第三、有今年发现的历史文化遗迹为佐证。在成县东南睡佛寺崖壁上发现唐宪宗元和八年墨迹，述佛寺毁坏情形，证"睡佛寺"即文献所载"大云寺"，亦即杜公与赞上人相聚处。所以说，高天佑这个结论是绝对可靠的。这样，就使杜甫在成县的活动情况更具体清晰，内容更丰富，也使成县睡佛寺成了一个重要的历史文化遗迹，成了一个很有文化意义和价值的旅游景点。

赵逵夫先生从霍松林先生的观点，肯定赞公居住地在同谷，赞公与杜甫的交游在同谷的观点，引用材料与霍松林先生相同，并认为"高天佑这个结论是绝对可靠的"。

兰州文理学院元鸿仁先生为高天佑《玉垺集》序文称：古往今来，关注杜诗者不下数百种，即所谓"千家注"者也，关于杜公旅陇诗作研究亦大有其人。天佑注析，同样承纳了前人的合理见解，可贵之处是始见精深。集中体现于第六卷的考证诸文：《杜佐考》《吴郁考》《佳主人考》

《杜甫与赞上人交游考》《杜甫赴两当县路线考述》《秦州杂诗二十首异文校注》《〈同谷七歌〉〈万丈潭〉异文校注》《杜甫致赞公诗异文校注》等，对杜甫陇右诗中诸多疑点作了合理考释。其证也凿凿，其言也确确，是新世纪杜甫陇右诗研究的新成果。

又如，对杜甫《宿赞公房》一诗的研究。诗题下原注："赞，京师大云寺主，谪此安置。"《仇注》引鹤注："诗云陇月向人圆"而定"谪此"之"此"为秦州，因诗中的"秋风""菊荒""莲倒"而定"夜宿"之季节为晚秋，亦即杜甫正在秦州之时，都是合乎情理的。因此，宋人黄鹤以后的注家都将《宿赞公房》《西枝村寻置草堂地夜宿赞公土室二首》《寄赞上人》《别赞上人》五首诗列入杜甫秦州诗内。然而"西枝村"究竟在何处呢？《仇注》引鹤注："西枝村，在秦近郭，有岩窦之胜，杉漆之利。"这其实是按诗意注的，诗云："出郭眄细岑，披榛得微路。溪行一流水，曲折方屡渡……扪萝涩先登，陟巘眩反顾。要求阳冈暖，苦涉阴冷泜……"——"出郭"就可以"眄"到的这种景象，是绝对没有的，何况城南的南郭寺与城北的隗嚣宫，杜甫已在《秦州杂诗》中写过了！至于秦州人所说的"西枝村"，则在距州城东南六十里的山谷间，一"出郭"怎能望见呢？于是，"他从人文景观、地理环境等方面进行勘察，同时证以相关的文史资料，从而做出了合理的判断：赞公的贬谪地是同谷，杜甫的《宿赞公房》等五首诗不用说也作于同谷。"通过著名学者霍松林先生的这段评析，足见思考之精，论证之切，观点之新。

元鸿仁先生基本重复了霍松林先生的观点，肯定高天佑提出的赞公居住地在同谷，与杜甫的交游自然在同谷的观点是："思考之精，论证之切，观点之新"。

天水师院李济阻先生在《杜甫陇蜀纪行诗注析》序二指出：高天佑是一位禀赋较高而又好学不倦的现代青年，他生长在天水，工作在成县，酷爱家乡，酷爱生活，酷爱艺术。前年拨冗来访，提及本书的写作意图，当说到他认为杜甫《宿赞公房》等诗当作于同谷时，我为之一震，立即意识到这是近年杜甫陇右诗研究的一大创见。许多人都知道，《成县新志》和成县杜甫草堂碑刻共同记录有这样一个事实：杜甫与赞公相聚于同谷。然而可怪的是，杜公同谷诗中却没有一点反映。我把这一疑问留在《杜甫陇右诗研究论文集》中，但未进一步研究。近日看到《杜甫陇蜀纪行诗注析》清样才恍然大悟：《西枝村寻置草堂地夜宿赞公土室二首》起句便是"出郭眄细岑",而传统所谓"西枝村"却在秦州城东南五十里以外,旧说之不足据是显而易见的。因此我认为,本书有关杜甫与赞公聚会同谷的一组论述,实为作者对杜甫研究的一大贡献;仅此一点,《杜甫陇蜀纪行诗注析》就肯定会受到学界重视。

李济阻先生也赞同高天佑关于杜甫与赞公聚会在同谷的观点,至此,秦陇权威学者均支持杜甫与赞公在同谷聚会,但还是有不同声音。天水师院刘雁翔先生在《杜甫秦州诗别解》绪论中专门讨论了杜甫与赞公的聚会地问题,阐述了自己的观点:

对于杜甫和赞公会面的地点,通过杜诗注本将杜甫致赞公的诗编在秦州诗内,和同谷无涉。而乾隆《成县新志》等一些方志和成县杜甫草堂个别诗碑都提及有杜甫和赞公在同谷东南凤凰山大云寺相聚之事,这其实属于方志为首的"地方"抢夺名人地望的普遍技法,值不得惊呼为新发现,也值不得拿个棒槌当针(真)使。然而2000年以后,不断有当地学者旧话重提,宣传或论证杜甫赞公交游之地在同谷,代表作品为《杜甫与赞公交游考》和《杜甫与赞上人交游在同谷考》。其论证方法:一是列举成县旧志记述,二是分析地形地貌说秦州西枝村和诗意不符,三是说明诗中反映出的时令物候放在成县最合适。对此,我们做一些简单分析。

其一,西枝、东枝其实就是西支、东支,这样命名山脉的办法各处都有,如元末明初文学家苏伯衡《西枝草堂记》,所谓"西枝草堂"指的就是浙江平阳九凰山支脉所建的草堂。不能因为成县有类似的地名而硬给赞公找新住处。更何况赞公在秦州本来有居地名曰西枝(今天水市麦积区甘泉镇西元店村)。

其二,《寄赞上人》"徘徊虎穴上,面势龙泓头"的"虎穴""龙泓"乃风水学名词,《发同谷》"停骖龙潭云,回首虎崖石"的"龙潭""虎崖"是飞龙峡周围的具体地名,不能先混为一谈再偏向同谷。

其三,西枝村寻草堂时所谓"出郭眄细岑,披榛得微路"所出的"郭"不要死盯着秦州城,唐宋时期今天水麦积区之甘泉镇、东柯谷之街子都有城郭。再者,杜甫寓居同谷时在凤凰山下飞龙峡已有草堂,再在西枝找什么卜居地?

其四,关于时令物候只提一点疑问,杜甫到达同谷乃是农历十一月,如何就能和《宿赞公房》的"雨荒深院菊,霜倒半池莲"对接?陇南的气候是比天水暖和些,但菊花还不至于在寒冬十一月怒放吧。

其五，关于唐代同谷今日成县地方文献杜甫赞公交游同谷说的辩证，《仿古学诗万里行》论说详尽，援引如下：

县文化馆的同志告诉我们："峡口外面不远，有一座睡佛寺，是当年杜甫与赞上人交往的地方。"经此一提，我们注意到这里的石碑上也有如此说法，"卜邻如夙约，结伴迎禅房……"；"昔公由秦入蜀，爱其地，结茅以居，与赞公往来，后人以祀公。"杜甫本在同谷仅住了一个月，难道在这段时间里赞公又赶来了吗？对这个问题，我们当时就感到奇怪，后来查《成县新志》，载有："大云寺，县东南七里，俗名睡佛寺，即杜子美与赞上人相聚处，赠答有诗。"这段记载，倒把上面的疑案解决了。我们知道，赞上人是长安大云寺主持，成县也有个大云寺，就把赞上人附会来了；志书说"赠答有诗"，而杜甫与赞公赠答之诗都可确指其地，而无一首写于同谷。

再补充一条，一见大云寺就认定赞公当主持的做法殊不妥。秦州西面的关子镇，就有唐代的大云寺，旧志多有记载，民国《天水县志》卷2《建置志》说："大云寺，在关子镇南街。李唐时建，高槐数寻，大逾丈。"

本书的目的不是考证疑问，而是记述"情况"，但还得指明一点，杜诗的祖本——王洙《宋本杜工部集》将杜甫与赞公交往的诗作统统排在《发秦州》之前，无论如何都值得珍视。（见刘雁翔《杜甫秦州诗别解》）

刘雁翔先生算是对杜甫与赞公交游同谷说作了回应。从杜诗版本的编集与流传来看，复旦大学陈尚君先生、浙江大学胡可先生均认定杜甫生前给自己的诗编过集子，只不过有一部分遗失了，而未遗失部分的排序是杜甫自己定的。陈尚君《杜诗早期流传考》：从以下几个方面证据推测，六十卷本杜甫原集曾经过杜甫本人的整理，编次方式应是以时间为序或分体后再以写作时间为序的。引其相关论述如下：

证据之一是，樊晃在杜甫死后二三年间，即获悉六十卷正集流行于江汉一带，可知杜集编成行世与其去世差不多同时。如待其死后方由他人裒理成集，不会如此迅速。因此，杜甫生前已将诗文整理成帙，死后由宗文、宗武结集传世的可能性是很大的。

证据之二是，现存杜诗自注中，有不少重加整理的痕迹。试举若干如下（均据二王本、吴本，后世杜集刊落较多）：

《同诸公登慈恩寺塔》："时高适、薛据先有此作。"
《大云寺赞公房》："时西郊官军拒逆贼未已。"
……

今存杜诗中，在夔州有小胥抄诗的记载，湖南有整理书帙的纪事，没有留下自编文集的记录。上引诸自注说明杜甫晚年曾自理过诗文，具体年代已不可考。

证据之三是，若干杜诗自注有准确的记时。如《自京赴奉先县咏怀五百字》："天宝十四载十一月初作。"《白水县崔少府十九翁高斋三十韵》："天宝十五载五月作。"《三川观水涨二十韵》："天宝十五年七月中避寇时作。"《发秦州》："乾元二年自秦州赴同谷县纪行十二首。"《发同谷县》："乾元二年十二月一日自陇右赴剑南纪行。"诸注叙时间准确到月日，王洙、王琪是不可能臆加的，显然出于杜甫之手。从中可看出杜甫对诗篇写作年代极其重视，自编诗集，是可能按年次编排的。从秦州到同谷、从同谷到成都的各十二首纪行诗，从自注和二王本编次来看，在原集中显然是按写作先后排列在一起的。

证据之四是，王洙《杜工部集记》谓所编杜集分古近二体，"起太平时，终湖南所作，视居行之次，若岁时为先后，分十八卷"。今存二王本，古近二体都依写作先后为序，虽在具体篇章的先后次第上，远不及清人考证之绵密，但总的来说，编排处理是恰当的……据前文考证，王洙所据本之一的蜀本，已为编年本，是杜诗编年唐时已然……孟棨《本事诗》谓杜诗"当时号为诗史"，恐不仅因杜诗善纪时事，而且其集以年系诗，天宝、大历间史事，历历可睹，故有此称。

王洙编杜集时说："甫集初六十卷。今秘府旧藏、通人家所有称大小集者，皆亡逸之余，人自编撮，非当时第叙矣。"所谓"亡逸之余，人自编撮"的各种杜集，最早依据应包括两部分，一是杜甫生前已流传于世的作品，二是六十卷本原集的散存部分。后者虽无存世的记录，绝不至于完全埋灭，否则一千四百余首诗能在二百七十年后重新结集，是难以想象的。现知部分面貌的唐五代杜集，仅樊编《小集》及晋开运官本两种。前者曾经樊晃以"大雅之作"的标准加以裁择，兼收各阶段诗，唯夔州诗较少。后者则不同，安史乱前和出峡后诗都只有一两首，夔州时期诗独详，约占半数，所收诗看不出别裁的痕迹。这一现象提供了前述杜集是经过杜甫本人整理的，收诗按写作时间为序的文集。全集散出后，如果部分卷次得以较完整地保存下来，部分卷次则散逸不存，势必出现某些阶段所作诗保存较多、某些阶段存诗甚少的现象。宋人重辑杜集时所能得到的杜诗包括两部分。一部分是未经选择的杜集残帙，今本收诗较多阶段与今存诗较多阶段基本一致，可能即属此种。王洙所取用蜀本及其他几种卷帙较大的杜集，可能也属此种。王洙所编本在年次上错误较多，是因他重加编次又综合各集造成的，但所据有早期本为据，仍有值得重视指出。另一部分则经过前人的选择，其中有樊编《小集》一类经过精择的别集，有唐至宋初各种选本收录的诗篇，有宋人所建的各种"人自编撮"的传抄本，以及杜甫手稿、碑刻、法帖等。这部分诗数量虽少而较精的几个阶段的杜诗，当因原集有关卷次失传，仅靠各种选本得以部分留存。这一点，对于研究杜诗创作发展过程和分阶段的成就，是值得注意的。（陈尚君《唐代文学丛考·杜诗早期流传考》）

浙江大学胡可先先生也持杜甫生前编集的观点：唐人有自编文集的习惯，如白居易生前编《白氏长庆集》，元稹生前编《元氏长庆集》等。有些文人生前没有编集，但往往在晚年托他人代编，如杜牧在卒前一年，托他的外甥裴延翰编纂《樊川文集》。还有的文人生前没有文集，卒后其家人或门人为其编集，如韩愈卒后，其婿李汉为其编集。当然有不少自编集后来散逸，后代文人又加以重编。由此我们先推测一下杜甫生前或有编集的可能。《旧唐书·杜甫传》说："有集六十卷"，《新唐书·艺文志》也著录"《杜甫集》六十卷"。唐樊晃《杜工部小集序》说："文集六十卷，行于江汉之南。"《杜工部小集》是樊晃在润州刺史任上所编，在此前就有《杜甫集》六十卷传世。樊晃《小集》大约编成于大历六年之前，本书第四章《杜诗学年表》中将作详考，兹不赘述。杜甫卒于大历五年（770）冬天，如以其卒后他人搜集而成，必不得于大历六年就"行于江汉之南"，以此推定，六十卷本之《杜甫集》，出自杜甫本人之手，殆无可疑，同时杜甫晚年多暇，手定文集也是符合情理的。（见胡可先《杜诗学引论》）

陈尚君与胡可先均为当今学坛的知名专家，其说很有分量，在杜甫生前按年编有诗集的情况下，不会再出现大的错乱，即杜甫写给赞公的五首诗不会是在同谷。我们试想，杜甫陇蜀纪行诗若不是杜甫亲自排定，别人没有这个能力，况且次序未乱，其原因就是此阶段诗是杜甫编定的次序，后人一直祖述之。最早在同谷将赞公与杜甫结合一起的是晁说之《才上人处见圆机五字辄用其韵作》：

振锡千峰下，观空万象前。
水深猱臂直，雪厚虎蹄圆。
工部泪徒感，赞公灯不眠。
当年郭有道，今日更谈禅。

由于郭圆机是出家人，与晁说之交往甚密，多有诗歌唱和，故晁说之将他们两人的交往比作杜甫与赞上人，晁说之没有肯定赞上人在同谷，但后人以此认为赞上人就居住在同谷，于是直至今日，依然有人提出赞上人居住在同谷。至于"出郭眺细岑"的"郭"不一定非得是城，"绿树村边合，青山郭外斜"的"郭"就不是城，"郭"《现代汉语词典》解释：（1）城外围着城的墙：城~。"爷娘闻女来，出~相扶将"。（2）物体的外框或外壳。出了屋子其实也可理解为"出郭"，如此理解，则在西枝村熊家窑东山土室向前看，完全是"眺细岑"的景象。并且此地有"竹林寺"的传说，毁于山体滑坡，其地今存一千年老树。认为杜甫与赞公交游地在同谷者指出："徘徊虎穴上，面势龙泓头"（《寄赞上人》）即是"停骖龙潭云，回首虎崖石"。（《发同谷县》）同为龙虎，故认为赞公居住同谷。对于"面势"曹慕樊先生指出："《营屋》：'东偏若面势，户牖永可安'……杜用'面'字，只作相度意。诗言东偏而面其势，则设户牖甚佳……杜公《寄赞上人》又云：'徘徊虎穴上，面势龙泓头。''面'字亦作相度解……考之古训，'面势'的'势'本义是测地平的工具，'形势'是它的引申义。"因此，"徘徊虎穴上，面势龙泓头。"则完全是杜甫与赞公卜居时审度地形的写照，杜甫选地方首先考虑风水，符合古代传统文化，也符合杜甫文化人的身份。而"停骖龙潭云，回首虎崖石"则是写凤凰村周边实景，"龙潭"即"万丈潭"，"虎崖"即凤凰村旁的山崖，因有虎势，故称"虎崖"。王嗣奭也认为："虎崖石"，按《志》有虎穴在成县之西，岂《寄赞上人》所云"徘徊虎穴上"者耶？《成县新志》录杜甫写给赞上人的五首诗，不足以说明赞公就在同谷居住，很显然，《成县新志》还录有杜甫在长安时期写给赞上人的《大云寺赞公房四首》以及不在同谷境的《铁堂峡》等诗，不可否认地志对杜甫的偏爱之情。当地学者还提出《别赞上人》中的"异县逢旧友",认为"县"必然是指同谷县,而秦州是州不是县,但也非确证。关于"异县",仇兆鳌引古诗"他乡各异县"为证,甚是恰切,正应了"杜诗无两字无来处"之说。再如《积草岭》:"路异鸣水县",该诗杜甫原注"同谷界",即才到同谷地界,而陕西略阳昔日之"鸣水县",昔属兴州,距同谷三百里,当时既不与同谷为邻,又不是入蜀经过之地,陕西之鸣水县出兴州、过长举才能和成州与同谷接界,故"鸣水县"也是非确指的例子。而认为赞公居同谷的还有清人卢元昌,"西枝西有谷,定指同谷。近闻,必指同谷邑宰书。公至同谷界诗'邑有贤主人','来书语绝妙',此可相证。《同谷七歌》中'南有龙兮在山湫',后《发同谷县》诗'停骖龙潭云,回首虎崖石',诗云虎穴、龙泓,指此无疑。"此说开赞公居同谷之先声,清人施鸿保《读杜诗说》作出了有力的回击:"后发秦州后,自赤谷至凤凰台,尚有十诗,赤谷云:'我车已载脂',寒峡云:'泝沿增波澜',可见踰山越川,路必不近;何以此诗云西枝西,又尚待塞雨干云云,皆似往游甚易者?且同谷是邑,即因谷名,亦不得但云有谷,统一邑言,又不得但云杉漆稠;此必西枝西别有一谷,如赤谷之类,非即同谷邑也。虎穴龙泓,第借言其处山水之高深,疑有龙虎,亦非如同谷之龙湫虎崖,实有其名也。卢说实非是。"施鸿保不但回应了卢元昌"西枝西有谷,定指同谷",而且回应了诸家《寄赞上人》"徘徊虎穴上,面势龙泓头"与《发同谷县》"停骖龙潭云,回首虎崖石"中的"虎穴"非"虎崖","龙泓"非"龙潭"。施鸿保注《发同谷县》云:"发同谷云:'临岐别数子,握手泪再滴。交情无旧深,穷老多惨戚。'注:同谷之人,不忍别公。今按此云数子,当即积草岭诗所云诸彦。果不忍别公,即交情非旧,亦已与旧同深,何以公在其处,拾橡栗、掘黄精,男呻女吟,穷乏已盛;所谓佳主人者,既不知何去,即此数子亦漠不一顾,则其交情可概见矣。故凡公至处,往还诸人,诗皆及之,惟在同谷,竟无一人得挂名集中也。此时临岐相送,亦第世故周还,交情二句,是言交情不必论旧深,但顾念穷老,心自惨戚,不觉握手泪滴耳。"明确指出"惟在同谷,竟无一人得挂名集中",怎会有赞公在同谷?

综合上述,杜甫与赞公在同谷聚会的可能性不大。

第七章

杜甫留在陇蜀道的传闻逸事

1. 铁堂庄

杜甫写的《铁堂峡》一诗，其地距秦州七、八十里，属今小天水，古时叫铁堂庄，峡内有张家峡村、袁家河村、石滩村和赵家磨村等，峡口从平南镇的赵家庄入峡，出口为小天水的石滩子村，青龙观崖下，峡长20里，峡内有一马平川的几十亩地。相传姜维曾在此安营扎寨，隐藏驻军在峡内把守"天水关"，一旦对方入关，即可上山锁门伏击，峡内还有"躲箭石"，相传是姜维躲箭之石。《元一统志》载："乱山深处一茅屋，原是姜公旧隐居。"是不是姜维的隐居之地已无资料可考。但这条峡谷历史上是秦州南下入蜀的官道，当年杜甫从这条峡谷穿行时，留下了一些民间传说。当时正当天寒地冻，杜甫一家人顺河道艰难行进，峡内河床冻结的冰如长长白蛇横在眼前，不料，拉车的马在冰上滑倒摔伤，杜甫怎么拉也拉不起来。冷饿的孩子号叫，杜甫无奈之下，来到峡内看守水磨的老人处，老人为杜甫一家做了饭，暖和身子，又拿出骨药，灌给杜甫的马，只听马的骨节"咯嚓咯嚓"的长骨头。又用布条包扎贴上了药，继续前行，因而有"我马骨正折"的诗句。那个摔伤马的地方叫"猫儿眼"，是峡内的一块巨石，又传说，当杜甫一家行走在此石处，当地人听见有猫叫的声音，震颤山谷，犹如地震，人们说那是贵人过路，山神土地神在迎接，后来才知道是大名人杜甫。

2. 玉绳泉

根据《成县志》记载"（杜公）祠望凤凰台而临万丈潭，石秀才隔水相视，玉绳泉吐玑喷珠，山河壮丽，气象万千。"玉绳泉出自青泥河西岸八卦石旁的悬崖绝壁之上，从几丈高的山崖缝隙中流出一股清水，倾泻突奔飞流，流淌下来时好像一条洁白似玉的水绳从天而降，訇然注入下边一青石缸之中，水花乱溅，似珠如玑。因水从山崖飞流似玉绳，下面青石水缸似泉，人们都叫它玉绳泉。这股水千年水流不断，寒冬暑热水量不减，水温冬暖夏凉，泉清甘冽爽口，真乃一眼神泉。

相传，唐肃宗乾元二年（759）冬月，大诗人杜甫流寓同谷县（今甘肃成县）时，居住在飞龙峡口的凤凰村。凤凰村的人吃水要到不远处的玉绳泉去挑水。有一天，天刚亮杜甫借来老乡家的木桶，沿着青泥河西岸高低不平的石阶向玉绳泉走去，一路上他被飞龙峡口山川自然景观所迷住，不时地发出啧啧称叹之声，不觉到了栈道构连，绝壁入云的玉绳泉旁。他放下水担，环视周围，被同谷大地上大自然壮丽景色所陶醉。

杜甫盛了两桶玉绳泉清冽冒气的水向家中走去。刚进家门，只听小儿子哼哼地呻吟，向他母亲喊肚子疼。杜甫赶紧放下水桶问其缘故，小儿子说："昨天吃的栗子太多，肚撑胃疼。"杜甫赶紧生上青枫木炭火，从木箱中找来药砂铫，舀上半瓢刚担来的玉绳泉水，放入药砂铫中烧水，不一会儿，水烧开了。杜甫又从药箱中找出了七枚大红枣，三块生姜一同入砂铫同煮，煮了一会，整个草屋中弥漫着升腾的姜枣气味。杜甫盛了半土巴碗姜枣汤，让小儿子趁热饮下。很快小儿子向爹妈说，他的肚子不疼了。原来是姜枣汤有温胃健脾、保暖祛寒之药效。又因玉绳泉水是从高山上流下的，本身又具有对人体有用的几十种微量元素，是优质的矿泉水。好药用好水煮，不治病不由人呢？

据说玉绳泉的上水源在南山的卧虎崖下，卧虎崖山险、林密、水甜。卧虎崖下有大小不等的十二眼甘泉一字罗列。在山石林中宛如十二只大眼睛，在正午阳光的照射之下，泉水透明清澈，能映出万物的倒映，在这十二眼泉中，东头的第一眼泉叫子鼠泉，第二眼叫丑牛泉，第五泉眼叫辰龙泉，除第五眼辰龙泉的水沿山石淌了一段后，流入一个形状像凤头壶的石嘴之后消失在卧虎崖山脚下，其他十一眼泉流出的水都汇流在卧虎崖下的赵家沟里，在赵家山由东北坡流到了杜公祠依靠的西山崖，最后流到了青泥河中。

有一年，赵家山的赵秀才来到卧虎崖下的辰龙泉，无意间喝了一口水觉得辰龙泉的水质和玉绳泉的水质一样甘冽，心想卧虎崖下的辰龙泉和飞龙峡口的玉绳泉是什么关系，是不是一个水源。赵秀才是个爱思谋深虑的人。于是，第二天一大早，赵秀才就带他的一个儿子和一个学生，从麦场的麦衣堆中挑选了一百个硕大白亮的麦衣装在了一只布袋中，来到了卧虎崖下的辰龙泉，将麦衣倒入辰龙泉中，半个时辰过后，一百个麦衣全部流入石凤壶嘴后，三个人赶快下山，守候在飞龙峡口的玉绳泉旁，等了一日没有动静，等了第二日又不见动静，等到第三天早晨，还是不见玉绳泉中淌出麦衣，赵秀才的儿子不耐烦了，学生也等不住了，都嚷着要回家。正在这时，西沉的阳光透过云层照在凤凰台半山腰中，反射的阳光照在山崖石缝中，山明水洁，水和麦衣从玉绳泉上顺水流出的麦衣飞落进青石缸里。三人赶紧拿到竹篾罩，从玉绳泉中捞起这些麦衣，摊晒在飞龙峡栈道旁的神仙床上数数字，数了三遍还是一百个，赵秀才三人大笑，高兴得不得了，齐声喊道："真乃奇妙！"从此，人们知道了卧虎崖下的辰龙泉和飞龙峡的玉绳泉同属一道水源，于是有人称辰龙泉为上泉，玉绳泉为下泉。

由于杜甫用玉绳泉的水给儿子治好了肚子疼的病，一传十、十传百，传到了同谷县城，从那时起经常有人盛上玉绳泉的水给大人、小孩煮药治病，疗效还不错呢？一千多年来，十里八乡的人还沿用着玉绳泉的清水煮药的习惯。

时过境迁，由于大自然的变化，卧虎崖下的十二眼泉现存不多，大都干涸了，只有辰龙泉的水还保持昔日的水量。而玉绳泉，由于修筑通往飞龙峡电站的公路，在玉绳泉旁处打凿了一个隧道，破坏了山势，现在人们只能看到石缝隙中流水，却看不到昔日玉绳泉水如玑似珠的美丽景观了。

3. 杜公磨

唐肃宗乾元二年（759）大诗人杜甫寓居同谷县，居住在飞龙峡口的凤凰村。初来乍到，经过长途跋涉，饱受寒冬霜日侵蚀的杜甫到凤凰山住下没几天，村里的冯氏、王氏、武氏三大家族知道杜甫是当代文人和大官，如今由于奸臣当道，杜甫蒙冤流落到同谷，一家生活十分困难。怀着崇敬同情的心情，三家族长相聚一起商议，如何在这兵荒马乱，生活赤贫的年代救济杜甫一家人。最后大家都决定咬咬牙，三姓十几家各拿出几斤早麦子相凑在一起，装了一石派人抬到杜甫住的南崖草屋住处，杜甫一家看到村里人送来的早麦子，他知道乡亲们饥饿难熬，推辞不收，但三家族长一定要他收下，杜甫一家只好收下实物，他大为感动连声道谢来人。

第二天，天刚亮，杜甫望着饱受饥寒之苦中睡着的孩子们，叹息着走出草屋，站在河边向八卦石那面观望，只见不远处的两峰对峙处有一排磨房。他怀着愧疚不安的心情扛起粮袋，用了不到半袋烟的工夫，就把早麦子扛到了水磨房里，一看还早呢？磨主还未开门。他等了一会，还不见磨主开门，他只好用手敲门，一会儿只听吱呀一声，磨房门打开，出来一个和杜甫年龄不相上下的中年汉子，中年汉子热情地将这位今早第一个来磨面的人迎进磨房，磨主上下仔细地打量了一番。向来人问道："以前没有见过你来这磨面，不知客家何处人也。"杜甫一一向中年汉子回答，不知不觉中，二位谈庄稼收成，谈农民生活，谈风土民俗，中年汉子告诉杜甫，他姓冯排行老三，人们都叫他三哥，家住凤凰村中，在这里看磨已二十多年。说着只见冯三哥用劲绞起磨盘，把杜甫扛来的早麦子倒摊在磨盘上，冯三哥走出磨门，放下截水板聚水启磨。一会儿，白花花的麦面粉从上下石磨槽中淌出，在訇訇的水磨声中，冯三哥与杜甫的交谈兴趣更浓了，话越说越合拍。冯三哥知道了杜甫是从长安来的大官和大读书人，就让杜甫答联语，杜甫点点头同意了。冯三哥出上联为："石磨磨麦豆"。杜甫抬头透过窗格向下游看去，十几米远的一栋水磨水轮正转得欢，想起这些年所遭受的流离之苦，自己怀才不遇，年华易逝，壮志难酬的现实生活，他随口而出："水轮轮春秋"。冯三哥连声称赞："妙！妙！妙联一幅。"这时，杜甫的一石早麦子也磨好了。冯三哥将加工的面粉收拾装好后，又拿来笔墨，请杜甫给他赐墨宝，杜甫爽快答应了。只见他手握毛笔，蘸饱浓墨，挥笔疾书，将"石磨磨麦豆，水轮轮春秋"一联书写在冯三哥的水磨房的门两侧木板上，冯三哥拍手称赞，高兴不已，连声道谢。从此之后人们称杜甫磨过面的冯三哥水磨房为"杜公磨"，在当地流传了一句名言："杜公磨房冯家看"。杜公磨生意兴隆，再也没有发生洪水冲毁渠堰，断流停磨的事了。

从杜甫寓居同谷磨面那时起，过了三百六十四年，到了宋徽宗宣和三年（1121），同谷秀才赵惟恭捐地五亩，县令郭慥始立杜公祠堂时，杜公磨已传到了冯三哥三十六代孙冯慕杜手中。

冯慕杜看到昔日杜甫书写门联已墨迹淡化，联板已风吹烂朽，于是他看到县令在飞龙峡口给杜甫修祠堂，有能工巧匠在施工，他找见修杜公祠的监工，向监工讲明了来意，监工欣然同意，派两名技工，将水磨房门的那幅门联拓描。冯慕杜从家中找来两块上好的花梨木让技工刻制了这幅门联。从那时起，冯氏家族视这幅门联为圣物，代代相传，珍藏永远，秘不示人，传至20世纪中叶，已传至冯三哥三十六代孙手中。

20世纪中叶，由于在飞龙峡中筑坝拦水，修建电站，八卦石旁的这盘古磨房因水流变向，水小而废，加之电动钢磨的出现，昔日的水磨房从此消逝了，这些往事和美景只留在上了年纪人们的记忆中了。

4. 手爬崖

青泥河属于长江水系嘉陵江流域上游，从同谷城沿青泥河向下，是一条入陕进川的捷径。青泥河两崖有无数的悬崖峭壁,人不能过,鸟不能越,阻断了古代同谷人向外走出去的愿望。从汉代开始,先辈们已经开始在青泥河两崖修凿栈道,解决行路难的问题。

由于青泥河连年水满,两岸山路又险,行人外出走陕入川不便,也常有不慎者从崖沿边失足而亡。当年,杜甫居住在飞龙峡的凤凰村里,凤凰台下方万丈潭边有一处十分险要的山崖叫"手爬崖"。因绝壁耸立,河水湍流,只有先辈在山崖上开凿了仅能容人手爬脚蹬的石窝,让人爬过,过往之人经此地。没有不心跳肉颤,双腿发抖的,还不时有人葬死河中,成为水中鱼鳖的食物。

有一天,寒冬的阳光照在青泥河上,杜甫这天早早从县城卖药回来,看到午后的阳光照在凤凰台上,给平静的飞龙峡上倒映出了一幅凤凰台巍峨壮观的山水图,诗人心中顿时充溢了一点快意。于是他带上儿子来到万丈潭边看山慕水。西照的阳光,将"手爬崖"照得一览无余。正在此时,只见一樵夫身背一梱青枫木,从"手爬崖"上艰难地爬行,忽然,樵夫身背的长柴在山壁上一撑,脚下一滑,连人带柴滚入青泥河中,杜甫吓得惊慌失措,大叫起来,眼睁睁地看着樵夫掉下河中,而不会游泳的他无能为力,他赶快打发儿子向凤凰村跑去,喊村里人救樵夫。自己从万丈潭边拾起一根不知谁扔掉的长葛条扔到河中,樵夫双手紧紧抓住了这梱青枫木材,人和柴在水中漂浮,杜甫用劲将这根粗长葛条抛向樵夫,樵夫左手抓柴梱,右手抓住这根"救命绳"。这时,杜甫的儿子也叫来凤凰村的村民,在大家的奋力相助和樵夫的挣扎下,樵夫终于被人们救上了岸。上岸后,樵夫已昏死过去不省人事,村民赶紧在万丈潭边生上柴火,给樵夫取暖。杜甫懂得医术,在樵夫身上掐穴,让其复苏,一会儿只听樵夫"哎"的一声醒了,杜甫和村民才放下了一颗悬在手中的心。

樵夫醒后,俯身跪地,连磕三个响头,大谢杜甫,连称"官人是我的救命恩人,是我的再生父母。"杜甫父子二人扶起樵夫,樵夫早已热泪盈眶。

后来,杜甫与凤凰村王氏、冯氏、武氏等族人共同商议,如何凿宽手爬崖,以利人们行走。村人个个拥护,决定在腊月初一开始修凿"手爬崖"险路。然而时间不长,由于生活所迫,杜甫携家带子离开了生活一月多的同谷县,未能亲手修凿"手爬崖"。但他倡导凤凰村村民修凿"手爬崖"的事,一直相传下来。"手爬崖"险路修好后,赵山赵秀才在"手爬崖"摩崖刻石记述了杜甫倡导凤凰村村民修凿"手爬崖"的事迹，因明代初年成州大地震，这块摩崖石刻震裂掉下，掉在万丈潭中，摩崖石刻从此消失，但杜甫父子二人勇救樵夫和倡导凤凰村村民修凿"手爬崖"的美好传说，一千多年来在同谷大地广为流传。

5. 凤凰台

在海内称凤凰山、凤凰台者不计其数，凤凰是上古神话传说中的一种祥瑞之鸟，凡是相传有凤凰栖落之山或栖落之台，当地人都称此山为凤凰山或凤凰台，昭示的是祥瑞之气，祈求的是太平世道。

唐代大诗人杜甫在唐肃中乾元二年（759）冬天，携带妻子，从秦州（今天水市）出发，经一路艰辛跋涉，流寓同谷县，居住在凤凰村中，凤凰村因村旁的凤凰台而得名。

当年，大诗人杜甫居住在凤凰村时，每天都在青泥河中远眺凤凰台，观看百鸟的飞翔，倾听百鸟的鸣唱，担忧凤凰台上丢失母亲的小凤雏的饥饿和寒冻，思盼君王消灭叛军，天下太平，国运中兴，诗人全家早返中原。

有一天，杜甫来到了凤凰山上采药，路过一凹地，看见一片古柏森森的柏林，在寒风中发出一阵阵柏涛之声，听见几只小鸟在一棵最大的古柏树桠下栖落，唧唧啾啾地交谈什么，杜甫被这悦耳的鸣唱吸引住了，于是他放下长镢和背的竹篓，来到古柏树前倾听小鸟的和鸣，杜甫走进一看，这不是一群凤凰在凤凰妈妈的召唤下嬉闹吗？

第二天，他又早早上凤凰台采药，发现昨天栖落在古柏树的一群凤雏还在，就是不见凤凰妈妈了，只见几个小凤雏在争啄一小块食物。杜甫看在眼里，心里很不是滋味。他慢慢来到古柏树前，将自己带的杂面饼放在枝丫上，只听"嗯"一声，几只小凤雏飞过来啄食杂面饼。这时，凤凰妈妈从老远处飞到古柏树前，正好看见杜甫在用杂面饼喂饲小凤雏的情景。凤凰妈妈吐下口中衔着的一块食物，飞到杜甫放长镢和竹篓的一棵古柏树前，久久盘留，不肯离去。人们知道，凤凰是百鸟之王，它没有佳木香树不栖，没有醴泉甘水不饮，没有肴果竹实不食，可是山寒水瘦，加上兵荒马乱，人世间生活困难，飞禽也食物不足。凤凰妈妈看见杜甫抚育小凤雏的情景，心里非常高兴，于是奋羽振翅，直飞云天。在杜甫头上，连鸣三声，以表谢意。杜甫下山了，向凤凰村走去，凤凰妈妈在傍晚的天空中随着杜甫身影飞翔，一直看到杜甫走向院中，凤凰妈妈栖落在一棵国槐树上又连鸣三声，才向凤凰台飞去。

大诗人杜甫在朝廷中担任过左拾遗，是当朝命官，官员都有一个早起的习惯，虽然天寒地冻，可杜甫每天还是早早起来，这一天，杜甫已醒，正要起床，只听从大国槐树上传来"鸣啾、鸣啾、鸣啾"三声美丽清脆悦耳的凤鸣之声，原来凤凰妈妈早早飞来是向杜甫早上问好呢。一连多天，每天清晨，凤凰妈妈都准时在国槐树上连鸣三声，提示杜甫按时起床，杜甫要离开同谷地界了，动身的这一天，凤凰妈妈知道杜甫全家要走了，于是领上它的小凤雏，列队栖落在大国槐树上，不停地鸣叫，后来凤凰妈妈带领一群小凤雏飞翔有序，在杜甫将要走的路上为杜甫全家导向，杜甫一家一路过木皮岭，涉白沙渡，越飞仙阁，翻五盘山走了数日，凤凰妈妈也不肯离去，凤凰妈妈看到杜甫一家已入四川盆地，道路好走了，于是带小凤雏盘旋在杜甫一家头上，连鸣三声，恋恋不舍地向北飞去，飞向同谷凤凰台。

近年来，有人从北处向南远眺，凤凰台酷似大文豪鲁迅的卧姿，因此有人又称凤凰台为"鲁公山"，凤凰台已成为成县的祥瑞之山。

6. 杜甫的药方

杜甫一家人来到木皮岭下，遇见一位挑水人，杜甫即上前讨水喝，并问此处有无人家。挑水人回头，但见这一行人，老妪弱冠，个个衣不蔽体、浑身泥巴、面带菜色，手拿树杈拐杖，再看问话老者，面庞清癯、目光炯炯，且带几分忧虑，蓄稀薄三须胡子、着浅蓝色粗布旧长衫，脚穿着张大口、脚腰帮着树皮拧成的"泥鞋"。心想，这又是一户逃难人家，便操着一口陕西话说："这只有我家一户，哪里还有什么人家，唉……，家弟有病在床连个郎中也找不上，唉……"杜甫一听是位老陕，便搭讪道："小老弟定是陕西人吧，我也是才从陕西过来，咱还算是半个乡党哩，不知令弟得了什么病？能让我瞧瞧吗？"那人听后不由欣喜，忙往家招呼，跳着水前面带路。杜甫一家人也顿感有了气力，紧随其后。弯来拐去的小路，才把他们引到了一架葫芦、两间草舍边。那人把杜甫全家安顿下，凑来些能吃的食物便去看病人。经挑水人介绍，他兄弟多半年前发病，近日加重。杜甫听后，便挪近床边诊脉相视，见其弟面色苍黄、精神木讷、腹大如鼓、腰平、背满、脐突，食后明显、入暮尤甚、怯寒肢冷、大便稀溏、小便短少；脉沉细；舌质淡胖。杜甫经望、闻、问、切后，根据征候辨证患者系脾肾阳虚型之膨胀，亦温补脾肾、化气行水，他略带微笑找来一片小纸，以附子理中汤加五苓散，另加扶正补气药拟方。

　　　　黄芪五钱　党参三钱　白术四钱　茯苓四钱　炮附子三钱　桂枝三钱
　　　　炮干姜三钱　厚朴四钱　泽泻四钱　猪苓四钱　木香二钱　砂仁二钱
　　　　枳壳三钱　陈皮三钱　大腹皮四钱

让挑水人收好，因眼下手头无药，先配以土单验方治疗，随后采药用药。

　　验方：陈葫芦皮八钱　鲜玉米须四两　黄豆三两　红枣四十个　同煎　一日量分次服用

　　次日，杜甫与挑水人同去采药、炮制、煎熬、服药。经服药六挤后腹中转矢气，腹胀渐消，小便通利，大便亦畅。
　　二诊仍以此方为主加沉香一钱，研末冲服，七天后其弟已能下地。兄弟俩感激不已，将山中猎得的雉鸡、采来的山果和拌家蔬，做成一桌丰盛的宴席，款待杜甫全家，感谢救命之恩。
　　同谷也有杜甫治病的传说：传说杜甫当年在飞龙峡口住下后，常到附近山中采集中草药，到城中出售。时日一久，便和附近凤凰村里的布衣老少相熟。一天，杜甫得知村里的一位老者脖颈上生一痈疽，因无钱医治，且渐沉重。杜甫便亲往其家，察看了病情，心中便有了主意。他对老者及家人安慰了一番，上山采来了一种当地叫臭牡丹的中草药，取其梢叶，焙干碾成末，再入臼中，研成粉状，用崖蜜调成滋膏，敷贴疮疡。不几日，老者脖颈上的痈疽即脓除肌生，渐渐痊愈。
　　这种叫臭牡丹的木本药材就生长在飞龙峡一带的山坡崖畔，因放花时呈现蔷薇红色，故土人又叫大红袍，俗称牡丹花，七至八月开花，九至十月成熟。谙熟中草药的杜甫知其根、茎、叶、枝干均可药用，具有消炎、解毒、化腐、生肌的功效。此物至便至贱，但疗效胜过名贵丹药，敷在疮上妙在毫无痛苦。此后，杜甫又用此药先后在村里治愈了小二儿疳疾、跌打损伤几例病症，其效如神。
　　附录秦州诗：

秦州杂诗二十首
满目悲生事，因人作远游。迟回度陇怯，浩荡及关愁。
水落鱼龙夜，山空鸟鼠秋。西征问烽火，心折此淹留。

秦州山北寺，胜迹隗嚣宫。苔藓山门古，丹青野殿空。
月明垂叶露，云逐渡溪风。清渭无情极，愁时独向东。

州图领同谷，驿道出流沙。降虏兼千帐，居人有万家。
马骄珠汗落，胡舞白蹄斜。年少临洮子，西来亦自夸。

鼓角缘边郡，川原欲夜时。秋听殷地发，风散入云悲。
抱叶寒蝉静，归来独鸟迟。万方声一概，吾道竟何之。

南使宜天马，由来万匹强。浮云连阵没，秋草遍山长。
闻说真龙种，仍残老骕骦。哀鸣思战斗，迥立向苍苍。

城上胡笳奏，山边汉节归。防河赴沧海，奉诏发金微。
士苦形骸黑，旌疏鸟兽稀。那闻往来戍，恨解邺城围。

莽莽万重山，孤城山谷间。无风云出塞，不夜月临关。
属国归何晚，楼兰斩未还。烟尘独长望，衰飒正摧颜。

闻道寻源使，从天此路回。牵牛去几许，宛马至今来。
一望幽燕隔，何时郡国开。东征健儿尽，羌笛暮吹哀。

今日明人眼，临池好驿亭。丛篁低地碧，高柳半天青。
稠叠多幽事，喧呼阅使星。老夫如有此，不异在郊坰．

云气接昆仑，涔涔塞雨繁。羌童看渭水，使客向河源。
烟火军中幕，牛羊岭上村。所居秋草净，正闭小蓬门。

萧萧古塞冷，漠漠秋云低。黄鹄翅垂雨，苍鹰饥啄泥。

蓟门谁自北，汉将独征西。不意书生耳，临衰厌鼓鼙。

山头南郭寺，水号北流泉。老树空庭得，清渠一邑传。
秋花危石底，晚景卧钟边。俯仰悲身世，溪风为飒然。

传道东柯谷，深藏数十家。对门藤盖瓦，映竹水穿沙。
瘦地翻宜粟，阳坡可种瓜。船人近相报，但恐失桃花。

万古仇池穴，潜通小有天。神鱼人不见，福地语真传。
近接西南境，长怀十九泉。何时一茅屋，送老白云边。

未暇泛沧海，悠悠兵马间。塞门风落木，客舍雨连山。
阮籍行多兴，庞公隐不还。东柯遂疏懒，休镊鬓毛斑。

东柯好崖谷，不与众峰群。落日邀双鸟，晴天养片云。
野人矜险绝，水竹会平分。采药吾将老，儿童未遣闻。

边秋阴易久，不复辨晨光。檐雨乱淋幔，山云低度墙。
鸬鹚窥浅井，蚯蚓上深堂。车马何萧索，门前百草长。

地僻秋将尽，山高客未归。塞云多断续，边日少光辉。
警急烽常报，传闻檄屡飞。西戎外甥国，何得迕天威。

凤林戈未息，鱼海路常难。候火云烽峻，悬军幕井干。
风连西极动，月过北庭寒。故老思飞将，何时议筑坛。

唐尧真自圣，野老复何知。晒药能无妇，应门幸有儿。
藏书闻禹穴，读记忆仇池。为报鸳行旧，鹪鹩在一枝。

月夜忆舍弟
戍鼓断人行，秋边一雁声。露从今夜白，月是故乡明。
有弟皆分散，无家问死生。寄书长不避，况乃未休兵。

宿赞公房（京中大云寺主谪此安置）
杖锡何来此，秋风已飒然。雨荒深院菊，霜倒半池莲。
放逐宁违性，虚空不离禅。相逢成夜宿，陇月向人圆。

东楼
万里流沙道，西征过北门。但添新战骨，不返旧征魂。
楼角临风迥，城阴带水昏。传声看驿使，送节向河源。

雨晴（一作秋霁）
天水秋云薄，从西万里风。今朝好晴景，久雨不妨农。
塞柳行疏翠，山梨结小红。胡笳楼上发，一雁入高空。

寓目
一县蒲萄熟，秋山苜蓿多。关云常带雨，塞水不成河。
羌女轻烽燧，胡儿制骆驼。自伤迟暮眼，丧乱饱经过。

山寺
野寺残僧少，山园细路高。麝香眠石竹，鹦鹉啄金桃。
乱石通人过，悬崖置屋牢。上方重阁晚，百里见秋毫。

即事
闻道花门破，和亲事却非。人怜汉公主，生得渡河归。
秋思抛云髻，腰支胜宝衣。群凶犹索战，回首意多违。

遣怀
愁眼看霜露，寒城菊自花。天风随断柳，客泪堕清笳。
水净楼阴直，山昏塞日斜。夜来归鸟尽，啼杀后栖鸦。

天河
常时任显晦，秋至辄分明。纵被微云掩，终能永夜清。
含星动双阙，伴月照边城。牛女年年渡，何曾风浪生。

初月
光细弦岂上，影斜轮未安。微升古塞外，已隐暮云端。
河汉不改色，关山空自寒。庭前有白露，暗满菊花团。

归燕
不独避霜雪，其如侪侣稀。四时无失序，八月自知归。
春色岂相访，众雏还识机。故巢傥未毁，会傍主人飞。

捣衣
亦知戍不返，秋至拭清砧。已近苦寒月，况经长别心。
宁辞捣熨倦，一寄塞垣深。用尽闺中力，君听空外音。

促织
促织甚微细，哀音何动人。草根吟不稳，床下夜相亲。
久客得无泪，放妻难及晨。悲丝与急管，感激异天真。

萤火
幸因腐草出，敢近太阳飞。未足临书卷，时能点客衣。
随风隔幔小，带雨傍林微。十月清霜重，飘零何处归。

蒹葭
摧折不自守，秋风吹若何。暂时花戴雪，几处叶沉波。
体弱春风早，丛长夜露多。江湖后摇落，亦恐岁蹉跎。

苦竹
青冥亦自守，软弱强扶持。味苦夏虫避，丛卑春鸟疑。
轩墀曾不重，翦伐欲无辞。幸近幽人屋，霜根结在兹。

除架
束薪已零落，瓠叶转萧疏。幸结白花了，宁辞青蔓除。
秋虫声不去，暮雀意何如。寒事今牢落，人生亦有初。

第七章　杜甫留在陇蜀道的传闻逸事

废畦
秋蔬拥霜露，岂敢惜凋残。暮景数枝叶，天风吹汝寒。
绿沾泥滓尽，香与岁时阑。生意春如昨，悲君白玉盘。

夕烽
夕烽来不近，每日报平安。塞上传光小，云边落点残。
照秦通警急，过陇自艰难。闻道蓬莱殿，千门立马看。

秋笛
清商欲尽奏，奏苦血沾衣。他日伤心极，征人白骨归。
相逢恐恨过，故作发声微。不见秋云动，悲风稍稍飞。

送远
带甲满天地，胡为君远行。亲朋尽一哭，鞍马去孤城。
草木岁月晚，关河霜雪清。别离已昨日，因见古人情。

观兵
北庭送壮士，貔虎数尤多。精锐旧无敌，边隅今若何。
妖氛拥白马，元帅待雕戈。莫守邺城下，斩鲸辽海波。

不归
河间尚征伐，汝骨在空城。从弟人皆有，终身恨不平。
数金怜俊迈，总角爱聪明。面上三年土，春风草又生。

天末怀李白
凉风起天末，君子意如何。鸿雁几时到，江湖秋水多。
文章憎命达，魑魅喜人过。应共冤魂语，投诗赠汨罗。

独立
空外一鸷鸟，河间双白鸥。飘飖搏击便，容易往来游。
草露亦多湿，蛛丝仍未收。天机近人事，独立万端忧。

日暮
日落风亦起,城头鸟尾讹。黄云高未动,白水已扬波。
羌妇语还哭,胡儿行且歌。将军别换马,夜出拥雕戈。

空囊
翠柏苦犹食,晨霞高可餐。世人共卤莽,吾道属艰难。
不爨井晨冻,无衣床夜寒。囊空恐羞涩,留得一钱看。

病马
乘尔亦已久,天寒关塞深。尘中老尽力,岁晚病伤心。
毛骨岂殊众,驯良犹至今。物微意不浅,感动一沉吟。

蕃剑
致此自僻远,又非珠玉装。如何有奇怪,每夜吐光芒。
虎气必腾踔,龙身宁久藏。风尘苦未息,持汝奉明王。

铜瓶
乱后碧井废,时清瑶殿深。铜瓶未失水,百丈有哀音。
侧想美人意,应非寒甃沉。蛟龙半缺落,犹得折黄金。

观安西兵过赴关中待命二首
四镇富精锐,摧锋皆绝伦。还闻献士卒,足以静风尘。
老马夜知道,苍鹰饥著人。临危经久战,用急始如神。
奇兵不在众,万马救中原。谈笑无河北,心肝奉至尊。
孤云随杀气,飞鸟避辕门。竟日留欢乐,城池未觉喧。

送人从军
弱水应无地,阳关已近天。今君渡沙碛,累月断人烟。
好武宁论命,封侯不计年。马寒防失道,雪没锦鞍鞯。

野望
清秋望不极,迢递起曾阴。远水兼天净,孤城隐雾深。

叶稀风更落，山迥日初沈。独鹤归何晚，昏鸦已满林。

示侄佐（佐草堂在东柯谷）
多病秋风落，君来慰眼前。自闻茅屋趣，只想竹林眠。
满谷山云起，侵篱涧水悬。嗣宗诸子侄，早觉仲容贤。

佐还山后寄三首
山晚浮云合，归时恐路迷。涧寒人欲到，村黑鸟应栖。
野客茅茨小，田家树木低。旧谙疏懒叔，须汝故相携。

白露黄粱熟，分张素有期。已应春得细，颇觉寄来迟。
味岂同金菊，香宜配绿葵。老人他日爱，正想滑流匙。

几道泉浇圃，交横落慢坡。葳蕤秋叶少，隐映野云多。
隔沼连香芰，通林带女萝。甚闻霜薤白，重惠意如何。

从人觅小胡孙许寄
人说南州路，山猿树树悬。举家闻若骇，为寄小如拳。
预哂愁胡面，初调见马鞭。许求聪慧者，童稚捧应癫。

秋日阮隐居致薤三十束
隐者柴门内，畦蔬绕舍秋。盈筐承露薤，不待致书求。
束比青刍色，圆齐玉箸头。衰年关鬲冷，味暖并无忧。

秦州见敕目薛三璩授司议郎毕四曜除监察与二……凡三十韵
大雅何寥阔，斯人尚典刑。交期余潦倒，材力尔精灵。
二子声同日，诸生困一经。文章开突奥，迁擢润朝廷。
旧好何由展，新诗更忆听。别来头并白，相见眼终青。
伊昔贫皆甚，同忧心不宁。栖遑分半菽，浩荡逐流萍。
俗态犹猜忌，妖氛忽杳冥。独惭投汉阁，俱议哭秦庭。
还蜀只无补，囚梁亦固扃。华夷相混合，宇宙一膻腥。
帝力收三统，天威总四溟。旧都俄望幸，清庙肃惟馨。

杂种虽高垒，长驱甚建瓴。焚香淑景殿，涨水望云亭。
法驾初还日，群公若会星。宫臣仍点染，柱史正零丁。
官舍趋栖凤，朝回叹聚萤。唤人看腰褭，不嫁惜娉婷。
掘剑知埋狱，提刀见发硎。侏儒应共饱，渔父忌偏醒。
旅泊穷清渭，长吟望浊泾。羽书还似急，烽火未全停。
师老资残寇，戎生及近坰。忠臣辞愤激，烈士涕飘零。
上将盈边鄙，元勋溢鼎铭。仰思调玉烛，谁定握青萍。
陇俗轻鹦鹉，原情类鹡鸰。秋风动关塞，高卧想仪形。

寄彭州高三十五使君适、虢州岑二十七长史参三十韵
故人何寂寞，今我独凄凉。老去才难尽，秋来兴甚长。
物情尤可见，辞客未能忘。海内知名士，云端各异方。
高岑殊缓步，沈鲍得同行。意惬关飞动，篇终接混茫。
举天悲富骆，近代惜卢王。似尔官仍贵，前贤命可伤。
诸侯非弃掷，半刺已翱翔。诗好几时见，书成无信将。
男儿行处是，客子斗身强。羁旅推贤圣，沈绵抵咎殃。
三年犹疟疾，一鬼不销亡。隔日搜脂髓，增寒抱雪霜。
徒然潜隙地，有觑屡鲜妆。何太龙钟极，于今出处妨。
无钱居帝里，尽室在边疆。刘表虽遗恨，庞公至死藏。
心微傍鱼鸟，肉瘦怯豺狼。陇草萧萧白，洮云片片黄。
彭门剑阁外，虢略鼎湖旁。荆玉簪头冷，巴笺染翰光。
乌麻蒸续晒，丹橘露应尝。岂异神仙宅，俱兼山水乡。
竹斋烧药灶，花屿读书床。更得清新否，遥知对属忙。
旧官宁改汉，淳俗本归唐。济世宜公等，安贫亦士常。
蚩尤终戮辱，胡羯漫猖狂。会待袄氛静，论文暂裹粮。

寄岳州贾司马六丈、巴州严八使君两阁老五十韵
衡岳啼猿里，巴州鸟道边。故人俱不利，谪宦两悠然。
开辟乾坤正，荣枯雨露偏。长沙才子远，钓濑客星悬。
忆昨趋行殿，殷忧捧御筵。讨胡愁李广，奉使待张骞。
无复云台仗，虚修水战船。苍茫城七十，流落剑三千。
画角吹秦晋，旄头俯涧瀍。小儒轻董卓，有识笑苻坚。

浪作禽填海，那将血射天。万方思助顺，一鼓气无前。
阴散陈仓北，晴熏太白巅。乱麻尸积卫，破竹势临燕。
法驾还双阙，王师下八川。此时沾奉引，佳气拂周旋。
貔虎开金甲，麒麟受玉鞭。侍臣谙入仗，厩马解登仙。
花动朱楼雪，城凝碧树烟。衣冠心惨怆，故老泪潺湲。
哭庙悲风急，朝正霁景鲜。月分梁汉米，春得水衡钱。
内蕊繁于缱，宫莎软胜绵。恩荣同拜手，出入最随肩。
晚著华堂醉，寒重绣被眠。辔齐兼秉烛，书枉满怀笺。
每觉升元辅，深期列大贤。秉钧方咫尺，铩翮再联翩。
禁掖朋从改，微班性命全。青蒲甘受戮，白发竟谁怜。
弟子贫原宪，诸生老伏虔。师资谦未达，乡党敬何先。
旧好肠堪断，新愁眼欲穿。翠干危栈竹，红腻小湖莲。
贾笔论孤愤，严诗赋几篇。定知深意苦，莫使众人传。
贝锦无停织，朱丝有断弦。浦鸥防碎首，霜鹘不空拳。
地僻昏炎瘴，山稠隘石泉。且将棋度日，应用酒为年。
典郡终微眇，治中实弃捐。安排求傲吏，比兴展归田。
去去才难得，苍苍理又玄。古人称逝矣，吾道卜终焉。
陇外翻投迹，渔阳复控弦。笑为妻子累，甘与岁时迁。
亲故行稀少，兵戈动接联。他乡饶梦寐，失侣自屯邅。
多病加淹泊，长吟阻静便。如公尽雄俊，志在必腾鶱。

寄张十二山人彪三十韵
独卧嵩阳客，三违颍水春。艰难随老母，惨澹向时人。
谢氏寻山屐，陶公漉酒巾。群凶弥宇宙，此物在风尘。
历下辞姜被，关西得孟邻。早通交契密，晚接道流新。
静者心多妙，先生艺绝伦。草书何太苦，诗兴不无神。
曹植休前辈，张芝更后身。数篇吟可老，一字买堪贫。
将恐曾防寇，深潜托所亲。宁闻倚门夕，尽力洁飧晨。
疏懒为名误，驱驰丧我真。索居犹寂寞，相遇益悲辛。
流转依边徼，逢迎念席珍。时来故旧少，乱后别离频。
世祖修高庙，文公赏从臣。商山犹入楚，源水不离秦。
存想青龙秘，骑行白鹿驯。耕岩非谷口，结草即河滨。

肘后符应验，囊中药未陈。旅怀殊不惬，良觌渺无因。
自古皆悲恨，浮生有屈伸。此邦今尚武，何处且依仁。
鼓角凌天籁，关山信月轮。官场罗镇碛，贼火近洮岷。
萧索论兵地，苍茫斗将辰。大军多处所，馀孽尚纷纶。
高兴知笼鸟，斯文起获麟。穷秋正摇落，回首望松筠。

寄李十二白二十韵
昔年有狂客，号尔谪仙人。笔落惊风雨，诗成泣鬼神。
声名从此大，汩没一朝伸。文彩承殊渥，流传必绝伦。
龙舟移棹晚，兽锦夺袍新。白日来深殿，青云满后尘。
乞归优诏许，遇我宿心亲。未负幽栖志，兼全宠辱身。
剧谈怜野逸，嗜酒见天真。醉舞梁园夜，行歌泗水春。
才高心不展，道屈善无邻。处士祢衡俊，诸生原宪贫。
稻粱求未足，薏苡谤何频。五岭炎蒸地，三危放逐臣。
几年遭鵩鸟，独泣向麒麟。苏武先还汉，黄公岂事秦。
楚筵辞醴日，梁狱上书辰。已用当时法，谁将此义陈。
老吟秋月下，病起暮江滨。莫怪恩波隔，乘槎与问津

立秋后题
日月不相饶，节序昨夜隔。玄蝉无停号，秋燕已如客。
平生独往愿，惆怅年半百。罢官亦由人，何事拘形役。

贻阮隐居
陈留风俗衰，人物世不数。塞上得阮生，迥继先父祖。
贫知静者性，自益毛发古。车马入邻家，蓬蒿翳环堵。
清诗近道要，识子用心苦。寻我草径微，褰裳蹋寒雨。
更议居远村，避喧甘猛虎。足明箕颍客，荣贵如粪土。

遣兴三首
下马古战场，四顾但茫然。风悲浮云去，黄叶坠我前。
朽骨穴蝼蚁，又为蔓草缠。故老行叹息，今人尚开边。
汉虏互胜负，封疆不常全。安得廉耻将，三军同晏眠。

高秋登塞山，南望马邑州。降虏东击胡，壮健尽不留。
穹庐莽牢落，上有行云愁。老弱哭道路，愿闻甲兵休。
邺中事反覆，死人积如丘。诸将已茅土，载驱谁与谋。

丰年孰云迟，甘泽不在早。耕田秋雨足，禾黍已映道。
春苗九月交，颜色同日老。劝汝衡门士，忽悲尚枯槁。
时来展材力，先后无丑好。但讶鹿皮翁，忘机对芳草。

昔游
昔谒华盖君，深求洞宫脚。玉棺已上天，白日亦寂寞。
暮升艮岑顶，巾几犹未却。弟子四五人，入来泪俱落。
余时游名山，发轫在远壑。良觌违夙愿，含凄向寥廓。
林昏罢幽磬，竟夜伏石阁。王乔下天坛，微月映皓鹤。
晨溪向虚駃，归径行已昨。岂辞青鞋胝，怅望金匕药。
东蒙赴旧隐，尚忆同志乐。休事董先生，于今独萧索。
胡为客关塞，道意久衰薄。妻子亦何人，丹砂负前诺。
虽悲鬓发变，未忧筋力弱。扶藜望清秋，有兴入庐霍。

佳人
绝代有佳人，幽居在空谷。自云良家子，零落依草木。
关中昔丧败，兄弟遭杀戮。官高何足论，不得收骨肉。
世情恶衰歇，万事随转烛。夫婿轻薄儿，新人已如玉。
合昏尚知时，鸳鸯不独宿。但见新人笑，那闻旧人哭。
在山泉水清，出山泉水浊。侍婢卖珠回，牵萝补茅屋。
摘花不插发，采柏动盈掬。天寒翠袖薄，日暮倚修竹。

赤谷西崦人家
跻险不自喧，出郊已清目。溪回日气暖，径转山田熟。
鸟雀依茅茨，藩篱带松菊。如行武陵暮，欲问桃花宿。

西枝村寻置草堂地，夜宿赞公土室二首
出郭眄细岑，披榛得微路。溪行一流水，曲折方屡渡。

赞公汤休徒，好静心迹素。昨枉霞上作，盛论岩中趣。
怡然共携手，恣意同远步。扪萝涩先登，陟巘眩反顾。
要求阳冈暖，苦陟阴岭洹．惆怅老大藤，沈吟屈蟠树。
卜居意未展，杖策回且暮。层巅馀落日，早蔓已多露。

天寒鸟已归，月出人更静。土室延白光，松门耿疏影。
跻攀倦日短，语乐寄夜永。明燃林中薪，暗汲石底井。
大师京国旧，德业天机秉。从来支许游，兴趣江湖迥。
数奇谪关塞，道广存箕颍。何知戎马间，复接尘事屏。
幽寻岂一路，远色有诸岭。晨光稍曚昽，更越西南顶。

寄赞上人
一昨陪锡杖，卜邻南山幽。年侵腰脚衰，未便阴崖秋。
重冈北面起，竟日阳光留。茅屋买兼土，斯焉心所求。
近闻西枝西，有谷杉黍稠。亭午颇和暖，石田又足收。
当期塞雨干，宿昔齿疾瘳。裴回虎穴上，面势龙泓头。
柴荆具茶茗，径路通林丘。与子成二老，来往亦风流。

太平寺泉眼
招提凭高冈，疏散连草莽。出泉枯柳根，汲引岁月古。
石间见海眼，天畔萦水府。广深丈尺间，宴息敢轻侮。
青白二小蛇，幽姿可时睹。如丝气或上，烂熳为云雨。
山头到山下，凿井不尽土。取供十方僧，香美胜牛乳。
北风起寒文，弱藻舒翠缕。明涵客衣净，细荡林影趣。
何当宅下流，馀润通药圃。三春湿黄精，一食生毛羽。

梦李白二首
死别已吞声，生别常恻恻。江南瘴疠地，逐客无消息。
故人入我梦，明我长相忆。恐非平生魂，路远不可测。
魂来枫叶青，魂返关塞黑。君今在罗网，何以有羽翼。
落月满屋梁，犹疑照颜色。水深波浪阔，无使蛟龙得。

第七章 杜甫留在陇蜀道的传闻逸事

浮云终日行，游子久不至。三夜频梦君，情亲见君意。
告归常局促，苦道来不易。江湖多风波，舟楫恐失坠。
出门搔白首，若负平生志。冠盖满京华，斯人独憔悴。
孰云网恢恢，将老身反累。千秋万岁名，寂寞身后事。

有怀台州郑十八司户（虔）
天台隔三江，风浪无晨暮。郑公纵得归，老病不识路。
昔如水上鸥，今如罝中兔。性命由他人，悲辛但狂顾。
山鬼独一脚，蝮蛇长如树。呼号傍孤城，岁月谁与度。
从来御魑魅，多为才名误。夫子嵇阮流，更被时俗恶。
海隅微小吏，眼暗发垂素。黄帽映青袍，非供折腰具。
平生一杯酒，见我故人遇。相望无所成，乾坤莽回互。

遣兴五首
蛰龙三冬卧，老鹤万里心。昔时贤俊人，未遇犹视今。
嵇康不得死，孔明有知音。又如垄底松，用舍在所寻。
大哉霜雪干，岁久为枯林。
昔者庞德公，未曾入州府。襄阳耆旧间，处士节独苦。
岂无济时策，终竟畏罗罟。林茂鸟有归，水深鱼知聚。
举家依鹿门，刘表焉得取。
我今日夜忧，诸弟各异方。不知死与生，何况道路长。
避寇一分散，饥寒永相望。岂无柴门归，欲出畏虎狼。
仰看云中雁，禽鸟亦有行。
蓬生非无根，漂荡随高风。天寒落万里，不复归本丛。
客子念故宅，三年门巷空。怅望但烽火，戎车满关东。
生涯能几何，常在羁旅中。
昔在洛阳时，亲友相追攀。送客东郊道，遨游宿南山。
烟尘阻长河，树羽成皋间。回首载酒地，岂无一日还。
丈夫贵壮健，惨戚非朱颜。

遣兴五首
朔风飘胡雁，惨澹带砂砾。长林何萧萧，秋草萋更碧。

北里富熏天,高楼夜吹笛。焉知南邻客,九月犹絺绤。

长陵锐头儿,出猎待明发。騂弓金爪镝,白马蹴微雪。
未知所驰逐,但见暮光灭。归来悬两狼,门户有旌节。

漆有用而割,膏以明自煎。兰摧白露下,桂折秋风前。
府中罗旧尹,沙道尚依然。赫赫萧京兆,今为时所怜。

猛虎凭其威,往往遭急缚。雷吼徒咆哮,枝撑已在脚。
忽看皮寝处,无复睛闪烁。人有甚于斯,足以劝元恶。

朝逢富家葬,前后皆辉光。共指亲戚大,缌麻百夫行。
送者各有死,不须羡其强。君看束练去,亦得归山冈。

遣兴五首
天用莫如龙,有时系扶桑。顿辔海徒涌,神人身更长。
性命苟不存,英雄徒自强。吞声勿复道,真宰意茫茫。

地用莫如马,无良复谁记。此日千里鸣,追风可君意。
君看渥洼种,态与驽骀异。不杂蹄啮间,逍遥有能事。

陶潜避俗翁,未必能达道。观其著诗集,颇亦恨枯槁。
达生岂是足,默识盖不早。有子贤与愚,何其挂怀抱。

贺公雅吴语,在位常清狂。上疏乞骸骨,黄冠归故乡。
爽气不可致,斯人今则亡。山阴一茅宇,江海日凄凉。

吾怜孟浩然,裋褐即长夜。赋诗何必多,往往凌鲍谢。
清江空旧鱼,春雨馀甘蔗。每望东南云,令人几悲吒。

参考文献

一 论著类

[1]《西和县志》,陕西人民出版社 1997 年 6 月版。

[2] 黄奕珍:《杜甫自秦入蜀诗歌析评》,台湾里仁书局 2005 年第 3 版。

[3]《成县志》,西北大学出版社 1994 年 4 月版。

[4] 吕兴才:《杜甫与徽县》,甘肃人民出版社 1994 年 3 月版。

[5] 仇兆鳌:《杜诗详注》,中华书局 1979 年 10 月版,其余引用均出自《杜诗详注》。

[6] 邓小军、鲍远航:《唐诗说唐史》,中华书局 2008 年 12 月版。

[7]《杜诗全集·今注本》,天地出版社 1999 年 12 月版。

[8] 刘克庄:《后村诗话》,中华书局 1983 年版。

[9] 张法:《中国文化与悲剧意识》,中国人民大学出版社 1989 年版。

[10] 刘长东:《论杜甫的隐逸思想》,《杜甫研究学刊》1994 年第 3 期。

[11] 韩成武:《杜甫新论》,河北大学出版社 2007 年 6 月版。

[12] 宋开玉:《杜诗释地》,上海古籍出版社 2004 年 12 月版。

[13] 刘昫:《旧唐书》,中华书局 1975 年 5 月版。

[14] 王仲荦:《敦煌石室地志残卷考释》,中华书局 2007 年 11 月版。

[15] 李祖桓:《仇池国志》,书目文献出版社 1986 年 5 月版。

[16] 严耕望:《严耕望史学论文选集》,中华书局 2006 年 12 月版。

[17] 梁晓明:《徽县志》,陕西人民出版社 2003 年 9 月版。

[18] 黄珅:《杜甫心影录》,中华书局 2004 年第 1 版。

[19] 孙微、王新芳:《杜诗学研究论稿》,齐鲁书社 2008 年第 6 版。

[20] 王端明点校:《李刚全集》,岳麓书社 2004 年版。

[21] 刘勰:《文心雕龙·辨骚》,中国书店 1988 年版。

[22] 杨伦(笺注):《杜诗镜铨》,上海古籍出版社 1998 年版。

[23] 王嗣奭：《杜臆》，上海古籍出版社 1983 年版。
[24] 郭外岑：《重读中国文学》，学苑出版社 2008 年版。
[25] 逯钦立：《先秦汉魏晋南北朝诗》，中华书局 1983 年版。
[26] 郭曾炘：《读杜劄记》，上海古籍出版社 1984 年版。
[27] 浦起龙：《读杜心解》，中华书局 1961 年版。
[28] 叶嘉莹：《叶嘉莹说杜诗》，中华书局 2008 年版。
[29] 顾祖禹：《读史方舆纪要》，中华书局 1955 年版。
[30] 王仲荦：《北周地理志》，中华书局 1980 年版。
[31] 杨守敬纂疏，熊会贞疏：《水经注疏》，江苏古籍出版社 1989 年版。
[32] 郦道元：《水经注（陈桥驿点校本）》，上海古籍出版社 1990 年版。
[33] 高天佑：《杜甫陇蜀纪行诗注析》，甘肃民族出版社 2002 年版。
[34] 晁说之：《杜甫卷·成州同谷县杜工部祠堂记》，中华书局 2001 年版。
[35] 周采泉：《杜集书录》，上海古籍出版社 1986 年版。
[36] 张维：《陇右金石录（宋下）》卷 4，《石刻史料新编》，新文丰出版公司 1979 年版。
[37] 黄泳：《成县新志（乾隆六年刊本）》，《中国地方志丛书》，成文出版社 1970 年版。
[38] 刘光斗：《诸城县续志》，《列传 1 志 13，中国地方志丛书》，华北地方第 385 号，成文出版社 1976 年版。
[39] 叶恩沛、吕震南（曾礼校点）：《阶州直隶州续志》卷 23，兰州大学出版社 1987 年版。
[40] 胡可先：《杜诗学引论》，安徽大学出版社 2003 年 3 月版。
[41] 钱谦益：《钱注杜诗》，上海古籍出版社 2009 年 4 月版。
[42] 陈贻焮：《杜甫评传》，北京大学出版社 2003 年 7 月版。
[43] 曹慕樊：《杜诗杂说全编》，生活·读书·新知三联书店出版社 2009 年 1 月版。
[44] 陈冠明、孙愫琴：《杜甫亲眷交游行年考》，上海古籍出版社 2003 年 3 月版。
[45] 刘雁祥：《杜甫秦州诗别解》，甘肃教育出版社 2012 年 12 月版。
[46] 孟鹤年：《徽郡志》，《中国地方志丛书》，成文出版社 1970 年版。
[47] 罗卫东：《陇南古代诗词》，中国文史出版社 2013 年 12 月版。

［48］何德未：《礼县志》，陕西人民出版社 1999 年 5 月版。
［49］卢国琛：《杜甫诗醇》，浙江大学出版社 2006 年 11 月版。
［50］王夫之：《王船山诗文集》，中华书局 1962 年 11 月版。
［51］秦戎、许彤：《玉桴集——高天佑著作作序跋评论初稿》，甘肃人民出版社 2013 年 2 月版。
［52］张忠：《成县史话》，甘肃文化出版社 2012 年 1 月版。
［53］施鸿保：《读杜诗说》，上海古籍出版社 1983 年 9 月版。
［54］唐汝询：《唐诗解》，河北大学出版社 2010 年 1 月版。
［55］林继中：《杜诗选评》，三秦出版社 2004 年 7 月版。
［56］莫砺锋：《杜甫诗歌讲演录》，广西师范大学出版社 2007 年 1 月版。
［57］张忠纲：《杜甫诗话六种校注》，齐鲁书社 2002 年 9 月版。
［58］朋星：《杜甫与先秦文化》，泰山出版社 2006 年 6 月版。
［59］刘明华：《杜甫研究论集》，重庆出版社 2005 年 4 月版。
［60］葛晓音：《杜甫诗选评》，上海古籍出版社 2002 年 10 月版。
［61］于年湖：《杜甫语言艺术研究》，齐鲁书社 2007 年 5 月版。
［62］仇兆鳌注、秦亮点校：《杜甫全集》，珠海出版社 1996 年 11 月版。

二 论文类

［1］吴淑玲：《唐代驿传与唐诗发展之关系》，《文学遗产》2008 年第 6 期。
［2］李济祖：《综论杜甫在陇右的生活与诗作》，《天水师范学院学报》2008 年第 6 期。
［3］陈尚君：《杜诗早期流传考》，《唐代文学丛考》，中国社会科学出版社 1997 年版。
［4］霍松林：《论杜甫赠别诗》，《文学遗产》2006 年第 4 期。
［5］张秀芝：《略谈杜甫自秦州入蜀山水纪行诗的艺术特色》，《吉林大学社会科学学报》1982 年第 4 期。
［6］孙启祥：《泥功山属秦州纪行诗吗?》，《杜甫研究学刊》2006 年第 4 期。
［7］郭荣章：《蜀道之谜新探》，《文博》1994 年第 2 期。
［8］林继中：《陇右诗是杜诗枢纽》，《古典文学知识》2010 年第 2 期。
［9］韩成武、韩帼英：《解说"罢官亦由人"之"罢官"——对杜甫离

开华州原因的讨论》,《杜甫研究学刊》2006年第2期。

[10] 李宇林:《"因人作远游"之所"因"之"人"臆测》,《天水师范学院学报》2004年第4期。

[11] 李济祖:《唐代文学与陇右文化》,中国文史出版社2009年6月版。

[12] 蒲惠民:《论杜甫的秦州山水诗》,《苏州铁道师范学院学报》2006年第2期。

[13] 李济祖:《综论杜甫在陇右的生活与诗作》,《天水师范学院学报》2008年第6期。

[14] 周立英:《幽撷奥出鬼入神——论杜甫自秦入蜀纪行诗》,《学术交流》2008年第2期。

[15] 吴淑玲:《唐代驿传与唐诗发展之关系》,《文学遗产》2008年第6期。

[16] 程千帆、莫砺锋:《读杜甫纪行诗札记》,《社会科学战线》1987年第2期。

[17] 王京州:《杜甫以赋为诗表现论》,《贵州文史丛刊》2007年第3期。

[18] 李子伟:《杜甫客陇右赴两当县考辨》,《诗圣与陇右》,中国文史出版社2008年版。

[19] 孙信士:《杜甫客秦州赴两当县考——关于杜甫由秦陇入蜀路线的质疑》,《兰大学报》1986年第4期。

[20] 梁晓明:《杜甫自秦州入蜀行踪补证》,《杜甫流寓陇右1250周年纪念专刊》,天水杜甫研究会2009年。

[21] 蔡副全:《成县杜甫草堂历代诗碑考述》,《杜甫研究学刊》2009年第1期。

[22] 张其凤:《刘墉丛考》,《山东社会科学》2003年第2期。

[23] 包云志:《刘墉、周永年、吴大澂、叶昌炽未刊信札四通考释》,《古籍整理研究学刊》2006年第3期。

[24] 蔡副全:《从叶昌炽〈缘督庐日记〉看杜甫陇右行踪》,《杜甫研究学刊》2011年第4期。

[25] 钟树梁:《读杜甫自陇右赴成都纪行诗》,《成都大学学报》1984年第2期。

[26] 蒲向明:《杜甫同谷诗与同谷评杜诗碑》,《许昌学院学报》2011年

第 1 期。

［27］蒲向明:《同谷明清评杜诗碑及其诗学意义》，《河西学院学报》2011 年第 3 期。

［28］魏琳:《杜甫〈凤凰台〉中的自我形象》，《绵阳师范学院学报》2010 年第 4 期。

［29］胡建舫:《杜甫〈乾元中寓居同谷县作歌七首〉意义论略》，《新疆教育学院学院学报》2006 年第 3 期。

［30］黄小妹:《试论杜甫秦州诗的新变》，《安徽大学学报》2004 年第 3 期。

［30］温虎林:《杜甫蜀道纪行诗论略》，《甘肃高师学报》2010 年第 3 期。

［31］温虎林:《杜甫秦州诗"南州"考释》，《新乡学院学报》2011 年第 4 期。

后　记

　　书稿虽已完成，心情依然忐忑不安，诚惶诚恐。《杜甫陇蜀道诗歌研究》是我多年来对杜甫流寓陇蜀道诗歌与行踪的粗浅认识，仅是基础性的材料收集，深入研究的空间巨大。司马迁云："'高山仰止，景行行止'，虽不能至，然心向往之。"杜甫站在高山之巅，杜甫是"诗圣"，杜诗是"诗史"。纵观杜甫陇蜀道诗歌，越来越强烈地感受到杜甫是在认真地走蜀道，并且有全程穿越陇蜀道想法，并非至同谷无奈再至成都，所以才有完整的二十四首纪行诗；杜甫是在刻意地表达"蜀道难"，并且是杜甫风格的"蜀道难"，"朝行青泥上，暮在青泥中"是亲身感受。杜甫在秦州用四首诗怀李白诗或许是一种暗示，杜甫选择所走陇蜀道路线，是受李白的影响，所以选择青泥道入蜀；陇蜀道诗歌的总主题是抒发"蜀道难"，于是陇蜀道诗歌保持了基本一致的调子，诗中所写应是诗化的真实，并非全部的生活真实。《同谷七歌》是仅次于屈原《九歌》的长歌，故《同谷七歌》具有屈原泽畔行吟之风。如是等等，萦绕心头。拙著因分章分节论述，故内容重复甚多，深向读者致歉。

　　回想2001年迁居成县，一家三口挤在一间斗室之中，最能安慰自己的便是比杜甫当年寓居成县时的条件好多了，最难以理解的便是龙凤呈祥之地没能让杜甫多待一天，在乾元二年腊月初一毅然决然地奔赴成都而去，仅在成县寓居二十天左右，但杜甫给予成县丰厚的馈赠，让"同谷"成为文学史上的经典意象，与杜甫同在。

　　书稿完成后，参与本项目研究的蒲向明教授审阅了书稿，提出宝贵的修改意见，并赐以长序；业师林家骊教授欣然作序，美言多多，鼓励有加；族谊温宝麟教授推荐出版社，提供信息，帮助良多。衷心感谢上述老师们的热情帮助，让拙著增光添彩。本书的出版有幸得到陇南师专2015年专著出版资助计划，解决了一部分出版经费，感谢学校领导的支持与关爱。更要感谢文史学院多年来并肩战斗的老师们，一路走来，倍感这个大家庭的温馨。衷心感谢中国社会科学出版社的任明责任编辑、张依婧责任校对等的细致精审的编校，让拙著得以面世。最后，感谢所有关心我、支持我、帮助我的人们。

温虎林
2015 年 5 月 15 日